2023年"新时代中国法治文学精选"丛书

中国社会主义文艺学会法治文艺专业委员会 编

千丝万缕

群众出版社
·北京·

图书在版编目（CIP）数据

千丝万缕／中国社会主义文艺学会法治文艺专业委
员会编. -- 北京：群众出版社，2024. 12. --（2023 年
"新时代中国法治文学精选"丛书）. -- ISBN 978-7
-5014-6386-2

Ⅰ. I217. 1

中国国家版本馆 CIP 数据核字第 20246SW963 号

2023 年"新时代中国法治文学精选"丛书

千丝万缕

中国社会主义文艺学会法治文艺专业委员会　编

责任编辑：张　倩
装帧设计：王紫华
责任印制：周振东

出版发行：群众出版社
地　　址：北京市丰台区方庄芳星园三区 15 号楼
邮政编码：100078
经　　销：新华书店
印　　刷：天津嘉恒印务有限公司

版　　次：2024 年 12 月第 1 版
印　　次：2024 年 12 月第 1 次
印　　张：13. 5
开　　本：880 毫米×1230 毫米　1/32
字　　数：301 千字

书　　号：ISBN 978-7-5014-6386-2
定　　价：49. 00 元

网　　址：www. qzcbs. com
电子邮箱：qzcbs@ sohu. com

营销中心电话：010-83903991
读者服务部电话（门市）：010-83903257
警官读者俱乐部电话（网购、邮购）：010-83901775
文艺分社电话：010-83901330　　010-83903973

2023 年 "新时代中国法治文学精选" 丛书编委会

前言

　　为认真贯彻习近平新时代中国特色社会主义思想，弘扬社会主义核心价值观，讲好中国法治故事，以法治文学的力量为实现以中国式现代化全面推进中华民族伟大复兴作出应有贡献，经中国社会主义文艺学会批准，中国社会主义文艺学会法治文艺专业委员会自 2021 年起开展"新时代中国法治文学精选"丛书征稿编选工作。迄今已连续成功举办了三届。中宣部原副部长、原文化部部长贺敬之同志担任编委会总顾问。此项活动的主要成果是，由群众出版社向全国公开出版发行 2021 年、2022 年、2023 年"新时代中国法治文学精选"丛书，收录长篇小说 14 部、中篇小说集 1 部、报告文学集 2 部、中短篇小说集 2 部、短篇小说与报告文学集 1 部。一年一度的法治文学精选征稿编选工作，对于推动中国法治小说、报告文学原创作品的发展，促进法治文学人才脱颖而出，起到了十分重要的积极作用。

2021 年入选的优秀作品，其中长篇小说 2 部（《山重水复》《弹壳》）、中短篇小说集 1 部（《疑似命案》）、报告文学集 1 部（《微尘鉴罪》），已收入 2021 年"新时代中国法治文学精选"丛书，由群众出版社出版发行。2022 年入选的优秀作品，其中长篇小说 6 部（《血案寻踪》《刑警一中队》《刑警的诺言》《越过陷阱》《虚拟诱惑》《刑侦女警》）、中短篇小说集 1 部（《诡异现场》）、报告文学集 1 部（《预审"工匠"》），已收入 2022 年"新时代中国法治文学精选"丛书，由群众出版社出版发行。

2023 年"新时代中国法治文学精选"丛书的征稿编选工作现已圆满结束。此次征稿，自 2023 年 1 月 1 日至 9 月 30 日，共收到作品 80 部（篇），其中长篇小说 11 部，中篇小说 18 篇，短篇小说 33 篇，报告文学 18 部（篇）。经中国社会主义文艺学会法治文艺专业委员会组织专家认真审读，最终确定 25 部（篇）作品入选 2023 年"新时代中国法治文学精选"丛书。凡入选作品的作者，均由中国社会主义文艺学会法治文艺专业委员会颁发"特约作家"证书，并在中国社会主义文艺学会网站公布。

2023 年"新时代中国法治文学精选"丛书继续由群众出版社出版发行，共 8 部，收录长篇小说 6 部、中篇小说集 1 部、短篇小说与报告文学集 1 部，并将所有入选作品名单收入附录。

中国社会主义文艺学会法治文艺专业委员会
2023 年 12 月 31 日

目录

短篇小说

报告文学

短篇小说

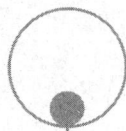

千丝万缕

少 一

一

现在，史思明的大班台上摆放着两本厚厚的案卷。陈旧的那本，边上装订的麻线已然发暗发黑，泛黄的纸页让人不忍翻揭，疑心它们经不起指头的捻动。簇新的那本却散发出一股清香的书卷气味。如此这般地并列陈放极像是对旧卷的唾弃，带着某种寻衅的嘲讽。

从案件的意义上说，两本卷宗风马牛不相及。前者的强奸案早已尘埃落定，成为岩门县公安刑侦史上一斑发霉的记忆，编号后收藏于档案室的某个角落；而新卷涉及的则是一起传销犯罪案，涉案数额巨大，目前尚在侦办之中。两本卷宗牵连起二十二年的时光，有着令人意外的交集——一对男女同时卷入两案之中，而且系主犯，就像一部电视剧中的男一号和女一号，缺了谁都不成。这还不够刺激——当年的强奸者和受害人如今不仅成为传销犯罪的同伙，而且还是名正言顺的夫妻。这样的巧合别说写进小说里会令读者对作家不靠谱的想象力表示费解，就连史思明也感觉不可思议——哪怕他就是当年那起强奸案的主办侦查员。

二十年后的史思明已经成为岩门县公安局副局长，分管刑侦工作。追溯起来，他在仕途上能走到今天，固然得天时地利人和，但那起强奸案的成功侦破作为他成长史上的关键拐点，无论如何都绕不过去。这些年来，每当肩头没有案子压力的时候，他常常幽坐于办公室，就着一杯香茗回想自己的过去，总是暗自庆幸——在急需给组织交出一份满意答卷的时刻，那起强奸案的发生，不仅考验了他，也成就了他。

翻开日记本，他找到了与案卷相对应的那起强奸案。没错，男女主人公都对上了，他们绝对是一对欢喜冤家。作为一名职业侦查员，史思明对自己的记忆有着满满的自信。他看到案卷的第一眼，封面上韩先哲和冉雯的名字跃入眼帘时，那些尘封于脑海里的案件细节就被迅速激活。他之所以找来日记本作进一步确认，无非出于一名职业刑警本能的严谨——口记不如淡墨。从干上刑侦那天起，他就养成了每天睡觉前记事的习惯。

——二十年前的那个下午，他被单局长叫到办公室。一个警校毕业、参加工作时间不长的普通侦查员，被局长点名叫去主办重要案件并不是常有的事情，至少对史思明来说，那还是第一次。局长姓单，来历可不简单。拔擢到岩门县公安局任局长之前，他在市局刑侦支队一直干支队长，全市的大案要案都要过他的手。所以，谁是不是块搞案子的料，他眼睛眨巴几下心里就有谱了。史思明已经被单局长列入次年提拔副大队长的人选，可和几个班子成员私下通气时，有人提出史思明搞案子虽说是把好手，但毕竟工作阅历不够，恐怕难以服众。所以，单局长需要一个有说服力的理由让大家诚服，史思明则成败在此一举。不过，对这样的内幕，当时的史思明知道的并不太多。他能想到的似乎只有领导的信任，比泰山还重的信任，自己不能辜负。

刑警大队长华哥在座，分管刑侦的郭副局长也在座，足以见得事情非同一般。史思明一进门，单局长就把门扣紧了。他忧心忡忡地说："受害者家属刚从我这儿离开，把几位匆匆叫来商量一下，这案子不破很成问题。"在单局长随后的介绍里，一起老师强奸女学生的案件呈现出粗略的轮廓，而且，在派出所的经营下，这案子已经被弄成了夹生饭，吃不是，吐也不是。初学理发的人最怕遇到盘腮胡。搞侦查工作的人听说强奸案就头痛。除去轮奸，那糗事多半都是一对一，证据非常有限，碰到嫌疑人死活不开口的，你就是福尔摩斯附体，组成一个"狄仁杰"式的专班也拿他没什么好办法。

当时的情况的确比较糟糕。

"五一"长假之后，县一中高一年级班主任鲁老师发现冉雯没上晚自习，便问班上的同学。和冉雯睡上下铺的 Y 女生证实，冉雯当天上学了，她俩一起吃过晚饭。还说，吃饭时，冉雯特意把远在南方打工的母亲的电话号码写在一张纸条上交给她，让她代为保管。Y 同学感觉蹊跷，问冉雯什么意思。冉雯说，你拿着就行了，别问那么多。鲁老师听后觉得有问题，照着纸条打电话过去问，冉雯的父母亲急得慌了神，决定马上回家。冉雯在大学读书的哥哥得知坏消息后，也登了妹妹的QQ，协助学校找人。

一夜无果。

第二天，冉雯的父母赶到学校。翻开女儿的箱子，他们在箱子的底层发现了一份遗书样的书信，内容如下——

爸爸妈妈：

　　请原谅女儿不孝，对不住你们的养育之恩。由于不小心，我把你们寄来的两千元生活费弄丢了。我知道这是你们辛辛苦苦日夜加班挣来的血汗钱，很不容易。可是，女儿也活得并不轻松。你们常年在外打工，只把我和爷爷奶奶扔在家里，过年都不回家，使我没有机会和你们交流。你们可曾知道女儿心中有许多委屈？就连我唯一敬重的初中班主任老师曾经都欺负过我，使我无法感受人间的温暖，看不到前途的光明。对不起，我对生活已经彻底心灰意冷，真想去一个安静的地方……

　　这样的文字情真意切，足以打动任何铁石般的心肠。同时，它也给父母传递出一个可怕的信息和一个隐约的谜面——初中班主任老师究竟怎样欺负了冉雯？这种欺负到底对女儿造成了多大伤害？如果发生不测，它们之间有着怎样的因果联系？所有这一切，都集中指向一个目标——必须马上找到孩子，把事情搞清楚。

　　学校和家长正焦头烂额时，冉雯的哥哥传来信息，妹妹在QQ上留言，说是想到河边走走，并流露出轻生的意图。学校感到事态严重，紧急发动师生分两路沿河岸寻找，结果在一座水电站的拦河大坝下，发现冉雯正坐在河边，望着汹涌翻腾的河水发愣……

　　班主任老师批假，同意让父母把冉雯带回家中安抚情绪。自上学以来，这是冉雯和父母亲最贴心的相处。几天的交流中，冉雯说到了她初中时的班主任老师韩先哲。她说，韩老师有很好的教学方法，深得学生夸奖。他幽默风趣，关心体贴学生，让同学们感到亲切……可是，就在初二上学期的一天晚上，冉雯想不到自己敬重的韩老师把她叫到房间，以辅导物理课为名欺负了她……

冉雯的话半遮半掩，但作为过来人，父母当然知道女儿嘴里的"欺负"意味着什么。两年多了，冉雯心中的阴影至今挥之不去，可见韩老师给孩子造成的心理创伤有多么深重。他们决定找韩老师讨一份迟来的公道，抚慰女儿的心灵。父母心里很清楚，两年过去后，这块伤疤在女儿脆弱的心里已经结痂，再戳开它定然会流血疼痛。但长痛不如短痛，他们欠女儿太多，这么做也算是给孩子一份爱的补偿。

上午九点多钟，冉雯和爷爷奶奶、爸爸妈妈一起坐舅舅的面包车，来到岩门县第五中学找韩老师——教完冉雯那届初中二年级，韩老师就因教学成绩突出被调往五中，教高中物理。如果不是东窗事发，他将不仅以拔尖的业务水平赢得领导和同事的称赞，还会继续保持为人师表的道德形象，受到学生和家长的尊重。可惜恶有恶报，他不该自毁前程。

当然，这种事情如果闹开，对韩老师和女儿的声誉都不好。冉雯父母亲的做法保持了相当的理性和克制，他们没让舅舅的面包车直接开进学校，而是把韩老师约到校门口见面。大家都没下车，担心让熟人认出来不便解释。舅舅摇下车窗玻璃，指着坐在后排的冉雯问韩老师："你认识她吗？"就这么一句话，把韩老师的脸顿时间得刷白，汗水一个劲乱飙。

舅舅："你看怎么办？"

韩老师："我错了，请求你们原谅。"

舅舅："一句错了就完事，这么便宜？"

韩老师:"我向你们表示歉意,并愿意从经济上补偿冉雯,支持她完成学业,将来成为国家的有用之材。我、我也只能这样做了。"

最后,韩老师表示自愿拿十万元赔偿金了难。父亲始终一言不发,他垂着头,吹气似的咕嘟着腮帮,拳头攥成两个铁疙瘩,手心里似握有一块被浸泡过的海绵,有汗水从指缝间溢出来。母亲没正眼朝韩老师看,她把头扭向窗外,目光里一片空白,泪水流过脸庞。直到舅舅和韩老师达成口头协议,她还在咬着牙帮不停地摇头。是啊,那是女儿千金难买的贞洁,是一个女人需要一辈子用生命呵护的人格尊严。现在,这一切都让道貌岸然的韩老师用区区十万元买断了。作为母亲,她心里不服啊!可是,这件事情关乎女儿未来的成长,哪有万全之策?她再不满意,也只好选择默认。

如果没有后来的变卦,由韩老师酿成的这杯苦酒,大家都只好忍气吞声咽下去。哪想到韩老师昏聩至极,转过背去,便听信别人蛊惑,非要把举起来的石头往自己脚上狠砸!

二

案子最先是由公安局网监大队报给史思明的。史思明召集办案单位和局法制室经过审慎研究,决定以韩先哲和冉雯涉嫌组织、领导传销活动罪立案。随着调查的深入,史思明发现此案不仅涉及的案值太大,而且网络遍及全国十多个省市,受害者达数万之众。这在岩门县公安局办案史上尚属首例。这么复杂的案情,单凭网监大队的力量肯定拿不下来,必须成立专案组,统筹和协调侦查工作。于是，史思明指定这起案件由网监与经侦两家联办，自己成了责无旁贷的组长。

网监大队长曾浩先天具有干警察的潜质。他遇事喜欢琢磨，脑瓜子转起来比陀螺还快。就在三个月前，县里搞了一个教育扶持基金募捐活动，主管教育的副县长亲自到场参加启动仪式，需要公安局抽调警力维持现场秩序。那次，韩先哲是特邀嘉宾。曾浩从会务介绍中零星获知，韩先哲本是岩门县人，早年在外打拼创业，积累了可观的财富。发达后的韩先哲致富不忘桑梓，这次回家乡，不仅在老家虎头山义务修建"哲人养老院"，把全乡的孤寡老人都接去颐养天年，而且还提议县里设立一个教育扶持基金，以帮助那些贫困学子完成学业，为家乡培养人才。韩先哲财大气粗，这次捐款据说准备出手一百万元人民币。

主持人宣布活动开始，韩先哲胸佩大红花，面带微笑和副县长一道走上主席台正中。曾浩执行保卫任务的岗位正好位于主席台左侧最抢眼的贵宾入口处。他第一次目睹韩先哲从眼前走过。韩先哲年近天命，留着寸发，鼻梁上卧一副眼镜，白净的脸上明显看得出剃须刀工作过的痕迹。他脚蹬一双懒鞋，一件灰色棉质对襟衫包裹着他清瘦的身子，稳健的走姿看上去有种仙风道骨的飘逸。这令曾浩无论如何都没有想到，一个身价数亿的富翁会是这么一副随乡入乡的打扮。如果单单以貌取人，你走在县城任意一条狭窄的街巷，随便碰到他，一定会把他的职业和那些蹲在街角陌巷抽彩头、算命的"半仙"联想到一起。正是韩先哲这种外在的反差激起曾浩心中的好奇和关注，警察骨子里对一切非正常事物的求知令曾浩对这位大神颇感兴趣。

事情果然没那么简单。

曾浩终于踩住了韩先哲的尾巴。他和弟兄们初步查明，近年来，韩先哲出任深圳两家公司的法人，创建了一个名为"循环财富 GP8"的第三方交易平台。该平台模拟股票交易模式，打着只赚不亏的幌子诱骗他人注册，成为公司的所谓"理财达人"。几年时间里，韩先哲的公司在全国各地成立服务中心八十多个，发展会员两万多人，注册了五万多个账户，设立管理层级数百之多，涉案金额高达六亿多元人民币。而且，韩先哲夫妇的黑手早已伸进家乡。他们在忽悠乡亲捞取不义之财的同时，极力包装自己，把魔鬼的本色涂抹成天使的脸谱。他慷慨解囊的那些善款只不过是巨额赃款中的九牛一毛。善良淳朴的家乡父老凭着追求财富的一厢情愿，把自己积攒的钱财拱手相送，创造了韩先哲夫妇网络敛财一夜暴富的神话。韩先哲捐献给家乡的那点钱说穿了就是羊毛出在羊身上。

曾浩他们的动作够快，在获取线索来源和充足证据之后瞅准时机，发现韩先哲夫妇正在岩门县城活动，将他们抓了起来。

这便是基本案情的回放。

曾浩敲门进来汇报案子的最新进展时，史思明穿越的神思还没完全从班台上的两本案卷中拽回来，以至于当他发现曾浩已经瞥见那本旧卷宗时，心里不禁忐忑一下，伸向卷宗的手出现轻微的颤抖。这本强奸案的旧卷是史思明打电话特意让办公室负责保管档案的小卓送来的。他并没告诉小卓翻出这本陈谷子烂芝麻的卷宗干什么，小卓当然也不会多话，这是规矩。

史思明刚才处理卷宗的慌乱和失态一定瞒不过曾浩的精明，但精明的曾浩已经转过身去，绕到饮水机那儿接水。他用这个华丽的转身给上司留足了收拾卷宗的时间，免去了彼此之间的猜忌，回头再看桌面，那儿早已云淡风轻。

"史局长，这是个家族式犯罪案件，韩先哲和冉雯的儿子韩杰雄属同案嫌犯，要迅速抓获归案。我准备下周去趟深圳——按规定，二层骨干出县城必须向分管领导请假报告。"

史思明怔忪一下。

二十二年前，韩先哲和冉雯还是一对水火不容的仇人。多年后，这对当年的宿敌却成了同床共枕的夫妻。其间到底发生了怎样悬疑的故事，是什么力量具有如此强大的神功，能消融不共戴天的情感坚冰，拉近毁灭与重构之间的距离？史思明进而悲观地想，如果世界上所有的仇恨都能以这种近乎魔幻的方式消解，警察的存在还有什么意义？他甚至怀疑自己当初所做的一切是否百密一疏，亲手制造了一起冤假错案。说到他们的儿子韩杰雄，史思明知道，一定不是韩先哲和冉雯亲生的。韩先哲被判了十年，就算他在监狱服刑期间表现再好，至少没八年出不来。而冉雯当年还只是一名高一学生，她怎么会和韩先哲有了儿子？只有一种解释，韩先哲婚姻重组，冉雯当了后妈。

史思明看着曾浩，在想，关于韩先哲和冉雯那段复杂的前史要不要对这个下属说清楚，抑或说，要不要提示他对犯罪嫌疑人的经历作进一步深挖，深挖的结果对眼下这起案件的办理又是否有关联和帮助。这些问题，在史思明心里搅成一团乱麻。他可以肯定的是，二十年前还没有计算机录入，所有案件都是手写存档。那时候，曾浩也不知在哪儿求学，离迈进公安局的门槛还有一段很长的路。所以，只要自己不说，曾浩就无从知道韩先哲和冉雯过去的那段宿怨。

史思明想了想说："先别急着抓人，他跑不了。这段时间局里

11

人手紧张，忙得抓灰不是抓火不是，你暂时不能走。"

搞案子最忌拖泥带水。史局长向来作风干练，办事雷厉风行，今天他是怎么啦？曾浩对上司的这个做法有点迷茫。

史思明说："你安排一下，我想去看守所见见他们。"

"你要亲自提审？"曾浩诧异道，"有什么疑点你可以提出来，交给我们去办。领导亲自去，没这个必要。"

"不，"史思明摆着手，"我有一些想法要和他们谈谈，或许对你们办案有帮助。"史思明心里揣着猫腻，只能把话说得含蓄。"你看什么时候方便？"

曾浩说："史局长要见人，什么时候都方便。"

史思明对曾浩交代说："不要提前告诉他们，对同事也暂时保密。这件事情仅限于你我知道。"

曾浩领命而去。他这一走，又让史思明被打断的回忆接续起来。

那个下午，韩老师本来约定给冉雯的父母亲付钱，可他们在五中校门口傻等到四点钟才见到他人。韩老师见面后开始耍赖。他说："冉雯说我强奸她，完全是子虚乌有的事。一个堂堂的人民教师不会屈服于这种无中生有的陷害，更不可能接受那些无理要求。"他身子站得板直，口气比马路边的水泥杆子还硬，"我愿意接受组织调查和法律审判。你们如果不服，可以选择任何适当的方式，我奉陪到底。"

史思明后来查明，韩老师之所以这么硬气，是因为他咨询了当地一个小有名气的"土律师"。"土律师"给他支着儿，"强奸案都过去两年了，冉雯才想起来闹，她是不是有病啊？这么苦涩的一副毒药喂给你，你张口就喝，简直辱没人民教师的智商！再说，你花钱不仅买不来平安，反而授人以柄，只会把自己推下悬崖。防人之口甚于防川，天底下哪有不透风的墙呢，你以为出了钱就会风平浪静？幼稚之极！糊涂之极！""土律师"的话对韩老师是一个莫大的鼓励。他算过一笔账，别说付给"土律师"的法律服务费与十万元相比少得可怜，而且有名有节，让自己化险为夷，平安闯过难关。他只是没想到，自己会碰上史思明这个铁杆冤家。韩老师一时的侥幸心理不仅没让他逃脱法律的天网，反而让"土律师"抱着他结结实实地摔了一跤，教训可谓惨痛。

韩老师的无耻激怒了冉雯一家人。他们掉转车头，径直开到五通庙派出所报案，民警在冉雯母亲的监护下做完接待笔录。次日上午，韩老师被传讯到派出所接受调查。结果可想而知，韩老师只是个角儿，都是按照"土律师"给他编好的台词说的。对这起过去两年之久的强奸案，派出所感到有点束手无策。受害人冉雯提供不出任何证据，韩老师也说得滴水不漏，警察就只能有待后续调查了。摆在眼前的问题是韩老师要回到他的教学岗位上去，学生的功课耽误不起。办案重证据，派出所不能犯常识性错误，无条件地限制他的人身自由。于是，韩老师主动提出交给派出所三万元保证金，保证随叫随到配合调查——这在二十年前的基层派出所是允许的，后来法制逐步规范可不行了。韩老师去了派出所一趟，怎么去的又怎么回来的，毫发无损。这件事让冉雯的父母揪住了"把柄"，说派出所收钱放人，玩的是有钱使得鬼推磨的套路。于是，他们找到单局长讨要说法。在他们的执念里，如果单局长和派出所一个鼻孔出气，对韩老师官官相护，他们就上访，去省城，去北京。他们坚信天下总有说理的地方，当代包公也是有的。

单局长说："情况大抵就这样，听听各位的看法。"

几个都不说话。因为谁都知道，局长要大家谈看法，只是个虚晃的谦辞，看法肯定早就装在他心里了。单局长是何等人物？你非要充好汉在关老爷面前舞大刀，那不是傻到家了吗？

郭副局长直言道："局座，不必耽误时间，你把想法说出来，我们照着执行就是了，搞案子，你是专家。"

单局长顿一下，说："我对冉雯的报案有一个基本判断，那就是这起强奸案是成立的，受害人没有诬陷韩老师。理由有这几个，第一，一个高中女生不会拿自己的声誉作赌注，凭空捏造事实，嫁祸于自己的老师。这样的玩笑非同儿戏，谁都开不起，冉雯主观上没这个必要，她更没这个胆。第二，韩老师在与家长的第一轮接触中，主动提出拿钱消灾，这是不打自招，足以说明许多问题。至于他后来受'高人'点拨而反悔，完全在预料之中。第三，那笔保证金也多少暴露出韩老师的心虚，他急于获得自由的背后一定另有盘算。当然，我说的这些仅仅是案子成立的理由，与破案完全是两码事，工作要靠大家去做。"

郭副局长说："我们的侦查工作就是要在复杂情况下寻找各种可能。案子既然可以定下来，剩下的就只是技术问题。"

华哥说："案子成立就得办，破不破得了是一回事，但我们必须穷尽所有办法，搞侦查说白了就是攻克刑侦工作中的技术难关。"

单局长赞同地点头。"工作不做到位，人家会上访。到时候，我们比较被动。"他朝史思明努努嘴，"小史，我们商量了一下，这案子由你来担纲主办。有什么想法，你说出来听听？"

对单局长的点将，史思明并没感觉突兀，从进门起，他就知道有重活儿了。他说："报告局长，我刚才只是听了个大致情况，对案情没有详细了解，还谈不出具体想法。"

"嗯?"郭副局长脸上掠过一丝阴翳，"小史，局长对你高度信任，你可不要辜负领导的期望。"

单局长接话说："小史的说法我理解。他是个干实事的人，说的也是大实话。搞案子谁都吹不起牛，在心里没底之前，保持低调是一种好品德。"

史思明说："局长，我接受任务，但我有几个要求。"

这话就有点犯忌了。郭副局长的脸上蹙了一下。

单局长没在意，挥挥手，"你说，我现在就拍板。"

华哥赶紧给史思明递眼色——史思明有条件只能对他这个大队长提，怎能当着局长的面讲价钱——他有点不识抬举了，这样会坏事的。

史思明故意不朝华哥看，有话只管说。

单局长听完马上表态，"人手没问题，我有安排，除了你的搭档小丁，五通庙派出所近期的中心工作就是配合调查这起案件，你可以随时问所长要人。钱也好办。兵马未动，粮草先行嘛。你先到局财务室借点出来，以后在专案经费里报销。至于交通工具嘛——"

华哥吁口气，他不能坐等局长拍板。他说："这个好解决，你就用队里的一号车。"要知道，一号车平时多半都是华哥的坐骑，他盯得比老婆还紧。

最后，郭副局长提示史思明，"你能不能简单谈点工作思路?"郭副局长总觉得四个人的小会议不能就这么草草散场。

史思明犹豫说："这个，还真没有。"

郭副局长半咳一声，还想说点什么，单局长打断他，"老郭啊，我们迟早都在沙滩上，要学会放手，充分相信年轻人，不要过多干预他们的工作，让小史放开手脚按自己的思路干吧。"

郭副局长有点讪然。"也好，小史，你就按照局长的指示大胆干，我们不问过程，只要结果。"

三

其实，史思明对这起强奸案是有想法的。刚才当着局长的面，他只是不想说。他承认局长对案子成立的判断，但他心里有个疑问，冉雯为什么两年后才想起报案？这涉及冉雯的真实动机，必须搞清楚。

在去五通庙派出所的车上，史思明安排助手小丁配合派出所的哥们儿先接触那天上午去五中找韩老师的五个人，把材料固定下来。小丁不甚理解师父的"固定"是啥意思。在他想来，那天去的五个人是冉雯的爷爷、奶奶、爸爸、妈妈和舅舅。他们都是受害者的直系亲属，从法律意义上说，证据效力是有限的，何况派出所已经问过他们，再问也是"炒现饭"。

"不是有现成的材料吗？"

史思明说："我看过那些材料，粗糙了点。你得重新来一遍，知道怎么弄不？"

小丁是新警，学的虽是刑侦，理论一套一套的，但实战经验尚欠火候。跟师父两年多，他对史思明的办案风格心中有数。像这种多人在场的证据要"固定"到什么程度呢？史思明的要求是连每个人当时所在的位置、谁说的什么话都要一清二楚，跟排戏一样，能够按照材料重新还原现场情景。

"我看意义不大。"年轻人性子急，小丁不想做那些意义不大的事情，他喜欢冲锋陷阵。

在证据效力问题上，小丁的理解和史思明显然有差异。史思明说："我知道他们五个人的证词法律效力有限，但你应该懂得它对案子很关键。它至少说明一个问题，韩老师一开始是准备拿钱了难的。十万元可不是点点钱，善财难舍，他为什么自愿掏腰包？他花这么大的代价到底想要了结一件什么事情？这既是我们传唤韩老师的理由，也是他必须替自己解开的死结。小丁，这是局长出给我们的一道难题，你要有思想准备。"

"跟师父干，我从来就没轻松过，也没心虚过。"

"韩老师现在不是一个人在战斗，他有'土律师'在背后撑腰。我们面对的是一场硬仗，工作增加了难度。"

不提"土律师"还好，一提这个，小丁就起牢骚。"那个家伙纯粹是捣乱，破案后连他一块儿收拾。"

"怎么收拾他？"

"定他个包庇罪，难道不可以？"

"你有证据吗？人家靠这个职业吃饭，他会把尾巴夹得紧紧的，让你踩不到。"

"见钱眼开，太没道德了。什么破律师，他就是个搅屎棍、公安机关的麻烦制造者。"

史思明说："我同意你的看法，律师如果带着'土'字，他多半就成了唯恐天下不乱的搅屎棍。但事物总是一分为二的，抛开职业操守不谈，中国现阶段的法制建设还真需要他这样的搅屎棍。过去，警察中有少数人执法太任性了，给警察脸上抹黑，我们需要逐步规范和监督。再说，我们破案子不要老指望瞎猫撞上死耗子。侦查工作越是具有挑战性越刺激，只有那些与高手过招取得的胜利才能彰显法律的神威，也方显英雄本色，让我们获得成就感。"

晚上九点钟。一中某间办公室里，史思明和小丁等来了下晚自习的冉雯。她蓄着娃娃头的短发，蓝底白条纹的校服穿在身上十分合体，只是脸上看不出活力飞扬的青春气场，反而在眉宇间能捕捉到一丝与她年龄不符的忧悒。她站定在进门后大约一米远的位置，警惕的目光扫过眼前两个陌生的男人，就像做好随时逃出去的准备一样。

"冉妹子，我们是来帮你的。"史思明指着沙发，"请坐吧。"

知道两位的警察身份后，冉雯看不出情绪上的变化。她就像一个影子移到沙发上，即使所坐的位置瘪下去，也没发出任何声响。

"妹子，听说有人欺负你，我们替你感到委屈。"史思明尽量避免言辞的生硬，他回避"强奸"，巧妙地借用"欺负"一词，在感情上拉近和冉雯的距离。"我想，你此刻一定需要警察的帮助。"

"你们不是把他放了吗？"冉雯的话怼得不轻。她都懒得称韩先哲"韩老师"了，而是改用毫无感情色彩的第三人称，可见内心深处潜藏着深厚的隔膜。

"你见过猫抓老鼠的游戏吗？猫把老鼠抓住后并不急于吃它，而是抓了放，放了抓，逗它玩，玩够了才吃掉它。你说，猫为什么要这么做？"

冉雯小时候还真见过这游戏。她大概明白这两位警察要用它比喻什么。

"因为猫有把握，老鼠逃不出它的掌心，就正如坏人逃不过法律的惩罚一样。谁只要做过坏事，我们就不能放过他，好不好？"

小丁不得不佩服师父有几把刷子。面对少女冉雯，一个难于启齿的话题被他三言两语就绕上正道，而且那么熨帖、温馨，就像在讲述一个童话故事。

接下来，史思明从冉雯嘴里掏出了他所需要的东西。那些东西虽然有限，但对办案来说，已经足够他们忙活的。

——冉雯提到两件重要物证。

冉雯记得很清楚，那天是个周四，因为第二天放周假，她就回了家，晚上把那条短裤扔了——下了晚自习，韩老师把她叫到房间，说是要给她开小灶，补物理。房内没别人，韩老师后来就提出给冉雯检查身体。他很猥亵地说，女孩子到了青春期，可要注意生理卫生。老师这是关心你、疼爱你……

事情发生后，她给母亲写过一封信，隐隐约约谈起这事。长这么大，冉雯这是唯一一次给母亲写信。这种事做女儿的只能说给母亲听，当着面都难以启齿，何况还没法当面。她希望用这种隔空交流的方式向母亲诉说自己遭受的不幸，以寻求一丝心理慰藉，可是，这封信最终没发出去。母亲在电话里说，写什么信啊，工厂这么大，上班的人太多，不一定能收到。有话还是在电话里说吧，多方便。

母亲的话让冉雯感到无助和伤感。对她来说打电话才不方便，家里没装电话，要打只能去邻居家。花钱事小，有些话当着别人怎能说得出口？她只想告诉母亲，女儿在学校被老师欺负了。她想让母亲告诉她，自己应该怎么把这黑暗的一页翻过去，驱散心灵的阴霾。然而,母亲把女儿沟通的渠道堵住了。母亲交代说:"你要照顾好自己的身体,记得及时加减衣服,当心感冒;你正是长身体的时候,要吃饱饭,不要节约伙食费,我和你爸爸打工,供得起你和哥哥读书;你要发奋努力,把学习成绩搞好,将来考一个好大学……好了,长途电话很贵,我和你爸爸过年就回来。哦,在家听爷爷奶奶的话。"母亲该说的都说了,冉雯想说的却一个字也没说,母亲一直不住嘴,没给她说话的机会。对冉雯来说,母亲每次都是这些现话,她不要听。她想说的话,母亲也不要听。冉雯只好把那件事埋在心里,当种子一样深埋。那是一颗带有毒性的种子,跟罂粟一样,有着顽强的生命力,谁也扼杀不了它。这就难怪它为什么会在两年之后发芽破土,因为它已经长大,冉雯心里再也装不下它了。

按照冉雯的说法,那封信她应该保留着,没有销毁。她希望有一天母亲回来能看到它。她说信可能放在家中那口木箱里。冉雯家里已经新修了楼房,原来的老土墙屋被当成杂物间用来堆放物品,那口木箱被弃在老宅里。史思明和小丁匍匐在光线暗淡的土墙屋,像淘宝一样翻找那封书信,结果令人失望。要说有所收获,他倒是发现了冉雯的一本日记,从头翻到尾,有两篇引起了史思明的注意。

×月×日

　　韩老师,在我心里,你一直是个偶像级的人物,我曾经多么佩服你的知识和才华。可是,想不到你那样恶浊,居然欺负我。现在,我有多么恨你,恨你恨你恨你……

冉雯的心路历程为什么会发生这种变化？他们师生之间究竟产生过怎样的龃龉？日记中说得并不了然，但史思明可以断定，它一定是冲着那个"欺负"说的。

×月×日

　　今年过年，爸爸妈妈又不会回来了。他们的借口每年都一样，总是说春节期间车票涨价，回来一趟要花很大一笔路费，还不一定能买到票。反正在家里也待不上几天，还不如节约票钱。而他们留在厂里加班，春节假期每天都能拿到双倍的工资。我能说什么呢？我理解他们。作为父母，谁不想念自己的儿女，谁又不想和自己的亲人团聚？只怪我们家太穷，穷人家的孩子也最容易遭人欺负……

史思明的心结解开了。一个遭受老师"欺负"的女孩一直找不到倾诉的出口；一个人心里揣着块垒，用两年时间在不停地消磨；一个贫困家庭的孩子，一下丢掉两千元生活费。把这些联系在一起，冉雯被"欺负"的事在过去两年之后才露出冰山一角就不难理解了。

冉雯的爷爷奶奶是那种持家的人。他们说，家里的旧东西从来都舍不得往外丢，这是他家的传统。旧衣服不能穿了就拆成布片，洗净晒干，留着粘布壳子，做鞋子用。那么，冉雯的那条旧短裤只有在某种特定情况下才会被扔进屋门口的堰塘里。史思明要小丁把这些情况记下来。小丁一开始不以为然，待他弄懂了这里面的逻辑关系，才不得不佩服师父关心的每个细节都包含着博

21

大的学问。

堰塘约一亩水面，水并不深。两台抽水机架在塘堤上，"突突突"往外抽水。乡亲们只知道冉雯家里要起塘卖鱼了。几个不认识的"鱼贩子"下到齐腰深的水塘里仔细摸捏，连每一寸塘泥都不放过，就是没发现那条短裤。可冉雯清楚地记得，她是趁着夜里没人注意把那件晦气的东西扔进水塘的。史思明泄气地想，才只两年时间，不至于烂得连渣都没有，难道是被鱼撕咬吃了？书信没找到，日记本还能勉强印证点什么，如果这条短裤也没了，案子真就有点卡。

堰塘比屋前的晒坪大约低两米，晒坪与塘面之间隔着几棵橘树。史思明想，夜里视线不清，冉雯扔出的短裤在风力作用下，会不会飘落在橘树上？他把自己从塘泥里拔出来，蹲在橘树下的渣草里扒拉，最上面是一蓬猫儿刺，刺下有一层乱草，扒开乱草覆盖着的一面浮土，惊喜在想象中翩然而至，那条红底白条纹的短裤赫然呈现，撞得史思明的眼仁熠熠发光。他如释重负地吐出一口气，脑海里顿时跳出一个词汇：天不藏奸！

四

二十年后的这次相见，对冉雯来说是意外的。

当监管民警把她领进看守所一个小办公室，第一眼发现史思明时，她并不以为自己认错了人，最多只是把他当成一个和史思明长相有几分相近的男人。是的，史思明现在身体发福，头上参差的白发和面部交错的纹路改变了他不再青春的形象。在办案民警的多次讯问面前，冉雯一直不想打听史思明这个人，曾浩他们也从未提及他，这让冉雯感到某种庆幸。她不是害怕面对他，而是不想见他，这种想法来自骨子里的抵牾。

相较而言，冉雯还是当年的样子。

监管民警出去时，门被轻轻带紧。冉雯垂首而立，目光落在脚下的地砖位置。灯管白炽的光从头顶泼洒下来，在地砖上投出她模糊变形的身影，像命运一样叵测。史思明不由得想起二十年前，在一中那间办公室里，冉雯站在门边的情态。他暗自闷了一下，她今年应该三十六岁。可眼前的冉雯和十六岁的高一学生相比，除了身上的囚衣替代了当年那套合体的校服，除了周身洋溢着一个少妇的成熟外，似乎看不出太大的变化。那么，冉雯这二十年来的人生一定并不如史思明想象得那般悲情。

史思明指指椅子，"请坐吧，我们谈谈。"

"报告政府，我还是站着说话。"

"为什么？"

"我是阶下囚，和你不能平等，没有坐的资格。"

"不，我们已经是老朋友了。"史思明并没想到冉雯会没认出他，他只想通过这样的强调缓和她的对立情绪，以便接下来的交流畅通一些。"我不是在提审你，你知道，提审应该在审讯室。"史思明抖抖自己的便装，"这也不合规定，况且只有我们两人。"

冉雯的身子不由自主地抖了一下。她把头缓缓抬升，尽量回避和史思明的目光迎面相撞。当一个事实得到确认后，她表情冷淡地说："那就请你换个地方说话吧，这样真不合适。"

冉雯的冷漠让史思明颇感费解。当曾浩告诉他已经做好见面安排时，关于这场时隔二十年后的重逢，史思明在脑海里曾设想过多种版本，唯独这种情景超出他的预想。

"知道我为什么要见你吗?"

"当然知道,你比我更知道。"

冉雯的回答具有超强的破坏力,她把史思明内心深处的动机击得粉碎,如齑粉般散落一地。

"你很不理解一个女人为什么会和当年强奸她的男人生活到一起吧?你是不是想从我嘴里满足一份好奇呢?"

诚如她所言,史思明真想知道他们一路是怎么走过来的。他们的相逢一笑颠覆了常识,让史思明头上的光环黯然失色,他感到了职业生涯中前所未有的挫败。

如此还不罢休,冉雯的唇枪仍在射击,"你是不是觉得当年替我伸张正义,将韩先哲投进监狱,我便欠你很多,应该用一辈子的感恩来报答?"

没错,冉雯当年是说过这样的话。

案件破获后,冉雯一度精神压抑,感到无法面对生活。史思明对她做过心理辅导,那是他俩的最后一次谈话。史思明说:"冉雯同学,你要正确面对这件事情。这不是你的错,法律已经替你做了最好的正名和回答。你未来的人生道路还很长,要勇敢地迎接一切风雨,因为风雨过后自有彩虹……"

当时,冉雯感激涕零。她说:"我要好好完成学业,将来报答你的恩情。"现在,这些话她肯定忘得一干二净了。

史思明也并没期待她的报恩,他只是不理解,冉雯为什么对他会是这副态度。在冉雯心里,韩先哲且能相逢一笑泯恩仇,难道自己做错了什么,比韩先哲更可恨吗?

二十多年的刑侦工作,史思明还是第一次遭到犯罪嫌疑人如此不留情面的反诘。

此时，角色定位完全颠倒，冉雯已经占据主动。她接连抛出的问题令史思明如鲠在喉，一时想不出周全的答词。

史思明不得不从心底默认，冉雯射出的箭已然击中他的要害。那起强奸案破获后，单局长力排众议，用最具说服力的理由将他提拔成刑警大队副大队长，成为全局最年轻的二层骨干，使他一路走到今天的副局长高位，统领全局刑侦工作。他后来方知，那起案件不仅仅是考验一个侦查员的聪明智慧，对他个人的前途命运来说，更是一个稍纵即逝的契机。幸运的是他没有辜负单局长，他抓住了机遇。

当冉雯被监管民警带进来的那一刻，史思明内心深处除了有一点道德优越感外，自我感觉里还是一个恩公的形象。没想到时光荏苒，十八年后，冉雯会修炼得如此伶牙俐齿，噼里啪啦将他剥得体无完肤。他回避正面强攻，把话题迂回到另一个问题上。

他说："你们的儿子韩杰雄还没有归案。"他知道儿子非冉雯亲生，这样的话题最能检验后妈。

"你是想拿他作筹码，让我彻底悔罪，求你放过他？"

"他和你们是同案，已经构成犯罪，法律不会放过他，你求我没用。"史思明想要扳回主动，用自己的强硬击垮冉雯来历不明的强大内心。

"那我们还有什么好谈的？请把我送回去。"

"有！"史思明肯定地说，"我想知道你和韩老师后来的交往过程。"

"这是我们之间的事情，与案子有关系吗？你是不是操心太多了？"

"我不敢肯定。"史思明说，"但我怀疑这是韩老师设的局，让你钻进他的圈套。"

"钻了又怎样？人都已经进来了。"

"不是你想象得那么简单。你们组织、领导传销活动，骗取他人巨额钱财，系共同犯罪。但同时，如果韩老师引诱你上套，他是罪加一等，你又何尝不是一个间接受害者？"

在史思明想来，当年因为冉雯的报案，使韩先哲身陷囹圄，受够牢狱之苦。重获自由后，他要千方百计拉着冉雯一起跳坑，是完全有心理基础的。若果真如此，韩先哲最先毁灭冉雯的青春，后来又费尽心机，用婚姻绑架的方式要把她的一生都给毁掉，而最大的悲哀是冉雯沉溺于韩先哲的陷阱里执迷不悟。

史思明说："从这个意义上讲，你有从轻判决的条件。但是，这需要你配合。我的话已经说得够明白了，请三思。"

"那么，我又该感谢你了。我本就欠你人情太多，你还要往上加码。史警官，你让我好感动啊。"冉雯的话酸不溜秋，充满着鄙视的嘲讽和揶揄。"不过，我反而替你感到担心，你不觉得和一个嫌犯这么说话有诱供的嫌疑？你是想改变案件的走向吗？"

"我只想追求事情真相，破解所有可能的迷局，就跟当年一样，不冤枉好人，也决不放过坏人。感谢你的提醒，一个心底无私的警察心里时刻装着法律的公正，我没什么好担心的，你多虑了。"

"这么说，你曾经那么尽职尽责地帮过我，现在还是在帮我？"

冉雯的话，让史思明的脑海里又开始回放那起强奸案的某些情节。

五个人的口供被重新固定下来，日记本有了，短裤也找到了。可史思明知道，就凭这些还无法让韩老师开口。办过那么多案子，他对证据的把握心里有谱。不拓宽思路找到新的证据，他不会轻易惊动对手。冉雯说，她是班上的学习委员，原来每次考试一直都是前三名。自从遭韩老师"欺负"后，她的成绩直线滑落，初二下学期掉到十多名，初三上学期到了二十多名。

"你是怎么考上一中的？"史思明话里的潜台词是，以如此糟糕的成绩，一中怎会录取你？

"我是被逼的。如果不发奋努力把成绩搞上去，我就只能读五中。那时候，韩老师已经调去，到那儿读书，我还会被他……"冉雯嘴唇嗫嚅着，泪水在替她伤心地诉说。

冉雯的回答让史思明感到一阵锥心的疼痛。一个妙龄少女努力学习的全部动机仅仅是为了摆脱禽兽的魔爪，世界上还有什么比这更能激发一个刑警的正义和良知？他在心里对自己说，史思明，如果不把韩老师的画皮剥开，你就脱下这身警服回家卖红薯去吧。

"请你帮助回忆一下，班上还有谁和你的情况一样，原先成绩很好，后来垮下去，最后又冲上来。"冉雯的话同时也启迪了史思明。他没直接问冉雯班上还有哪些漂亮女生，韩老师平时比较喜欢谁。他的问题声东击西，跳跃性里暗含机巧。

"有个女生跟我的情况差不多。她叫侯斌，是班上的文艺委员，和我一起考取了一中。"

"她一定长得很漂亮吧？"

冉雯瓮声说："她比我好看。"

史思明的内心悸动一下，就像目睹一朵盛开的花儿突然遭遇冰雪的摧折。

史思明的预感果然没错。

应该说，侯斌属于那种把一切都看得很开的女孩。与冉雯比，她的心胸显得开阔一些。面对史思明的询问，她很快吐露心曲，韩老师太坏了，警察应该把他抓去坐牢，不让他祸害别人。

侯斌讲述的情节是，她的爷爷利用在校教书的方便，没让孙女住集体宿舍，而是借用了学校一个楼梯间供她免费住宿，与她搭伴同住的还有另外两名要好的女同学。侯斌清楚地记得，她满十四周岁的第三天晚上，韩老师把她叫到房间补习物理，给她检查身体卫生……回到寝室后，两位室友发现侯斌蹲在脸盆上，边用冷水浇洗下身边哭个不停。那是五月天，天气还有些冷。同学问她干什么，侯斌先不回答。室友说："冷水洗了会生病的，一辈子都有影响。有什么事情你就不能好好说吗？说出来，我们可以帮你。"问急了，侯斌恨恨地说："韩老师脏了我，他不是人，是畜生……"

侯斌穿的是一条蕾丝边的白底黑花短裤，可惜她当时就往厕所里丢了——上面沾满湿漉漉的秽物，她永远不想再看见它。

那两个女生家庭条件好，已经转到省城名校读书。第二天，史思明带小丁找到她们。两名同学同时证实了侯斌的话。史思明还查明，侯斌身份证上的生日是按公历登记的，她实际出生的农历时间要比公历少三十五天。也就是说，韩老师施暴时，侯斌尚未年满十四周岁，属未成年人。如果罪名成立，韩老师涉嫌奸幼，法律会重判他。

——监管民警来了。他提示史副局长，时间到了，冉雯需要收监。

史思明看看冉雯，不无遗憾地说："看来，你好像对我有很深的误会和排斥，这个心结不打开，我们的沟通很成问题。回监室好好想想吧，我还会找你谈。"

五

这天下午，史思明也见过韩先哲。

韩先哲对史思明印象深刻。这是个可怕的对手，二十年前的那场较量，他最后全面崩溃，输得一败涂地——

手铐打开，韩先哲被"请"进审讯室的铁圈椅里，待他坐定后，小丁把活动的扶手转过来锁好。旁边的摄像机正对着韩先哲开始工作。桌面上放着一支录音笔，那是史思明借用的道具。

史思明的话像一把刀子，朝着韩先哲的痛处直接切入。

"韩老师，这两年来，你应该寝食不安，时刻都生活在忏悔之中吧？"

"我不明白你的意思。我有什么值得忏悔的？"

"我帮你分析一下，你自然就明白了。你的忏悔主要来自几个方面。第一，你老婆和你是大学同学，为了追求爱情，她放弃省城优渥的工作条件，毕业后随你来到这穷乡僻壤教书，而且是一名非常优秀的英语老师。这么一位贤妻，你却做了对不起她的事情，难道不应该忏悔吗？"

韩先哲一阵觳觫。由"土律师"帮他筑牢的心理防线倒不至于让史思明这几句开场白就轻而易举攻破，令他讶异的是对手居然连他的婚史都做足了"功课"。这是一个怎样的对手？他到底还掌握着自己多少秘密？听他说话底气十足，手里似乎还有大把的"王炸"。

韩先哲说："我没做任何对不住老婆的事情。这一点，我自己心里有数，她也很清楚，你离间不了我们的夫妻关系。我也不知道史警官这么说话是何用意。"

"好，我说第二点。你对不起你未来的儿子或女儿。仅仅因为老婆怀孕不能满足你的性需要，你就背叛他们母子或母女，干下伤天害理的事情，你难道不应该忏悔吗？"

史思明的话像一记鞭子，抽打在韩先哲身上。他尽管只是微微地哆嗦一下，却没能躲过史思明的眼睛。在韩先哲既有的设想里，警察作为一个特殊群体，他们的肢体远比大脑发达，玩智力游戏应该不是自己的对手。想到这一层，他稍微镇定下来，找回一点自信。"史警官，请你注意你的措辞，什么'背叛'，什么'伤天害理'，你不觉得这些贬义词对一个人民教师的人格尊严构成了侮辱吗？我是一个守法公民，你过分了，我会告你的。"

"韩老师，收起人民教师的尊严和荣誉吧，你不配。你还是听我把话说完。两年来，你背着道德包袱，成天端着为人师表的架子在人前晃悠，时刻既为某一天东窗事发而担惊受怕，又因为惧怕事情败露后在领导、同事、学生和家人面前颜面尽失而提心吊胆，你活得不累吗？你难道不应该忏悔吗？"

韩先哲失态了。他身子往上蹭了蹭，眼镜差点儿跌落下来。

"别激动。"史思明知道火候已到，该出重拳了。他说，"你毁掉两个成绩优秀的女生。她们曾经把你奉为心中的偶像，那么尊重你，你却昧着良心糟蹋她们，你能心安吗？你不应该忏悔吗？"

史思明发现，在这轮重击下，韩先哲反而表面变化不大，就像台风过境之后的海面，风平浪静。但他内心的心虚却暴露无遗，躲在镜片后面的目光没有了先前的亮度，宛若一根点燃的火柴突然遭遇狂风，火焰熄灭，只剩下火炭头发出明明灭灭的光亮。

"陷害，污蔑，毁谤。"韩先哲说出一连串词汇。"你们要拿出证据，不能这么血口喷人。史警官，我会起诉你们的，你等着。"

经验告诉史思明，韩先哲的心理防线彻底坍塌了。对，心理战暂时告一段落，下面该乘胜追击用证据击垮他了。史思明戴上手套，从包里拈出一个塑料袋——里面那条红底白条纹的短裤清晰可见。

"时间太久了，你一定不记得这件东西了。可是，两年来，有人替你一直认真保管着，从来就没动过它。我不知道这算不算一个证据。"

史思明很清楚，这条短裤能说明一些问题，但也仅限于说明某些问题。他同样很清楚，韩先哲对这条短裤的证据效力是心里没底的——上面虽然留存过他的排泄物，但他并不知道短裤曾暴露于光天化日之下，历经两年风雨，所有的痕迹都已荡然无存。

韩先哲耷拉着脑袋，极力回避着史思明拎着的塑料袋。史思明提高嗓门，"韩老师，你把头抬起来，好好看看这是什么。你不是要证据吗？如果觉得不够的话，我还可以给你展示一条蕾丝边的白底黑花短裤。"

小丁停下笔录，看着师父。他一定纳罕，侯斌的短裤不是丢了吗？

韩先哲狡辩说："别拿那些东西诈我。如果凭借一两条短裤就可以给人定罪的话，我可以给你出示十条。"

史思明轻蔑一笑，"韩老师，亏你还是个知识分子。你教物理，难道就连一点起码的生物化学常识都没有？你不是还给人家讲过生理卫生知识，帮女生检查身体吗？没错，仅凭一条短裤是说明不了什么问题，但留存在短裤上的物质，在现代科技面前就很能说明问题。你无须开口，它会替你澄清一切。我想，对这一点你不会怀疑吧？"说到这里，史思明顺手举起桌面上的录音笔，"家长第一次和你见面时，你说的那些话都关进这小玩意儿里了。你言而无信，先承诺给人家赔钱，后来听信'土律师'一番唆使，在派出所改口变卦。我说，你猪脑子啊，已经板上钉钉的事情，说完了争取宽大几好，瞎折腾有用吗？你轻信自己的智商，蔑视正义的力量，到头来会是什么结果，想过没有？明者因时而变，智者随事而制。我劝你好好掂量掂量，早点清醒过来。"

韩先哲像一只气球遭遇针刺，"噗"的一声泄了。

终审判决十年。法官的解释是，韩先哲涉嫌奸幼，有从重情节。

现在，韩先哲每天都在真正地忏悔——监管民警介绍说，他每天在监室的铺位上定时打坐、诵经，并向狱友传播他行善积德的教义。

"韩老师，我们聊聊吧。"史思明说。

"聊什么？"

"先问个题外话，听说你信佛？"

"我是俗家弟子，心已皈依佛门，阿弥陀佛。"

"怎么会这样？"

"一个人如果找不到回家的路，出家就是最好的归宿。拜你所赐，我从监狱出来，就成了一个无家可归的人。"

"你这也算出家？"

"心在佛门，出家不拘形式。"

史思明转移话题，"我还是对你的创业史感兴趣，我们谈这个。"

"你最大的兴趣恐怕还是我和冉雯的事情吧?"

史思明并不否认。他说:"我当然想知道你们的过往,可愿不愿说在你,我们不搞逼供。"

韩先哲倒是不像冉雯那么充满敌意。他讲述了自己从出狱到发迹的传奇经历——

"我在监狱蹲满八年,出来后一切都没有了。出事后,妻子请律师到看守所找我离婚,她要趁我的判决结果没下来之前把关系了断。事情走到这步都是我造成的,我是咎由自取,只好依了她。好在她还有点善心,承诺要把孩子生下来抚养成人。她说孩子是无辜的,而且快要足月,她已经感受到新生命的脚步在走近她,不忍心打掉,她怕遭报应。她有这个心,我已经很满足了。

"出来后,我找过她。她已再婚,而且和别人有了孩子。她说我们的儿子取名韩杰雄,正在上学读书。我要求见他,她不准,她不让我干扰儿子已经安定的生活,说我是儿子终生的耻辱,谁都不想自己有我这样操蛋的父亲。我在家里再也没脸待下去了,发誓去深圳打工,哪怕把自己变骡子变马,也要挣钱让杰雄好好读书,将来有一番作为。在厂里的流水作业线上,我没日没夜地加班,把挣来的钱每月按时寄一部分给儿子做生活费和学费,剩余的部分存起来。几年后,我不想在厂里干了,千方百计寻找商机。一个偶然的机会,我结识了马来西亚的 H 先生。他吸纳我加盟他的团队共同创业。他开办了一个吸引别人投资的网站,来钱很快,哗哗哗像流水一样。我凭着自己的敬业,很快取得了他的信任,并成为 H 先生的得力助手,弄清了网站的全部操作和管理流程。干了几年,我也积累了一笔钱,便提出和 H 先生分手,想自立门户干一番事业。H 先生信佛，是个讲义气的男人，他支持我的创业梦想，不仅拒收我送给他的五千美金，还给我提出了许多改进性建议。于是，我很快设计建起了自己的财富平台，事业发展一帆风顺。

"当命运出现转机后，我唯一牵挂的只有儿子。在这个世界上，我已经失去一切。我这个王八蛋父亲亲手制造了儿子的不幸，没有尽好一个父亲的责任，欠他太多太多。我要千方百计地补偿他，给他创造美好的生活。可是，在妻子二婚的家庭里，儿子受到歧视，他走不出我带给他的阴影。他的学业并不如意，两年前勉强混了个高中毕业，来深圳投奔我，我们父子才得以团聚。他协助我打理海外的投资项目。

"哦，我还是说说冉雯吧。

"有一天，我忽然接到拘留所一哥们儿的电话。他说，所里关了我一个老乡，问我认不认识。没等我说话，他就迫不及待地说，一个女的，长得蛮漂亮。哥们儿知道我一直单身，他的电话自然就包含着额外的含义。这些年来，我已经习惯过一种宁静的生活，对朋友的这类善意一般不怎么上心。可当他报出冉雯的名字时，我心里震动了。我让哥们儿侧面打听关于冉雯的更多细节，籍贯、年龄、长相，终于确认就是她。哥们儿说，冉雯是在全市公安机关统一'扫黄'行动中进去的，裁决十五天治安拘留，要想提前出来，必须交一笔保证金和罚金。他说，老兄，对你来说，钱不是问题，说不定你英雄救美一出手，人家来个以身相许呢。

"我没让他瞎叨叨，火急火燎赶到拘留所，把钱交了，让他马上放人。我开车离开拘留所时，那哥们儿还追在我屁股后面喊，喂，老兄，你怎不亲自把人领出去？"

六

曾浩进来了。

他向史思明报告说:"有人专程从深圳赶来,自称是韩先哲的徒弟,要求见师父。我说,这事我做不了主,得我们领导说了算。他们就强烈要求见你,史局长,见还是不见?"

"当然见。"

来了三个人。说得好听些,他们都是韩先哲的大客户。其实呢,每人都有大把的钱被韩先哲的网站吃了,他们是地道的受害者。奇葩的是,这些人千里迢迢来到岩门县只有一个目的,就是看看自己尊敬的师父。师父被关在狱中,他们心里一天也不好受。可能的话,他们愿意出资把师父两口子保出来,还他们自由之身。这在史思明长达数十年的办案史上前所未有。在接下来的交谈中,徒弟们争先恐后给师父摆好。在他们嘴里,韩先哲被塑造成一个完美的道德天使。他思维超拔,务实创新,打造了中国一流的财富平台,让所有投资者都看到了致富的希望;他仁义宽厚,以德报怨,能包容世间一切爱恨情仇,是大慈大悲的长者;他安贫乐道,勤劳拙朴,从不计较个人名利,深受弟子们爱戴……

史思明让他们别说空话套话,尽量用事实说话。

于是,关于韩先哲的某些生活片段被一一连缀。在史思明心中,构建起另一个完全陌生的韩先哲。

"没错,师父通过他的理财网站吸纳了会员们的大量资金。但他的钱对每个投资者来说都是公开透明的,资金去向清清楚楚,没有任何欺骗行为。比如说,他在帕劳投资购买了两艘大型游轮,修建了一栋高档宾馆和一处别墅区。帕劳，你们恐怕很少听说吧？它是太平洋上的一个岛国，小得只有两万多人，是太平洋进入东南亚的门户之一，有着丰富的旅游资源。由于它和我国尚未建交，中国人很少去那儿投资开发。我们师父是有远见卓识的人，他在那里的投资计划正在火热进行中，如果不是你们捣——"讲述者看看史思明，嘴里艮了艮，没把那个"乱"字说出来，"或许，师父的游轮和宾馆早就开张营业了。你们可以想想，帕劳的旅游项目一旦启动，会给我们所有投资者带来多么可观的利润。"

这个情况，曾浩他们已经查清，韩先哲在帕劳确有旅游投资项目，而且都是交给儿子韩杰雄在那边负责打理。可史思明怀疑的是，即使韩先哲赚得盆满钵满，到头来他会给会员们分红吗？鬼知道！现在，因为韩先哲的账面资金被全部冻结，帕劳的开发资金断链，肯定玩不下去了。那边的地产开发成了烂尾楼，游轮也无法按期运营，这些对韩先哲和他的会员们来说，都成了竹篮打水。

"婚姻呢？"史思明故意放了一个烟幕弹，"我发现你们师父比他老婆年龄大不少，他们的爱情也很传奇吧？"

"据说，他们原来是师生关系。冉雯高中毕业后到深圳打工，后来不知怎么进了拘留所。师父知道后，悄悄替她交了一笔罚金，让她获得自由。冉雯出来后找到师父，师父听说她在外打拼的辛酸经历后收留了她，并委以重任，给她丰厚的报酬。冉雯渐渐爱上师父，提出要和他结婚。师父一开始不同意，后来，经不住冉雯的狂热追求，他们才结为夫妻。"

"你师父为什么不接受冉雯呢？我看冉雯哪点都比他有优势，年龄、人才……"史思明假装好奇。

"师父就是这样磊落的人。他觉得自己在人家需要帮助的时候伸出过援手，如果再接受冉雯的求爱，外人会怀疑他善良的动机，师父不是那种乘人之危的人，也不是爱贪小便宜的人。"

"可是，他到底还是从冉雯手里接过了绣球。"史思明有意刺激这个话题。

"师父是个佛教徒。他接受冉雯又何尝不能理解成另一种救赎？"

这样的说法，在史思明听来多么可笑啊。看来，生活中的韩先哲把自己藏得太深。他用障眼法迷惑了众人的视线，让人看不清他的真实面目。怪不得他的网络传销做得风生水起，让那么多受害者心甘情愿地挨刀任宰。

话匣一旦打开，徒弟们有点收不住嘴。

"师父是个信佛的人，他平时吃穿用度十分节俭。你们都看到了，他只穿粗布衣裳，浑身没一件值钱的品牌货。他阔不起吗？不是！他不抽烟不喝酒，不打牌不赌博，也不进娱乐场所，就是个清心寡欲的男人。他从来不吃荤腥，只吃素菜，自己也从不下馆子，每次请客吃饭，十人以内的标准，一餐不超过三百元。他吃不起吗？不是！他经常对我们说，常将有日思无日，莫把无时当有时。你说，把钱交给师父这样的人管理，谁还不放心？可是，他对自己狠，对那些有苦难需要帮助的人却出手大方。我们参观过他投资八百多万元修建在虎头山的'哲人养老院'，好气派啊！那么多孤寡老人都能过上幸福的晚年生活。他们说起师父，人人都竖大拇指，说阎王老儿要给他添阳寿。我们还知道，他倡议成立你们县里的教育扶持基金，一次就捐款一百万。这样的好人，扳着指头数数，世上能找出几个？"

宣讲者最后的结论是:我们师父比起电视里那些表彰的先进人物要强百倍。你们说他骗我们的钱,我就说句丢底的话,即使我们的钱没了,我们也不会怪他。投资有风险,师父的心永远都是善良的。我们愿意承担所有风险。

这哪是在介绍曾经的一个强奸犯啊,简直就是一个慈善事迹报告团在轮流给史思明上一堂道德教育课。难怪,在这起案件中,尽管受害者甚众,却很少有人天天缠着办案人员,要求帮他们追回损失。

"所以,我们这次来,就是希望能把他俩保出来。领导发个话,看看需要多少保证金,只要承受得起,我们倾家荡产也愿意做,卖血也要凑钱。"

最后的话让史思明动了恻隐之心。他想,如果冉雯愿意配合,可以改变对她的强制措施,先取保候审。他继而想到了尚未归案的韩杰雄。他之所以叫停曾浩去深圳抓人,是有自己的小盘算。韩杰雄来到这个世界是一个错误,从一开始,韩先哲就给他埋下了不幸的伏笔。现在,他又被父亲绑架在这起案子上。如果找不到法律的出口对他网开一面,他只会重走父亲的老路,去一个限制自由的地方度过漫长的青春岁月。当年,如果说史思明亲手将韩先哲送进监狱是秉持法律的公正,做得问心无愧的话,那么,如今要是再将他的儿子韩杰雄关进去,他就真的于心不忍了。想到这一点,史思明心里狠揪了一把。他是有心帮韩杰雄躲过这一劫的,但这需要韩先哲和冉雯的配合。可冉雯的冷漠与对立让史思明进退维谷,陷入两难之境。

史思明说:"对韩先哲夫妇取保候审的请求,我现在可以明确告诉你们,冉雯可以暂时改变强制措施,但韩先哲没有可能。"

"拿保证金也不行吗?"

"你们给公安局开一家银行都不行,这个问题就不必再讨论了。"

"好吧,能取一个算一个,总比都关着好,请问领导要多少保证金?"

"保证金的收取是按照案子的涉案价值定的。"史思明说,"他们的案子太大了,完全按规定,你们承受不起。我说个数,你们办得了就办,办不了别勉强。"

"多少?"

"一百万。"

三个徒弟沉默了一会儿,说是需要商量一下。

史思明说:"我还有一件事情想拜托各位帮忙。"

三个人热切地望着他。

"你们找到韩杰雄,让他主动来投案自首,争取宽大处理,躲是躲不过去的。而且要尽快,等我们抓了他,什么都不好说了。我的意思你们懂吗?"

"懂,当然懂。这件事我们愿意做,领导这是为他好。"

七

徒弟们筹集了保证金,到公安局要求给冉雯办取保。

这样一来,史思明就得抓紧找冉雯再谈一次了。如果冉雯不能把自己的罪行和韩先哲从主观上区隔,她的取保候审实际意义不大。因为刑期超过三年,是不适用判处缓刑的,到时候结果出来,她还得被收监服刑。史思明希望能从她嘴里挖出韩先哲诱骗她犯罪的证据。二十二年前的那起强奸案让韩先哲一夜之间身败名裂，他有可能不惜采取结为夫妻的手段拉着冉雯一起下地狱。如果这样，即使冉雯客观上成了韩先哲传销案的同伙，法院在量刑时也会酌情考虑对她从轻判决，最理想的结果可能还是缓刑——缓刑不必在监狱实际执行，判决生效后就释放回原籍。史思明还有个想法，是希望冉雯早点出去后，动员韩杰雄投案自首。

这次，史思明先抛出一个信息试探冉雯。他说："就在前几天，深圳那边来过韩先哲一帮徒弟。"

"他们一定说过很多，你知道的不少吧？"冉雯的话还是不冷不热。

史思明说："我们的交流很顺畅。他们讲了许多关于韩先哲的为人和创业经历，还包括你们的爱情故事。"

"让你见笑了。"

"不，通过他们的嘴说出来，全是正能量。如果不是我对韩先哲的过去有所了解，我会被他的精神所感动，真是士别三日啊！"史思明说，"我还告诉你一个好消息，他们凑齐了保证金，正在办理相关手续，你马上可以获得自由。但自由只是暂时的，如果你和韩先哲真正构成共同犯罪，你还会蹲监狱。所以，我有两个想法，一是希望你出去后能与韩杰雄联系上，动员他主动到公安机关投案自首。只有这样，他才有可能获得从轻判决。另外，我还是上次那意思，想知道你和韩先哲的交往经历，不是猎奇，而是希望从中找到他可能加害于你的证据。"

"真让你失望了。"冉雯不以为然地撇撇嘴。"我实话告诉你，只要韩先哲一天不出去，哪怕就是把牢底坐穿，我也陪他坐到底。请你转告那些徒弟，他们的心意我领了，不必花那个冤枉钱。"

大大出乎史思明的意外，他想到了那首诗：爱情价更高……

"冉雯，你才三十多岁，回头的话，完全可以干出一番事业，创造自己幸福美好的生活。替韩先哲这么死扛会是什么结果，你应该很清楚。"

冉雯对史思明的问题未做正面回答。她口气淡然地说："我还是给你说说我的打工故事吧，你要不要听？"

史思明求之不得。

"破案没多久，我的不幸遭遇就像瘟疫一样在学校传得满城风雨。那些流言在传播过程中被人们的想象力不断加工、放大，直到完全脱离事情的本来面目。在那些八卦的传言里，我成了一个勾引老师的放浪女生，一个缺少家庭教养的孩子。你不是一再向我保证过你们会保密吗？可是，韩先哲被抓了，被判了，他犯的什么事儿，性侵了谁，这么大的事情在社会上怎能没有风声？还有，你们为了宣扬自己的成绩，在报纸上大吹大擂，虽说用了什么狗屁化名，那纯粹就是忽悠矮子过河，仅仅是为了规避受害者状告你们侵犯隐私的法律风险。你们为了邀功，不惜间接出卖我和我的亲人，以及我所拥有的一切，置我于水深火热之中。你们不觉得良心上过不去吗？我咬牙坚持了一年多，到高三上学期就再也挺不下去了。说句良心话，当初，韩先哲欺负我，只有我自己知道。为了躲避他，我宁愿默默承受委屈，即使成绩垮下去，还可以暗暗使劲赶上来。在不明真相的人眼里，我永远都是干净的。可在一中，事情传开后，我感觉就像掉进了无底的黑洞，或者无际的深海，看不到光芒和彼岸。无论我怎样努力都无法自救，且求助无望。在我心里，老师和同学们的目光就像一把把刀子。他们只要多看我一眼，我就感觉浑身被戳穿，有鲜血流出来。在

41

那样的环境里，我还哪有心思读书？有时候我想，当初，这案子破了还不如不破，既害苦了韩先哲，更害惨了我。很多时候，我甚至想到了死。但是，我不甘心啊！韩先哲做了那么大的坏事都没有死，我要是在他前面挂了，岂不落他笑话？我还有六七十岁的爷爷奶奶，他们尽管年纪大、体力差，但还经管着家里的鱼塘和橘园，每年喂一头年猪，让我回家有肉吃。他们都没有死，我怎能忍心让白发人送黑发人？我的爸爸妈妈常年在外打工，挣钱供我和哥哥读书。大热天，他们出租房内三四十度的高温，早晨起来，汗水在床上湿成人形，却只吹小电扇，连一台空调都舍不得买，怕花电费，就连想回家过年，也不愿花钱从黄牛手里买涨价的车票。我死了，父母亲又怎么活下去？想到这些，我才打消死的念头。我之所以能坚持活下来，不是我不想死，是我死不起！可是，我的书无论如何也读不下去了。高一上学期考试，我的成绩在班上排倒数第五名，要不了多久，那个第一名铁定就是我的，别人抢都抢不去。干脆不会读书倒也罢了，可我恰恰是那种成绩优秀的学生。如果不发生那场变故，让我顺利完成学业，我肯定能考上一所重点大学，将来有一个好的前程。现在退步成这样，我一个女孩子，也要面子和尊严呀，我去哪儿找回这些东西？我决定悄悄离校，去深圳打工。我不想告诉任何人，包括爷爷、奶奶、爸爸、妈妈，还有哥哥。他们如果知道我弃学打工，肯定不会同意，只会替我无谓地操心……"

随着冉雯的讲述，她与韩先哲的交往过程在史思明头脑里渐渐明晰。

到了深圳后，冉雯先跑人才市场，到处应聘那些体面工作。她希望在深圳那座现代化都市的某栋写字楼里能找到一个属于自己的办公间和一台电脑。可是，丰满的理想抵不过骨感的现实，光是文凭一条就把冉雯挡在门槛之外。人家众口一词，妹子，我们的公司再不咋的，也得招聘大专以上毕业生，你连个高中都肄业，就别在这儿瞎掺和了，我们的事情可多着啦。其实，你的就业门路宽呢。有人告诉她，不怕吃苦的话就去工厂三班倒，工资虽说不高，人是饿不死的。如果想赚轻松钱，就去娱乐场所吃青春饭。介绍的人上上下下打量冉雯一番，不怀好意地说，你年轻美貌，本钱还是有的，就看你放不放得下身子。

冉雯扭头走开，她进了一家鞋厂。老板是台湾人，活儿重工资低且不说，关键是整天泡在一股有毒的气味里，干长了身体吃不消。冉雯好歹坚持了三年多，不得不跑出来。这期间，她和父母虽然生活在同一座城市，偶尔也有联系，但辍学打工带给父母的伤害还没有抚平。她无法面对父母对她的失望，一直隐瞒自己在深圳的事实。走投无路之际，还是父母说服了她，接纳了她，冉雯进了父母的工厂。这个厂比那家鞋厂大，各方面条件都要好许多。一起干了五年，冉雯就动员父母回家。哥哥已经毕业找到工作，她自己也能打工挣钱，家里再也不用为钱的事情发愁。在外打拼那么多年，父母亲应该回家休息享福，也要照顾年老体弱的爷爷奶奶。二十六岁那年，冉雯在家里过完春节，就独自南下深圳。她承诺每月会给家里寄钱，让父母少劳累。父母说，家里不需要她寄钱，她管好自己就可以。父母亲的话没有明说，生怕戳到女儿的痛处。他们希望她能找到一个男朋友，早点成家。

形势变化很快。等冉雯回到深圳，那家工厂已经关门，迁到越南去了。其他的工厂都是人满为患，人家连原来的老员工都消化不了，更谈不上招录新人。于是，冉雯落入别人的预料之中，进了一家娱乐场所。在那里，她成了男人的玩物，每天的工作除了陪人吃饭、喝酒，就是唱歌跳舞……直到公安机关将她当垃圾一样"扫"进拘留所。

"你一定不理解我的变化为什么会这么大吧?"冉雯还在继续诉说。"读书的时候，我常常听说有些女生自轻自贱的故事，还附和着谴责几句。没想到那是站着说话不腰疼，我自己很快就堕落了。从拘留所出来，我几乎没多想，直接去找韩先哲。他拘留所的那个朋友在我面前把他吹成了菩萨，说他如何了得。我找他的本意是想看看当年这个十足的伪君子如今又披上一件怎样道德的外衣，顺便道声谢。告诉你，从见面的那一刻起，韩先哲给我的印象果真是脱胎换骨。他穿着朴素，说话轻声细语，完全不是那种暴发户一副小人得志的嘴脸。我的情况他已经知道了，没什么好隐瞒的。我干脆和盘托出，从自己如何放弃读书，到招聘无望，到进厂卖苦力，再到陷入娱乐场所。我想，你因为强奸我，才落得后来的牢狱之灾。我呢，也因为你的强奸，才有了今天的落魄。我们是大哥不笑二哥，彼此之间扯平了某种恩怨。韩先哲听完我的经历，未作任何评价，只问我愿不愿意留在他的公司。如果愿意的话，他许诺高薪聘我;如果我拒绝，他愿意给我一笔钱，保证让我以后的日子过得舒坦。我说，你是出于对我的同情还是自我救赎?他说，在佛面前众生平等，我帮助你和帮助任何人都一样。我们都忘记过去吧，请你不要再把过去的我和现在的我联系在一起，也不要把已经过去的事情和今天扯上关系。对一个信佛的人来说，太阳每天都是新的。要说，韩先哲指给我的路是一个两难选择，去留都不可以。留下来，等于我原谅了他的过去，太便宜了他;拿钱走人，别说会让他看不起，我自己也把自己看扁了。我想了一夜，最后还是选择留下来。两相比较，跟着他干比拿钱走人稍微体面些——一个找不到生活出路的人最好不要奢谈自尊，我就这样厚颜无耻地留在了他的公司。你可能认为我的选择过于简单和轻率，那么，你觉得当时的我还有谁值得依靠？我被韩先哲欺负后依靠过法律，然而就拿那起案子来说，据我后来所知，你得了个副大队长，韩先哲得到了严惩，我好像也得到了所谓的公正。我们似乎各有所得，可是，有意义吗？"

冉雯的话像锥子一样刺痛了史思明。是啊，在那起强奸案中，韩先哲被判处十年有期徒刑，铺天盖地的流言蜚语毁掉了一个成绩优秀的高中女生。自己呢，恰恰因为破案有功被提拔为刑警大队副大队长，才一步步走到今天，成了副局长。从这个意义上说，自己才是真正的赢家，也是唯一的赢家啊！

冉雯还在继续。

"要说靠得住，父母才是我的精神靠山。可是，我靠住了吗？没有！自从我上学读书，他们就一直在外打工，一年中最多的相处只有过年前后的半个月时间，后来好几年，连这样的机会都没有。出事后，人们把所有的脏水泼向我，他们躲在远远的工厂里听不到一点风声。别人就算有心想给他们说点什么，他们整天忙忙碌碌也没时间听。后来，我也想明白了，自己渐渐长大成人，我不仅会失去父母这座靠山，反而会成为他们的靠山。父母与儿女之间，原来是互为靠山的。我不能再让父母为我操心，也不能像以前那样破罐破摔，浑浑噩噩地放纵自己，我要寻求一份安定的生活。你说，我除了接受韩先哲的要求还有更好的选择吗？

"哦，你是想知道我和他结婚的事吧，那也是我主动向他提出来的。我一直暗中观察，他完全有条件成家。一个有钱的男人，年纪也没大到哪儿去，他怎么就这么淡定？我问他，他说，自从走错那一步，就心如槁木再也不想婚姻的事了。我已经伤害了你和你的亲人，也伤害了杰雄和他的妈妈，千万别再伤害任何人。他说他现在唯一的愿望就是让儿子事业有成，等着他成家。一开始，他用这样的理由拒绝我。后来，我谎称要离开他的公司，回到原来的生活里去，他才同意。你一直怀疑他和我结婚的动机里暗藏着什么不可告人的目的，告诉你，真相只有我知道。我还给你透露一点隐私，结婚几年，他连碰都没碰过我。我说，既然这样，我们结这个婚干吗？他说，他这一生占有过我一次就非常知足了，他最大的要求就是我能够接受他的儿子，像亲妈一样对待他。所以，史局长，你如果真有心帮我，就拜托你帮帮杰雄。他还说，他同意结婚也是替我着想。等他哪天走了，我和儿子韩杰雄都是第一顺序继承人，我可以分得一半的财产。你说，韩先哲这是害我吗？在你们警察眼里，好人和坏人跟黑与白一样，是永远不能交融的两种颜色吧？"

史思明深吸一口气，再徐徐吐出。他不想让冉雯洞悉自己此刻的心理变化。他在想，因为那起强奸案，韩先哲毁灭了自己，也毁灭了冉雯，他们最后走到一起，在不明真相的人看来匪夷所思，只有听完冉雯的讲述，他才真正理解什么叫惺惺相惜啊。

"你现在是不是还怀疑韩先哲加害于我？"

史思明说："怀疑不等于事实，法律只重证据。你这么说，我只能尊重事实，依法办理。"

"我知道你是为我考虑问题。说实话，我只要稍微昧点良心，配合你们把口供重新来一下，自己就可以得到从轻判决，韩先哲只会雪上加霜。可是，我不能这么做，有句话叫'人在做，天在看'，另有一句话叫'头上三尺有神明'。"冉雯最后来了一句更雷人的话。"史局长，不怕你觉得难听，你这个副局长就是我和韩先哲送给你当的，我们是两股道上跑的车，永远不是一路人。"

史思明感觉有一道闪电在眼前劈开，然后炸雷滚过头顶，自己浑身粉碎，散落一地。

冉雯被监管民警带走后，史思明坐在那儿静静地抽完一支烟。在抽烟的这点时间里，他把许多事情都想明白了。他在心里对自己说，冉雯，你说得对，我这个副局长是你们拱手相送的，我也当到头了，该把它还给你。

八

听说韩杰雄已到网监大队投案自首，史思明专门把曾浩叫到办公室。

"坐吧。"史思明说，"曾浩，干二层正职有年头了吧？"

曾浩闷了一下，"六年了，之前还干过五年副职。"

"唔，加起来十一年。逝者如斯，已经不短了，感觉怎么样？"

"跟着史局长干，来劲。"

"嗯，年轻人不错。"史思明说，"局里和我个人对你的工作都十分满意。我们常说，好钢要用在刀刃上，不能让它成为一句空话，我会争取机会给你提供更大的舞台。这次传销专案你是主将，干得漂亮，局党委昨天开会研究，准备呈报立功，我力主给你报二等功。到时候，你要认真总结成绩，把材料搞扎实。二等功的审批权在省厅，材料要过硬，那是要货比货的，千万不要让肥肉蒙在饭里吃了。"

曾浩不知道史副局长今天为什么对他说这些，而且连开两张利好的支票。他感觉史副局长一定有事。

史思明果然说："听说韩杰雄来自首了？"

曾浩记得，上次自己要去深圳抓捕韩杰雄时，是史副局长打了拦腰棍，后面又传信捎话敦促他投案自首，中间还来点小动作，在看守所会见过他的父母，现在人刚到案又特别关注他。把史副局长前前后后对韩杰雄的态度联系起来，曾浩觉得有点蹊跷。

他说："史局长，你是不是有什么想法需要我从中……"他两只手握成拳头绕圈，做出斡旋的动作。"有话你只管直说，我曾浩心里自有分寸。跟你干了这么多年，你对我还不放心吗？"

史思明笑了笑，"放心，一千个、一万个放心，不放心我就不会把你叫来。"停了停，他继续道，"呃，我是这样想，在一个案件中，一家三口都进去，是不是太不人性了？社会上会怎么议论我们？"

曾浩马上会意，顺坡下驴说："史局长，我们可不可以考虑给韩杰雄留一条出路，他还那么年轻。"

"我叫你来，就是想听听你的意见，毕竟你是案子的主办负责人嘛。"史思明看似说得很不经意。

"韩杰雄的讯问还没开始，关键看他的口供。"曾浩字斟句酌地说，"不过，他的事有……空间。"

史思明微微颔首，"你是个聪明人，该怎么办就看着办吧。老话说，得饶人处且饶人。唉，也不是我们非要放纵犯罪，设身处地一想，父母都进去了，而且不是短期，搁谁头上都难以承受。"

"韩杰雄一直远在帕劳搞他的旅游开发项目，对父母的资金来源不知情是完全说得过去的。他自己不开口，我们的材料无法体现他参与作案。也就是说，他只要对父母的行为不知情就是无罪的，至少主观上是这样。"曾浩进一步发表自己的见解。

史思明朝他挥挥手，"忙你的去吧。"

是年底，一审判决结果出来，韩先哲和冉雯因犯组织、领导传销活动罪，分别被判处有期徒刑九年和五年六个月，没收全部赃款，共处罚金四百万元，上缴国库。

阿弥陀佛——韩杰雄没被牵连进去。警方反复查明，在韩先哲、冉雯夫妇共同犯罪过程中，无任何证据表明儿子韩杰雄参与其中。他一心扑在帕劳的旅游开发上，对父母亲的所作所为一无所知……

那个上午，史思明从卫生间出来，瞅准局长室没外人，径直踅进去。

局长正在批文件。"有事吗？史局长。"

史思明关好门，犹豫片刻，从口袋里掏出一张纸递过去——看来，他早有准备。

这是一张折叠好的 A4 打印纸，上面有密密麻麻的大半页文字。局长快速浏览一遍，抬头看着史思明，甩得纸张"嚓嚓"响。"干得好好的，为什么想到辞职？"

"局长，我能不能不说明理由？"史思明的口气似有难言之隐。

"这么大的事情，没个理由，怎么说得过去？"

史思明被问住。他把手朝口袋里伸去，旋即又空着出来，带着轻微的抖动。

局长递一支烟给史思明。"管刑侦，工作压力是大点，但这么多年，不都挺过来了吗？我感觉你在工作上从没撂过挑子。"

"倒不是因为这个。"

局长伸出指头,在自己和史思明之间勾来勾去,"那么,对我有意见?我有什么对不住兄弟的地方?我们之间不好相处?"局长猜谜语一般说。

史思明赶紧申辩:"局长,你多疑了。说句掏心窝子的话,共事这么多年,你是我碰到的最好的领导,没有之一,只有唯一。"

"那你是有病吧?"局长说,"思明啊,你这个位置虽说义务多于权力,案子一来,工作没日夜,但很多人都眼红着呢,一般人想干还不一定干得了。"

"局长,你还真说对了。"史思明这次下了决心,从口袋里掏出那张病历单,"我是真有病。"

局长接过单子,将信将疑地看了数遍——那是史思明通过特殊关系从省城大医院弄到的假病历证明。局长不无担心地问:"搞准了吗?真有这么严重?从没听你说起过,你对自己太不负责任了。"

"我也是最近感觉不适,才去做了确诊。"

局长的目光在史思明脸上逡巡。不知道他是怀疑史思明的话,还是对他的请求拿不准。

史思明说:"局长,我有个想法,请你恩准。"

"说,"局长允诺道,"三个五个都依你。真患上这个病,我还有什么好说的。不过,辞职的事我个人做不了主。你是县委组织部管的干部,得按程序来。"

史思明说:"不要把我生病的事传出去。我不想因为自己的病让别人跟着受连累,特别是同事和家人,请你考虑一个合适的理由批准我的辞呈。"

"行。还有别的要求吗?"

史思明想了想,"网监大队的曾浩,在二层骨干岗位上磨了十一年,干正职都六年了。以我多年的观察,他是全局屈指可数的骨干人才,能力超强,办事有头脑,特别是有大局意识和服从意识,在办理这起传销案中立下汗马功劳。我想等我腾出位子后,请局长考虑给他加点压力,年轻人需要得到锻炼。这也算是我退位前向局长讨的最后一个人情。"

局长沉吟有顷,"嗯,这个曾浩是不错,群众基础好,业务水平高,应该得到重用。还有呢?"

"没有了。"

"好。"局长喜欢使用单音节词汇。他说,"思明啊,不干副局长后,我把你安排到局工会去,上上自由班,工作上的事少管点,治病的事一定得抓紧,自个儿的身体要好好保重啊。"

史思明诺诺连声,拱着手从局长室退出来。局长一直目送他走到门边,目光里满是痛惜。

次年春,局里宣布领导班子分工调整,史思明因为年满五十周岁,而且在副科级以上实职岗位干满二十年,按组织部新规"一刀切",不再担任领导职务,享受提高工资百分之五十的政策待遇。这是局长给出的解释,他希望史思明同志正确对待组织决定。他说,一个忠诚的人民警察要拿得起放得下,在新的岗位上生命不息战斗不止。

生命不息,战斗不止。这话从局长嘴里说出来一定渊源有自,可史思明听起来却觳觫不已,那个"莫须有"的病好像真的附体了一样。

有人给史思明私下算过一笔账,按照新规定,一年下来,他可以多拿将近三万元的工资收入。离退休还有十年，他不干副局长，反而赚了一大笔。

全局对史副局长 "下课" 的真正原因持怀疑的只有一个人——他就是被新提拔为副局长的曾浩。

（少一，本名刘少一，土家族，湖南省石门县人。常德市作家协会副主席，湖南省 "三百工程" 文艺家。迄今发表文学作品 200 多万字，著有中短篇小说集《看得见的声音》《绝招》《月光紧追不舍》等。获第十三届全国少数民族文学创作骏马奖，2016 年《民族文学》年度奖，首届 "中国土家族文学奖"，第十二届、十三届 "金盾文学奖" 等多种奖项，入选首届 "中国少数民族文学之星"。)

重　塑

骆丁光

走进县社区矫正中心，空调凉爽舒适，与室外的酷热相比简直有着天壤之别。报到中心一字排开，大厅正上方的电子显示屏上滚动着红色大字：惩教结合、重塑人生。

田角犹豫片刻，还是挺起胸膛走了进去，自己没有杀人，只是放火，本来要服实刑，不承想检察院提出异议，硬让法庭判处缓刑，他只在监狱里面待了一个星期就被放出来了。

他固执地认为他实在太冤了，他不是无缘无故放火的，而是他工伤之后老板不愿意给他赔偿，还放出狠话来要与他打官司，法院判赔给多少就给多少，意思就是要拖死他，协商就要将赔偿款打折，这不明摆着欺负他一个外地人嘛，要吃、要喝、要住，逼着他耗不起。他评上十级伤残，右手整整少了两个手指，食指和拇指都完全没了。他本就是一个人在异乡，连同村的人都没有，也没有结识的朋友，可以说是孤身一人。他决定要让老板知道他的厉害，于是偷偷溜进工厂给机器浇上汽油，心想一把火把工厂烧了，大不了同归于尽，人活世上，都只有一条命。他刚点着火，保安一脚踢开大门，三下五除二将刚着的火扑灭，并将他死死按住押往派出所。

从四肢健全变成十级伤残,那一段时间他的心情糟糕透了,整个人无精打采,感觉人生黯然失色,求生不能求死不得,如果不是自己还有"手尾"没有处理,他恨不得找一个清静之所,草草了结一生算了。但是,他看不惯老板的所作所为,道貌岸然却欺负外地人算什么东西,自己不讨回说法誓不为人。当年,他也曾怀揣梦想,初中毕业后就外出打工,搞过建筑、做过小工、摆过地摊等,锐气不减,没想到进厂才半个月,就发生了工伤。出事那天他精神不佳,一不留神手指就被机器切去了两个,他眼睁睁地看着被切去的手指卷入转轴之中。他疼得大喊大叫直冒冷汗,工友闻讯关掉机器,但还是晚了一步,他那被切去的两个手指由于惯性的作用被碾成肉酱,送到医院时已无接回去的可能。手外科医生摇摇头,说回天无力了。他痛不欲生泪如雨下,他才二十二岁,美好的人生才刚刚起步,就这样变成了残疾人。

田角因犯纵火罪被法院判处有期徒刑一年三个月。而他的工伤却未得到分文赔偿,他向驻监狱检察室提出不公。检察院认为他的情况适用缓刑,于是向法院提出重审。

办事员魏山城满脸不高兴,"明明通知你九点来报到,现在都九点四十分了,你干什么去了?"

田角右手缩进裤袋,说:"我是走路来的,连坐公交车的钱也没有。昨天工厂保安将我从工厂宿舍赶出来,又将我的行李扔出厂外,说让我理解他,这是老板的意思,还说我已经不是工厂的员工了,而且犯了法,工厂容不下我这样的员工。我现在连吃住都成问题。"经过这档子事,他的额头时不时会泛起皱纹,目光呆滞,已然没有了以前的灵气。

魏山城心里的火气消失了,说:"你入矫之后,就是矫正对象，矫正对象必须要接受监管。这样吧，你能不能迁回户籍地接受矫正？"

田角伸出尚剩三个手指的右手摆来摆去，说："不能，我不回去，我家里没人，父母其实是养父母，我是他们在路上捡的，我出了这么大件事，他们连电话都没有打一个，压根儿就没把我当作人看待。另外，我不想身败名裂，好事不出门，坏事传千里，缓刑也是刑罚，不是什么光彩的事情。"

魏山城向分管矫正工作的副局长黄诚报告了田角的情况。

黄诚双手一摊，说："这个疑难杂症不好搞，没有先例，矫正对象无吃住，总不能搬到矫正中心来住吧？要么让他回工厂，要么让社区解决。先将他安顿下来，最好能给他找一份工作，有工作就有饭吃，问题就会迎刃而解。"

魏山城分析道："工厂肯定担心他报复，毕竟工伤的问题没有得到解决，纵火就是因为双方谈不拢引发的。总不能让矫正对象流落街头以乞讨为生吧？"

田角说："这样吧，让我回监狱，最起码吃住不用去烦。矫正矫正，搞得吃住都成问题，早知道这样，我就不出来，待在监狱里面好了。不过，不出来我的工伤问题又得不到解决。"

魏山城说："你想进去就进去，想出来就出来，你以为监狱是你家开的，随便出入吗？你的吃住问题，你要自己想想办法，看能否找老乡熟人帮一帮。"

田角低下头说："能找的人我都找过了，都不肯帮，我确实没有办法了。"

魏山城与田角来到事发工厂，被保安拒之门外。

保安说："我老实讲吧，老板交代过了，绝不能让田角进来，不然我的饭碗不保。"

魏山城打了一通电话之后，进工厂待了一个多小时。

他出来后告诉田角："老板同意结清你的工资，你先找个地方落脚，其他事情一步一步来解决。但是，有一个前提，你绝对不能再犯事，重新犯罪就会加重处罚。对于你的合理诉求，矫正中心及矫正工作者会帮你的。虽然你犯罪了，但是政府并没有将你弃之不理，阳光依然会照耀在你的身上，一样会给你带来温暖。不过，假如你自暴自弃，那谁也救不了你。"

田角抹了一下湿润的眼睛，他着实感动了，感觉自己掉进河里苦苦挣扎，这时正好有个渔夫伸出一根竹竿让他得救了。魏山城的出手，让他感到有一股力量在托着自己，撑着他往正轨上行。

工资没有立即到账，魏山城借给他一百元，让他住一两天小旅店，暂时安顿下来。他原本打算在天桥底下住一两晚。魏山城认为不妥，只好自己出手了。

田角收到工资到账通知后，在老旧小区租了一间房子安顿下来。在家千日好，出门一时难。出门在外，处处都要花钱，如果没有相对固定的收入，是无法在城里撑下去的。要打一份工，虽然他是戴罪之身，但这并不妨碍他找工作。除了矫正对象的身份，他与正常人没有太大的区别，可以在全市范围内自由活动，即使要离开本市，只要请假被批准也是可以的。

整整找了一个星期，田角的工作还是没有着落，主要是嫌他的手有残疾，即使他主动提出工资低一点也可以接受。有一家商场的人事主管，瞄了他一眼说："并不是我看不起残疾人，而是我们要面对消费者，你将手伸出来，不吓着顾客才怪。"

田角火了，嚷道："不要就不要嘛，你讲那么多干什么？残疾人怎么了？残疾人就应该被你取笑吗？把老子惹火了，一把火烧死你。"

魏山城一把将他拉出来，说："你还是很偏激，这样子哪个敢请你？动不动就一把火，冲动是魔鬼，冲动解决不了问题，如果你当初不冲动，怎么会变成矫正对象？如果你没有纵火，你肯定是占理的一方，老板无论从哪个角度都理亏。"

田角将脸别向一边，说："我受不得别人的刺激，控制不住自己。"

魏山城一字一顿地说："你一定要学会控制自己的情绪，你什么时候能控制自己的情绪，你就进步了。说不定刚才人事主管就是在考验你，他故意这样出题，看看你的反应。假如你说得委婉一些，或许他就录用你了。凡事要经过头脑，头脑是用来思考问题的，显然你刚才讲的话，就是没有经过头脑。"

田角想过搞一个卖牛杂的小推车沿街叫卖，但是他的右手无力，无法长时间使用剪刀。这一带的牛杂几乎清一色的是清汤牛杂，煮熟后要用剪刀一块一块地剪下来，而不是用刀一块一块地切下来。而且是明档，现点现剪现汤，新鲜看得见。他站在牛杂档前观摩过，最终还是放弃了这个念头。

田角在出租屋里躺了整整一天，饿得肚皮紧贴着背。他起来跑到楼下便利店买了两包方便面，回到出租屋撕开直接啃起来。他连热水都懒得烧，咽不下就将昨晚烧的冷开水往喉咙里冲一冲。

他心里窝着火，工伤分文不赔，点了一下火其实也没有造成损失，却被判刑了，这不是明摆着欺负人吗？

干完两包方便面，他抹了一下嘴唇，编了一行文字发在微信群：古有一百零八位好汉被逼上梁山，今有田角蒙上千古奇冤，看来不搞点事情不行呀。

矫正中心组建了微信群，主要方便下发通知，发布警示之类的信息。他所谓的搞点事情，就是以报复厂方或社会的方式引起关注。他觉得自己在大千世界中如同微尘一样无关紧要，似乎全世界都当他是透明的，当他不存在。

魏山城看到微信，立即给他打电话，说："你这是想干什么，你乱发信息有误导作用，赶快撤回来。"

田角说："超时撤不回来了，魏干事，我冤枉。"

魏山城说："那是两码事，一码归一码，工伤是工伤，纵火是纵火，而且工伤与纵火案的处理程序是有区别的。即使法院判决错了，我们司法机关作为执行机关还是要执行，除非法院的重审判决下来。"

田角问："如果这件事落到你身上，你会怎么想？"

魏山城说："没有这种假设。我理解你，也同情你，但还是劝你不要破罐子破摔，自暴自弃。"

田角说："如果待在监狱里面，最起码我不用愁吃住问题，弄成矫正对象不管吃不管住，一日三餐都让我烦恼。"

魏山城说："如果你确实想回监狱去，我这边也可以与检察院、法院沟通，如实反映你的想法，这你可要考虑好了，到时可不能反悔。"

田角停顿了几秒，说："还是不急吧，我还没考虑清楚，我还要处理工伤。工伤至今未赔一分钱，天理何在？"

魏山城说："如果你不想重新被收监，就要好好接受监管，不然的话，达到一定警告次数，也是可以提请收监的。你的事情我也急，可是干着急有什么用，需要时间处理。我打算明天上午再去一次人力资源局咨询你的事情，工作要一步一步干，饭也要一口一口吃，没有办法一口气吃出个胖子来。"

田角说："我明天跟你一起去咨询，之前我去咨询，他们对我爱答不理的。"

魏山城说："你动不动就发火破口大骂，哪个工作人员愿意理你？记住控制好你的情绪，你吃冲动的亏还不够吗？不然的话，我不要你和我一起去，以免影响他们对我的印象，以后我还要与他们打交道呢"。

田角说："放心吧，如果我骂人，你就打我，让我长点记性。"

魏山城说："我可没有这个权力，我不敢打你，也不能打你，你又不是三岁小孩。"

这天晚上，田角买来两瓶啤酒。他瘫坐在地板上，用牙齿咬开瓶盖后仰头往喉咙里倒。借酒消愁愁更愁，想想下半生的路，他感到惶惑，迷失了方向，泪水从他的眼睛里流下来。

魏山城跑了几趟，终于将田角的残疾人证办下来了。

田角知道这本证对他意味着什么，手持残疾人证找工作，那就是"香饽饽"，商家可以据此减税。

之前他也去办过，可是办事部门不是以这个理由就是以那个借口，硬是压着不给他办。他隐约感到并怀疑是原先工厂的老板在暗中使坏，但苦于没有证据不好发作，只能在心里忍着。他原先那个老板姓刁，典型的暴发户，一开口就讲粗口。在一次协商会上，差点儿被田角扫了一巴掌，幸好工作人员发现及时拦阻。姓刁的果然财大气粗有钱有势，甚至放出狠话，田角一个外地佬不能拿他怎么样，他将钱一砸，没有办不了的事情。

田角并没有去找工作，而是在工业区摆地摊卖起水果，摆一晚缴二十元管理费。所谓管理费就是占地费，对外宣称是卫生费，其实卫生都是摊主打扫的，哪有什么卫生费。他抱着尝试的心态，不管赚多赚少，只要有钱赚就行。他进的水果新鲜，价格又便宜，生意很快就做起来了。他还提供榨汁服务，如果在他档口买了水果需要榨汁的，一律免费。年轻的后生，喜欢边逛街边喝果汁，而他正好迎合了这个需求。这天晚上，他正在榨果汁，走来三个清一色着黑上衣的年轻人。其中一个随手拿起一个苹果咬了一口扔掉，说："坏了，这样的水果也敢摆出来卖?"

田角咬了一下牙根，将榨好的果汁递给顾客，脸上挤出一丝笑容。转身后却立刻黑下脸来，推了一下扔苹果的年轻人，说："你是存心来捣乱的吧，如果你扔的那个苹果没坏，那就别怪我不客气。"他心里的火气一下子被点燃了，一把拉出明晃晃的水果刀，大不了一命抵一命，我都这样了还怕谁?

那三个小混混顿时被吓傻了眼，没想到田角来真的，吓得逃也似的跑掉了。

一连几天晚上，都有人来存心搞破坏，不是说水果坏了，就是说不甜太酸之类的，总之，没事找事鸡蛋里挑骨头。他感觉不对劲，心想自己也没有得罪人，摆摊卖水果的就只有他一档，对别的摊主也没有影响啊。但要说影响，那还真有，就是附近开水果店的，他价格比别人便宜，生意比别人好。"如果他们敢出这样的损招，那我就不用客气了，明人不做暗事，做暗事算什么东西?"

这天深夜，他收拾好档口，拉着小推车回出租屋。这一阵子摆摊卖水果，经济上的窘境改善了，他本想换间新一点的出租屋，但考虑到搬家麻烦索性暂时住着。如果过一阵子一个人实在忙不过来，他要请一个帮手。以前考虑请人要付工钱，可是没人怎么能赚多一点钱？这小本生意都是靠人手干出来的。他百思不得其解，到底是哪个在背后使坏？难道又是那个姓刁的？

他弯腰拉着小推车走到拐角处，从这个拐角往前走一百米就到了他的出租屋。这时跳出两个蒙面人一前一后挡住他的去路。他放下小推车，从扶手处抽出水果刀，心想：来得正好，我正想找你们呢，没想到你们自己找上门来了。

他横下心来，说："我不管你们是谁，只要你们告诉我是哪个在搞鬼，我就放你们一马，不然明年的今日，就是你们的忌日。我是一个残疾人，现在工厂还没赔我一分钱，只能靠做小本生意谋生，而且还是矫正对象，就是监外执行的那种。我向你们交底了，如果你们还执迷不悟，那就动手吧。你们还等什么，来呀！"他咆哮道，举起手中的水果刀。

站在前面的蒙面人忽然跪下，说："我们也是受人指使。"

"谁？"田角攥紧手中的水果刀，扎下马来作冲锋状。

"刁老板。"蒙面人求饶之后快步离去。

果然是那个畜生。田角大声说："转告姓刁的，小心他的狗命！"他不但分文不赔，还处处行奸使绊，这是将自己往绝路上逼。田角想。

他点开手机微信，魏山城每天都会给他发来一条微信：摆正心态，阳光就在前方，不要冲动，一切都会变得美好。

回到出租屋，几经思量之后，田角拨通了魏山城的号码，向他倾诉这段时间自己的遭遇。

魏山城说："既然你相信我，那你还是要听我一句劝，不要冲动。这段时间我也将你的事情厘清了，你纵火一案，法院判决且生效执行了。但是你与工厂的工伤纠纷一案，属于劳资纠纷。对于劳资纠纷，要经过劳动仲裁，你这个案子没有经过劳动仲裁，所以没有办法起诉厂方。"

田角问："那这样就没有正义了吗？"

魏山城说："当然不是，劳动仲裁之前还是会调解的，所以我想能否通过调解解决问题。如果调解失败了，再交给劳动仲裁，一步一步来，按程序处理。这是我多次去政府部门了解过的。"

田角说："姓刁的老是在背后搞鬼，搞得我生意都无法做下去了，难道就这样算了？"

魏山城说："当然不是，矫正对象的合法权益也要维护，不能因为你是矫正对象，就任由别人欺负。明天上午，我陪你去派出所报警，让派出所立案调查，不管是谁，都不能犯法。"

田角不好意思地说："我怎么没有想到这一层呢？"

魏山城说："你当然想不到，因为你被怒火冲昏了头脑，无法冷静下来。这也是我所担心的，你太冲动了，动不动就水果刀相向，大动干戈，这太危险了。打死偿命，打伤坐牢，这可不是儿戏。"

田角说："魏干事，我受教了，差一点儿又酿成大祸。我这性格，真的要改一改了。"

魏山城说："不能只是口头说一下，更为重要的是要落实到行动上，不要把这些话当作耳边风，要作为行为准则。说白了，你犯罪不是因为我，你接受矫正也不是因为我，我跟你无亲无故，我是要陪着你走上正道，走正道。"

田角说："魏干事，幸好遇到你，感谢。"

魏山城说："不管哪个矫正工作者，都会像我一样对待你的。

所以你不需要感谢我，要感谢政府的宽宏大量，你也要好好珍惜改过自新的机会。"

田角说："我明白了，一定牢记于心。"

县综治中心由司法、综治、信访三个部门联合办公，受理田角的投诉后，主持召开了调解。调解在综治中心调解室进行。

刁老板双手环抱胸前，一副满脸不屑的神情，手指着田角说："本来我想好好处理这件事情的，你却要放火烧我的工厂，真是不知自己有几斤几两。"

主持调解的魏山城说："这件事就不要再提了，田角已经在接受矫正了。今天主要围绕工伤赔偿问题作调解，希望你们双方从解决问题的角度出发，好好协商。"

田角白了刁老板一眼，说："八十万，他们的做法十分过分，令人发指，以为我耗不起，但我决定干到底，我不信没有说理的地方。"他攥紧右手举起来，言外之意这还不是拜你所赐。

刁老板一拍桌子，说："既然这样，那我们还谈什么，法庭上见好了，我不怕打官司，我不差钱，请得起律师。"

魏山城将他们背对背调解，即分开了调解。

他对刁老板说："你清楚田角的身世吗？"

刁老板说："不太清楚。"

魏山城说："他其实是个孤儿，生下来没多久便被遗弃了，是被他的养父母捡回家养大的。像他这种人没多少牵挂，如果他走极端，真的被逼得做出一些出格的事情来，那后果将不堪设想。即使兔子被逼急了也会咬人，何况他是个人。如果你及时处理工伤事件，他怎么会纵火烧工厂呢？如果他没有去纵火怎么会被判刑？如果他没有冤情，怎么会被监外执行？"

刁老板说："他一个外来工，有多大能耐？我就不信他能反天。"

魏山城说："我也不信你能反天，如果你认为走法律程序对你有利，那真的没有必要继续调解下去。我作为矫正工作者，要尽到自己的工作责任，至于结果怎么样，不是我能左右的，你好好掂量掂量吧。"

在另一间调解室，魏山城说："田角，并不是你想要多少钱就能拿到多少钱的，这是狮子大开口。根据法律规定，你被定为十级伤残，获赔的金额有四十多万，你现在却提出要八十万，而且一分钱也不能少。那怎么调解呢？退一步海阔天空。"

田角说："我烂命一条，我都这样了，还怕他吗？大不了抱在一起死。"

魏山城说："你这种心态要不得，我都不知道讲过多少次了，要冷静，不要冲动，动不动就火拼，那调解还有什么意义？那还要公检法干什么？"

他拍着田角的肩膀说："要冷静思考，不要像干柴浇上汽油一点即着，你已经为自己的冲动付出代价了，这代价还小吗？听哥一句劝，克制自己的情绪，冲动是魔鬼。"

田角点点头，仰头喝了一口瓶装水，说："我听你的，我相信你不会害我的。"

魏山城说："厂方抓住你的弱点，想拖，那你就不要给他机会，速战速决，这样对你有利。你可以拿着赔偿金做生意，说不定以后发大财了呢。况且，我还了解到一个真实的情况，厂方生意不算好，订单比以前有所减少，所以你要趁他生意还过得去，先把赔偿金拿到手。"

田角问："你怎么那么清楚？"

魏山城说："还不是为了你的事情，通过有关部门盯着那家工厂。"

田角说："我掌握的情况也是这样的，我是听之前的工友说的。以前每个月都会给员工举办集中生日晚宴，两个月前都取消了；以前每个星期给员工加一次餐，一个月前也取消了。"

魏山城说："这就对了，种种迹象表明，那家工厂在走下坡路，所以你要把握住机会，假如工厂倒闭，哪来的钱赔偿给你？"

随后继续进行"面对面"调解，田角提出他少了两根手指，工厂要给他安排一份工作，他残疾了不好找工作。

刁老板说："如果给你安排工作，那就不给予赔偿，或将赔偿打折，你不能鱼和熊掌两者兼得。"

田角用右手仅剩的三根手指指着刁老板说："姓刁的，我丑话说在前头，你作为一个老板，也是见过大风大浪的人，如果以后你还敢在我背后搞小动作，那就别怪我不客气。我听魏干事的一忍再忍，但是我的忍让也是有限的，我也是有底线的。"

刁老板明知故问："此话怎讲？神经病。"

田角说："你自己清楚，你才是神经病。我不会警告你第二次。"

魏山城说："明人不做暗事，如果在背后捅刀子，迟早有一天会浮出水面的，杀人案都能侦破，这点小伎俩还能难倒公安机关吗？"他看着刁老板说："你大小也是一个企业家，不要斤斤计较，计较起来那就无休无止了，只会自寻烦恼自食苦果。他摆摊卖水果非常不容易，起早贪黑地干，身体又不方便，换位思考一下吧。"

经过多轮"拉锯战"，当事双方达成调解协议，厂方答应一次性赔偿田角五十多万元。

调解结束，魏山城一把拉住刁老板，小声说："不要干火上浇油的事情了，于事无补。"

刁老板双手一摊，说："我干了什么呀？"

魏山城说："你自己清楚，水底下放屁都有人知道，何况收买小混混？如果你一意孤行，到时弄得无法收拾，只会得不偿失。我只是善意提醒，你可以当作耳边风。"

田角消失了，电话关机微信不回，最后一次轨迹出现在与邻市交界的河边。他会不会轻生？一个矫正对象不见了，这可不是小事。

魏山城意识到事态的严重性，立即打通了矫正小组成员小陈的手机。由于田角在城里没有亲友，只好将在工厂与他走得比较近的小陈拉入矫正小组。所谓矫正小组，是由于矫正对象具有相对的自由，所以由其亲友组成矫正小组负责日常监管，没有法律责任。小陈原先与田角同住一间宿舍，后来又租住了同一间出租屋，他们同龄，平时说话比较多。

小陈刚离开出租屋，说："我刚才还看见他，一身都湿透了。他说在河边救了一个小孩，手机掉进河里进水了，他回来换衣服，接着要去办一张电话卡，说如果矫正中心找不到他就麻烦了。他还让我跟你讲一声。他现在应该已经在去补电话卡的路上了，我本想跟你讲，没想到你就打来电话了。"

魏山城悬着的心终于放下来了，说："如果这样的话，那就没事了，以后假如碰到这样的事情，他无论如何都要打电话告诉我，以免带来不必要的麻烦。"

小陈说："他最近表现可好了，没有以前那么多怨言了。他还谋划开水果店呢，听他讲要搞批发兼零售，与别的水果店不一样，还想做成实体加线上一体的水果店呢。别看他读书不多，头脑挺灵活的。"

魏山城说："如果他没有走弯路，肯定能当上你们工厂的班组长之类的管理人员。你有时间多帮我开导开导他，鼓励他走上正道。"

他放下电话，抬头就看见田角大步流星地走进矫正大厅。

田角说："魏干事，不好意思，我今天无法打卡了。"

根据有关规定，矫正对象每天要在手机软件上打卡三次以上，以定位加图片的形式上报，矫正工作者可以在后台查阅矫正对象的轨迹等，以此掌控矫正对象的动态。

魏山城问："好你个田角呀，你今天做好事了，有没有证据?"

田角说："你怎么知道? 肯定是小陈告诉你的，除他之外，我没有跟别人讲过。证据嘛，不能说没有，派出所民警到了现场的，那个小孩的家长也可以做证。当时我路过河边，发现一个小孩不小心掉进水里，而家长是旱鸭子手足无措，我就跳进水里将小孩救了起来。那个家长说要感谢我，我觉得这是举手之劳，因为我打小就会游水，而且水性特别好，这对我来讲就是小菜一碟。民警说要给我申请见义勇为积极分子，我也觉得没必要，这是很正常的事情。这个社会给我带来温暖了，我也要尽自己的力量帮一帮别人，照亮别人，温暖自己，我是向魏干事学的。"

魏山城说："这是好人好事，我会调查清楚，查实之后给予通报表扬。不过你作为矫正对象，这不能作为减刑的依据。我只是干了自己的本职工作，还没干过见义勇为的事情。"

田角说："其实都是一样的，你也是在救人，只是方式不一样。我这一路走来，如果不是你一直苦口婆心劝我，我不知自己会闯多大的祸，说不定要秋后问斩呢。现在想想我都后怕了，特别是刚从监狱出来那一段时间，我感觉自己就站在悬崖边上，一不留神就可能掉进万劫不复的深渊之中，这辈子不得翻身。你就是将我从悬崖边上拉回来的人，不然的话我极有可能走上极端。因为那时我如同走进了死胡同，无法出来，明明自己是受害者，却还要被判刑，我怎么都想不通。"

魏山城说："正义有时会迟到，但总是会来的。没有人可以只手遮天，这是共产党的天下，人民的天下。"

田角补办了打卡报备手续，出于内心的感激，提出想请魏山城吃饭，却遭到魏山城的拒绝。魏山城说："帮你是我的职责所在，作为矫正工作者，不能接受矫正对象的吃请。你将自己的生活搞好，搞得有声有色，正确接受矫正监管，我就高兴了。"

田角说："这仅是表达一下我自己的心意，也没有要求你放松对我的监管，反过来我还要求你们严格监管我。我的思想已经发生了转变，不再认为你们的监管是束缚，我觉得严管厚爱于我而言是好事，让我走上正轨。不然我偏离人生航线，将会迷途难返。"

魏山城笑着说："没想到你这个不定时炸弹没有被点着，真不容易哟。"

田角的水果摊继续摆着，只是请了他原先的同事小陈看管，利润与小陈平分。他则在工业区租下一间店铺开小饭店，天天待在工地盯着小饭店的装修，他要将家乡的特色菜搬到城里来。

解矫这天，田角穿上白衣黑裤，系着领带，心里甭提多高兴了，脸上一直带着微笑。

魏山城打量着他说："瞧你这身行头，你这是向我们示威呢还是想表达别的意思？"

田角一字一顿地说："我这是在向你们致敬，感谢矫正工作者对我的帮助，让我重获新生。今天也是我的小饭店正式开张的好日子。我要赶场呢，这边解矫之后，那边接着开张。"

魏山城说："看到你越来越有奔头，我打心里为你高兴，记住了，不要偏航，要走正道。"

田角深深地给魏山城鞠了一躬，转身快步离去。

田角的小饭店开张了，剪彩时他抹了一下眼泪，那是幸福的泪水。冬日的暖阳照耀在身上，让他感到了温暖和希望。

（骆丁光，广东龙川人。中国小说学会会员、中国微型小说学会会员、广东省作家协会会员、中国社会主义文艺学会法治文艺专业委员会特约作家。作品获中国作家协会网络文学中心主办"党在我心中"短文征集活动优秀作品、"中国法治文学网络作品征文"优秀奖、法治周末报社主办第三届法治故事写作大赛小说作品提名奖、全国反腐倡廉小小说大奖赛优秀奖、第二届中国·潇湘法治微小说全国征文大奖赛优秀奖、第三届梁斌文学奖"新苗奖"等。）

无处躲藏

奚同发

　　江小水实在搞不懂，自己从小想做一名警察抓坏人，后来却不得不跟警察玩起猫与老鼠的游戏，他的人生在各个重要节点，从来没有间断过面对警察。这一次，毫无防备，却必须说服警察。只是现在回忆，他的经历太过匪夷所思。不仅警察要说"你怎么就事事遇巧"，他连自己也觉得这些巧到巧的遭遇，即使周密地串通去撒谎也不好撒。同时，令他倍感头疼的是，以前他撒谎根本不打草稿，现在说实话竟比撒谎还让人难以置信。

　　如果时光能够倒流，江小水就可以重度多日前刚出狱的日子。完全不像想象中的，比如一走出那沉重的大铁门，阳光会刺眼，必须手搭凉棚在额前才能看清周围。实际的天空有些灰，并非有雨的节奏，是雾霾。

　　如果说这个城市冬季前半程的雾霾需要风吹走，后半程就真不知道该怎么办。不过，这些好像与他无关。行走在街头，他并不熟悉真的雾霾，十多年牢狱生活，他对外界知之甚少，更不可能预知接下来将在一个桥洞下度过新年，以至于怀念狱中那张可以睡觉的床铺、那个吃饭的碗。遗憾的是，出狱时，他把那个用了多年的碗扔出去很远，黄色搪瓷瞬间摔下几片，然后发着哐郎当的声响，在路面转来倒去，最终滚落河道，不久便溢满水而沉下河底。

江小水想扔掉的不仅是那个碗，也有点想扔掉那段牢狱之灾记忆的意思。

吃完重获自由的第一顿饭后全身困顿袭来，江小水仰望一家酒店门头时，身后一辆救护车鸣着笛呼啸而过，接着一辆警车闪着警灯停在附近，他周身的每一根汗毛都紧张到竖立起来。

A

半夜两点多，叶智听别人说，他们明天也要"封城"，上午九点正式启动城市管理特别模式，所有进出城市的交通运输均告中断，包括高速、省市城际之间以及市内的交通、轮渡。整个小城与外界隔绝，不让进，不让出，内部也不让流动，人们各自居家留守。

作为一名警察，年轻的叶智没有多问。他知道，这些消息虽然传自民间，但也不乏真实，他必须从接到上级单位通知那一刻才能算起。不过，这并不影响他三更半夜通知尚在梦乡的妻子。

半醒半睡的妻子，接通电话后接连"嗯"了几声，后来突然清醒过来说："什么什么，你再说一遍。"其实，她听明白了，一边把手机夹在脖子与肩头之间保持通话，一边腾出手来拿衣物，准备穿着了。她说："不行，必须把信儿接回来，娃儿太小，俩老人没法长时间照看，一旦真的'封城'，麻烦就大了。"见叶智不语，她又说："无风不起浪，宁可信其有，不可信其无。"

叶智仍是沉默。

妻说:"反正年后也要把信儿接回的,早几天也没事。只是,只是这大半夜的,车恐怕不好找,尤其一旦'封城'的消息走漏,那就更难找车……"

"哦。"叶智轻声接了一句,表示自己一直在听。他明白妻子的意思,但警车不能动,何况在此关键之时。

"那,那……"妻子同样沉默了一会儿,最终改口,"我自个儿想办法吧,你多注意安全……"

"你也是,要注意安全。"挂电话前,叶智又补一句,"大半夜的,你,你,辛苦你了。"

信儿八岁,刚上小学三年级,前些天把他送去了姥爷家。叶智与妻子都在调整工作,原计划除夕与初一值班,初二两人一起回娘家,没想到情况突变,单位要他们全员全勤上岗。

不知道妻子当晚是怎么折腾的,放下电话几分钟后,叶智开始忙得再也没有停下。

分局的警铃响起,值班同事整衣拿帽跑步前往综合楼前集合。副局长刘伟喊口令,"稍息,立正。"接下来是报数。

"一、二、三……"

叶智知道,民间传说成真了。

分局小院灯火通明,局长等领导与大家正面而对。虽然之前也有过大练兵的演习,但今天情况一看就不同,明摆着是前所未有的一次特殊任务来了。

B

十多年的铁窗生活，集体无自由日复一日的劳动及日常作息，连吃饭、睡觉都要听着口令统一进行。当这一切突然发生变化，江小水还有些不太适应。服刑时天天盼着这一天早点到来，如今真的来了，他却觉得那么不真实。

他是坐公交车离开那里的。在车上，他不愿意抬头，担心遇到某个熟悉的目光。其实他清楚，这一点不可能。这座城，于他而言完全陌生。他是被警车押来的，警车是否从市里经过，都是未知数。十多年，他在里头的生活日复一日，外面世界变化之大，让他手足无措。

刚才上公交车时，司机还向他鞠躬说："欢迎乘坐。"吓了他一跳，赶忙也鞠躬回说："这，这这……"这些年，他给别人鞠了多少个躬，说不好，如今别人给他鞠躬，简直使他慌乱到心跳。接下来，向车里走的他，被司机叫住："那位男士，你还没有投币，每位两块。"

虽然并不适应男士这个称呼，但他明白是叫他的。

"投币？哦，好的。"他回转身。据他以前的经验，是先上车，然后到中门，门口有售票台，有售票员卖票。既然司机叫了，他就往司机示意的投币箱走去，与后来上车的人有过一个个错身。他的右臂明显地感到其中一人的胸前内袋鼓鼓的，里面应该是值钱的东西。而另一个擦肩而过的女人，手提的小包，口儿虽然合着，但细微的缝隙也逃不过他的眼睛，包里有一个玫瑰色的小皮夹，皮夹有两个相互交错的金色卡扣，其中应该装的是一些证件或银行卡之类的。以往,这正是他下手的最佳时机,今天,他规矩地把两块钱投进车门前那个不锈钢贴面钱箱里,然后默默地轻步走向后排坐下。

江小水乘车的小站位于一个三岔路口前方五十多米处。其中一个岔口,专向通往那个监狱。他上午办完手续,走了几里路,翻过一个小山口才到达这里。这里有一条通往附近小镇与城市的公交线路。这些都是狱警告诉他的。

人,到哪儿都很多,何况要过年了,差不了两天。能赶在年前被释放,也算是政府的宽大。

具体到他个人,呼吸着自由空气时,将面临另一个问题。正因为眼下要过年,是否有必要此时回家?毕竟亲戚要频繁走动,见那么多人,说一些尴尬的话,或问他狱中的情况,或同情,还有那种高高在上教育他从此要好好做人之类的……他没有让狱方通知家人。是否真的在外面或者就近于这个小城过年,尚不重要,目前的关键,是先好好睡一天。

虽然不熟悉这座城,但经验告诉他,去人民广场或火车汽车站附近。车站自不用说,一般城市的人民广场,都是热闹繁华之地,交通住宿、吃喝拉撒都比较方便。但是,那班公交车好像自进了城,便顺着一条道直行,不像别的线路在市区转来拐去。

当车经过一个拉着缆绳的大桥时,江小水忽然起身,决定下一站下车,因为已经可以望见不远处火车站奇形怪状的字母。

下车后走了一段路,江小水才发现,这只是一个火车货运站,各种运送物资的卡车进进出出,广场上还有拿着不同颜色纸张的接货单的人往来沟通,货物成包、成箱堆放在广场的不同方位,有的被一些拉起的绳索圈着。人声嘈杂,车流不息。他不知道往哪里去，望天，灰蒙蒙的，只有随着脚步，朝前。

一家热干面店的招牌绊住了他的眼睛。他毫不犹豫地进去，热情的老板娘已冲他喊道："大碗，小碗？"

"什么？"江小水一愣，多年不食人间烟火，什么都需要适应，至少慢半拍的节奏。

"你要大碗，还是小碗？"

"哦，大碗多大？"刚说出来，他便改口，"大碗，两碗……"

"在这儿吃，还是打包？"

"哦，什么？哦，吃，现在吃，在这儿吃。"

"调料啥都要吧？"

"都要……哦，不放辣椒呵……"他心想，一定是自己的外地口音才让老板娘这样不厌其烦，反正人家也是好意。

"辣椒在桌上，多少，你自个儿放。"老板娘回了他，向后台喊话，"两个大碗，在这儿吃。"声音一气呵成，听起来也好听。

等餐时，不断有人进来，江小水才明白，老板娘的台词，谁来都一样。见别人自己拿柜里的小碗接汤，他才注意到屋角那个圆形下端有个水龙头的容器，上面写着："面汤免费自取"。

多少个日子，已经没有这样自由地吃饭了，不用排队，不用点名，不用听口令……虽然才出来几个小时，江小水却有种恍如隔世的感觉。

一切都如此不真实。

C

两碗热干面干净利索地装进肚子，外加一个烧饼，一个卤蛋，又来两碗热汤，江小水竟然幸福得想流泪。与此同时，在这个城的另一端，女医生朱惠娟刚跟老公吵了一架，摔门而去。

站在大路边仰望天空自语，是不是这样的天气让她总压不住噌噌的火气？要么，就是医院最近的发热病人闹的。朱惠娟一上班就忙得停不下来，连上厕所的时间都没得，有时憋得肚子疼。心里烦躁不堪，当然不可能对病人发火。所有的耐心和好话，都在工作中用尽了，回到家弄不好就像点燃的鞭炮，噼里啪啦。

老公昨晚又没在家做饭，带孩子去吃东北酱骨头，带回来撕得咧了嘴似的两个半盒的一次性手套，随手扔在茶几上。有时带回的手套因为没装好，还可能在屋里飘起一只。她曾一次又一次地把那些手套收集在一个大塑料袋里。没想到这次老公竟把那些手套揉成几个团儿，胡乱扔在桌上，有一只干脆还泡在剩菜里。

平时，朱惠娟就对在外面吃饭不甚赞成，尤其不放心卫生，还有调味料太重、食材质量或成熟程度的问题。她不是洁癖，虽然在医院上班，也并不反对老公在外吃饭，可是，她一忙，老公就带孩子外出就餐，对孩子成长肯定不好。这不，爷俩最近几乎天天在外面吃，这个病的传染性，早在医院内部传起，她多次提醒，他只是笑，该怎么办还怎么办，实在让人恼火。她刚埋怨几句，没想到老公说："瞧你上个班，别的女人就不上班了？能得不轻……"

火，一下子被这话点炸。

她疯狂地高喊："我上班怎么了？不上班，在家给你当保姆？瞧瞧谁家的男人像你，天天抱个手机，你跟手机过去吧！"

老公一乐，"好啊，手机里都是美女，不像你，快变成母豹子了。"

朱惠娟抢过老公的手机就摔了……

在这之前，虽然她早气得脸变了颜色，老公尚笑容以待。手机一摔，老公也火冲云霄，一推她，"你疯了？"

这一推，如果在平时也不算什么，这个场合，她认为是他对她动手了。

平日里，妻子累了有点情绪，是经不起他逗的。但几个嬉皮笑脸下来，朱惠娟就不再跟他过招。今天这是？

好在，他的火及时熄灭。他想起妻子最近说那个有传染性的什么毒肺病可能蔓延，医院领导一直不让公开议论，一再强调要上级定调，谁私自传播谁负责，如果引起社会恐慌，就严肃处理，不排除开除。妻子还说，这样可能让医护人员感染。看来，妻子肯定很心乱。他一边捡着那飞花四溅的手机碎块，一边想说些什么缓和一下，朱惠娟却重重地一摔门走了。走就走吧，她只是去上班，又不可能去别处。

此时，朱惠娟需要调整一下情绪。家事无论如何都不能延伸到工作中，这是她多年来的自律。一个医生，如果把自己的情绪带到工作中，造成的损失可能无法弥补。她出了楼洞，沿着江边人行道慢慢走着。她计划走一站再坐公交，以便平复一下自己的情绪。坐公交上班，需要倒两班车。上班的医院在南端，那一片再往南，隔两座小山包，就是省城第二监狱。他们医院也承担着对监狱危重患者的急救。

一路上胡思乱想的朱惠娟，肯定不会想到，这次的火冒三丈，将成为她的终生之痛。

D

吃饱饭的江小水双眼打架，身体轻飘飘的，像空中的落叶，不上不下，脚底没跟，腹中的热与天气的寒，让额头微微起汗的他立刻决定，马上找地方睡觉。出了热干面店没几步，那栋大楼下面不宽却醒目的快捷酒店招牌正映入眼帘。

对开茶色玻璃门上贴着"宾至如归"四个字。进了门，正对前台，两个小姑娘在电脑前低头看手机。其中一个起身对他说："你好，欢迎光临，有预定吗？"

"没的。"他一边回答一边想，怎么回事，没预定不让住？

"是会员吗？"

"会员？"江小水摇摇头。

"不是会员没法享受会员价！要不，你办一个会员卡，今天住宿就可以打折。"小姑娘笑着殷勤道。

见他不回答，另一个女孩子也站起说："会员卡全国通用，你现在办好，到全国各地我们的连锁店都能享受会员价。而且，我们有会员积分，可以兑换房费。积分达到一定额度，可以免费住宿。"

江小水不太明白，追问一句："会员卡怎么办的，要钱不？"

"五十块钱。"先前的姑娘说，"你今晚如果不是会员价要花一百元，会员卡打九折，九十就可以住。如果住够六天，还送你一天免费住。"

这个问题在江小水的大脑里有点绕。虽然对方说得好像很清楚，但他还是有点算不过来。也就是说，办会员卡的话，他今晚要多花五十块钱，比不办只省十块钱，那何必？他说："还是不办呵！"

"大哥，其实办卡很划算。全国连锁店，你住几次就把卡钱省出来了，何况还有免费房，你省大发了。我私下告诉你吧，年后我们这个会员卡就不发行了，想办也没得法儿办。"她笑得很可爱的样子。见他尚在迟疑，她继续说："大哥，还是办一个吧，立刻就可以享受优惠，很划算。年后大哥再来住店多方便哈！"

"年后？"他虽然还有点蒙，也觉得对方说得对，何况，他可能就在此住到年后，便问："你们过年放假不？"

"春节不休息呀！"看到有戏，她甜甜地一笑，回答。

江小水决定办卡。

"好啊，身份证。"她满面春光。

办完卡，先住两天，交押金，按对方说的电梯间，上到四楼。他的房间对门正房门大开，见他开锁，一女客赶紧关门。

进了屋，随手关门，把包往椅子上一扔，江小水整个摔倒在床上。本计划先好好洗个澡，但一躺下就睡过去了。再醒来，窗外是黑的。他吓了一跳，情况与以往不一样，这在哪儿？是不是在做梦？一会儿半清醒过来，啊，我已出来了，不在那个地方了。他没有过多考虑，又睡过去……

如果不是"咚咚"的敲门声，他会睡到何时，不好说。

"谁啊？"他以为敲错门了。

是服务员，一直在喊着"冯成、冯成，快去办理退房"。

"我不是冯成……啊……你找错人了。"他打着呵欠，口音也拖得很长说道。

服务员结结巴巴连喊带叫解释，他终于听明白了，是封城。

封城？可能吗？什么年代了，封城？这么大的城市，四通八达的出口，说封就封啊？

服务员再次催促："九点起市内外出的所有车辆，包括火车、汽车都停运。火车站所有过往车辆都停运，不通车了……"

还是后面这句话让他跳起来的。服务员的意思是，酒店也将封闭，不仅不接待客人，原来的客人也要全部退房，酒店停业……

几分钟收拾完毕，不仅是多年狱中集体生活使他练就了如此速度，其实，他也没多少东西，就一个包。可是，他还是走不了了。

当江小水急急赶往火车站，广场上的警察已一米一岗形成人墙，铁栅栏、隔离障被工作人员摆设在各个卡口，还出现了一些穿戴着防毒面具似的特殊服装的工作人员。他已不能靠近车站。没戏了。此时的他，突然发现街上的行人，都戴上了口罩。

这？没有口罩成了他与别人的不同。江小水四下找药店。可是药店门口站着的工作人员不让进，因为他没戴口罩。他说就是来买口罩的。对方回答，早没了，全城都买不到了。

什么？江小水傻眼了。

E

叶智再次接到妻子的电话，已是早上六点半。她把信儿从另一座城市接回来了。给爸爸连夜打电话后，爸爸说送孩子过来，考虑到路途太远，且是黑夜，她还是找了车去接。他们在两座城的交接处相遇，她还想让爸爸一起来，但老人表示如果封城，在自己家更好一些，大家都方便。

从当晚集合后，叶智便被派往一些相关路口执岗。不少人半夜听到天明要封城的消息，已经开始乘坐私家车离开。夜幕下的城市车流量极大，尤其高速口或出城路口，鸣笛声配着拥堵的车队，灯火通明如同节日的夜灯秀。

早上七点，叶智接到另一指令，与队友八点在火车站附近的红珊瑚大酒店门前集中，八点半移步进入广场。广场上到处是拖着拉杆箱的男女老少，其中不少人没有车票，是听说要封城来看情况的，既是观察一下能否有办法走，另外是想证实一下封城消息的真伪。当警察成队进入时，车站原本熙熙攘攘的民众明显开始慌乱，呼朋引伴，喊声此起彼伏。

有人问叶智："是真的要封城了吗？"

他口罩上方的双眼对着她微微一笑。

"也就是说，不让走了？也不让外边的人来？火车站不让过火车？还不让火车停靠……"

见这女子不断询问，叶智说："我们在执行任务，具体情况请关注政府通知。如果你没有票，就尽快离开，有票尽快进候车室。"

此时，候车室前一度不见队形，进出的人东挤西推，不断有警察维持秩序，没有票的一概劝退。

一个光头背帆布包的人在叶智附近晃了一下，职业敏感使他感觉对方可能是个惯犯，但紧急的执岗任务在身，他没法跟踪，等他再想找，那个人影早就消失了。他对着人群喊道："请各自注意人身财产安全，拿好行李物品……"

九点整，车站关门，虽然还有旅客说自己有票，也不允许进入了。由警察形成的人墙逐渐向外扩张，最终逼退了聚集在候车室门前的部分旅客，并引领他们进入人墙与隔离墩形成的通道有序撤出。尚有人在喊叫着什么。

天空突然落雨……

这对执岗者来说真是及时雨。顿时广场上的人群加速四散。

下午三点多，回到局里换衣服的叶智喷嚏连连，引得同事纷纷侧目。他笑着解释："我没事，我没事。"特殊时期，任何人的咳嗽和喷嚏都可能让别人多看几眼，已司空见惯。

刚喝了几口热水，接警，三院门前病人太多，有可能引起混乱。叶智与队友急忙奔跑出去。

F

朱惠娟是中午才知道封城消息的。自昨天中午接班，她就没有再停歇，医院完全超负荷运转。自新闻上说这种病毒开始人传人，医院就变得一号难求。有些病人为了打针退烧，排十多个小时至半夜才挂上号，都成了正常现象。

医院门前往来的救护车鸣笛声声不歇。

她零点本可以下班，但病人实在太多，医院启动了 24 小时工作制，下班的大夫与新换班的医生一起接诊。但他们可以稍作几小时休息。朱惠娟坐在一个病区诊台后的两把并排的椅子上眯了一会儿，没想到，半睡半醒间就过去了两个多小时。一个激灵，她险些摔下来，彻底清醒。见同事们或趴在桌上或倚着椅背或骑在椅子上，但都不敢换下防护服的睡姿，让她一阵心酸。她现在真相信了战争年代军人能一边走路一边睡觉的说法。

早上四五点的医院挂号大厅，队伍早延长到各个走廊，有些病人坐在走廊的塑料连椅上输液。朱惠娟有点蒙了……当了十多年医生，她第一次觉得医院根本接诊不了这些病人，当年的

SARS，他们也没有这样忙到 24 小时无休。

中午没有饭可吃，只有方便面，放在会议室圆桌上，谁吃谁泡。她奇怪地问："怎么会这样，食堂不供餐了？"有护士说："封城了。"朱惠娟的大脑有一刻没转过来，当意识到封城的实际时，立刻给老公拨电话，可是打不通。如果他不知道这个消息，过几天岂不是要坐吃山空？需要尽快采购补充。另外，孩子的情况她也放心不下，需要叮嘱他。实际上她从昨晚起，已不能回家了。

电话一直打不通，内心火急火燎的她自我安慰，老公可能又带孩子外出吃饭了，那么多人在饭店一定会说封城的事，他肯定早就听说了。她顺手泡了一桶面，在等待的过程中，还是不断地拨手机上显示"老公"字样的号码，可电话里一直传来"您所拨打的号码暂时无法接通，请稍后再拨"的回声。

这家伙在干吗？电话怎么打不通？没电了吗？还是……突然，朱惠娟想起，昨天，她摔了老公的手机。彻底摔坏了？你个大傻瓜，昨天下午干吗不尽快修理？瞧瞧，平时没事，关键时刻掉链子。她也怪自己，什么时候摔不行呀，非赶这火烧眉毛的关头。

朱惠娟开始翻找手机通讯录，终于找到同小区一家人的电话，打过去想让他们帮忙去问一下情况。没想到邻居一接电话，听到她问"还好吗"就哭了，说是父母都确诊了……

她没法再说什么，安慰几句就挂了电话。

朱惠娟周身一软，眼前泛黑，老公不会有事吧？整天在外面喝酒，如果他出事了，孩子怎么办？万一，万一……要真确诊，孩子也不好说……她越想越怕，心急如焚。

有护士召唤，她只好把桶面往嘴里扒几口，洗手，擦嘴，让同事帮忙整理防护服，戴口罩，小步跑向诊室。一旦进入诊室，一下午不可能再出来。水，不是少喝，而是不喝，没时间上厕所。以前手术时戴着尿不湿的经验，已被同事广为采用。

G

雨点落下来时，江小水躲到了那个桥洞下。跨拱的河边有不宽的人行道，岸壁上有三个半圆形的石砌小洞，半米左右深。他把包往里一放，然后坐下，大脑一片空白。

很快，饥饿感来袭。他望一眼天空，雨不大，可以行走。休息一会儿，他还是没想明白接下来该如何应对这种局面。

如果不封城，我不是也不急着走吗？为什么一封城，反而这样慌慌张张赶路？这一封城，不是刚好让我在这个城里可以多待几天吗？这完全是老天的好意，与我起初不想回家的想法重合了。多好的事情，我怎么搞乱套了，跟别人一起瞎跑？江小水笑了。从昨天出狱至今，他第一次发现自己笑了。

不走，不走。一会儿雨小了或停了，再来两碗热干面，大碗的，还有两碗免费的汤，不对，三碗。昨天吃饱喝足，一直到现在还没吃饭。这样一想，他就更饿了，在桥洞下待了不到半小时，就决定出来。沿着台阶上到路边，他才发现路上几乎没有行人，也不见车辆。昨天还是车来车往，甚至今早还有不少车，怎么这一会儿像蒸发了似的都不见了？

仅仅走了几步，他就觉得非常不对劲，沿街的门都关了，饭店、烟酒店、商铺、小吃店，能看到的门都关了。刚才他急着找药店买口罩，没在意街上怎么没人了，此时才意识到，空旷的街头竟有那么一种恐怖感。

走出两百米，没有遇到一个人影，他没法淡定了。

雨，时有时无。他突然想，封城后外面没车可来，吃的用的不会都不让进来吧？那他不能总这样走来走去，不会饿死吗？

继续走，他终于在拐弯后遇见一个年轻人，坐在行李箱上看手机，人与箱子都在快车道中间，似乎希望有车过来，但他头都不抬，应该有一段时间没听到车声了。

他找到一家酒店，想打听一下是否营业，走近才发现玻璃门上写着"过年放假，初六营业"。继续一路寻找，没有酒店开门或收留他。好在，他发现一个巷子里有间拉下半截儿卷闸门的小店，还有方便面、面包、水之类的，于是急急阻拦那将落下的门，买了几包东西。他不会想到，这些就是他的年夜饭，也是他未来一段时间仅有的食物。

江小水最后还是回到那个桥洞。他很庆幸自己无意中发现了这个地方，既可以避雨，也可以挡风。他把方便面外箱撕开铺在地上，把包往里一扔，坐下。热水呢？啊，没热水，方便面怎么个吃法？

几分钟后，他打开一瓶水与方便面，一边干嚼一边喝水。坐过十多年大牢的他，对付过多少难挨的日子，现在终于可以呼吸自由的空气，其他都不算什么。他脸上的肌肉再次松弛，想笑一下，但没笑出来。

他想，封城像过年一样，很快就会过去。年过完了，都要上班。等年后，封城一结束，他就可以回家了。那时，也不用多么尴尬。天意吧，除了没能再住上酒店，其他还好。

H

从封城之日起，叶智实际上已经开始人生的最忙乱时期，一会儿去卡口支援，一会儿去社区处理物业与业主之间因出入问题引发的争执，一会儿又可能出现在大街上检查谁没有戴口罩，根据国家新规，有违者给予拘留。当然，还有对救援物资车辆的引导。这些外地车进了空荡荡的城市，想找个人问都找不到。

在卡口执岗的不仅有公安，还有医护人员、防疫办的工作人员、政府机关下沉的干部、志愿者等。

春节过了，封城还在继续，疫情却并没有被控制住，仍有大量病人无床位可住，在家里自行隔离。街头只有救护车和警车，还有一些志愿者的私家车。这意味着公安民警的事更多了，因为许多人有了问题就会打 110 寻求最后的解决方案。妻子也下沉到社区协助工作，信儿只能自己在家，泡着吃妈妈每天给他准备好的方便面。信儿一通电话就哭着问，爸爸你哪天回来呀？叶智只好说，快了快了……

之前，叶智曾进小区上楼背一个重症病人去就医，没想到刚从七楼背到二楼，病人就离世了。叶智伤心至极，泪水把临时当作护目镜的游泳镜都积满了。不断有人死去，他突然发现自己能做的事越来越少，这些人在他眼前离去而他却无能为力。外地有朋友来电话让他帮忙照顾一下没走成的亲人，他也没法找到他们想要的药，甚至连给他们带些口罩这样的事也办不成。他一度最害怕的就是电话铃声突然响起，每一个陌生号码都会让他心惊肉跳。这哪像个警察啊！

　　与江小水的相遇，是其中的一天。当时，叶智从一个社区出来。因为社区有病人要送医院，但一直等不到救护车，病人家属只好一次又一次报警。病人家属与社区门卫还险些打起来，这家病人已经感染，但没做检测，一直住不上院，想直接去医院看情况。但社区没有收到住院通知，不让出去。双方矛盾一时被激化。叶智到达社区时，救护车也到了，原来是接了别的病人后才来接的他们。当时因为救护车不够用，一辆车会根据线路，尽可能顺道多接几个病人。叶智到现场时，问题已经解决了。但对于他来说，多跑一趟，或是白跑一趟、空跑一趟，都比折腾半天事没解决要欣慰得多。那时的警车也被派上各种用场，没车的情况下，他还曾骑自行车给别人买过菜，并送到小区，放到其家门前，然后电话联系由他们各自开门取。

　　叶智与同事在路边等车时，看到一辆银色 SUV 一会儿向左拐，一会儿向右拐，不熟悉路？现在车上都有导航，手机也能导航，这车怎么回事？感觉到不对劲，叶智跑上前去。

　　离车还有几步远时，车窗摇下，一男子正想说话。

　　"戴上口罩！"叶智语气非常严厉。但对方没有照做，且神情慌张，脸部肌肉都有些抖动。对方这种下意识的反应，引起了叶智的警觉，肯定有问题。与同事交换了眼色，两人冲过去拉开车门扭住对方的胳膊。在强行给其戴口罩时，他们发现方向盘下部被扯出了两股电线。盗车？疫情期间盗车，简直是趁火打劫！

　　上铐子时，对方争辩："我不是偷车，真的不是。"

　　同事押了犯罪嫌疑人坐到后排，叶智驾车时根本没想过，假如此人已感染了新冠病毒呢？一忙就迷糊，快到局里时，他才意识到这一点，左嘴角一撇，说了句："这事搞的。"

I

大年三十晚上，朱惠娟接到老公电话，他跟儿子下楼借了小区守门人的电话打来的。儿子问妈妈辛不辛苦，说妈妈好勇敢。

老公向她表示，请放心，年夜饭肯定让儿子吃好，他做了几样菜，还有冰箱里的饺子，自己的亲儿子，哪能委屈。说完，又一通嬉皮笑脸。

朱惠娟的年夜饭仍是方便面、火腿肠、酸奶，这些平时看都不愿意多看一眼的速食品，现在成了吃起来很香的正餐。

即使是大年初一，医院里仍人满为患。以前春节值班，不过是零星的几个病号，毕竟大家都不愿意待在医院过年，稍有可能，都在医生查房后被家人接回。如今完全是另一番景象，患者之多堪比集市、庙会的密集人流。虽然医院扯起各种警戒线，让人们尽量拉开排队距离，但急切的患者或家属，不自觉间便把人距由一米变成半米。挂号和缴费大厅的队伍，一直排到楼外大院，形成各种 S 接 S 的延伸。所有急诊都是如此，再急，也没办法。在朱惠娟的工作史上，这也是唯一了。不断有人托关系打电话来联系住院，在以前这不算什么事，现在她却无能为力，只好连说抱歉。

更让她担心的是，不断有同事"中招"，包括那些五官科或外科的医生。有的是感染了，有的是累晕的。因为防护用品严重不足，许多医护人员的防护服一旦穿上就尽量不脱，为了避免浪费，很多人甚至十多个小时忍着不吃饭不喝水，加上防护服内的闷热，晕倒的情况时有发生。有的同事直接在微信朋友圈发出求助信息。各科室医护人员就地取材、各显其能，放射科的最先把装胶片的塑料袋绑在腿上，有些护士穿上塑料雨衣，或是用塑料文件袋剪成护脸屏……

想到家里一些可以用来暂作防护工具的用品，比如口罩或老公在外面吃饭带回的一次性手套、他们之前爬山买的一次性雨衣，朱惠娟觉得有必要回家一趟。不过，进家门就算了，她现在的情况不好说，免得传染给家人。

零点后，趁有几个小时轮休空当，她决定回家。至于交通工具，出了医院再说。或许有出租车呢。医院在南，家在西北，几乎比直接跨城还远。给同事交代时，她才知道下雨了，从同事手里接过伞，朱惠娟急急穿过到处是患者的走廊。

一到大路上，反而显得平静了，细碎的雨点即使打在伞上，也没多大动静，与刚才满眼满耳满脑子的人声人影形成强烈的反差，以至于这种平静竟显得有些魔幻。如果以往这样大半夜独行，她肯定会害怕的。

从医院出来，她自语，只要见车，不论什么车，不管三七二十一就上去拦截。

为了省时间，她一直往前走。可三四千米走下来，无一人影，无一跑车。车辆很多，但都停在路边，即使快车道两侧也停了不少。

寒冷、凄凉，前所未有。没想到，一场毫无准备的传染疾病把人们折腾成这样。好端端的城市，本来夜景是多么美丽，想想往日川流不息的车来车往，堵车都成为一种向往和温暖。

一阵心酸让她顿时觉得周身极度疲惫，两条腿几乎是拖地前行。沮丧、绝望，眼冒金星，险些晕倒的朱惠娟急忙扶住路边的一辆车。

无意间身靠的是一辆银色 SUV，朱惠娟喜出望外地发现车里有人。

在路灯映进车内的光线下，看到司机座位上那个把车座放得几乎接近平位的人，她简直要惊叫起来。如果不是行走过来，如果不是那一刻靠在车门上，她肯定与这辆车失之交臂，那么几点钟才能走回家，甚至能否走回家，都是个未知数。这辆车只是停在快车道一侧很普通的一辆，从外观上说，没有任何引起她注意的可能。

生活中有许多可以用"巧"字表达的事情，总是隐含着人类命运中"运"的那一部分无法解释的神秘。比如，当年一个贵族家的孩子掉到水里，一个苏格兰农夫无意中发现并救了那孩子。贵族想以钱财表示谢意，被农夫谢绝，于是他给了农夫的孩子去伦敦接受良好教育的机会。多年后，农夫的孩子发明了青霉素，他名叫亚历山大·弗莱明。而贵族的孩子"一战"前因患严重肺炎住进了伦敦一家医院，正是青霉素挽救了他的生命，他就是丘吉尔，后来的英国首相。

这种巧，确实是人类的神秘，物种的神秘。

J

江小水是在那个桥洞下过的年。几天后的一个早晨，包里最后一点吃的也没有了，之前准备的食物和水完全消耗光了。白天，他强迫自己一定要忍住。因为之前有一次他看到几个穿制服的人把一个没戴口罩的人铐走了。躲在树后的他吓了一跳，才真正搞懂口罩不仅是他与别人的不同，更可能是出卖他自己的标志。虽然买不到口罩，但他不能因为一个小小的口罩把自己再送进去。所以，他再也没有离开过那个桥洞。

食物和水刚吃光的那个白天，肠胃很煎熬，但思想斗争之煎熬更惨烈。无法战胜饥饿，他决定重操旧业。想起有天走路，曾瞥了一眼停在路边的轿车后座上好像有袋苹果，不知车还在不在，他决定去碰碰运气。

终于盼来了傍晚，昏黄的环境已具备隐蔽的条件，他一咬牙出了发，依着模糊的记忆慢慢寻找。

虽然路上没有行人，也不见车跑，他还是蹑手蹑脚，依着一棵棵树前行。人一旦有了偷窃的想法，自己就会先假设周边有许多双眼睛。

不久，那辆银色SUV进入了他的视线，是它，应该没错，仍停在快车道一侧。车身没有顺直，尾部向外侧斜出一二十度，可能是司机见到一个空位就直接开进去了，没有调整到位。或许司机当时很急，家有病人？都不好说。

他向四周张望，没有一个人影。但愿苹果还在，如果被车主取走，就惨了，还需另找目标。向路边的小店下手有点难度，关键也不知道里面有吃的没有，一旦放空而被发现，太不划算，毕竟只为搞口饭吃。还是车里的东西安全，方便出手，快干快走。就算有人出现，也不会十分注意。突然他又觉醒了，这是特殊时期，绝不能被人发现，如果有人影，他就可能成为他人关注的目标。

借着其他几辆车的掩护，他终于移身到这辆车前，隔窗一瞧，不仅有苹果，还有纯净水、方便面之类的。天哪，是上帝来救我了吗？他顿时口水泛起，腹中咕咕回响。什么也别说了，干活儿……

再次确定周边没有人，他把身体贴着车门，尽可能挡住手与门锁，把一段铁丝慢慢地插进钥匙孔。并没有触到锁簧，却意外地发现，车门与车身的间距好像有点大，难道没锁？他停下手上的动作，再次向四面八方观察一番，稍低一下身子，左手握着门把手，轻轻一拉——开了，果真开了！车门真的没锁！神助啊！这也太帮忙了，老天也不愿意让自己饿死。

不用说，进到车里，先是一通疯狂吃喝。他用铁丝直接将塑料袋扎了个口儿，撕开，拿出一个苹果大口啃起来，苹果籽儿都没吐，直吃到核儿险些咬了手指才停下。再撕开一包面，掏出面饼就塞进嘴里；一边咀嚼，一边手拿纯净水瓶子，用牙咬开瓶盖，一口气喝完一瓶水，把空瓶子捏得扁扁的，长舒一口气，让自己一切都缓慢下来……

如果车主来了，总要听人解释。他想。人饿了，也没办法，他没有其他想法。车里别的东西，副驾前的储物盒、挡位附近的储物盒，他碰都没碰一下。

吃饱后，他很快冷静下来，这种现场岂能久留？三十六计走为上策。将一些食物草草地装进包里后，他慌张而去。

雨还在下，比之前还大了。躲在桥洞下的江小水，冷，他再次想起那车。天黑了，若车还在原地，估计车主至少今天不会去动车了。全城都停运，车主或许早出不来了。

天知道。

一切如愿，车还在原地。周围极目处，别说人影，连鸟儿、猫、流浪狗都没有，除了路灯已点亮。他想，又可以好好睡一觉了。

不知过去多久，睡得极沉的江小水被敲窗声惊醒。起初，他迷迷糊糊地以为在做梦，随后打了个寒战，车主人来了吗？他坐起身才发现一张戴着口罩的脸贴着车窗，屈着关节敲窗的手指还放在玻璃上。

"对不起，吓着你了。"她一出声，江小水才听出是个女的，他的惊吓程度立刻减弱。车主是女的，至少不会太暴力，如果不听解释，他就跑……

"我是医院的。能否帮个忙，送我回趟家？"她这句话，把江小水说迷糊了。

"是这样的，医院防护工具不够用，我家还有一些，要尽快拿来跟同事一起用。"见他不解，她忙说，"对付这次新冠病毒，许多医护同事因防护设施不足纷纷感染。"

江小水还是不怎么明白，但听出她说的问题的严重性和紧迫性，尤其是送她回家的必要性，所以，点了点头。

拉开车门，她才清楚地看到他的样子，有些惊惶地说："疫情这么严重，你，你，怎么没戴口罩？"

他支支吾吾说："没有口罩了。"

显然有些犹豫，她向四周望了一眼说："那你能帮我这个忙吗？"

他点着头轻声说："上车。"

把那段铁丝伸到方向盘下部的孔隙里，钩出两段电线，用牙咬着撕去绝缘胶皮，将两个线头相击了几次，打火发动了车。他知道，她一定会吃惊，便扭头对那口罩上方露出的略显恐惧的双眼一笑，解释说："车钥匙丢了，我从外地来，遇到封城，哪儿也去不了，也没地方配钥匙。"

她没有再说话，只是一会儿告诉他前面路口左拐，下一个红绿灯右转……

雨虽不太大，但挡风玻璃上的雨刮刷还是紧张地哗啦啦响着，约二三十分钟后，她说到了，江小水忙急刹车。正不知左拐还是右拐，她已开门下车，说了句"谢谢"，不等他回答就朝着路对面跑去。远远望去，她身影消失的那个小路口两边也停满了车辆。

瞅了一下仪表盘上的时间，快两点了。

车掉头时，她又跑回来。他原以为是想让他等她拿了物品再送她回医院，毕竟这时找别的车不容易。但没有。见他摇下车窗，她说："明天你去大熊山物流仓，那里招志愿者，安排吃住……城的东郊……"

不及他道谢，她又转身往雨中跑了，好像话都没说完。

K

打眼一看，叶智就感觉对方是有过入狱经历的。在如此特殊的情况下，仍然出来作案，也太过分了。命不要了？还不戴口罩？因为疫情，小区里没那么多车位，许多车停在外边，且车主多日不出门。若此时盗车，实在太难被发现，也是个极其疯狂的犯罪行为。而他们把车偷走后，都藏在哪里？

但依江小水交代，难道他还真是为了助人为乐？

按照叶智的习惯，一般会久久地默默盯着对方的眼睛。如果对方在撒谎，很快就会在他这种聚光灯般的注视下慌乱了神色，接下来自然是一通急迫的各种解释。这种解释是一种相互印证，或者说是自圆其说，需要以此谎证明彼谎，其中的漏洞远远大于真相。只要有一点点破绽，就会全线崩盘。等待，耐心地等待，像蹲点抓捕一样，做警察的有的是罪犯没法抗衡的耐心。

果真，审讯室里安静了片刻，江小水又主动说话了。

"我说的句句是实话，如果不是她要乘车，我肯定不会打着车的。当时我只想在车里睡一夜，起初是想把车里的方便面和苹果拿走，根本没打算偷车。几颗苹果不算什么，一辆车够重判的，我清楚……我想女医生装作不知我是干什么的，也不多问，是为了避免尴尬，或引发可能的危险。

"昨晚我把车又开回原地，但我还是在车里睡了。今早醒来，想着自己反正在这里也没事，何况还要解决吃住问题，便开车往城东找那个可以做志愿者的地方。一路上根本没人影，除了救护车，还有殡仪馆的车，其他车一辆都没见到。我怀疑自己跑的线路不对，正不知所措，恰好遇到你们，本打算探听一下路，不料你们因为我没戴口罩便铐了我，又发现车上因打火撕开的电线……说实话，我真的不是要偷车，只是临时一用，今晚肯定会送回原地。"

"那你说说那个医生的姓名，哪家医院的？你有她的电话吗？"

江小水摇头："没有，都没有。当时觉得她坐车时间够长，我也紧张，都没说话。也没必要问她姓名或在哪家医院，电话号码更不可能问。问她号码干吗？当时不可能想到今日还要对你们提起，要知道的话，还不让她写个证明什么的？"

"你说的这些没有人证，是你在唱独角戏，你觉得我们会相信吗？如果换作你，我们这样说，你信吗？"

江小水毫无迟疑道："我信，如果你这样说，我肯定信。"

叶智想笑，还是忍住了。

脸憋得通红，江小水反复强调："实在没辙。我真的没有偷车，真是想去当志愿者。想弄清楚情况后，便把车放回原处。我没撒谎，千真万确。虽然我曾撒过很多谎，但这次真的没撒谎，请警官大人相信我一次。"

江小水觉得自己多少年都不知道脸红是什么样子了，跟警察打过数不清的交道，遇到警察，他完全是一副惊弓之鸟的心态，哪敢大声说话。可今天，却好像忘了什么似的，一直坚持解释着。不过，他清楚自己也只能说一下而已，事实没法用心中的想法证明，为这个事也不可能与警察没完没了地耗下去。一旦警察再下狠手，或车轮审讯，他恐怕又要问什么招什么，让怎么招就怎么招。

令江小水意料不到的是，俩警察彼此一对视，其中一个拿着审讯记录到他面前，让他确认。看什么呀，看也没用，他拿起笔就签了名。然后，警察用消毒喷剂对着他的手喷了一下。之前落座时，也有警察给他的座位用喷剂消毒，如果还在桥洞下，哪能想到这个事情已到如此严重的地步。

他长吁了一口气，毕竟审讯结束了。江小水心说，完蛋了，又要进去。随即又自我安慰，进去也好，找了个有吃有住的地方。

L

江小水心知肚明，一旦认定他是盗车，这辆车至少也值一二十万，那么他的盗窃额就属于巨大的范畴；如果这辆车价值在三十万以上，那就成了数额特别巨大。两者的刑判结果，肯定都免不了要坐牢。他有些后悔没及时回家，如果不在这里住那一夜，如果一开始就打定主意回家过年，就是另一番情形。如今全身长嘴也说不清了。如果当时不动车就好了；如果当时只拿走那些食物不再回车里，也就不会有后面的遭遇；如果一犹豫没答应女医生的话，也不至如此……

现在，那些如果都不成立。

刚入道时，师父一再提醒他，干过活儿不许回头。他们不都是一次次地回头回出问题的吗？这一次，他竟犯了二次干活儿的大忌。师父曾以自己几次入狱的经验警示他们："警察与我们相比，有的是时间和精力，然后守株待兔，在一个地方没早没晚、没今天没明日、没白天没黑夜地等着，等的是什么？就是你那忍受不住的一次回头。"

如果能找到那个医生，是否能证明我的无罪？不好说，毕竟她见我时，我已在车里，就算说我是在她面前打着火的，但这能证明我事后不会偷车吗？再说，这也不能证明我是因为要送她而开的车。唉，现在的问题，是这个事不好说清楚，虽然事情本身那么清楚。

江小水一脑门子的困惑。

铁门"咣当"一响，警察又进来了。他注意到一个细节，警察没拿手铐。

叶智走到江小水面前，慢腾腾地说："我相信你，但法律不一定相信你。明白吗？说到底，你的各种嫌疑还需要人证，否则没人能还你清白。"

江小水无奈地仰望着对方。

但叶智接下来的一句话直接让江小水蒙了。他说："你回头一定要找到那个医生，明白不？"

"我？我找？"

叶智一边为江小水打开受审桌上的锁，一边盯着他道："你走吧，记得不管在哪儿，都必须戴好口罩。"

叶智把一个新口罩放在江小水面前让他换上，见他还在发愣，佯装一脸严肃地说："怎么回事？难道还想再进去？"

"别别别。"相信了眼前发生的事实后，江小水只怕对方瞬间反悔，三步并作两步奔到大楼外面。

"你的包！"后面叫了几声，江小水才收住脚步，回头看到叶智手里的包，迎过去点头哈腰想表示谢意，却一个字也没说出口。

叶智道："把那辆车先开上，你说那个地方，在市郊区，几十公里。"

江小水的身子触电般向后一缩，表示不敢。见叶智没有开玩笑的意思，才战战兢兢重新坐进车里，用颤抖的手打了多次电线，车才启动。

本计划向警察摆下手道别，不料叶智把一个手机伸进窗口，说："按这上面的导航走，有语音提示，说怎么走就怎么走。这手机是我私人家用的，号码写在纸条上……晚上记得把车开回原地，说不定女医生会再去找你，车主也可能去找车。"

江小水两眼一热……

叶智摆手示意他可以走了，并轻声道："走吧，保护好自己，感谢你这个时候去当志愿者，为这座病了的城……"

听得出来，叶智也有些哽咽。江小水一脚油门，车头向前冲了出去，拐上主路时，他望了一眼车侧镜，警察还在远远地瞅着他。

导航，江小水并不熟悉。多年前的手机仅能通话，顶多再发个短信。

不久，有电话打来，手机唱起一支蒙古族歌曲，导航中断。他犹豫是否接听，歌声在"鸿雁向南方，飞过芦苇荡"时突然停下，恰逢到了十字路口不知奔哪个方向，导航突然发声，掉头。他急打方向盘，不料左侧一辆警用摩托已无声地与他的车并列，江小水心说，玩完……

多亏警察身手灵敏，摩托车向外一个大旋擦着马路牙子才躲过险情。

此时刹住车的江小水一身冷汗，心脏狂舞，摘下口罩大口喘气。

摩托车扎在车头前方，警察走过来。

他赶紧戴好口罩。

警察敬礼说："请出示驾驶证、行驶证。"

"什么，什么？"他瞬间大脑崩溃。囊中空空，警察要的证，他一个也没有。突然脑中灵光乍现，江小水大声吼道："我赶着去大熊山当志愿者，外地人不熟悉路！"

警察盯着他，静静地有一分钟。江小水心里发毛，想说什么，嘴像被什么粘住似的，只有喉结上下剧烈地起伏。

"那跟我走吧！我送你去！"警察说。

没听错。真的没听错。警察骑上摩托，向他招招手。

江小水调整方向盘的手与全身都在战栗，然后驱车向前。

几分钟后，江小水反应过来，这不就是警车开道吗？啊，我今天享受的是警车开道？就因为"志愿者"这三个字？瞬间泪崩，江小水这一生，第一次跟警察的关系转变成这个样子。

M

还在门诊忙的时候，朱惠娟同事叫她马上出来，口气刻不容缓。

待走出诊室，门外几名同事已严阵以待，她要立即隔离。

她被确诊了。

一大早，朱惠娟忙得都忘了自己昨天做过测试的事情。现在医院给他们在附近酒店安排了住处，加上外省医疗队的加入，大家终于有了休息时间。不像之前，24 小时无休，不少退休的老医生都重新上了岗。见到七十多岁单眼已黄斑病变的老院长也来门诊拿起听诊器，朱惠娟的泪立刻流了下来。那时候，就算有休息时间，大家也不敢回家，谁不担心将家人传染？可是，不回家肯定休息不好，只能坐椅子上或趴桌子上睡觉，而且不能摘口罩，一天 24 小时戴着，憋闷得肺都不够用，总觉得自己也"中招"了。时间一久，医生也不是铁打的，抵抗力降低，除了感染，也可能生其他病。现在，终于又可以倒班休息了，对朱惠娟来说这是天大的好消息，可惜没法告诉老公和孩子。每每想起，她对摔老公手机的事都后悔无比。

近几天，她觉得身体有些异样，干咳，胸闷，难道？不会吧……应该是多日以来的劳累所致，多休息一下就好了。昨天医院坚持让她做了检测。一忙，连今天出结果都忘了。

核酸检测，新型冠状病毒基因组中开放读码框 ORF1ab 和核壳蛋白 N 基因双阳性。妈呀，连给我一次单阳的机会也不行？朱惠娟如坠深渊，虽然是医生，也难免乱了阵脚。好在，几分钟她便调整了心态。不再多说，多待一分钟，就有可能给同事或他人带来传染的风险。

住进隔离病房，眼看昔日的同事为了她而忙碌，朱惠娟的心里很不是滋味。第一次躺在病床上望着天花板，以一个患者的身份听到各种治疗仪器的声响，她发现一切变得那么陌生。她躺的这个床位上，已经有三个人永远地走了。她相信自己一定能够战胜病魔，他们医院已经有不少治愈病例。甚至，她觉得老公没有电话也是上天所赐的一个幸运，至少可以不让他们知道，不让老公和儿子为她担心。等她哪一天出院了再告诉他们。可再一想，矛盾的她对摔老公手机重新感到懊恼至极，十多天没看到老公和儿子，一旦自己有个三长两短，爷儿俩后半辈子怎么办呢？朱惠娟昏厥过去……

N

多天的连轴转，叶智几乎把家里的孩子都忘了。除了忙得脚不沾地，他一个大男人，发现自己近些天动不动就流泪。听谁说了什么，或看到微信朋友圈的某些内容，或看到某条新闻，一直有泪不轻弹的他，这些天泪腺总是管不住。

那天半夜，一条微信朋友圈引起了他的注意。一位确诊者曾接触过一名在路边丢了车钥匙的司机，不知姓名，男性，只说了地址，车型银色 SUV，司机当晚送确诊者回过家。

时间和地点，都与江小水说的吻合，难道真是他吗？

他刚想说太好了，瞬间意识到，这个人都被确诊了，江小水情况怎么样？这些天也忘了联系他。如果江小水也有情况，那么，他与同事是否也可能有情况？叶智一想头就大了，急忙打电话给江小水。

电话通了，没人接，一直没人接。

又打，还是没人接。

再打，还是没人接。

难道，难道江小水也确诊或……他没敢往下想。

再打，再打，还是没人接。

至少手机一直是开机状态，这一点让叶智稍感欣慰。他立刻给江小水留言：请回电话，我是警察叶智。

发完短信，他注意到时间是凌晨三点多，江小水或许在睡觉？等吧，如果天亮还不回话，他就动用公安系统查询对方行踪。

不知过了多久，手握手机昏昏欲睡的叶智，随着手机的突然抖动全身一震，来电了，真的来电了，他兴奋地划动屏幕接通："喂！"

江小水的声音从夜幕中穿越而来："是叶警官吗？太对不起了，我睡着了，今天往外地送货，刚才太困，在高速上眯了一会儿……"

回电话的那一刻，江小水的心早提到了嗓子眼，一是看到那么多未接电话，二是那条短信让他感到福祸未卜，难道警察又要说事？

这些天来，是江小水一生最幸福的时光。除了有吃有喝有口罩外，还因他从来没有受到过这样的重视，他的车上还被贴了一张通行证，可以出入这座封闭的城市运送货物。他觉得自己很神气，自从在赶往大熊山的路上由警察引道护送后，他的车走到哪儿，都有警察敬礼。

第一次送货遇到警察敬礼时，他急忙靠边停车。没想到，警察连续给他手势，意思是让他通行。他当时急得车都熄火了。警察问他需要帮忙不。他迅疾摇头。

送防护服、口罩、呼吸机之类的到医院，送方便面、火腿肠给卡点工作人员，他很快熟悉了智能手机的用法，还加入了一个志愿者群，夜间甚至还要给一些小区里的患者送药，有时晚间也会去接送医护人员。他乐此不疲，每到此时，他都希望有奇迹出现，比如那个女医生又坐到他车上……

这是他人生中最有意义的一段时光，他从来没有觉得人们这么需要他，从来没有接受过这么多人的道谢，从来没有觉得自己有用不完的力气。大熊山仓库给他的车编了号，工作之余，他还通过几个微信群去帮更多的人。可以说，多年的牢狱生活对他的影响，也远没有这几天为他带来实质性的改变大。

叶智电话打来那天，他跑了趟外地，送完物资本可以休息一下，但他立即返回，为的是回来再接另一些工作。接通电话后，他一股脑把这些线线头头说给叶智，并不断地向他表示谢意，是叶警官给了他重新做人的机会……

叶智好不容易才打断他的道谢，问他身体怎么样。

"没问题,我能撑得住。"以为对方只是关心的问候,他继续说,"前几天有些发烧,不是传染病,受寒了。"

"你怎么知道?"叶智全身一阵发紧,头皮发麻。

"当时,也咳嗽,物流仓领导担心我出状况,让我做了检测,都是阴性,没问题。后来感冒药都没吃,好了。估计是连续跑车累的。有时候,你不知道,我一夜才睡三四个小时。但是,心甘情愿,我长这么大,现在才知道应该怎么活着……"

听到江小水说核酸检测是阴性,叶智两个肩头才放松下来。

0

第二天送了一趟物资后,江小水如约来到公安局,进大门时,傻了。

门卫不让进,说他找的叶警官突发心梗,在医院壮烈牺牲了。

"不可能,不可能啊,几个小时前我们还通了电话。"江小水红着眼喊。

门卫无语。

只停了半秒,江小水便双目圆睁、张牙舞爪往大门里冲,门卫一把抓住他后衣领,然后拧了他双臂说:"小子,不知道这是公安局?想撒野?"

脖梗虽然被压着,江小水还是竭力想抬头,并用嘶哑的嗓门喊:"我找叶警官,我要找叶警官……"

又围上来几名警察,江小水已毫无反抗之力。

据叶智的同事介绍说,半夜里,他一直在联系一个确诊感染的医生,打了几十个电话,历经周折,好不容易才找到对方的医院，结果获悉，该名医生已进入 ICU，不能讲话了……

再次确定叶智是凌晨突发心梗，在送往医院途中因公殉职，江小水一屁股坐在公安局电动门的轨道上号啕大哭，一把鼻涕一把泪，那哭声似要把整个公安局大楼的警务人员都惊动个遍。

江小水人生第一次真正的自主意义的肆无忌惮的痛哭，且在曾与他前半辈子不断打交道的公安局，就这样发生了。

（奚同发，中国作家协会会员、河南省作家协会理事，曾就学于鲁迅文学院高研班第 19 期。出版有《最后一颗子弹》《雀儿问答》《你敢说你没做》等长篇小说、小说集、随笔集多部。作品发表于《青年文学》《啄木鸟》《天津文学》《莽原》《延河》《时代文学》《人民日报（海外版）》《光明日报》等报刊，并被《小说选刊》《作家文摘》《中篇小说选刊》等转载。曾获全国年度小说评选一等奖、河南省文学奖、首届河南文学期刊奖等。作品多次入选中国作协、中国小说学会主编的年度选本、最佳选本等。）

警徽闪烁

魏世仪

乔迁新居，皆大欢喜。

霍然哼着小曲走进了这个名叫"磐石"的小区。多年刑警工作，使他对周围环境常保持着高度敏锐的感觉。不需要任何理由，不需要任何迹象，就凭着自己的"空灵之感"，有好几次在破案的关键时刻，柳暗花明。

小区不大，历史不短。正因为早些年诞生，应验了那句"三十年河东，三十年河西"的老话，当年人们认为的缺点，现在看来成了得天独厚的优点。比如说位置，就与农贸市场一墙之隔；没有电梯，可谓制度性锻炼，雷打不动；人们向往的低容积率，在这里就要低到"破一"了。

霍然对小区"一见钟情"，这些因素都是浮云。他中意的是当年老局长的一锤定音："依我看什么花什么草的就别叫了，我们的使命就是保卫祖国，坚如磐石，就叫磐石小区吧！"

从此以后，这个公安局的家属院就是磐石小区了。1980 年开始，国家推行"房改"之后，公安局移师新区。小区由清一色的警察之家，加快了社会化的蜕变，居住的成分也复杂起来，成为名副其实的"老破小"。前些日子，在居民中还抓获了一名潜逃多年的罪犯呢!

因为小区的名字,所以当他的同事兼朋友索索兮向他推荐这套房子时,霍然几乎未加思考就答应下来。

谁知,霍然住进磐石小区没有几天,他敏感地意识到有一双眼睛时不时地盯着自己。他的目光扫视一圈,一切正常。可是这种感觉从没有"谎报军情",欺骗过自己。

在重案组里,霍然是一名身先士卒的大队长。近年来,因为涉毒案件较多,人们习惯称他们"缉毒警察"。从警十余年,他参与破获过大小上百起案件。他是一位天生的乐天派,家有 70 多岁的老父亲重疾卧床,妻子没有稳定的工作,靠摆地摊生活。看起来,他对自己的"状态"还是满意的。同事闲聊挑起这个话题,他总是调侃说,我家不仅是双规制,还是多规制呢!扫帚顶门,齐头并发。最近有人听说,他家唯一的女儿玥玥查出了白血病,急需手术,手术费 60 多万元……对于一个普通的工薪家庭来说,无疑是晴天霹雳。

有人问他,他习惯地一笑置之。

说到霍然的乔迁新居,还需要介绍本篇的另外一位主人公——大名鼎鼎的"老兮"——索索兮。

看见这个名字,你肯定会觉得好奇抑或古怪。

他可不是一般的人物。在公安系统,他很另类。他不仅是大名鼎鼎的刑侦专家,而且是闻名遐迩的资深收藏家。他习惯着便服,背一个口袋式的超大挎包,穿一件说不清颜色弄不清质地的"文物"夹克,宽厚的嘴角总是叼着半截好像永不点燃的香烟。

他的历史更是传奇,单说名字就够有"仙气"——

小索索兮出生在崂山深处的一户山民家中,唯一的邻居就是一座名叫白云观的道观。晨钟暮鼓中他自由地生长了一段时间,不觉到了上学的年纪。这天,父亲告诉他,该上学了。他独自跑进了离家十几里的学校。没有名字,就叫大娃。上学第一天,老师说,你们这么多叫大娃的,让我怎么区分开?三十一个同学中就有十二个叫大娃。回家另起名字。

索索兮回到家,门口遇见道观的一位道士。索索兮上前拦下,说明事情原委,请求帮忙。道士问清他的姓氏、住址、兄弟姊妹等情况后,稍一思忖,便要来笔纸,写下了"索索兮"三个字。

第二天上学,当索索兮报出"索索兮"三个字之后,教室里的师生一阵沉寂,接着就是持久的哄堂大笑……笑毕,老师揩干眼角的泪花,说了一句"糊涂的道士",书归正传,授课去了。

许久以后,索索兮偶遇那位道士,向他哭诉新名带来的窘迫和尴尬。道士听后摇头晃脑:"谬矣,谬矣!这正是我们名字的高明之处。"

他伸出手亲切地拍拍索索兮的脑袋:"我问你,起个名字有啥用?名字就是个记号,让别人记住的记号。你看看,几天时间,你们学校谁不知道有一位叫索索兮的同学?你已经名扬校园,很快就名扬崂山了……"

每当说起这个名字的时候,索索兮总是不无感慨地说,还别说,这个名字真的使他受益匪浅。

当年,索索兮警校毕业,报到那天,霍然吃惊地听完了索索兮口若悬河的讲解,停滞了好大一会儿说:"一个名字,好大的学问啊！”从此，他们成了生死相交的好朋友。

这里的山里人有一个规矩，乔迁新居后，亲朋好友要来祝贺欢庆一番，称为"温炕"。

索索兮是第一个前来"温炕"的人，因为霍然的保密，索索兮也是唯一一个温炕人。

索索兮坐定，便从自己脏兮兮的大包中取出一卷什么东西，神秘兮兮地说："书画界这叫手卷，是先人为了携带方便而设计。手卷一般20至40厘米宽，3至5米长。因为装裱工序烦琐精细，成本颇高，所以一般画家会挑选自己满意的精心之作做手卷。"

说着，索索兮像刑警出现场一样，戴上手套、口罩，几乎屏住呼吸，小心翼翼地打开了手卷，叫人不由想起钦差大臣宣读圣旨时的状态。

霍然看见这是画家汪亚尘的画。画的是一群五彩斑斓的金鱼在水草中游弋。

索索兮不由分说，伸出手指，像一位讲课的老师，滔滔不绝讲了起来——

"就说这几枚印章吧，龙泉印泥最初为常州秀才刘文高所创制，对药材极为熟悉的他，曾用两年时间改善印泥的制作。单说藕丝一样，每年秋分时节，上万斤深秋湖底的藕棒抽丝工作持续四五个月，仅能获得不足二两的藕丝。刘文高及其后人制作龙泉印泥的璟昌印社，就坐落在江南名城常州的千年古街篦箕巷。当年乾隆二下江南时，来到当时还被唤作'璟玉堂'的璟昌印社，对龙泉印泥一试则喜，青睐有加。自此，常州龙泉印泥被奉为御品，名扬天下。

"十万一克不是贵不贵的问题，而是买不买得到的问题。外交部礼宾司供不应求，在杭州召开的 G20 峰会中，它被作为国礼，赠送国宾，多国元首视为奇珍，悉心收藏……"

霍然已经盯上画卷的作者：云隐居士。

对于霍然来说，云隐居士这个名字并不陌生。他就是汪亚尘，霍然对其略知一二。

改革开放不久，他们重案组与海关、文化稽查等联合侦办过一起书画走私大案。对于名家书画，国家有明文规定，分门别类，有详细区分。第一类，作品一律不准出境，有何香凝、李可染、林风眠、黄宾虹等 10 人；第二类，原则上不准出境，有石鲁、齐白石、张大千、刘海粟等 23 人；第三类，精品不能出境，有黄胄、陆俨少等 107 人。

犯罪分子出大价钱请高人，根据题材、风格、画风等诸多因素，涂改落款，混淆黑白，企图达到蒙混过关的目的。

霍然、索索兮几个就加入了这个专案组。因为海关检查，犯罪分子在申报表上写了"汪亚尘赵少昂等画作"。这是经过精心设计的方案。对书画稍有了解的人都知道，这两位画家常年旅居海外，基本被书画界所遗忘。有的人看准这个地域差，也可以稍有渔利。

为此，霍然下了很大的功夫，好一顿恶补。

绘画大师徐悲鸿曾撰文这样评价："汪亚尘擅长写鱼，写金鱼尤其无古人，其游泳动荡俯仰宛转之态，曲尽变化之妙，而其前后布置之疏密得宜，五色纷纭间合之巧，益以显明隐约之水藻，全体亲切曼妙之和，使人对之忘尽。"

当年，他留学日本、美国，一轴《百鱼图》曾拍出百万美元的纪录。美国前总统肯尼迪的夫人杰奎琳也拜他为师，亲切地称他为"金鱼先生"。

"这么贵重的画，怎么能摆到潘家园的地摊上？"霍然疑心骤起，市场的行话，直截了当。霍然看着这幅老裱原装的散发着特殊香气的类似《百鱼图》的手卷，很是怀疑。"要查查清楚，来路不明可要吃亏的。"霍然提醒"老兮"。

索索兮不以为然，把握十足，小声嘟囔了几句："开开眼界吧，还有比这画贵重一千倍一万倍的呢，没听说吧？慈禧的宝珠、乾隆的夜壶、和珅的算盘、曹操的宝剑……"

他小心翼翼地卷起画幅，继续说："我在市场上滚战了几十年，白干了？"

"这么说，你一夜暴富了？"话语中有几分调侃和嘲讽。

索索兮哂然一笑："苟富贵，勿相忘。"他扮了一个鬼脸，匆匆地离开了。

霍然有一个女儿，名叫玥怡。不久之前，玥玥被确诊患有淋巴性白血病，又称淋巴细胞白血病（Lymphocytic Leukemia），查出病情时已经到了中晚期，病变累及周围血液、淋巴结及部分器官。

医生搓着手，不无感慨地说："孩子原因不明的低烧不停，这就是警报啊！当父母的却视而不见听而不闻，你们要好好反思一下。"

霍然的心像被刀绞一般，疼痛不止。他的脸烧得厉害，一阵阵灼痛，他真想大声说，我是一名刑警，我的岗位在无形的战线上，我的责任是保护人民的安全，而不是我的小家……

他没有这样做，他只能咬紧牙关，咽下泪水。他知道，在家庭和孩子面前，他作为丈夫和父亲，不仅不称职，更是失职。

"愣着干啥？快去办理住院手续吧！"医生痛惜地摇了摇头。

住院之后，霍然陆续了解，女儿的情况万分危急，必须尽快进行干细胞移植。玥玥一方面进行配型的筛选和比对，另一方面需要进行基础性检查和矫正。

医院门口的长廊，霍然木然地伫立着。他的手里捏着一沓厚厚的化验单。对于霍然来说，这些写着天书般文字的纸片已经没有任何意义。他的当务之急是钱。钱就是女儿玥玥的命。女儿查出有病已有一年有余，疾病已经吞噬了这位坚强的警察家中的几乎全部的积蓄。作为父亲看着自己日渐消瘦的女儿，他心如刀绞。他开始变卖财产，最大的一笔就是卖了自己名下的一套房产，那是掏空了三代人的钱袋子的结果。他开始租赁房屋居住，还调侃说，他们一家是"流动岗哨"。之后，他出卖的所谓财产就是家中的物件而已，诸如手表、电视机和衣物等。再之后，他咬着牙从妻子手中接过了最后一笔"财产"——妻子结婚时岳父母为女儿准备的几件首饰——一枚戒指、一对耳钉和一条项链。至此，变卖家产的活动画上了句号。

他知道，这是一个男人最对不起妻子的行为。但是救人要紧，多少次，他甚至向上帝祷告，让自己替代女儿……

"老霍，我看……"妻子没有说完，霍然就坚定地说："不行，我们不能让组织为难。最近关于'壁虎'一案，正是临近收网的关键时刻，你不知道领导有多忙，他们都奋斗在第一线，分析案情的会议通宵达旦，我是瞅着空隙回来看看的……"

妻子扭转头，双手捂脸，哽咽起来。

也许老天有眼，也许霍然的真情实感感动了老天爷，当霍然推开自己的家门时，手机响了，他收到一条短信。

他吓了一跳：在他空空如也的账户里，有人转入 65 万元！晴天霹雳！

他与妻子在一阵狂喜之后，霍然首先冷静下来，他毕竟是一位老警察，这时脑海中翻腾着的全是疑问。是谁转账 65 万？这可不是个小数目，钱的来源是哪里？

妻子停止了抽泣，胆怯地小声说："不会是打错了吧？"

经过短暂的思考之后，霍然眼前出现了第一个怀疑对象，他就是索索兮。不说他们之间感情深厚，就说索索兮所具有的客观条件也推不掉"嫌疑"。一、他最了解情况。二、他知道账号。三、最近他大概拣"漏"了。四、他说过，苟富贵，勿相忘。

霍然拿起手机，拨通了索索兮的电话。恰在这时，门被推开，索索兮一步闯了进来："这通电话肯定是打给我的。"

"索索兮，你说清楚，这钱是怎么来的？"霍然急切又严峻地问道。

"我知道你着急，急忙赶来就是来说明情况的。"他抓起桌子上的水杯，"咕咚""咕咚"喝了个底朝天。

"听官，你要听简单的，还是听完整的？"索索兮不知从哪儿摸出了半截烟头叼在嘴角，"有饭否？为了参加拍卖会我一天没吃饭。来，咱们喝上几盅。"

他说着，拖过那个从不离手的大口袋般的挎包，开始变戏法似的掏出北京二锅头、德州扒鸡、罐头……

"先让嫂子缴上手术费吧，钱是我挣来的，我可以向警徽发誓!"索索兮一本正经地说。

"好……兄弟!"霍然打了索索兮一拳。

案情分析会结束了,虽然困倦,但霍然从来没有感到这样轻松,心头的大山顷刻之间化为乌有。他甚至哼着他也不知什么歌名的歌曲,回到了磐石小区的家。

他下意识地看了看对面屋子。没有灯光,漆黑一片。也许,这位神秘的邻居正躲在黑暗中窥视着自己呢。

走进屋子,手机深蓝色的屏幕上跳出一条信息:

霍队长,你好!我是谁并不重要,重要的是你家玥玥的性命。我就是拯救孩子性命的人。也是"金鱼先生"的手卷作品《诡异旅行》的导演。作品从我的保险柜中出发→潘家园书画商→索索兮→天宇拍卖公司→我收入囊中。

名画的旅行使我支出了书画本身两倍的价钱。吃亏吗?No!一切都是为了让你得到一笔合法干净的款项,这是为孩子治病的救命钱。我们的帮助不是一次性的,随着孩子病情的进展,我们会通过不同的合法方式为你付款。我对你的帮助是真诚的,也是竭尽全力的。我的良苦用心,作为一位丈夫或父亲,你肯定能够理解。当我遇到困难的时候,你一定也会助上一臂之力的。今夜凌晨一点,有一辆越野吉普(车牌 XUXXX63l7)和一辆凌志(车牌 XUXXX958)途经 204 国道前岔口收费站,请你高抬贵手,予以关照。我再说一遍,什么都不重要,

唯有孩子的性命最重要。壁虎。

局长办公室门口，程局遇见了霍然："老霍，开会！"程局伸手指指会议室。

"程局，我有事……重要的事……"霍然嗫嚅道。

"哈哈哈"，程局一阵大笑，"你有啥事，向他们说吧！"

程局说完，一把推开门。一屋子人，爆发出热烈的掌声……

霍然蒙圈了，丈二和尚摸不着头脑。他见索索兮就在身边，急切地问："老兮，你快说，这是怎么回事？"

索索兮做了个保持安静的动作，压低声音告诉他："技术科已经锁住'壁虎'的定位，就在咱们的磐石小区……"

"嘘——"他示意程局要讲话。

程局清了清嗓子，说："今天，我们得到重要情报，'壁虎'有一笔大交易，今夜凌晨一点，有一辆越野吉普（车牌 XUXXX63l7）和一辆凌志（车牌 XUXXX958）途经 204 国道前岔口收费站。绰号'壁虎'的贩毒头目已经露出水面，案情已经摸透，罪犯已经掌握，报请上级批准，立即收网！下面我将人员安排宣布一下……"

行动胜利结束。"壁虎"及马仔一宗悉数归案，人赃俱获。

当"壁虎"被押上警车的时候，她看到了霍然。她停下脚步，注视着霍然，然后摇摇头，说了一句"不可思议"，便被押上了警车。

行动结束后，霍然没有回家。他回到办公室精心地把警服、领章、警徽等衣物整理好，整齐地摆放在桌子上。

他拨通了司机的电话："去市纪委。"

他走出几步，停下来，回头深情地看了看办公桌上的物件，目光停留在闪烁着光亮的警徽上面，久久没有离开。

他的眼睛湿润了，眼角涌出了一颗硕大的泪珠……

（魏世仪，山东青岛人。中国作家协会会员，山东省作家协会第六届、第七届委员，即墨文联原副主席。著有《天理人情》《昨天的秘密》《西部隐私》等九部长篇小说，《一千个太阳》《饕餮的金币》《棋盘石》等多篇中短篇小说。）

垃圾街

阿　皮

　　车星星是在刷朋友圈的时候刷到那条寻人视频的。这条不到两分钟的视频，传递了三个信息。一是昨天晚上水街酒井坊边上一个岸高水深人少的地方，发生了一起小孩落水事故。二是一个上了年纪的老人，跳水救人后悄然离开。三是小孩的家人想通过网络找到勇救孩子的恩人。

　　车星星紧了紧身上的羽绒服，低下头，对眼睛微闭头枕在她腿上的马丁说，这么冷的天跳水救人，真了不起。马丁伸手拿过车星星的手机，重新看了遍视频说，人之初，性本善，善是融在人的血液里的，当善的本能被激发，人就会义无反顾冲上去。车星星"嘿"了一声，你水平挺高的。马丁一把搂住车星星的脖子，抬头亲了一下她的额头说，那当然，我是警察，指点水平当然有。车星星说，吹牛。说完，拿过一个靠枕，塞到马丁的头下。随后去厨房洗了盘车厘子出来。

　　马丁伸出手说，来几个。车星星扭了下身子说，不给。马丁又说了一句，给不给？车星星嘿嘿一笑说，就不给。马丁一侧身子说，那明天出差的任务我接下了。车星星一愣，又要去哪里？马丁说，不告诉你。说完，突然起身，抓了两个车厘子，往嘴里

117

一塞。车星星把盘子往茶几上一放，伸手去抢马丁刚刚塞进嘴巴里的车厘子。马丁趁机一把抱住车星星，压倒在沙发上，嘴一下堵在了车星星的唇上。车星星本能张嘴，马丁立马把嘴里含着的车厘子送进车星星的嘴巴。车星星猝不及防，差点儿把车厘子吞进肚子。

看着车星星恼羞成怒的样子，马丁赶紧举手投降。车星星顺势翻身把身子倚在马丁身上说，你刚才说要去出差，真的还是假的？马丁用手摩挲着车星星的长发说，下午领导找我谈话了，让我去一趟云南。车星星说，你就和领导说，能不能让别人去。马丁说，提了也没用，谁让我是了无牵挂的单身汉。车星星哼了一声，你是单身汉？马丁赶紧亲了下车星星的脸颊说，我不是。说完，长叹一声，在领导眼里，我们每个人都是单身汉。车星星知道马丁说的是实话，在公安局，成家和不成家的警察都一样，特别是马丁被抽调到追逃专案组后，像今天这样，能一整天腻歪在一起，已经是天上掉大馅饼了。

车星星站起身，转头看了眼窗外，突然惊叫一声。马丁一个激灵，说，怎么了？车星星嘿嘿一笑，太阳下山，肚子饿了。马丁再次倒在沙发上，吓我一大跳。车星星俯下身，盯着马丁说，你就不打算给我做饭？马丁亲了亲车星星说，我请您出去吃大餐。

出小区右转，走三百多米，再转一个弯，就是文理学院的南门。南门的对面，是文理学院学生口中的"垃圾街"。垃圾街是一个戏称，其实就是两个小区之间的过道。这样的格局，在大学周边基本都能看到。街上农贸市场、特色小吃、服装医药、五金家电、酒店旅馆齐全，适合学生消费。马丁和车星星认识在校园，相交在垃圾街。那天，马丁经办的一起伤人案件需要去文理学院司法鉴定所取一份鉴定材料。本来就是掐着时间去的，谁知，一起交通事故，把路堵了一个多小时，等马丁赶到文理学院，已过了下班时间。急得马丁把车停好后，用百米冲刺的速度往司法鉴定所赶。此刻，刚好车星星骑自行车要去垃圾街和同学聚会，两人就在司法鉴定所门口撞上了。马丁连连收脚，车星星还是被撞了个人仰车翻。马丁连忙把车星星和自行车扶起说，同学，等我一下，我去一下司法鉴定所，等下陪你去医院。车星星撩起裙摆，看了看已经破皮的膝盖，说，算了，我自己会去的。马丁还想说，车星星说，你去忙吧，真的不用管我，也不用你赔。马丁千恩万谢目送车星星一瘸一拐地离开。

好在司法鉴定所的郭主任还在办公室等他。等拿到鉴定材料，天色已暗。想着回去食堂已经关门，马丁只能去对面垃圾街的邂逅茶餐厅找吃的。在垃圾街，马丁只去过邂逅茶餐厅。邂逅茶餐厅是自助式的。掏三十八块钱，就能随便吃喝三小时。马丁在门口拿了盘子，装了点西瓜、橙子、炒面、炒年糕后，找了个靠窗的位置坐下。刚喝了两口水准备开吃，就听背后有人在说，前面坐下的就是撞我的那个人。边上有人说，是个男的都是撞你的。那个声音又说，真的，不信，你可以过去问问。接着只听得一阵嘻嘻哈哈的笑闹声。马丁听着说话的声音有点耳熟，转身一看，身后的半圆形卡座上，坐着五六个女孩，其中一个果然是刚才被自己撞到的女孩。

事后，车星星多次说马丁到茶餐厅并没有像他自己说的那样巧合，而是故意的，目的就是接近和搭讪她们这帮女同学。开始的时候，马丁还分辩两句，到后来，索性嘿嘿一笑，就算默认。当然，这都是两人秀恩爱打嘴仗的事。总之，这次茶餐厅偶遇之后，还在读研究生的车星星成了马丁的女朋友。寒假的时候，马丁借送车星星回家的理由，去邻县见了车星星的爸妈。车星星爸妈对马丁很是满意。结果，本来要在家过寒假的车星星，居然在马丁回家的时候，跟着马丁回了家。这样一来，两人的关系算是确定下了。等寒假过去，马丁在文理学院附近租了房子，车星星也从学校宿舍里搬了出来，提前过起了二人世界。邂逅茶餐厅，也成了两人经常光顾的地方。

冬天的傍晚冷得快。太阳刚下山，街面上的几处小水坑就开始结冰。车星星蹦跳着往冰面上踩，发出一阵阵清脆的碎裂声。跳了几下，车星星见马丁揣着手站在边上，顺势脱下黑色羊皮手套递给马丁，然后闪到马丁背后，把手插进马丁多功能服的口袋。口袋暖暖的，让车星星不由自主想起小时候抱老母鸡取暖，结果被拉了一裤子鸡屎的糗事。马丁见车星星突然在背后笑个不停，不由得好奇问道，笑什么？车星星就笑着把抱着老母鸡取暖的事说了一遍。马丁听完，说，这样的事你也会做啊？车星星说，难道只许你们男孩子做？说完，车星星又笑。马丁说，又在笑什么？车星星还是笑。马丁突然回过神来，一个转身把双手插进车星星的腋下说，这样才是正确的。车星星一下瘫倒在马丁身上，上气不接下气地说，好了，好了，我错了。

邂逅茶餐厅门楣上两只写着"欢迎光临"的大红灯笼亮着，但门紧闭着。车星星透过落地玻璃窗看餐厅，里面一片漆黑。车星星懊恼地拍拍手，马丁搂了搂车星星的肩膀说，走，去边上吃面。

茶餐厅过去十来米，是一家叫"千锤百炼"的打面店。打面的面条是把醒发后的面团，用手臂粗的竹棍捶打成百上千次，然后擀成比纸厚不了多少的面皮，再切成细丝。用这样的工艺做出来的面条，润滑、细腻，有弹性，更有嚼劲。不过，打面店不但面条好，放在面条上的浇头也很好。浇头品种很多，有牛肉、羊肉、鸡蛋、香菇、木耳、笋丝、蛋皮、香菜、香葱。无论挑选哪一种，都会通过店主的精心烧制，变得浓香扑鼻，美味诱人。曾经有人怀疑店老板在浇头中加了特殊材料，打电话举报，但食品卫生监督部门突击抽查了好几次，都没发现。这样一来，打面店的名声大振，成了垃圾街上的知名品牌。车星星和马丁刚开始恋爱时，曾去吃过几次。后来因为打面店客人太多，经常要等，两人也就少去了。

马丁掀开透明的塑料门帘，一股特有的面香在空调暖气的裹挟下，一下扑进两人怀里。马丁忍不住吸了吸鼻子。现在没顾客，让原本不大的餐厅，显出难得的空旷。看到车星星和穿着多功能服的马丁进门，那个系着蓝围裙，身材略显佝偻，五十多岁的老板娘愣了愣，过了好长时间才笑着迎上来。马丁说，一碗牛肉面，一碗咸菜肉丝面。老板娘答应一声，捧着刚收拾好的碗筷进了厨房。马丁在靠近空调的一张小方桌边上坐下。车星星本来想坐马丁对面，但看了看空调，还是在马丁下手靠墙的地方坐下。

不一会儿，老板娘把筷子、勺子、纸巾放在马丁和车星星面前。车星星说了声谢谢。老板娘笑笑说，不客气。此刻，门帘又被人掀开，一个六十来岁穿草绿色旧军大衣的男子，跟着寒气一起进了门。车星星转头看了眼，是在垃圾街周边收废品的梁老头。看得出，梁老头是打面店的常客。他在马丁和车星星对面的桌子坐下后，老板娘没问他吃什么面，直接给他拿来了筷子、汤勺和纸巾。

其实，谁都不知道梁老头到底姓不姓梁。只是他骑的三轮车前面挂着一块写着"梁老头"的三夹板，大家就都叫他梁老头了。周一到周日，他都会到学生宿舍收废品。有的学生懒得和梁老头讨价还价，就把饮料瓶、过期杂志、用不了的小家电、穿不了或者不想穿的鞋子衣服，往三轮车上一扔，让梁老头随便给钱。梁老头还是一五一十计算清爽才给钱，而给的钱往往超过学生的预想。不过，让梁老头出名的还是两年前的那个暑假前夕。当时一对小情侣刚分手，女孩发现自己怀孕了。慌乱的女孩找到前男友。同样慌乱的前男友立马找出一个理由，说既然两人已经分手，女孩的一切都和他无关，再说，女孩肚子里的孩子是不是他的还不一定。女孩找了前男友十来次都没结果，最后，绝望的女孩就站在男生宿舍对面实验楼四楼楼顶的天台边上，哭喊着要跳楼。接到报警的警察劝说了大半天，女孩死活不肯下来。这样僵持了两个多小时，刚好梁老头骑着三轮车过来了。他抬头看到女孩边哭边走，突然大喊一声，喂，站在楼顶的同学，帮我把边上的两个空可乐罐捡一下，省得我上来捡。女孩听梁老头这么一喊，不由自主地停下脚步，转头找空可乐罐。就在这千钧一发之际，早已蓄势以待的警察一个飞身，把女孩紧紧抱住。事后，学校领导带着鲜花和记者找到梁老头，感谢他出奇招救人。梁老头却连连摆手，我就想着楼顶上可能有喝过的空可乐罐。后来看有记者给他拍照，就一个劲地求记者千万别把照片发到网上和报纸上。

面条上来。马丁把牛肉面给车星星，咸菜面放到了自己面前。车星星夹了两三块牛肉放到马丁碗里，然后边吃边刷微信朋友圈。刷了一会儿，车星星看看手机，再抬头看看坐在对面拿着筷子等面条的梁老头，随后把手机递到马丁面前说，你看看，他和视频里在找的救人的人应该是同一个吧？马丁拿过手机，细细看了一遍视频，说，有点像。车星星说，那我去问问。马丁说，好。车星星就站起身走到梁老头边上说，叔，这视频上的人是你吗？梁老头一个激灵，像是被吓了一跳，还没看车星星手中的手机就说，不是我，不是我。车星星笑了，叔，你还没看就说不是你，是不是在骗我？梁老头把身子往边上一躲，摆摆手说，真的不是，已经有好多人问过我了。

车星星还想说些什么，马丁朝她摆摆手。车星星不解地回到座位上。马丁笑着对车星星说，不愿意说，就别为难人家。这时，手机里刚好进来一条短信。马丁打开看完，对车星星说，有一个好消息，一个坏消息，你想先听哪一个？车星星白了马丁一眼说，又玩这种小孩的游戏。马丁说，你就配合一下。车星星立马装出一副期待的样子说，那你就都说吧。马丁嘿嘿一笑，不真诚，我就不说了。车星星伸出手，想掐马丁的胳膊，马丁闪身躲过说，公共场合，注意影响。说完，叹了口气说，还是告诉你吧，好消息是出差补贴到账了，坏消息是我明天就出发。车星星哼了一声，这两个都是坏消息。马丁说，我说有好消息肯定有。车星星说，你的意思是坏消息能变成好消息？马丁说，那必须的，不信，你闭上眼睛试试。车星星夹起一块牛肉说，不试。马丁说，试一下嘛。边说边伸出右手去蒙车星星的眼睛。车星星刚扭头躲开，放在桌上的手机"叮"地响了一声。车星星拿起手机，微信显示，马丁给她转账两千元。车星星抬头看看马丁，夸张一笑，连声说，谢谢老板，谢谢老板。

正说着，只听得边上先是"砰"的一声闷响，接着又是一声痛苦的"哎呦"。马丁本能转头，只见梁老头右手捧着左手，左手在不停流血。碎玻璃、啤酒泡沫洒满桌子。

啤酒瓶炸了。马丁急忙起身，从桌子上拿起手套，往梁老头手上一按，按了一会儿，又觉得不妥，就抽了十来张餐巾纸，换下手套按住梁老头流血的左手。等血止住，马丁说，赶紧去医院。梁老头摇摇头说，不用，血止住了就好。马丁说，还是去医院吧，放心点。老板娘听马丁这么一说，从口袋里掏出两百块钱，塞进梁老头的衣兜里说，赶紧去吧。梁老头点点头，想把钱还给老板娘，但被老板娘制止了。马丁让车星星去门口叫辆出租车。等车星星把车叫好，马丁说，我陪你去。梁老头连声说，不用不用，我自己去。

把梁老头送上出租车，马丁也没有了吃面的兴致，拉着站在边上的车星星往回走。走出不远，老板娘在后面叫他们等等，原来马丁把手套忘在桌上了。

马丁是一个星期后才回来的。尽管每天都有联系，但车星星还是觉得日子漫长。开始的时候，车星星对马丁说追逃就像是旅游的话深信不疑。后来看多了警察追逃的新闻，只要马丁出差，车星星就把心吊在嗓子眼儿上。

马丁是在晚上七点多到家的。刚进门，还系着蓝色碎花围裙的车星星，就给他来了个大大的拥抱。一阵亲吻过后，车星星把马丁按坐在餐桌前，夹过一只鸡腿放到马丁面前的餐盘里问，人抓到了没？马丁说，没抓到。车星星笑着说，真没用。马丁拎起鸡腿，咬了一口，说，有没有用等下试试就知道了。车星星脸一红，说，流氓。马丁嘿嘿一笑，就流氓。说完，扒了口饭对车星星说，不是我没用，是敌人太狡猾。

马丁说的敌人，是二十五年前 "1·22" 凶杀案中的凶手。案子发生在离县城一百多公里的鸡山乡，死者是月华服装店的老板林月华。月华服装店开在鸡山乡金山村村口，林月华平时吃住都在店里。那天早上，林月华的妈妈来店里，发现门关着，叫了半天，没有回音，就以为女儿不在店里，也就回家了。到了中午，有人来店里取衣服，发现店门没开，就找到林月华的妈妈。林月华的妈妈拿着钥匙打开门，发现女儿躺在地上，已经死了。林月华的被杀，在从没发生过凶杀案的鸡山乡轰动了很长时间。有大半年时间，街上的商店天还没黑就关门打烊。县公安局成立了"1·22"专案组，可始终没有抓到凶手。不过，公安局始终没有放弃。这次马丁出差，就是因刑侦大队在对"1·22"凶杀案遗留物进行重新鉴定的时候，获取了新的线索。只是没想到，一个星期奔波下来，依然毫无收获。

吃完晚饭，两人顾不得收拾餐桌，就开始了小别重逢的温存。激情过去，两人在床上腻歪了一会儿，车星星对马丁说，那天晚上跳水救人的就是梁老头，前两天，获救小孩和他爸妈，拿着花篮水果来谢他了，开始梁老头死不承认，后来孩子的爸爸从三轮车上找到那天晚上梁老头穿的橙色棉袄，梁老头这才默认。边说，边在手机上找抖音视频给马丁看。马丁心里一激灵，世上居然真的有愿做无名英雄的人。不过，当听到车星星说公安局第二天找到梁老头，要给他申报"见义勇为先进个人"，梁老头不再拒绝后，他的心才松了松。

年底了，公安局暂时不再安排追逃，马丁开始可以正常上下班，刚好，车星星也完成了期末考试。这样的生活，是车星星渴望的，也是马丁期盼的。不过，好日子在第三天就被城区的两起持刀抢劫案打破了。经过细密的侦查，公安局认为这两起案件应该是同一人所为。作案人熟悉城区环境，具有极强的反侦查意识。因为一时半会儿抓不住作案人，公安局只能从防范震慑上下功夫，组织警力上街巡逻。马丁负责清水街的巡逻。清水街南北走向，长三点五公里，街道两边以住宅为主。按照方案，是一警三辅驾车巡逻。但马丁觉得徒步巡逻比驾车巡逻有用。于是，他让两个辅警分别守住清水街责任段的两头，自己带着一个辅警沿清水街从南往北徒步巡逻。来回走了两圈，马丁看看手机，下岗时间到了，就打电话让守在街口的两人一起到南边街口停车场旁边的夜宵店，吃了夜宵再回去。

到了夜宵店门口，马丁跺跺脚，把粘在鞋底的泥土磕掉，然后推开虚掩的玻璃门。夜宵店不大，但很干净。一个三十来岁，模样精瘦，穿着红色工作服的男子，斜倚在收银台前。收银台后面是一个二十来岁戴眼镜的短发女孩。女孩见马丁他们进门，程序式地喊了声"欢迎光临"。马丁朝她笑笑，看了眼墙上的菜单，对边上的三个辅警说，吃什么自己点。辅警说，你吃什么我们也吃什么。马丁说，那好，来四碗大排面。男子答应一声，从收银台边上挤进后面的厨房。

马丁在收银台付了钱，大家找了个桌子坐下。马丁问女孩，你们的面条是自己做的还是超市里买的？女孩说，超市里买的。马丁说，干吗不自己做？女孩说，不会做。马丁笑笑说，也对。说话间，面门而坐的辅警突然指着门外说，听，是不是出事了？马丁一听，果然隐隐传来几声尖厉的"救命"。他赶紧起身，拉开门，喊了声，走。四个人就飞一样向呼叫救命的方向奔去。刚跑出不远，一个穿着黄色羽绒服的女人跌跌撞撞地向他们跑来。马丁赶紧迎上去。女人看见马丁，就像看到了久别的亲人，一下

扑在马丁身上，哇哇大哭。马丁急忙问，怎么回事？女人结结巴
巴地说，我的包被……被一个穿黑色衣服……戴口罩的男人抢了。
马丁问，什么样子的包？女人说，棕色的阿玛尼背包。马丁立马
指挥辅警按照女人指的方向追去。女人在后面大声喊着，那人有
刀。马丁追了十来分钟，没有见到女人口中穿黑衣服戴口罩的男
人。问了分开追寻的辅警，他们也没看到。

　　抓不到现行，马丁只能把情况简单向指挥中心汇报后，带着
女人回到刑侦大队，做了笔录。等一切完成，时间已经过了午夜。
马丁决定送女人回家。

　　女人住在城西的花语花园。花语花园是一个高档小区，里面
的住户非富即贵。马丁把女人送到小区门口。女人下了车，向马
丁道了声"谢谢"后，向小区的门岗走去。马丁看了会儿女人婀
娜的背影，刚准备走，突然发现女人羽绒服的后摆有块污渍，小
孩手掌大小，有点像血迹。他赶紧叫住女人，问她，你这衣服穿
几天了？女人奇怪地看着他说，什么意思？马丁脸一红，说，我
想知道你衣服上的污渍是怎么回事？女人撩起衣摆看了看，说，
这血迹肯定是坏人的。马丁说，为什么？女人说，那坏人拿着刀
子，我怕他杀我，拼了命抢他的刀，肯定是在这个时候，他把自
己的血沾染到我的衣服上了。马丁一阵兴奋，能确定？女人想了
想说，应该是对的，因为我和他抢刀的时候，他喊了声"哎哟"。
马丁说，衣服借一下，我要去做个鉴定。女人说，好。说完，开
始脱羽绒服。马丁连连说，不急，不急，你回去换个衣服再给我。
女人说，不用。说完，把羽绒服往马丁手上一塞，转身往小区里
面跑。马丁连忙说，等做好鉴定了，我打电话给你。

　　第二天早上，车星星被闹铃吵醒，准备起床给马丁做早餐。

马丁按住她说,你继续睡,我去食堂吃。等洗刷好赶到单位,停好车,刚好见到生化实验室的郑伟把车倒进车位,他就站在车边等郑伟。郑伟下了车,见马丁站在车边就问,干吗站着?马丁把昨天晚上女人被抢,衣服上沾的可能是抢劫者血迹的事说了一遍。郑伟说,哦,把衣服给我。马丁打开后备厢,抱出羽绒服递给郑伟。

马丁在食堂吃了碗青菜面,回到办公室,打开电脑,浏览了一遍县公安局网页上的新鲜信息后,给车星星发了张青菜面的照片过去。随后,打了个电话给城区派出所,问了下昨天晚上清水街的持刀抢劫案有没有进展。接电话的刑侦组组长告诉马丁,他们已经拷贝了清水街和附近道路所有的监控视频,正在组织人员查线索。马丁说,辛苦了。刑侦组组长笑着说,你昨天晚上动作快一点,我们就不用辛苦了。马丁尽管知道刑侦组组长是在开玩笑,但脸上还是热辣辣的。

好在现在的大数据厉害,嫌疑对象很快就被确定,果然是一个极具反侦查意识的惯犯。如果不是因为昨天晚上马丁他们及时追捕,他慌不择路地乱窜,也不会被那些监控探头拍下。人是抓住了,口供也有了,但相关证据还是不能缺少。比如马丁让郑伟鉴定的血迹就是其中之一。

化验结果是在第二天上午十点多出来的。郑伟把马丁叫到实验室,把一张化验单递给马丁,嫌疑人的 DNA 和羽绒服上血迹的 DNA 完全一致。不过,郑伟停顿了一下说,手套上的血迹是怎么回事?马丁说,没事啊,昨天只有衣服没有手套。郑伟说,你没说清楚,害我浪费精力。他边说边准备把正在比对的数据退出。谁知,他随意扫了电脑屏幕一眼,突然一阵狂喊,马丁,你手套上的血迹是哪里来的？马丁一脸茫然，我手套上有血迹？郑伟一把抓住马丁，你别告诉我这血是你自己的。马丁还没回答，郑伟又自言自语地说，不可能，不可能是你的，你年龄不符。

马丁被郑伟神经一样的话弄得满头雾水。郑伟指着电脑屏幕喊道，你自己看，上面的数据是不是和追逃库中的这个数据完全一致？马丁俯下身，盯着电脑看了许久，果然，郑伟刚在比对的数据和"1·22"凶杀案凶手的数据完全一致。马丁不由自主地高喊一声，老天，怎么会是这样！

马丁的手套上竟然沾有"1·22"凶杀案凶手的血，这事很快惊动了大队领导，他们让马丁仔细回忆这血是从哪里来的。马丁一阵迷糊之后，突然想起了"打面"，想起了被啤酒瓶炸了手的梁老头。他把当天晚上发生的事仔仔细细地说了一遍，再结合车星星说的梁老头两次做好事不愿意公开的事，大家一致认为梁老头有重大嫌疑。

马丁和同事一路飞奔赶到垃圾街找梁老头，没找到。敲了下梁老头出租屋的门，没人。问了下周围的人，他们都说今天还没看到过梁老头。问梁老头的电话，梁老头从没用过手机。此刻马丁他们唯一能做的，就是坐在梁老头住房的门口，等梁老头回来。其实梁老头就在屋里。马丁他们忙乱了一阵重新回到梁老头出租屋门口不到两分钟，梁老头的门开了。几个人一拥而上，把梁老头团团围住，吓得梁老头浑身发抖。把梁老头带到刑侦大队后，马丁做的第一件事就是抽血送郑伟这里检验。等到结果出来，马丁差点儿惊掉下巴，梁老头的 DNA 居然和"1·22"凶杀案嫌疑人的 DNA 不符！

这让马丁觉得事情太玄乎了。他的手套给梁老头按伤口染上血，这很正常。可手套上怎么还会有第二个人的血？再说，这个手套车星星也没用过几次，如果是车星星的血，也不符合常规啊！难道车星星能穿越到二十五年前杀人？马丁挖破脑袋想了许久，突然回忆起一个细节，他和车星星出门送梁老头上出租车的时候，把手套忘在了面店里，是老板娘把手套送出来的，接过手套后，他一直拿在手上，回到小区，顺手把手套丢在后备厢。只要没有别的人碰过手套，那么，这手套上的血极有可能是打面店老板娘或老板的。想到这里，他赶紧把情况向大队长做了汇报。很快，打面店的老板和老板娘被带到了刑侦大队。

趁郑伟去检测老板和老板娘血样 DNA 的空闲，马丁跟着专案组徐珂到了询问室。如果不是徐珂说，马丁根本就想不到那个六十多岁，低着头坐在椅子上的秃顶矮个男人，居然是"千锤百炼"的老板。马丁去"千锤百炼"吃打面，都是老板娘出面招呼，老板仿佛是个隐身人，从没见过。在他的感觉中，老板应该不是这副猥琐相的。应该是什么模样，他又说不出。

马丁和徐珂在老板对面坐下。徐珂问了老板的姓名、出生年月、居住地后，突然问了一句，你知道我为什么把你叫来吗？老板低着头沉默了许久，突然来了一句，我杀了人。马丁一震，你杀了谁？老板说，一个做衣服的。马丁刚要继续问，询问室门开了，郑伟进来把手上的两张表格递给徐珂。徐珂看了看，又给了马丁。马丁接过一看，是 DNA 鉴定结果。他细细看了一遍，发觉老板的 DNA 和 "1·22" 凶杀案嫌疑人的 DNA 完全不符，而老板娘的 DNA 数据却和凶杀案嫌疑人的 DNA 数据完全符合。马丁一头雾水，问郑伟，血样有没有搞错？郑伟说，怎么会搞错？

因为有了 DNA 数据，马丁坚持把老板放放，先去审老板娘。

马丁把老板娘带到了询问室。老板娘在询问室的椅子上坐下，看了眼坐在对面桌子后面询问她的马丁说，怎么把我带到这里了？马丁说，有点事想和你核实一下，希望你能实实在在地告诉我。老板娘笑笑，没说话。随后的时间里，无论马丁怎么问，她都一声不吭。直到马丁举着郑伟刚刚给他的老板娘的 DNA 和"1·22"凶杀案现场嫌疑人的 DNA 完全一致的化验单，说了句证据在这里后，老板娘突然来了一句，人是我杀的。这斩钉截铁的话，和老板同样的口气。马丁看看徐珂，微微一笑，问道，你杀了谁？老板娘说，一个女裁缝。说完，又叹了口气说，那天我在清理桌子的时候，手指不小心被碎玻璃划了，血也很自然沾在手套上了，尽管我知道你是警察，但我并不担心被你发现，因为血染在黑手套上，根本就看不出来。只是杀人这事，一直梗在我心头，难受。说到这里，她长长吐了口气，闷了二十多年，终于放下了。

老板娘向马丁要了杯水，喝了几口后说，她的真名叫石彩虹，是云南楚雄人，二十六年前，三十一岁的她认识了一个出手阔绰的老板。很快，她成了老板的情人。一天，老板说带着她出去玩，她就跟着老板汽车火车地坐到这里。结果，她还没从旅途的劳累中恢复过来，老板就把她卖给了一个五十三岁的驼背男人。驼背男人没有了性能力，老是变态地折磨她。不堪忍受的她逃了好几次，都被抓了回去。每次被抓回去，驼背男人都会把她全身赤裸地绑在柱子上用竹丝抽打，再用盐水泼洒，不把她折磨得死去活来，决不罢休。有一天，石彩虹终于顺利逃脱。当又冷又饿的石彩虹走到鸡山乡的月华服装店时，林月华正在吃晚饭。看着衣衫不整满脸疲惫的石彩虹，林月华动了恻隐之心，就盛了碗米饭给她。面对热情的林月华，石彩虹把自己的经历老老实实地说了。

说实话，石彩虹说到这里，停顿了一会儿说，如果林月华不说驼背男人是她的远房亲戚，她要叫人把我送回去，我肯定不会下狠心勒死她。石彩虹说，我到现在也不明白，为什么那时候我会杀了她，她应该是个好人，完全不认识，还给我饭吃。说到这里，她看看马丁，能不能再给我加点水？马丁给她倒了杯水。石彩虹说了声，谢谢。马丁说，你怎么想到停在这里不走的？石彩虹笑了笑，说，书上不是说，最危险的地方就是最安全的地方，刚好，我碰到了张海，张海是本地人，很早死了爹娘，娶不起老婆，我一个外地女人跟了他，没有人认为不正常。当然，张海对我很好，很宠我，要不是我提出来开个小面馆存点钱养老，他肯定不会让我出来做事。外面买来的面成本高，我就想着自己做。开始的时候用竹棒打面团，用刀切面皮，就为了一个噱头，谁知，这样烧出来的面条大家特别喜欢，我就想了个"千锤百炼"的名字做招牌。说到这里，石彩虹努力挺了挺略显佝偻的身子，长叹一声，时间就像是打面的竹棒，我就是那块面团，无论竹棒怎么捶打，我还是我，想忘记，可是什么都忘不了，这是命啊！

马丁说，你杀人的事张海知道吗？石彩虹说，知道，我和他说的。有段时间我天天做噩梦，他说我有事瞒着他，我想了几天，就把杀人的事和他说了，他说我骗他，我说是真的，他说，不可能，看我经常想着帮人，就不会做坏事，更不会杀人。其实我知道，他是骨子里不愿意相信我是个杀人犯。

"1·22"凶杀案的真凶落网了，石彩虹的坦白交代，张海的主动揽罪，让马丁对两次不愿意承认自己救人的梁老头产生了浓厚的兴趣。他想找梁老头好好聊聊，可当他拉着车星星以散步的方式去了垃圾街，梁老头却像当初来的时候一样，无声无息，没有了踪影。梁老头的消失，让马丁时常无缘无故冒出一个念头，梁老头会不会也和石彩虹一样，在垃圾街讨生活，只是因为学生单纯，不会威胁到他？

（阿皮，本名朱建平，中国作家协会会员。著有长篇小说《轻纺城》《望江南》，中短篇小说集《火车向着北京跑》《天亮了》《你向前我向左》，散文集《留下，留不下》等。有多部中短篇小说被选刊选载和入选各类年选。）

麻辣师徒

程　华

一

毕业于名校热门专业的林春晓，一出校门就来到千里之外的山城，兴高采烈穿上了警服。但这个自小梦想成为"福尔摩斯第二"的北方小伙万万没想到，自打穿上警服那天起，他的窝火日子就开了头。

作为德智体美全五星的林春晓，毫无悬念通过了一系列严格的招录考试面试。经三个月岗前培训后，他自感已百般武艺傍身，于是雄赳赳迈进了南城公安分局大门，而后随着前来领人的刘所一路意气风发朝着清水坝派出所进发。

警车拐下主干道驶进一条支路，原本宽阔的景象瞬间来了个大切换：路边菜市小商铺一家挨一家，人行道上箩筐扁担游摊小贩各种叫卖此起彼伏，路上三轮摩托、过往行人混杂交织。警车一路喇叭外加人工吆喝绕过行人摊贩，好不容易挤进了派出所大门。

整个大厅像一锅开锅的饺子：明明拿号排队吧，办证窗口外几个老头老太太偏要挨挨挤挤，后面的推前面的，前面的把后面的搡回去，民警不得不招呼："莫吵莫吵，一个一个来！"

林春晓跟着刘所往里走到调解室门口，见一对男女又吼又号扭成一团，"你打你打，老娘摆摊找点钱都遭丢水头了！你打死老娘算了！""死婆娘敢换锁芯不准老子进屋！哪个龟儿不敢打！"一男一女两位民警上去刚把两人分开，男人飞起一脚踢向女人，却一脚踢中女警胯骨，痛得女警惊叫。外面两个男警闻声冲入拉架。

刘所拿手肘碰碰林春晓，"走了，以后有你看的。"又吩咐抓了一沓材料风风火火过路的小警花，"马上喊于浩天过来。"

所长办公室。林春晓刚端起一次性杯子吹开面上的茶末，刘所就指着进来的一个中年男人介绍，"小林，这是于浩天于老师，以后多多学习早点出师！"

林春晓这才看清眼前这位"老师"的尊容：板寸头，剑眉环眼，刮得青青的腮帮子，短袖警服下配磨得发亮的深色休闲裤，脚踩一双脏兮兮的旧旅游鞋。

"于老师您好。"林春晓赶紧起身请安。于浩天上下打量打量他，"耶研究生，还操京腔耶！霸道，人才啊。"刘所一张脸瞬间晴转阴，张嘴数落起来，"老于你个老同志啷个不给年轻人做个表率？你看你穿得二不挂五，再遭督察逮到莫怪我对你不客气。换了，马上！"

"OK！"于浩天答应着出门，故意把尾音拖得老长，"研究生，走起——"

于浩天带林春晓到一间办公室，打开文件柜甩出一摞卷宗，"呐，订卷。"见林春晓傻起，他努努嘴，指指卷宗，"先订一个星期!"林春晓还在发愣,"然后呢?"于浩天瞪他一眼,"然后?再说!"径自带门走了,留下可怜的林春晓独自对着案卷发呆。

二

如果说开头只算下马威的话,两周后发生的事情就让林春晓备受打击了。

这段时间,林春晓老老实实窝在档案室整卷。但林春晓就是林春晓,没有一些"天之骄子"眼高手低的傲娇气,对于自己确定的奋斗目标,他是绝对舍得花时间精力去研究学习的。他一边装卷一边细看卷内文件、笔录,看完一本装订一本,不知不觉卷宗要订完了。

订着订着,手指被打孔机戳了一下,他正龇牙咧嘴猛抽凉气,门"哐"的一声开了,于浩天站在门口,"走!"

"哎?"

"哎啥子?有案子!"

辖区江家湾发生了一起强奸案。所里出警的出警、下段的下段、轮训的轮训,大半警力都派出去了,于浩天无法,只有喊上林春晓。

江家湾地处城乡交界处,流动人口多、低档复杂社区多,治安形势严峻。他们来到一栋陈年旧楼前,停好车上三楼。

单配出租屋里搞了点简装,天花板、墙上印着一块块水渍,家具陈设简陋寒酸。受害人谢燕捂着脸哭,一名女警端着水坐在旁边安慰。屋外一群警察忙着勘查。

谢燕20岁,半年前从县里来,白天在一家物流公司打杂,晚

136

上租住在这里。昨晚她看电视看到 11 点就睡了，早上醒来感觉头痛头昏周身无力下身疼痛，一看自己赤身裸体，大腿处还有一片黏黏的东西。她"哇"地哭了……

分局刑警支队安支队长介绍，经初步勘查，目前推断这是一起麻醉强奸案，受害人对嫌疑人高矮胖瘦年龄一概不知。"这一带的监控探头要么坏了，要么缺乏维护效果极差，靠这块提取线索是不可能了……"安支队长用这句话彻底否定了某种破案的希望。地上的鞋印已提取，是男性的，一个人。后经鉴定是旅游鞋，42 码。此是后话不提。

爱看侦探小说的林春晓也听说过 DNA，顿时摩拳擦掌来了劲，"悬乎了，不能凭那点东西就让所有人都来验 DNA 吧?"他一激动声音就大，屋里谢燕本来稍有点平静，一听又哭了起来。于浩天狠狠剜了他一眼，"嘴巴不张会馊?"林春晓赶忙噤声进屋去了。

于浩天和安支队长站门口又扯了一会儿案情，一扭头发现林春晓在屋里走来走去到处打量，还蹿到窗前手扒窗台往下张望。

不知怎的，于浩天一看林春晓那副德行就来气。学经济，研究生，高学历拿来基层有毛用啊! 不晓得领导想些啥子，弄些高分低能傻里傻气的书呆子到基层来，还 DNA，D 你个毛线啊! 于浩天气急败坏地吼:"做啥子，想破坏现场吗?"林春晓赶紧解释:"不是，我想看嫌疑人是不是从这里……"

于浩天粗暴地打断他，"看，啥都不懂看啥子看! 走开!"林春晓的嘴唇嗫动几下，缩一边去了。

分局指令派出所配合刑警支队侦办这起案子。专案组开起了碰头会:根据提取的运动鞋印可推断嫌疑人身高 1 米 72 上下，体重 150 斤左右，左鞋底部有一条长约 3 厘米的横向裂纹。但符合体征的男人太多，总不能满世界摸排吧？莫说没那个警力，就是有，这一搞打草惊蛇，只怕人没找到鞋倒早让人家丢了，还拿啥子比对？

闷头抽烟的于浩天掐灭烟头，"我说几句，第一，半夜作案，说明此人独居可能性大，要么单身，要么与老婆分居较多。第二，嫌疑人用麻醉药，说明他可能与医院有某种联系。第三，他敢留下精液，很可能没有案底。第四，此人身体强壮善于攀爬。目前就这些。"他说完习惯性扫一眼全场，恰巧林春晓正有些意外还有点敬佩地偷望他，目光一对，赶紧低头装作记录。

安支队长谄媚地给于浩天点上一支烟，"烧起烧起，姜还是老的辣哟。好，从今天起兵分两路，一路由我们支队在本地摸排独居或分居的、符合体征的男性，另一路由老于带人去辖区所有医院以及能接触到麻醉剂的地方展开调查。散会。"

三

跑了好几家私立医院后，于浩天二人来到区人民医院药房。一名女护士正独自忙碌，但见她黑发如云，俏脸上微微带笑。

于浩天似乎有些紧张，站门口干咳了两声。女护士抬头，脸上顿时浮起嫌恶之色，手上动作也重起来。

林春晓彬彬有礼上前亮了警官证，"同志，我们是公安局的，来查个事儿……"女护士白他一眼，"公安局，我没犯事找我查啥，哪个犯事找哪个去。"

林春晓有点急了，"哎同志你配合一下行吧，我们也是执行公务哎。"女护士冷哼一声不再理他。林春晓求助地望向于浩天。于浩天又干咳两声，"嗯，萧潇……"

萧潇脸色更冷，直接摔门走人。林春晓满头雾水冲她嚷："不是，我说这啥态度啊这是？"一向霸气的于浩天讪讪一句："走！"林春晓一脑子火苗乱蹿，"都说重庆女孩母老虎，我看差不离！谁娶谁倒霉！"

于浩天猛然停步，"说哪个母老虎！"林春晓一愣，低声辩白："我说她……"

于浩天脖子青筋暴突，"你再说一个字！"林春晓感到莫名其妙，瞪了他几眼，一咬牙扭头走了。

郁闷的林春晓独自跑回家，抱起《福尔摩斯探案全集》又看不进去，各种怨愤涌上心头，明天找所长，不跟于浩天了，换人！

手机响了，居然是于浩天。林春晓不接，把书往床尾一扔。停顿几秒后手机又响，他拿起看看又甩一边。手机又尖叫不止，他架不住连番轰炸抓起手机，稍调整情绪后接听："哦于老师，还没吃呢。没生气，真没……啊一起吃啊？那，那好吧。"

挂断电话，林春晓磨磨蹭蹭爬起来套上鞋子出门去了。

周六晚上的"赵二"火锅生意红火。于浩天两人坐在坝上守着一张桌子，一人面前一瓶啤酒，地上堆起十几只空瓶子。

又一杯下肚，空瓶了，于浩天又抓箱里的啤酒。林春晓大起舌头，"于老师别喝了。"于浩天不理，龇牙咬开瓶盖直接举瓶，"研究生，今天诚心道个歉，白天我太凶了，对不起哈！"

林春晓忙举瓶碰碰于浩天伸来的瓶子，"没关系于老师，我就说吧，说那女孩儿一句你咋火成这样呢，原来是令千金呵。"

于浩天猛灌一口，"我那个千金，我都不敢说一句重话，唉！不怪她，是我欠了她两娘母……"又猛灌一口。

原来，于浩天年轻时在刑警队，萧潇还小，叫于潇，她妈妈又上班又照顾她，一天搞得身心俱疲。而于浩天气盛，一心想破案当英雄，根本不懂体恤老婆，夫妻关系越来越僵，最后不得不以离婚收场。于潇归她妈妈，跟她姓萧。萧潇 18 岁时，她妈妈得宫颈癌去世了，至此，萧潇再不肯原谅于浩天。

林春晓心里揪一下，"老师您别急，女孩都是父母的贴身小棉袄，过几年等她结婚生了娃就会慢慢理解您的。"于浩天两眼通红，"理解？年轻人不晓得我们老年人的苦。"林春晓一口酒差点儿喷进锅里，"老年人？好好，年轻人也有辛酸好吧？我大学四年的女朋友就为我没留在家乡，要来重庆当警察，见天儿和我吵，吵着吵着就掰了……"

于浩天一屁股挪到林春晓身边，伸出右手食指晃了晃，"NO-NO！"又猛拍林春晓肩膀，他差点儿从宽板凳坐到地上。于浩天继续口齿不清地数落："兄弟你宝塞塞的，吵啥子吵！婆娘是拿来哄的不是吵的，你看我就是个活教材……"说着说着两眼翻白，翻着翻着身体一软，趴桌上睡着了。

林春晓晃晃发沉的脑袋，瞅瞅于浩天，长叹一口气。

四

清早，便衣的林春晓独自去医院。想起头晚两个男人的狼狈样就想笑。

昨晚，他跌跌撞撞把于浩天拖回家，两人在路上说了很多"哥子""兄弟""扎起"之类的话，疯疯癫癫啥师生体统都没了。具体说啥倒记不清了，他只觉得心头热乎乎的。

　　于浩天的家，冷清清的吊灯映着冷冰冰的白墙，简简单单几样家具，床上铺盖堆成一团。林春晓想给他倒水喝，水瓶里一滴水没有，厨房里燃气灶也坏了，看灰垢厚积怕是很久没开火了。他只好下楼买来几瓶矿泉水，忙活了好一阵。等于浩天窝在铺盖里打起了呼噜，他也支撑不住和衣倒床脚困着了。

　　从那晚起，林春晓对于浩天有了一种兄弟伙的感觉，于浩天也不再动不动就对林春晓甩脸色，师徒两个真正进入了各自角色。

　　为进一步调查案情，又怕萧潇不给面子搞僵了影响工作，于浩天让林春晓单独去一趟医院，说拿回情报还请他吃火锅。

　　萧潇淡淡地扫了林春晓一眼。林春晓硬着头皮正要开口，门外一阵喧哗，几个医闹在推搡一个女医生。萧潇跑过去劝架，被一个胖女人一巴掌扇在脸上，当场哭了。

　　林春晓上前拉开胖女人，胖女人抬腿踹过来，被他闪身躲开。一个男人扑上来要收拾林春晓，又被他一巴掌推开老远。看来三个月岗前培训不是盖的。这时医院保安带着民警赶来，医闹们马上摆出一副受害者的架势告起状来。林春晓趁机挤出人圈找萧潇，见她正躲在药房里哭。

　　萧潇抬起泪水婆娑的一张脸，左颊一道凸起的划痕已经红肿。林春晓小心翼翼拿起桌上的酒精、棉签、抽纸递过去，"别哭了，消消毒，漂亮女孩子花了脸可咋找男朋友？"萧潇不好意思地接过酒精、棉签，停顿几秒后，她轻声问："说嘛，想了解啥事？"

五

　　萧潇说医院前一周麻醉剂被盗。于浩天一算，恰在强奸案发案前一天。

林春晓这次算立了一小功，为案侦获取了线索不说，关键居然让冷冰冰的萧潇开了尊口，这点让于浩天尤其满意，当晚他果然又招呼了他一顿"赵二"。

案件继续侦办，但尚无关键性突破，所里人少不可能一直跟办，只能一边做所里的事一边注意发现线索。

这天于浩天带林春晓下段，刚到社区就遇到一个推婴儿车的年轻妈妈，"于警官又下段呀？"于浩天俯身摸摸娃儿的脸蛋，"肥实！我们萧潇小时候也有这么肥实。"那妈妈说："那阵子羊水突然破了，老公又出差去了湖南，要不是于警官一路硬闯红灯送我到医院，哪里还有这个胖儿子哟！"于浩天坏笑，"耶，你莫鼓励我违反交通法规哟。"

拐过一栋楼，一个提菜篮的老头迎面擂了于浩天一拳，"我儿的有机蔬菜今年大丰收！想当初这崽儿打架蹲鸡圈出来工作都找不到，要不是你拉他一把，他哪还有今天哟？"边说边抓起苞谷硬塞给二人。"小同志也是派出所的？拿到拿到，不拿就是瞧不起我张老头！"于浩天数落他："张老头你硬是不懂事，让我们两个人民警察抱起苞谷到处走？"张老头抠抠脑壳，"那也是，改天到我屋来，我煮给你们吃新鲜的，如何？"

空坝上，一群老婆婆正跟着凤凰传奇的歌欢跳坝坝舞，有两个看到于浩天就把他拽到一边去了。

林春晓远望于浩天和老婆婆们嘀咕，脑壳点得像鸡啄米，就有点忍俊不禁。后来才晓得老婆婆是治安积极分子，反映小区最近来了一家租客，每晚各种人等神秘进出，要派出所去查查。

"情报"查实，藏在小区里的一个吸毒窝点被查处，还得到一条很有价值的线索：毒娃曾五无意中交代，他有晚吃麻古后回家，凌晨 2 点经过谢燕那栋楼，看到一个男的顺着水管从三楼滑下来，他觉得奇怪就多看了几眼，但当时天黑又吃了药，恍惚间没看清对方脸面，只记得那人 1 米 70 左右，个子敦实。

林春晓更钦佩于浩天了。但于浩天冷冰冰地说："可惜那强奸犯还没得影子，等老子挖到他看怎么收拾他。那么乖巧的女娃，朋友都没耍过，和我女儿一样大。一想起我就……"他狠狠丢掉烟头，"就为了我女儿，我也得找到他。"

六

所里接群众报警，说社区里有两口子打架要出人命了。于浩天带林春晓赶去。

刚到门口就听到叫骂声，一中年男人"哎哟哎哟"狼狈窜出，一只大汤钵追着飞将出来，男人似乎背后长眼敏捷躲过，大汤钵擦过林春晓的脸直接撞墙坠毁了。林春晓瞅瞅地上残骸，额头冒汗，乖乖。

于浩天怒瞪男人，"两口子打架打个合适噻！打出人命才安逸？"说时迟那时快，女人咒骂着手提扫帚冲出，男人大惊失色撒丫子就跑。于浩天拦住他，"跑啥子跑，啥名字？"

男人叫乔未金，他老婆魏珊做大扫除从床垫下搜出他私藏的 1000 块大洋。乔未金越想洗白越洗不白。平日连男人身上 20 块钱都要搜光光的魏珊大怒，反了你了。于是卷袖子操家伙，一场全武行当场上演。

魏珊一手叉腰一手舞扫帚，威风凛凛随时准备再次发动进攻。

于浩天一阵哈哈哈，"兄弟不是哥子批评你，男人家要花钱光明正大要嘛！看你夫人长得又乖又贤惠，一看就是大气人，未必还扣你这点渣渣粮饷。"如此左右逢源，不出五分钟，魏珊的火气消了大半。缩头缩脑的乔未金连忙接话："对头老婆，我其实想等你过生日给你个惊喜……"

见火势已被控制，于浩天正要拉林春晓撤退，忽然他眼神凝住了几秒。乔未金紧跳几步伸出一只脚，狼狈地划拉跑路甩脱的运动鞋，鞋底刚好朝天，一只鞋底赫然有一条陈旧性裂口。

于浩天转脸对魏珊笑道："兄弟媳妇儿你也太彪悍了嘛，连男人鞋子都扯脱了。"魏珊脸一红，"该遭！老娘上夜班跑车挣钱，他晚上躲着藏私房钱，想造反哪?"她进屋提来一双拖鞋扔给乔未金，顺手抓起运动鞋丢进楼道垃圾桶："烂都烂了还穿啥子穿！过几天去买！"

围观人等哄笑着发出意犹未尽的"哦豁"声。

于浩天瞅瞅他们，大咧咧拍拍林春晓："还杵着当灯泡吗？闪!"

七

下午，林春晓接到萧潇电话说请他吃饭，感谢他那天帮了她。

分局附近一家小饭馆。萧潇一身荧绿水果色裙装，脸上抓痕几乎散了，略施粉黛颇显清纯妩媚。萧潇说昨晚麻醉剂又被偷，担心这次医院会重重处理她，想找他讨个主意。

林春晓马上出去给于浩天打电话报告了这事，又回座安慰萧潇。毕竟两人不熟，谈了一阵不晓得该说什么，就找些客套话谈，谈着谈着谈到了于浩天。

虽然萧潇不愿谈论父亲，但林春晓一席话又让她不能不听。林春晓说那晚醉酒的事，说两师徒如何化解干戈，还说父亲一直盼她原谅。"这么要强的人在你面前像个胆怯的小孩子，你说他有多在乎你多怕你？"林春晓越说越激动，"我父母都在北方，我就盼着能回家吃一顿年夜饭。你们彼此就对方一个亲人了，千万别等恋爱结婚生娃了才知道父亲的难，那时他都老了，你不怕晚了吗？"

萧潇幽幽地望着林春晓，似乎内心在激烈争斗。

林春晓的视线一触到萧潇那泪雾蒙蒙的大眼，心里一阵莫名慌乱，赶紧低头装作看手机。恰在这时手机响了，是于浩天打的。

原来刚才接到林春晓电话后，于浩天立即联系了安支队长，认为这是个信号，嫌疑人很可能又要下手。那天乔未金那双运动鞋引起于浩天的警觉，两人前脚一走，回头他就叫清洁工捡起来，拿回去和提取的鞋印一比对，鞋印包括裂纹丝丝入扣。紧接着刑警支队想办法拿到了乔未金的 DNA 样本，与谢燕身上提取的精液一比对，也是分毫不差。

八

于浩天与林春晓率先赶到乔家楼下布控，准备等安支队长的人一到就收网。

夜里 11 点，只有乔家还亮着灯，在一片漆黑中显得特别诡异。于浩天吩咐林春晓把守窗口，没信号不得擅自行动，随后自己隐藏在树荫后紧盯楼口。

大约十分钟后，二楼的灯灭了。于浩天打手势示意林春晓注意观察，这时嫌疑人要么睡觉要么可能出来。林春晓毕竟是菜鸟，缺乏经验外加过于紧张，竟误解了意思，以为是要他准备动手。

少顷，乔未金鬼魅般闪出楼道。于浩天正待悄悄跟上，却听林春晓大喝道："警察，别动！"乔未金一哆嗦，随即和扑身上来的林春晓扭打起来。于浩天咬牙切齿骂"你个猪脑壳"，拔枪飞身上前。

林春晓年轻气盛，乔未金身材敦实，二人势均力敌，打得不可开交。于浩天见乔未金腾手拔出腰间一柄利刃，猛力刺向林春晓！路边光线昏暗，贸然开枪极易误伤，于浩天腾身扑上控制乔未金挥刀的手，对方疯了般拼死挣扎，反手一刀刺中于浩天的左大腿。于浩天忍痛死扭住乔未金的手，林春晓趁机翻身将乔未金压住。几乎同时安支队长带人赶来，一副手铐铐牢了乔未金。

林春晓起身才发现于浩天有点不对劲，"怎么了？"于浩天捂住左腿艰难站起，指着乔未金骂了一句："你个狗东西！"就栽了下去。

于浩天左大腿股动脉差点儿被捅断，幸好及时送到最近的区医院才捡回一条命。大半夜焦急地守在急救室外的局领导，派出所、刑警队同事们松了口气，一窝蜂涌进病房。

待领导们放心地离开，一直哭丧着脸的安支队长终于笑了，如释重负猛拍林春晓的肩膀，"你崽儿还是嫩了点，差点儿害得你老师成烈士啊！"

躺在病床上输血的于浩天脸白得像纸。看徒弟无地自容的样子，他虚弱地笑笑，"咳，年轻人勇敢，好样的，多摔打几下不就成器了吗？"

天色熹微，大家千叮咛万嘱咐后渐渐散去，林春晓自告奋勇要留下照顾于浩天。他提水瓶去打水，一开门，萧潇板着脸站在门口。

萧潇冷冷地说："那老英雄，怎么样了？"林春晓深深地看她，"进去看看，不比什么都强？"萧潇犹豫片刻，一抿嘴紧走两步推开门，正好与于浩天期待的眼神撞个正着。

（程华，中国作家协会会员、全国公安文联会员、中国报告文学学会会员、重庆文学院第四届创作员、重庆公安作协副主席。出版报告文学集、散文集各两部，两百余万字作品刊于《啄木鸟》《天津文学》《四川文学》《边疆文学》《读者》《美文》《青海湖》《青年作家》《滇池》《散文百家》《人民日报》《解放军报》等。获国家级、省市级文学奖项40余项。）

新 月

王 伟

怀一颗崇敬和虔诚的心，我写了这些。写完后，我哭了。

——题记

今天是正月初三。下午，我刚在办公室坐下，湖滨派出所所长张洪就跟了进来。我叫他，他不应。他不声不气低着头，径直走到我跟前，十分沉痛地说："李政委。她郎过了。""谁?"我双脚猛地一跌，"咚"的一声站了起来。"新月婶。她死了。""什么?"我好像没听见似的，迈出一大步，追问了一句。"孙家港，我新月婶子。她过世了。"小张重复道。

这时，我已经转过身去。其实，我早就听清楚了，只是不肯相信。

我们都沉默了好一会儿。

窗外，依然飘着鹅毛大雪。天地间，白茫茫的。

我久久地凝视着。

这是多年以来下得最大的一场雪。

真是个异常寒冷的冬季啦!

"她是什么时候死的?"我轻声问。

"年前,腊月二十九。"

"怎么现在,你才告诉我?"

"她郎有言在先,要我不惊动你郎。"

我返回办公桌前,缓缓地坐了下来。

我朝小张努了努嘴。

在我的示意下,他在我办公桌对面一把椅子上落了座。

"这是我新月婶留下的。"他递过一个红色的包袱。

我小心地打开。里面有一个封口的白色信封,还有一个小花布包裹。打开包裹,里面是一个绿色的塑料袋,还有一个有些泛黄的荷包。

"这些东西是给谁的?"我不解地问。

"全是给你郎的。"

"什么?给我留下的!"我连忙拿起那个信封,撕开看了起来。

洁白的信笺,泪痕斑斑,一些字也模糊不清。

看着看着,慢慢地,我的泪水就唰唰地流了下来。

原来如此!

我一切都明白了。又似乎一点也不明白。

塑料袋里,装着一大沓纸质人民币,各种版本,几乎都有,面额有五元、十元、五十元和一百元的。它们黄的黄,蓝的蓝,红的红,新的新,旧的旧,也有半新不旧的。最下面还压着一张纸条,上面清楚地记载着每次金额是多少,以及收款的时间等明细,字迹的陈色不一,由深至浅,最前一行与最后一行,好像相隔了几十年。

夜很深了,我却一点睡意也没有。

我推门轻轻地出去了。

蓝色的天穹上，挂着一弯新月。

大地一派静谧。

我徘徊在刚刚清理和打扫过的林荫小道，思绪飞到了二十六年前的那段岁月。

那年，我还是这个县公安局刑侦股的一个副股长。

腊月，一个晴朗的日子，我随局里的教导员，还有湖滨公社的公安特派员，一起赶往地处洪湖之滨的孙家港大队。此行，我们的心情都很沉重。我们是向一位名叫孙东方的年轻人，恢复名誉、赔礼道歉去的。

抵达孙家港，已是中午时分。日头当顶，照在身上暖烘烘的，但我们的心里却有一种说不出的滋味。面对冤者，面对孙家港大队那大大小小、上千双愤怒的眼睛。

在老支书的引导下，我们来到了孙东方的家里，检讨了错误，表达了歉意，还留下了六百元抚慰金。孙东方的母亲通情达理，不但没有责怪我们，还反过来说了些安慰的话。她一脸诚恳地说道："你们又不是神，哪会一点闪失都没有？是人就会犯错误!"这让我们更加羞愧和自责。

孙母的善良和豁达大度，给我们留下了深刻而美好的印象。

日头偏了西，东方却又升起一盈银月。

今天是农历十五。

吃过晚饭，天地间已是一片皎洁。

老支书给我们引来了一位农家少女。

"文华哥!"她轻轻地、亲热地叫着我，又不好意思地望着我。

我不禁一愣。这是谁家的姑娘啊？银色的月光下，我看着她端庄的面庞，像用奶汁洗过一般，嫩白温柔，两只眼睛扑扑地闪着光，一张小嘴微微向上翘起。

见我瞅着她，她连忙低下了头。

一头长发遮住了她的羞涩。

"李股长。她就是新月啊！你郎忘了？"老支书说道。

"新月！怎么会呢？怎么会是她呢？"我快速地在大脑中搜寻着记忆中的小新月。

孙家港是我的第二故乡。我曾经在这里插队落户过。新月就是我的小房东。

那是一九七五年八月，我和三十多名县城的知识青年，响应党的号召，被下放到这洪湖岸边的孙家港大队。刚到时，知青点的房子还没竣工，我们只好分住在各生产队的社员家。我被分到一个姓袁的人家里吃住。这里当家的清一色都姓孙，怎么唯独他家是个异姓？

搞了半天，这家的男主人是个右派分子。他原是省里一家科研所的副研究员，一九五七年，他在大鸣大放中说了错话，被划为右派，开除了公职，带着妻子来到了洪湖边上，劳动改造。他们没有生育过，后来就抱养了一个小女孩，因那日天边挂着一枚蛾眉新月，故取名为新月。在当时的政治环境之下，他们所受的苦，是可想而知的。被误会，被歧视，被冷淡。就连抱养来的新月也未能幸免。大队民兵连长说，谁叫她被抱进这右派家的？怪只怪她没有睁开那双"雪亮"的眼睛，未能识别我们无产阶级专政的敌人。

唯独有一个人，却默默地关心着这个可怜的小女孩。这个人就是孙东方的母亲。她是孙家港大队小学的民办教师。她垫钱为她报名上学，又为她添一些衣裳，还时不时偷偷塞给她几粒冰糖。

在老师慈母般的照料下，新月念完了小学，又升到了初中。我住新月家的时候，她正读初一，因家庭贫困，她九岁才发蒙，这时已十四岁了，寄读在公社的中学。她很少回家，我偶尔遇见她，她又总是羞羞答答的。在我的印象中，她并不出色，面黄肌瘦，又矮。尽管，她只小我三岁，但在我眼里却还是一个小姑娘。一九七七年，我参加了"文化大革命"后的首次高考，虽然成绩不错，但由于志愿填得太高而落选，只好屈就于省公安学校，读个中专。后来，听说小新月还为我抱不平呢。

想想过去的小新月，再看看面前的大姑娘。我简直不敢相信，不敢相认。

那时，教导员正在邻近一个公社驻队，便先骑着自行车走了。特派员的家就在附近的彭家湾，就着这个难得的机会，也回家探探亲，与家属团个圆。

当我和他们两位一一告别的时候，新月已不声不响地向岸边走去。

老支书要送我到码头。

晶亮的月光下，新月玉立船头，婷婷的，睁着一双大眼睛，巴望着我，似含秋波。

我心里"咚"地一震。一股莫名的情绪，在我心头袅袅升起。

我突然变得害羞起来。

老支书一脚猛力一推，船就离了岸。新月操起双桨，身子一前一后，舞着双手向后扳。

姿势优美，动作娴熟。

依乘船的常识，我就座于船的中舱横梗的中干，把背朝向新月。没想到，还是很拘谨。我两只手一会儿抱着，一会儿又放下。脸上也火辣辣的，好像后面那双美丽的眼睛总盯着我。

沉默。沉默。这难堪的沉默。

出了洼子，船便迎着月亮，东行而去。

船离岸上越来越远，也越来越快。

脸上被风刮得微微作痛。这会儿，我才感觉到一些寒意。我想换个方位，又怕面对新月。

"吱"的一声，正前方一只水鸟腾地一飞。

放眼望去，湖水清清，明月朗照，如诗如画。

我不禁心旷神怡，情思灵动。

"文华哥，腊风吹老人，你郎背朝着风口，才是。"新月轻轻地说，很温柔，很甜美。

这下，我可有了下楼的梯子，连忙起身。"当心！站稳！文华哥。"新月提醒道，嗓音也只是稍稍大了些，使人仍能感觉到它是轻轻的。

她把手上的桨往后用力扳，以抵消船的惯性，稍后才说："这哈，行了。"

我勾着腰，低着头，笨拙地把身体转了过来，又小心翼翼地迈过舱梗，一屁股坐了下去，却侧着身，把头转向一边。因为我不敢正视，不敢正视新月那双摄人魂魄的眼睛。

"船斜了！你郎要坐正。"

没有办法，我只好乖乖地又把脸转了过来，但头垂得更低了。

突然，船歪了一下。我知道，这是因为划船人双手用力不匀所致。

我本能地抬起头来，她却把头迅速地低了下去，显出很慌乱的样子，又赶紧昂起头来，却把脸侧对着月光。想必，她是不想把她的心事透露给我。

直到这时，我才领会到新月的一片苦心和真正的用意。

好一个多情、腼腆而聪慧的姑娘呀。

我总觉得，这样下去不是个事，也不正常。如果老这样僵下去，还有几十里远的水路怎么过？就是过了，也许还会给姑娘带来一些不该有的副作用。再说，我和她之间压根儿就没有什么，难道还心虚不成？人家女伢儿，害羞是正常的！我一个大小伙子，难道还怕一个弱女子不成？瞧你这个熊样，还是公安局的呢。我决定坚决彻底地来化解这尴尬的气氛。

于是，我主动开了口："月儿。今年多大啦？"我故意叫她的乳名，并使用大人的口吻，以长者自居，居高临下，来拉开我和她年龄上特别是心理上的距离，将我和她之间的味道给变过来。

"看你郎的，连这都忘了。我今年十九岁，都过了。"她看了我一眼，又赶紧把头低了下去，"人家都快二十岁了。不小了。看你郎的，还叫人家的小名。怪羞人的。"在当地，这个年龄的女人大都成了家，有的已是两个孩子的妈妈了。然而，她仍是一副少女的模样，清纯得很。

"我想也是这个年龄。你再大，也总是我的小妹妹。"我仍坚持我的立场和观点，同时，我也壮着胆子，认真地看了她一回，"小鬼，你说，是不是啊？"没想到，这下我竟打起官腔来了。

"你郎到底是个当官的，连和自家的小妹说话，也忘不了那个干部调。"她抿嘴笑了，但没有发出声。

笑就笑吧，反正我的努力已初见成效，她承认自己是我的小妹妹了。

"哥。听说，你郎们这次来，是专程给孙东方赔礼的，是不是？"

"是的！"

我和她都回到了正常的轨道上。我如释重负。

既然以兄妹相称，那么，新月对我的尊称，也就应该改一改。我想。然而，我又想了想，她称我"你郎"，也有好的一面，这就可以保持来之不易的距离感，免得又走上了歧途。这样一想，我也就打消了先前的念头。

"真是为难了你郎们！为难你郎！"不知为什么，她的声音竟有些颤抖。"是不是，衣穿少了？"我在心里为她担心着。

"我听说了，你郎们遭了很多白眼。特别是你郎，又是专门破案的，孙东方就是被你郎们一起的人给抓的。我听说，一些人，还骂了你郎，说你郎们是吃白饭的。"她的声音很小很轻，生怕大了会吓着我似的。

"这没什么。可以理解。"我故意轻描淡写地说。

一阵沉默。

"哥！我心里，疼！"新月说。这短短几个字，好像用了蛮大的劲。她话音未落，船"嗖"地抖动了一下。

我心头一震。她病了？

我一眼望去，她的脸红红的，还冒着缕缕热气，一只手正在解开棉袄上的头一颗纽扣。

我的心里又是一次剧烈的震动。

多么善良而又宽厚的农家姑娘啊！

在专案组抓了孙东方之后，几乎所有的人一开始都不敢相信这样一个冷酷的现实，后来又几乎都没怀疑过孙东方被抓错了，因为他们都相信公安机关，相信人民政府是不会冤枉一个好人的。然而，还是有两个人不信，不信孙东方会做出如此猪狗不如的事情来。这两个人，一个就是他的母亲，再一个就是他母亲怜爱的学生袁新月。

新月念初一的时候，孙东方还在读小学四年级。新月读高中时，孙东方正好上初中，他们两人就读于同一所学校。孙东方人长得端正，功课又好，在学校很有些名气。这给新月带来了莫大的慰藉。因为，孙东方是她弟。就在我考学走后不久，新月家里发生了重大变故，先是她家失了火，接着又是她养父瘫在了床上。新月本来是一个品学兼优的女孩子，也曾发誓一定考上一所重点大学，以报答养父母和老师的养育之恩。然而，无情的现实改变了她。为了减轻家里的负担，她不得不省吃俭用；为了让母亲多挣些工分，她又不得不常常回家，照料病中的父亲。就这样，她的学习垮了，她的身体垮了，她的抱负也垮了。

在艰难中，新月好不容易读完了高中。孙东方呢，命运也不济。一九八一年，他高中毕业了，也参加了高考。然而，考试出现重大失误，他被一所专科学校录取，但他放弃了，在母校复读。后来他又考了一次，又名落孙山。他还是矢志不渝，继续做他的大学梦。这一年，他母亲因病退了下来，他顶职，在大队小学教书。这时，我从公安学校已经毕业二年了，在县公安局刑侦股刚刚担任副股长。

孙东方吃了官司之后，孙母便一病不起。这时，新月已出落成一个如花似玉的大姑娘了。她主动挑起了孙家的重担。孙母于心不忍。新月便说："你郎不晓得，我和东方正在谈恋爱呢。你郎不要我来，就是嫌弃我这个未过门的儿媳妇。"一番话，说动了老师，孙母只好应承下来，安心接受她的服侍和照料。她还多次向办案组的同志反映，说孙东方有她这么一个漂亮的女朋友，怎么会做出那种丑事来？孙东方被抓到县里后，她又多次找公社特派员申冤。时间一长，人们便都知道她是强奸犯的未婚妻。背地里，一些人议论说，孙东方连外面的野花都采，她新月还是个什么黄花闺女？于是，人们的眼神便由尊敬、欢喜变成了歧视和轻视。她强忍着泪水，怕给孙母瞧见。

孙东方平反后，孙母将这些情况告诉了儿子，儿子一听，起初摸头不知脑，后来，点了点头，说是有这么一回事。然而，新月总是对他避而不见。孙东方以为，新月嫌弃他，怕他的名声不好，也就死了这条心。

在此之前，新月有许多追求者。然而，不知为什么，她就是不松口，拒人于千里之外，一个字也不答应。可眼下，又不知为什么，往日的一些小伙子，却对她敬而远之，纷纷落荒而逃。个中缘由，我当然知道。我曾下放过的这个地方，地处偏僻，十分封闭，在很多人的眼里，是断然容不得女孩子有风流韵事的。直到今天，这种情况也没有得到多大改变。因为，他们把这种观念视为一种伦理道德乃至社会公德，而加以积极地维护和捍卫。去年局里的简报上，就曾报道过这里的一位生身父亲，亲手杀死失身女儿的惨案。

"为了孙东方，你吃了多大的苦，又受了多大的委屈啊！"面对近在咫尺的新月，我默默地念道。

"新月，你受苦了。太难为你了！真正为难的，是你。"我情

157

不自禁地说。

"你郎，都知道了?"

"听说过了。"我轻轻地点了点头。

月光下，她眼睛一动，紧接着，两颗硕大的泪珠夺眶而出。

她的双手无力地垂了下来，两把桨落在水面上，一会儿，便滑向后方，像两条尾巴，紧贴在船的两边。

船儿几乎静在湖面。

她蹲了下来，呜咽着，声音很轻很低。

我知道，这是一种遇见亲人、知己后的感动和伤心。

我轻轻地跨到后舱，在她的身旁坐下，一只手轻轻地搭在她的肩上。

"文华哥!"突然，她竟扑在我的双膝上，大声地哭了起来。

顿时，我全身一麻，心灵强烈地感应到一种巨大的震撼。

就在这一刹那间，我倍感肩上责任的重大。是啊，我们手握着生杀予夺的大权，我们工作上的任何闪失，都将给人民带来巨大的痛苦啊! 然而，我们的人民，又是这样地体谅我们，宽容我们。

新月的善良和包容，就像两只纤纤玉手，拨动了我情感的琴弦。

我不禁哭了。

我痛苦地流下了眼泪。

"文华哥，不要哭，都过去了。"新月奋力地将埋在我膝上的脸抬了起来，又擦了擦挂在腮边的泪水。

这时，我才觉察到，不知在什么时候，我竟把头重重地压在她的头上了。我连忙解释说:"我不是有意的。我不是有意的。"

她只是淡淡地一笑。末了，又淡淡地说了句："要是，我可怜的父亲，也有这一天就好了。"

"请他郎，一定要相信我们的党，我们的人民。只要是错误的，迟早都会给纠正过来的。"我安慰着她。

"怕是来不赢了。"她说了这句让我听不懂的话。

她只是告诉我，她养父的问题，没有她想象得那么简单，也可能要比其他人复杂得多，那个曾经整了她养父的人，现在正担任所里的党委书记。

船慢悠悠地，行进在碧波荡漾的湖面上。

"哗，哗，哗"，桨声有节奏地响着，好像在倾诉着什么，又好像在低沉地吟唱。

好长一段时间，我们谁也没有说话。

"都过去了。"新月的这句话，总在我耳边萦绕。

是过去了。然而，我们必须总结教训，一定要设法杜绝类似的悲剧再度发生。那么，孙东方案的教训又在哪里呢？

我在反省。我在反思。

于是，这桩错案的前前后后，又痛苦地展现在我的面前。

头年七月间，孙家港发生了一起恶性案件。

一个烟雨迷蒙的早晨，一个十六岁的花季农家少女，将刚刚采摘的莲蓬拿到集上去卖，路过孙家港的湖堤上，被一个小伙子追赶了六七里地，摁在一个大水坑，残忍地强暴了。

接到报案，我们刑侦股副股长汪平同志，立即带领侦技人员火速赶赴现场，在当地特派员的配合下，展开侦破工作。

四天后，案件告破。

没想到的是，过了些时候，案件给翻了过来，犯罪嫌疑人被放回了家。

这件事，震动了孙家港，震动了县城，也惊动了地区公安处。

事情的原委是这样的。

在侦查期间，据受害人提供，作案人是个二十挂零的小伙子，操本地口音，五官端正，身高一米七〇左右，上着一件白圆领汗衫，下穿一条天蓝长裤，嘴唇很鲜，像涂了胭脂一般，在他的嘴角右上方处，长有一个一分硬币大小的黑色肉痣，这也是他体貌特征最明显的一点。九名侦技人员分成三组，四处撒网，搜寻罪犯。很快，办案人员发现了一条重大线索：孙家港大队的民办男教师孙东方，其长相酷似受害人所描述的作案人，尤其是他也有那颗黑痣，无论是大小，还是方位，都完全吻合。

孙东方被侦破小组找来。然而，孙东方矢口否认，并一再声称他根本没有作案时间。当时，他在学校寝室睡觉，而且有证人予以作证。这个证人就是他们学校的同事肖俊杰。那是天刚麻麻亮的时候，他从外面小解回来，行至墙角处，听到脚步声，便就地捡起一块红砖头，向墙角那边走去，大喝一声："谁！"那块红砖也就举了起来。几乎在同一时间，墙那边也有一个男人的声音隆隆响起："哪个！"也操起了一根粗树枝，向他劈来。说时迟，那时快。又几乎在同一时间，两人都听出了对方的声音，又都止住了手中的武器。原来，对方竟是同事肖俊杰，也是出来解小手的。现场与这个学校相距十多里路，因此，孙东方作案后再回到寝室，伪装自己，这种可能性是不大的，几乎为零。

既然有证人，那就去核对，不就清楚了？

然而，出了麻烦。那个肖俊杰，就在昨天下午出了车祸，被一辆拖拉机给撞得不省人事，现在仍在医院昏迷不醒，据可靠消息，肖俊杰不死也得成个植物人。而这一切，孙东方又都知道。专案组就是今天上午，把他从肖俊杰的身边找来的。是不是，强奸犯孙东方明知肖俊杰不能开口说话了，才制造了一个所谓的证人呢？看来，这很有可能。办案人员大多如是认为。

再审孙东方。结果还是不招。这令专案组很是不快。于是，找受害人秘密来辨认。那个小姑娘一口咬定："就是他。就是他。"汪副股长也一言断定："孙东方，强奸作案无疑!"

当时，也有同志提出，是不是搞一下血迹化验之类的技术认定？但是，随即被驳了回来。他们的理由是：第一，由于强奸发生在水坑之中，精液被稀释。第二，受害人回家后，用三大桶热水，将身子的各个部位洗得干干净净。还有呢？没有了! 仅此两条，就已叫汪平死了心，也铁了心，最后也就下了决心和狠心。

天黑了下来。专案组的特别行动开始了。汪平一马当先，大打出手，将个孙东方拳打脚踢。结果：招供了，而且还画了押。汪平喜出望外。大伙奔走相告。

破案报告，第二天摆在了分管局长的办公桌上。这是一位经验丰富的老侦查员。然而，他最终还是没能挑出毛病来。作案人的口供，受害人的陈述，情节一模一样，细节丝丝相扣，连对方所穿内衣的颜色，甚至形状，都分毫不差。局长签了字。孙东方被刑事拘留，关进了县看守所。四天后，案件被移送到人民检察院，提请依法批准逮捕。七天后，检察院批准逮捕孙东方。

正当人们沉浸在无比喜悦之中，盼望立功受奖的时候，从检察院爆出一条消息：孙东方案被推翻了。公安局的人不服，找到检察院理论。检察长接待了他们，最后说服了他们。检察长讲：

"孙东方提供的那个证人，现在已经苏醒过来了，我们的同志先后三次找过他，我也到了场，他每次都非常肯定地证实，孙东方没有说谎，也就是说，孙东方确实没有作案时间。这是其一。其二，孙东方一再反映，说你们动了手，打了他，他才被屈打成招。我们驻看守所的同志，一开始就给他拍了照，也请法院的法医给他做了鉴定，我们又找了数个同监室的人犯，还特地到了孙家港小学，了解了情况，证实孙东方身上的伤确系他人所为，还只能在他被限制人身自由后才能出现。如此说来，你们刑讯逼供，证据充分确凿。据此，我们检察委员会一致决定：不起诉。将依法追究刑讯者的刑事责任。"

消息传到了政府大院。政法县长火冒三丈，雷霆震怒。"胡闹！简直就是胡闹！就凭一个死里逃生的证人说的话，就能轻易把人给放了？我问你们，当初是怎么批捕的？我还问你们，如果不是孙东方作案，他为什么对女方的衣着知道得那么清清楚楚？我还要问你们，不是孙东方作的案，那又是谁作的案？你们给我把人交出来。现在就交出来！你们也不想想，公安机关是什么机关？公安机关就是政府。不！它是我们党和政府的门面！门面！你们知道吗？门面意味着什么？门面就是共产党的威望。门面就是人民政府的威严。我还告诉你们，就是错了，就是抓错了，也不能这样随意地把他给放出去。否则，党的威信何在？我们人民政府的威信又何在？"

于是，公安局就想了一个折中的法子，把孙东方从看守所转到了收审站，久押不审，久押不放。

也许是孙东方出头的日子该到了。这年年底，政法县长因生活作风问题被查处，调到外地去了。这时，孙东方才被放了回来。

　　人虽出来了，但在人们的眼里，孙东方还是一个十恶不赦的强奸犯。在一些人看来，进了号子的人，就好比鱼儿进了鸬鹚的口，出来了也是那么一身怪味；只要案件一日不破，他孙东方就永远脱不了这干系。更没有想到的是，孙东方的自由，给新月带来了更多的非议，更大的伤害。有的人竟然说孙东方的清白，是新月用雪白的身子换来的。

　　那时候，孙东方、新月的处境十分艰难。

　　为了人间的正义和公道，为了践行"人民公安为人民"这句神圣的诺言，更为了重塑公安机关在人民心目中的高大形象，我们一是不护短、不遮丑，积极配合检察机关调查取证，依法制裁以身试法者。二是抹下面子，低下架子，登门赔礼道歉！为冤者，为我们公安局抓错了的公民恢复名誉！这就是我们公安局党委当时的态度。于是，就有了我们的这次孙家港之行。本来，我们刑侦股的应该是由股长出面，但他正在省公安学校学习，只好由我这个第一副股长代劳了。

　　这次既然到了孙家港，那我无论如何是要到新月家里去一趟的，看望一下我的房东。时机不好，她家没有人，一扇破旧的大门，挂着一把大锁，听说她家里的人全下湖绞草去了，我只好将捎去的点心和一些水果拜托给她家的邻居。不无遗憾。可没想到的是，就在这邻居家里，我亲耳听到了一段关于这个案件以外的美谈佳话，一个让我感动不已而又令人心酸的故事。它的主人公就是我的新月小妹。

　　忽然间，一阵风吹过。风大了起来。

　　顿时，我感到一阵寒意，不禁打了个寒战。

　　"你郎，是不是冷呀？"她又开口说话了。

"是有一点，也只是一点点。"

"我这里有一件棉衣。很干净的。你郎接好。"不等话音落，她就甩过来了。

我连忙披上，顿时一股暖流流过全身。

"那你呢?"

"我不冷。你郎没看见，我正在用力气荡桨呢。"

她说得也是。

"你郎干脆穿上。"

一眼穿心。好一个善解人意的姑娘。

我连忙穿上，就像一个士兵服从命令一样。

不大不小，刚刚合身。用手一摸还是新的。

"这是你爸的吗?"

"他的块头没有这么大。"

"借的?"

"这火急火燎的，一时到哪里借? 借的还是新的?"

"不要问了，这是专门给你郎做的。"

"为我! 谁做的?"

"谁做的? 我也不知道。"她莞尔一笑，留下一个谜。

"大队怎么将你派来送我?"我联想到这个问题。

"这个么，这个……"她支支吾吾。

"怎么，你连这个也保密?"

"谁说的。告诉你郎吧! 是我自个儿要求的。"她见我瞅着她，又补充道: "我是说，是我主动要求送你郎几个人。"

我笑了笑。只有我一个人回去，这是老支书早就知道了的事情，未必你就没有打听。

好一个乖巧、含蓄的姑娘。

"哥。清水堡到了。"也许是为了打破难堪，她说道。

清水堡！

这个有点神秘的地方。

还在我下放的时候，就听说过它。

史书记载，洪湖自西周之前就开始有了人烟。

不知过了多少年，一天夜间，整个县城都沉到了水底，变成了一个水乡泽国，这就是洪湖。沉下去的那个县城，叫作文泉。

不知又过了多少年，洪湖又开始有了人烟。

据说，那些被水淹没的冤魂，在毛毛月的时候，常常出没于洪湖之上。甚至，还有人看见过这个地下水城。

说是一对父子，一天夜里，将船停泊于一个热闹非凡的码头上，那里人山人海，男男女女，还有一个大衙门。门前衙役持刀守卫，好不森严。不久，他们就睡着了。等到他们醒来，已是大天亮。然而，眼前只是一片白茫茫的水域，哪有什么县城和码头。后来，人们告诉他们，那里就是古文泉县城的东门。他们夜里碰到的是一条阴街。

想到这些，我不禁毛骨悚然。

"文华哥，快来，快来！"新月忽然叫了起来，听起来怪可怕的。

我猫着步，到了她跟前。只见她颤颤巍巍的，身上像筛糠一样。

"我怕。我怕。"她边说边往我怀里乱钻。

缕缕少女特有的清香，扑鼻而来。

我在内心深处，不禁喷发出一个强音："新月长大了！"

我有点把持不住了,忍了又忍。

最后,我还是轻轻地亲了她一下,亲了她如墨的秀发。

不知过了多长时间。

我们继续赶路。

在路上,她还告诉我,她就要嫁人,嫁到山里面去。这样做,只是为了孙东方。她说,东方聪明,只是机会不好,还没有走出麦城。她自称是东方的女朋友,仅仅是为了让东方的母亲心安理得,接受她的服侍。她根本不配做东方的女朋友。她出身不好,养父是个右派,她怕拖累东方。东方是一个有出息的男人。她这一辈子定然是考不上大学的,也就难以走出农村。现在,人们都在嫌弃她,都以为她是个破鞋。她说到这里,哭了,而且哭得很伤心。再说,她早已有了心上人。她也不爱东方。

我问,既然是这样,怎么不和心爱的人在一起呢?

过了许久,她才说,这个人,在很远很远的地方,她永远走不到他的跟前。

"怎么会呢?如今都什么时代了,交通这么发达。"我傻乎乎地说。

又是一阵长时间的沉默。她看了看我,轻声说道:"那个人,也许还不知情呢。"

"他不知,你可以告诉他嘛!"

"还是不说穿的好。算了。"她的眼睛望着天上的一轮圆月。

她还告诉我,她知道我去过她家。她一回来就听说了,邻居把礼物送到她家,她的父母都高兴得哭了,说我没有忘记他们,没有忘记他们这个右派家庭。

大约半夜时分,船靠了岸。我要她住在派出所的招待室。她不肯。她说到她女同学家将就一下。我要送她，她也不肯。分手道别时，我对她说，一定不要自暴自弃，要看远一点，咱们国家的政治形势只会朝着开明、清明的方向发展，再说，还有我这个哥呢。我对她说，自己的幸福就在自己的手中，切莫把自己的一生交给一个不爱的人，要她勇敢地去追求她心目中的爱人。我说了这些，她没吭一声，末了，竟一扭头跑了。

那一夜，新月的美丽形象，总在我脑海里打转。日后，我要找女友，就要找像新月这样美丽、苗条、善良、贤惠、聪明、乖巧、文静、多情、含蓄的女孩子。

我心里一直这样叨念着。

第二天一大早，我就赶往地区公安处开会去了。

后来，我听派出所的同志讲，我们的那次登门道歉，也未能使得孙东方和新月的处境有大的改观。

不久，听说她出嫁了，出嫁时哭得很伤心，对她的养母一个劲地说，她这一辈子，就只爱一个人。我听到后，也为她伤心落过泪。

两年后，她又回来了，说是那个山里人也嫌她是个不干净的女人。

可怜，她的养父，还没有等到平反昭雪的那一天，就告别了这个世界。她的养母，一年后也跟着去了。

时间一长，我就把一些事情给淡忘了。只是逢年过节，委托派出所的同志，给她捎去一些钱物，给她治病、生活用。从此，我再也没有见过她。

想不到的是，只有四十出头的她，竟然死了。

为此，我无比地悲痛。

"怕是来不赢了。"

"怕是来不赢了。"

我反复咀嚼着这一句我曾经没听明白的话语。

她的声音，又轻轻地响在了我的耳边。

她的信是这样写的——

文华哥：

你好！

这是我给你写的第一封信，也是最后一封信。当你收到这封信的时候，我已经不在这个世上了。

然而，在我行将离开这个世界的时候，我要了却一个夙愿。我要告诉你，埋藏在我心里多年的一个秘密。

你还记得吗？记得那个月亮圆圆的夜晚吗？

你还记得吗？我曾跟你说过，我早已有了一个心上人。

你也许还听说过，在我出嫁时，我哭得很伤心。

你知道，这个人是谁吗？

我又是为谁哭泣呢？

现在，我就告诉你：这个人就是你，我就是为了你才哭得那样伤心。

你也许不会知道，你也许知道了也不会放在心上。然而，即使是这样的，我对你也无怨无悔。谁叫我那时还是一只丑小鸭呢？谁叫我是一个右派的养女呢？谁叫我背负着一个农村户口呢？其实，自从我第一次见到你，我便深深地爱上了你。你长得那样英武，浑身充满着一种男子汉的阳刚之气。你又那么有学问。我父亲告诉我，你第一次到我家，他就认定你日后一定会有大出息。后来，他又告诉我，他没有看走眼，事实证明，你是你们知青点三十多个知青中，最有才华、最聪慧的一个。我自小虽然落户于一个贫困的家庭，也缺少亲生父母的爱，然而，我却得到了一般孩子所没有的东西，这就是知识、品德和文化氛围的浸润，这就是我那个有文化、有思想的右派父亲的疼爱，这就是孙东方的母亲和一些好心人献出的无私的爱，一种博大精深的爱。

现在，我终于可以叫你亲爱的了。

亲爱的，你是否还记得那个发生在我和你之间的故事呢？

而我，对那夜的一切，都记得清清楚楚，至死不能忘怀，我要带着它们到另一个世界去，永远温暖我的心，我的情，我的爱！

你是否知道，那天当我听说你回到村里来了，但马上就要离开，并且就你一个人连夜要回县城去，我是多么激动，多么遗憾，又多么高兴啊！我拿定了主意。我一定要抓住这个机会。我一定要送送你。送我亲爱的文华哥，你。我顾不得吃饭，就跑到房里，坐在一面破镜前，收拾打扮起来，穿上最好的衣，穿上最漂亮的鞋。我向老支书主动请缨，自告奋勇地要送你回县城。在我的一再请求下，老支书答应了我。为此，我要永远感激他。

你还记得吗？我为了好好地看看你，我变着法子，把你"要"到了我的跟前，与我面对着面。

你还记得吗？为了再次得到你的温暖，我又故意提起清水堡这个吓人的地方，而且，又假装害怕，把你再次"要"到了我的身边。

你还记得吗？记得那件新棉袄吗？

你知道，它出自谁之手吗？

你当时问我，我没有告诉你。

现在，我可以告诉你，这个缝衣人，就是我，就是日夜思念、苦苦暗恋着你的我，你的小妹。

你知道吗？它把我对你的思念，对你的深情，都一针一线地缝进去了。

你又是否想知道，那件棉袄为啥那么合身吗？

这，我也告诉你吧！

那是因为，我心中始终有你。我是你生活的有心人。那是，我在报上看见你的照片，推算出来的。

我还要告诉你。那天夜里，那个月色美丽的夜晚，在那诗意盎然的湖上，我真想把我对你的爱，对你的渴望，亲口明白地告诉你，让你知道，知道我的爱，我的情。然而，少女的羞涩和矜持阻止了我。当然，比这更重要的是，我怕你为难，我怕牵连你，害了你。因为，我非常清楚我的身份和在这个世界上的地位。尽管，我很爱你，爱得发疯。正是因为上面的这些原因，这些磕磕绊绊，那一夜，我才未能说出来，未能说出我对你的向往。为此，我不知后悔过多少次，又不知流过多少泪。

你知道吗？

我是多么地渴望，你将我这弯弯新月，永远地挂在你灵魂的门帘之上啊！

我是多么地希望，让那双桨变成一对美丽的翅膀，把你和我送到那月亮之上啊！

我又是多么地期盼，那小小的船儿，成为一只飞船，载着我和你，飞向那传说中的相爱的人儿居住的地方啊！

好了。其他的细节，我就不说了。我也没有力气再写下去了。

现在，我终于轻松了。因为，我爱过你，而且终于让你知道了。而且，我和你曾经拥有一个十五的月亮，拥有一个只有我和你的月夜，拥有一个只属于我和你的美丽的充满诗意的洪湖月。

亲爱的文华哥。尽管在我的生命里有许多遗憾，然而生活又给了我许多许多。我从孙东方的母亲和我父亲那里学到了善良，我又从我父亲不幸的遭遇中，领悟到了孙东方无辜的痛楚。正是因为有了这些，我才能在他人最需要的时候，不顾一切地挺身而出，来誓死捍卫这个社会最需要的东西，这就是正直、公道和爱心、良知。尽管，我为此付出了很多很多，但我无怨无悔。这也许就是我来到这个世界的全部意义和价值。为此，我无比幸福，欣慰万分。因此，我去得很从容。我又是带着对你的深深的爱去的。所以，去得很安详。

十分感谢，感谢你对我的帮助和支持。然而，你给的钱，这些年来，我一分也舍不得用。因为，我把它们

171

视为你对我的感情。感情又怎能花销呢？因为，我视它们为政府弥补给一个无辜少女的慰藉，而精神的东西又怎么能用掉呢？

我现在，把它们一一还给你。我还要把当年准备献给你的荷包，这爱情的信物，一并送给你，留作一个微小且尊重的纪念，留作你我两人青春的纪念。

我的字写得不好，信也写得东一下，西一下，没有头绪，也没有层次。这是因为，我的心情太激动了，手也抖动得很厉害。请你原谅。原谅你的小妹，我。新月！

好了，我现在终于可以瞑目了。

新月的声音回响在我的耳边，悔恨的泪水打湿了我厚厚的衣襟，结成一层硬硬的白色的冰花。我真后悔，当初，我怎么那样粗心？然而，这又怎么能是仅仅用"粗心"这两个字就说得过去的呢？她的死，我就一点责任都没有吗？假如，她当初，在那个圆月之夜，在那个多情的月夜，大胆地向我吐露心声，我能毫不犹豫地接纳她吗？我难道，就会不在乎不在意那些可畏的风言风语而超凡脱俗吗？我难道，不会考虑我和她之间存在的差距乃至鸿沟吗？我难道，就不怕尘世间的指指点点吗？我难道，不怕她那个右派父亲会妨碍我的政治前途吗？

于是，我陷于反省和反思之中，对自己也对那个时代，对我们亲爱的祖国。

不知从什么时候开始，苍天又舞起了雪花。我不禁抬头一望，那弯晶莹妩媚的新月早已不知去向，无影无踪了。

突然间，我意识到，这纷纷扬扬的漫天大雪，不正是为死者慷慨抛洒的纸钱吗？这白皑皑的天和地，不正是上苍对一颗美丽而善良的灵魂，最隆重、最好、最合适的祭奠和安抚吗？

（王伟，笔名韦金石、欧阳立春。中国法学会会员、中国社会主义文艺学会法治文艺专业委员会特约作家。著有长篇小说《国运》《中院女院长》《县委书记李金玉》《中国的脊梁》《春花正开》《红袖添香》等12部，创作电影文学剧本《大考》《炼狱》，36集电视连续剧文学剧本《华夏热土》等。出版有法学随笔《法官的思维与智慧》。短篇小说《月色》与诗歌《法官之歌》分获第二、第三届中国法制文学原创作品大赛二、三等奖。短篇小说《新月》入选2023年"新时代中国法治文学精选"丛书。长篇散文《水乡秀色》入选中国散文学会选编的《中国散文大系·旅游卷》。）

雾 霾

任继兵

一

天气阴沉沉的。好几天了，缓不过劲来。天空雾蒙蒙的，还夹杂着别的什么，让人很不舒服。如果吸一口，感觉怪怪的，若戴上口罩，一定会被人说你有什么毛病，可有事出门，不戴口罩，呼吸真的会稍微有些艰难。连北方的老人们都说不出来这种天气叫什么，有着怎样的学名。反正大冬天的，这种天气来过好几次了，诡异得让人难以琢磨。

单强有过敏性鼻炎，遇到这种天气，出门前总会下意识地提前往鼻孔里各喷两下国内药厂生产的曲安奈德。她说，那样会好受些。

今天，鬼天气又来了。她隔着玻璃，望了望窗外，又习惯地拿起了曲安奈德。她的过敏体质是母亲遗传的。又一次与鼻喷雾剂的触碰，让她想起了刚刚发生的一起杀人案。

二

12 月 21 日，天气也是这样阴沉，雾蒙蒙的，里面夹杂着什么。中午，北城东斜街 48 号，向淑兰走进自家院子，习惯性地推开北屋的房门，见丈夫还在炕上躺着。墙上的挂钟响了十二下。她走近了些："该起了，老头子。"见没有动静，她又喊了一声："老头子，太阳照屁股了。"声音大了许多，丈夫却依然没有反应。向淑兰快步走到炕前，推了推丈夫，见他还是没有任何动静，赶忙上前掀开蒙在丈夫头上的被子，却见他脸上有血，炕沿上也有。她吓得大叫一声："老头子，谁……"她边喊边倒退几步，惊慌地向七宝台派出所跑去……

12 点 20 多，北城公安分局主管刑侦工作的副局长王长顺，刑警队队长单强带上技术组及侦查员在七宝台派出所民警小张的指引下，赶到现场。

死者周宝栓，是北城农工商公司总经理，他头东脚西仰面躺在炕上，头颅多处有明显的钝器伤，脖子上有明显的掐痕。死者嘴角有呕吐物，衣物上也有。炕北边的窗户关着，但没有上插销。炉子的风门是开着的，烟囱畅通。分析死者是在熟睡时被人所害。技术组老刘在现场提取了两枚螺形花纹足迹，又在炕东侧的木柜上提取了多枚指纹；在院内，除提取螺形花纹足迹外，还提取了另外五种足迹。

经被害人之妻向淑兰初步清点，屋内炕东侧木柜里的 18000 多元现金不翼而飞，那是家里准备给闺女买钢琴的。因为对丈夫的经济状况不太了解，还丢了什么，她说不清楚。从现场勘验的情况初步断定,这是一起典型的入室抢劫杀人案。

三

案件成立了由王长顺副局长挂帅,刑警队单强队长任组长,齐放副队长为副组长的专案组。侦破工作由此展开。

单强带领女侦查员小琴亲自找到被害人的妻子向淑兰询问情况。向淑兰似乎还没有从悲痛中解脱出来,她的神情不是很稳定,但经过单强的不断劝说,开始稳定了些。"您抽烟吗?"单强在向淑兰身上闻到些烟味。"以前抽,现在早就不抽了。""他抽吗?"单强说的他是指周宝栓。"他抽。""您说说那天的情况。"单强的语气很温和。向淑兰的情绪显然也好多了。"我上班后回了两次家,头一趟回家添火,大约 10 点多钟,没有发现他有什么异常。第二趟回家就发现老头子被杀了。""你几点走的?"单强问道。"差不多 8 点半吧。"单强沉思了一下,自言自语:"8 点半到 12 点,将近四个钟头。""单队,是作案时间吗?"小琴低声发问。"应该是。根据向淑兰的描述,案发时间应该在 8 点半至 12 点之间。"

接着,单强带领小琴又找到被害人的女儿周芳,一是让她再清点一下家中还少了什么财物;二是通过周芳进一步了解其他有关情况。周芳在父亲被害后,情绪也不稳定,但经过单强的开导,渐渐恢复了正常。开始,在清点家中财物后,她也说不大清还丢了什么。但想起父亲好像提到过喜欢收藏,她隐约记得父亲有一本"文化大革命"时的老邮票,好像不见了。谈到其他可疑情况时,她向单强提供了一个比较重要的线索:出事那天,她 7 点多

去上学，因为肚子疼，学校卫生室没有治拉肚子的整肠生，大概
9点多，她回家在院子里解手，听见父亲屋门响了一声，出来一
看是同村的周二喜。她问他有什么事，他说想找周叔借本书，见
周叔睡觉，没进屋便走了。之后，周芳下意识地到父亲屋里，见
父亲确实还在睡觉就骑车又上学去了。"你再想想，还有没有什么
不对劲的地方？"单强用心引导着周芳的回忆。"对了，出事的前
一天，我上学晚，周二喜也到我家来过一次，当时我问过他，他
好像也说想找我父亲借书。当时我并没在意。警察同志，姓周的
不会就是……"周芳咬牙切齿地说。"没有证据，别那么猜测。
不过，你和我们说的，暂时先别告诉你母亲，更不要对别人说，
好吗？"单强对周芳认真叮嘱着。周芳点了点头。

四

初步走访后，单强把齐放和有关侦查员集中在一起，对案情
进行分析。

"大齐，你先引个路。"单强开始点将。齐放把手中的笔记本
放下，谈了自己的看法。"从走访的情况看，周二喜有杀人的重大
嫌疑。应该查找他有无作案时间。另外，看他是否穿过螺形花纹
的鞋子。""老刘，您也谈谈对现场的看法。"单强语气沉稳地朝
老刘看了一眼。老刘吸了一口"红梅牌"香烟，弹去烟灰，不紧
不慢地分析起来。"要说周二喜的嫌疑确实比较大，但我觉得应尽
快找到那把作案用的工具，比对一下上面的指纹，看与木柜上的
指纹是否一致。""小琴，你有什么看法？"单强想多听听大家的
意见。"我还没想好，同意齐组长和老刘对周二喜的怀疑。"

单强点了点头，喝了一口早已泡好的红茶。"你们注意没有，死者脖子上的掐痕，嘴角上的呕吐物，还有窗户没有插上插销，另外地上有一个只抽了几口的烟屁。这些都要进一步做调查。"接着单强提了五点意见：一是继续调查周二喜与周宝栓的关系，找居委会了解，看他有无穿过螺形花纹的鞋子；二是查查他的现实表现；三是尽快查找作案工具；四是在邮市和邮局附近了解"文化大革命"邮票的行情，注意发现与丢失"文化大革命"邮票有关的可疑情况；五是深入了解死者的社会关系和可能的仇人。"对了，大齐，你再带人查查周二喜的作案时间和关系人，特别是关系人。我总觉得，那天和前一天他的出现，没那么简单，若真是他作案，也太明显了吧。另外，对向淑兰和周芳的调查，也要有个说法，不要轻易放过。"单强提醒着，生怕漏过任何一种可能及可疑的情况。

"明白了，单队。"齐放的态度很坚决，回应着自己的上司。然而他并不清楚单队有一个鲜为人知的秘密。

五

单强有一个生理毛病，不愿告诉任何人。每逢她来例假，总有一两天会肚子疼得厉害。一次，她正看着父亲和爷爷下象棋，肚子又剧烈疼痛起来。当时她看到父亲旁边摆了一个斟着白酒的小酒杯，就不管三七二十一，端起酒杯一饮而尽，奇迹发生了，肚子居然一点不疼了。这个秘密她没有告诉过任何人。直到上了公安大学后，她才告诉母亲。母亲很奇怪，找到熟悉的医生询问，医生说这种现象有时科学也无法解释。后来，她长了个心眼，怕别人看出来，每次快到"特殊时期"时，就把父亲和爷爷爱喝的白酒装在止咳糖浆的空药瓶里，只要来例假肚子疼，就喝两口，立马见效。她怕别人闻出酒味，又找了一个小空药瓶把口香糖装进去。两口酒，一个口香糖，无人发现其中的奥秘。这两个小瓶到特定时期她一般都装在裤兜里。这也是单强夏天从不穿裙子的原因。

单强和齐放是公安大学的同学，大学快毕业的一天晚上，两人互赠了礼物。单强送给齐放一支蓝色的派克钢笔。齐放则送给单强一把金色的"国光牌"口琴。

六

齐放一直珍藏着那支单强送他的蓝色派克钢笔。此时，他小心地把钢笔插到笔记本里，带领其他侦查员迅速对"12·21"入室抢劫杀人案展开了调查。

周宝栓家的围墙外，人们议论纷纷："周总人多好啊，这一定是谋财害命。"邻居张婶说。"可不是嘛，周总心眼儿特好，谁家里有事求他，他一准就会帮你。那年，我孙子摔伤，是周总用他的车送我孙子去的医院，还给司机 2000 元，为我孙子垫付医药费。"村南的王大爷边说边哽咽起来。"去年，我们家二小子和人打架，本来要进局子，找了周总，后来，他给派出所王所长打了一个电话，赔了些钱，二小子从派出所放出来，别提多感谢他周叔了。这不，二小子一直就没再惹事。"老平房的三大妈说完，也抹起了眼泪。

周宝栓的确算得上一个好人。他当农工商公司总经理，是大伙一票一票选上的。上任后,他不仅给 60 岁以上的老人每月补500 元医药费,还让本村 7 岁以下儿童免费看病。此外,几种大病和意外伤害还可以到农工商公司报销一半的费用。周总没有豪车,只有一辆白色索纳塔。他也没豪宅,一直住在村内的老院子里。要说给周总戴上清正廉洁的帽子,乡亲们都举双手赞成。然而,去年 59 岁的他,不知为什么,变得有些让人琢磨不透。不仅中午有人看到他通红的脸庞开始放光,就连新开的歌厅也能看到他的身影。周总好像变了,他的行迹好像与"神出鬼没"四个字越来越近;而周总的口碑也从全覆盖的好到渐渐出现大多数人竖大拇指,而少数知情人则指桑骂槐,甚至说三道四的新情况。总之,周总有些让人琢磨不透了。周总的侄子周二喜,打小就淘气,上了中专后,周总没少敲打他。不知他这个侄子从哪儿染上了赌博的恶习,中专还没毕业,就欠了一屁股债。他父母去世得早,都是周总可怜他、接济他。要不是周总为周二喜前护后挡,周二喜还不知要进多少回局子呢。

七

初步查明,周二喜确实与被害人熟悉,他是周宝栓的远房亲戚,也住在本街,在北城中专上学。齐放还通过街道治保积极分子的指引,在周二喜家的厕所旁意外地发现同现场院子里其中一种相似的足迹,但不是螺形花纹的足迹。案发当天上午,周二喜没有上学。结合对死者女儿周芳的访问,专案组初步分析:周二喜有重大作案嫌疑。12 月 25 日下午,周二喜被传唤到七宝台派出所。然而,对于侦查员的提问,周二喜似乎并不感到紧张,在问到案发当天上午他的去向时，他很自然地向刑警说，上午去过周宝栓家，前一天也去过，两家是远房亲戚。他理直气壮地表示："找自己的堂叔借书不犯罪吧？"他还说，从周家走后便回自己家了，后来去找小伙伴狗蛋吃午饭，再后来就到学校去了。经找狗蛋核实情况，确有其事，证实周二喜没有说谎。经进一步开展工作，没有查出周二喜有类似现场螺形花纹足迹的鞋。另外，调查了周二喜的行动轨迹，除了周芳提供的情况，找不到周二喜在8点半到12点有作案时间的证据。如果没有确凿的证据，周二喜杀人的事实就无法成立。难道不是周二喜作案？难道就这样把周二喜排除了吗？他果真没有杀人吗？技术组老刘告诉单强，周二喜的指纹和木箱上的指纹不一致。周二喜被专案组放了。

八

破案工作陷入了僵局。然而，单强并没有气馁，作为一队之长，工作陷入僵局是再正常不过的事了。问题是怎样调动大家的积极性，在僵局中找出新的突破口，发现新的可疑点，寻求新的侦查方向，把侦破工作做得更细，为最终破案铺平道路。于是，单强召集大家坐下来重新仔细地再一次展开研究，对案发时间和主要情节进行了现场演绎：

被害人妻子向淑兰头一次回家添火，按一般人的心理应该是轻手轻脚推门，以防惊醒丈夫；添火时是背朝死者，且添完火就走，不大可能去留意丈夫的变化。

那天上午，周芳因病回家，解完手看见周二喜站在父亲的房门处，就自己进屋，只是远远看见父亲躺在床上，并不知道父亲是否真的在睡觉。

木箱的指纹不是周二喜的，当然也排除了向淑兰和周芳的指纹，那会是谁的呢?

"周二喜可能有同伙。"单强忽然提醒了一句，大家恍然大悟。"这小子真贼。"齐放说。"10 点多向淑兰第一次回家添火，发现丈夫在睡觉。而周芳第二次离开家是 9 点多。之前，她回父亲房间也发现父亲在睡觉。那么，向淑兰和周芳都是下意识地以为周宝栓在睡觉。而周二喜也说，书没借到是因为堂叔在睡觉。换句话说，在这之前，作案人已经完成杀人的可能性是否存在?"单强的分析，一下点醒了大家。"单队，完全有这种可能。"齐放的话斩钉截铁。"看来，我们还要再请一下这个周二喜。"单强幽默地说。接着，单强立即请示了王长顺副局长，对周二喜实施第二次传唤。

12 月 27 日深夜，单强连夜召开了刑警队紧急会议，部署有分量且极为重要的对周二喜实施第二次传唤工作。之所以说极为重要，关键是绝不能让周二喜跑掉。

"大齐怎么没来?"单强用犀利的目光扫视着队里的每一个人，忽然发现没有齐放的身影。"听说他媳妇病了，可能在医院呢。"小琴边放下手里的笔，边抬起头回答。"小琴，你赶快给大齐打个电话，就问他在哪个医院，其他甭多说啊。"单强用命令的口气说。"得嘞，我马上打。"小琴拿起桌上的手机，快速拨打着齐放的号码。

九

　　单强赶到北城医院，给齐放的爱人放下 800 元现金。"嫂子，这钱您给护士，让她们带您看病，大齐要马上跟我回队，抓一名杀人嫌疑犯。""噢，工作，工作重要，去吧，大齐。单队，我有钱，您把这个拿走。"齐放的爱人靠在急诊室的座椅上吃力地说道。一旁的护士见状，忙把那 800 元钱往单强手里塞。"是这样啊，齐同志，走吧，您爱人，我们负责。"齐放拿起自己的黑色公文包，只对爱人说了"我走了"三个字，便匆匆离开了医院。

　　路上，齐放说有要事向单强汇报。原来，齐放回姐姐家借钱时，外甥得意地冲他一笑："大舅，您不是说过，'毛林坐'特值钱吗？您睃一眼，杆儿杆儿新。"外甥边说边递给齐放一张崭新的毛主席和林彪侧身相坐的"文化大革命"邮票。"哪儿来的？"齐放警觉起来。"大舅，您放心，我从二黑那儿淘来的。"齐放告诉单强"二黑"就是周二喜。单强无比激动，却控制住情绪，只说了声："谢谢啦，大齐。队里离不开你，抱歉我把你叫回来。""我正要给你打电话，想说把这儿安排一下就马上回队，结果你直接到了医院。"齐放低声解释着。"别说了，大齐。案子破了，我放你三天假。"不知为什么，看着眼前疲惫的齐放，单强竟有些心酸起来。

十

周二喜第二次被传唤到七宝台派出所。

"周二喜，知道为什么又找你吗？"单强死死盯着眼前这个瘦高个儿，语气强硬。"不就是堂叔的事吗？真的不是我杀的。"周二喜一口咬定，神情自若。单强冷笑一声，"周二喜，你也太自信了吧，你以为，你不说，人家也不说吗？""人家！"周二喜猛然被这两个字刺痛了，他反复回味着女警察那句话，恨不得把"人家"两个字嚼碎。奶奶的，难道狗蛋也栽了？难道堂叔还活着？狗蛋这小子别是真他妈没砸在要害上。他闭上眼睛，回想起当时的情形。对呀！时间太紧，也太短了。想到这儿，他的额头不觉渗出几滴冷汗。"说吧，老实交代，还有从宽的机会。"单强见时机成熟，又添了一把柴。这回周二喜扛不住了，他终于低下了头。"我说，我全说还不行吗？"

十一

周二喜脑子并不笨，能考上中专，虽算不上高材生，也称得上中材生吧。虽然他学会了赌博，又欠了一屁股债，可堂叔一直在帮助和教导他。他本应感激堂叔，却不知悔改，越赌越大，债台高筑。他想再次找堂叔借钱，又怕堂叔不答应。周二喜最终把借钱的念头打消了，想出了另一条毒计。他找到小伙伴狗蛋商量，假装去堂叔家借钱，然后，找机会……

那几天，周二喜曾两次到堂叔家踩道，基本摸清了堂婶和堂妹的上班及上学时间，初步掌握了堂叔晚上爱打牌，白天上午睡觉的规律。那天，他让狗蛋埋伏在堂叔家南墙外，自己再最后踩一回道。没想到与回家上厕所的周芳相遇，他冷静地骗过周芳，出了院门，见周芳骑车走远，赶快打了匪哨，和狗蛋进入院内。周二喜在门口放哨，由狗蛋进入屋内，从衣服里拿出事先准备好的铁榔头，朝躺在炕上的周宝栓连砸十几下，才将大衣蒙在他的头上，然后从屋内的箱子里抢走 18000 多元钱和一本"文化大革命"老邮票。作案后，狗蛋将铁榔头扔到周家厕所里。而后周二喜回学校，狗蛋回家。两人商定中午 12 点在 8 路公交马南汽车站相会，并在一个小酒馆里订立了攻守同盟。

根据周二喜的交代，侦查员在周家厕所找到了作案用的铁榔头，并发现了一个防毒面具；在周二喜家起获了除"毛林坐"邮票外的"文化大革命"老邮票及一万多元现金。与此同时，将狗蛋抓获归案。狗蛋也姓周，他交代了与周二喜合伙杀害周宝栓的犯罪事实。经辨认，铁榔头系狗蛋杀人用的作案工具。但防毒面具与狗蛋和周二喜无关。在狗蛋家，侦查员找到了那双螺形花纹足迹运动鞋，与现场提取的痕迹完全一致。单强又盯了一下狗蛋的作案细节，狗蛋供认：他是用事先准备好的铁榔头连砸周宝栓十余下后，抢走了柜子里的钱和邮票。

十二

"大齐，你先着手写破案报告吧。"单强在自己的办公室若有所思地对齐放说。齐放听出单强的话里有弦外之音，马上问道：

"为什么要先着手?""你不觉得案中还有疑点吗?"单强说。"怎么讲?"齐放追问。"死者脖子上的掐痕是谁干的?死者的呕吐物是怎么造成的?还有化粪池里捞出的那个防毒面具与案件有什么关系?"单强一连扔给齐放三个问号,让齐放对"先着手"有了某种提示般的理解。"雾霾,这鬼天气!"单强在"雾霾"二字上加重了语气。

"丁零零!"电话铃响了,单强拿起了电话。"王局,是我,好,我马上过去。"单强放下电话,又对齐放叮嘱了一句:"先写着,但要注意对向淑兰和周芳行迹的观察。""对她们的行迹?"齐放神情惊疑。"再派人到消防器材门市查一下,近一段有谁买过防毒面具。"虽然周二喜和狗蛋两名犯罪嫌疑人被抓获了,但单强并没有放齐放的假,而且给他又加了码。

十三

因为一起敏感案件,按照王副局长的指示,单强带队去了东宁市。几天前,北城公安分局治安大队民警在西河村东侧巡逻时,发现了四名盗窃财物的男青年,其中三人被抓获,一人潜逃。

经对抓获的三人审讯发现,这是一个由四人组成的盗窃团伙,这个团伙三个月内就在北城盗窃作案十余起,所盗物品价值六十余万元。在逃者是这个团伙的重要案犯,叫杨铁。经过一个多月的调查和追捕,均未发现杨铁的踪影,分析其极有可能已逃窜到原籍东宁市。治安大队立即派人赴东宁缉拿杨铁。正在这时,分局预审科提供了一条补充线索,参与这个团伙销赃的还有一名案犯,叫夏海,也是东宁人,他年龄不大,系在校学生,抓捕杨铁时应密切监视夏海的动向。由于嫌疑人年龄敏感，王副局长把抓捕任务交给了单强。

当晚，单强拨通了家里的电话，"妈，这星期我还是回不去，对，有案子，您真行，也成我们刑警了。可不是嘛，您和爸都是老警察了。知道，您放心吧。妈，代我向爷爷奶奶问好啊。您和爸多保重，挂了啊!"单强已经三个星期没回家了。没办法，三个单元加一个拐弯是刑警的"家常饭"。

单强带领三名侦查员乘火车赶赴东宁。到达东宁市后，一行人受到市公安局刑警支队的热情接待。当天，支队派二大队经验丰富的侦查员老王配合天海市北城公安分局的刑警执行抓捕逃犯的重任。得知销赃者还在第二中学上学，单强用委婉而商量的语气说道："老王，还是由您出面比较稳妥。""放心吧，你们人生地不熟，会打草惊蛇的。"老王操着东宁口音笑着说。

第二天上午，老王出面从学校顺利地将夏海口头传唤到大队。听说是北城来的警察，这名聪慧的中学生一下子全明白了。他如实交代：在天海市北城那个商场实施盗窃前，他负责踩道和案后销赃。审查中，夏海无意中谈到了杨铁的情况，并说曾有两名北城的女学生找过他。

这是一个新情况。单强立刻警觉起来。这两名女学生又是什么人呢？她们在这起案子中扮演的会是什么角色呢？单强的大脑像计算机一样飞快运转着。"还是麻烦你们出面吧。"单强分析了情况，仔细进行了部署，由东宁方面的侦查员冒充夏海的表哥，请这些北城的小朋友做客。吃饭的时候，单强意外发现，除了两名北城的女学生，还有一名男生和另一名女生，也就是说，与夏海在一起的共有北城来的四名中学生，一男三女。在交谈中还发现，这四名北城的中学生都与杨铁认识。据他们透露，杨铁是他们在望津结识的好朋友。杨铁像大哥哥一样照顾他们，是四名中学生心目中的"大好人"。

单强明白了，她推断，这四名中学生并不是杨铁和夏海的同案犯。单强从这四名中学生的口中又了解了一个至关重要的线索：那就是杨铁可能藏身的地方。这正是单强带领三名侦查员来东宁的真正目的。一天深夜，在当地派出所民警的密切配合下，在一个偏僻的农家小院将毫无戒备的杨铁顺利抓获。

单强与东宁市公安局刑警支队二大队侦查员一起，对杨铁和夏海进行了突击审查，两名嫌疑人没有抵抗，各自交代了在天海市北城作案十余起的犯罪事实。之后，单强又趁热打铁，进行政策感召。"再想一想，我们大老远到东宁，不光只是为抓你俩吧？"单强犀利的目光紧紧盯着杨铁，每一个字都如同重锤敲打着他的内心。杨铁崩溃了。"我说，我全说。"接着，杨铁交代了一起令大家都异常惊讶的预谋大案。

十四

杨铁自从在天海市北城作案后，便潜逃回东宁，与夏海牵上了线。路上，他意外地与北城一男三女四名中学生结识，心中已有了几分盘算。夏海在东宁的一个绰号叫"老黑"的朋友曾向他透露："那几个小妞，一万块钱准能卖出去。"夏海不知哪儿来的怜悯之心，劝说老黑："这事不太合适吧。"借故巧妙推辞。老黑却不死心，又找到杨铁。此时杨铁正发愁手里没有钱花，便对老黑的话满口答应。

双方商定了会面地点，一手交钱，一手交三名女学生。老黑和杨铁定的约会时间恰好是单强带领三名侦查员到东宁的那一天。不难想象，若不及时抓获杨铁将意味着什么！遗憾的是，此时，那个东宁的老黑早已闻声潜逃。

现在，单强手里不仅有杨铁和夏海两名嫌疑人，还有岌岌可危的四个孩子。起初，这几个孩子还不向警察们说实话，一口咬定家里都知道他们外出。至于为什么到东宁？孩子们都谎称，是为了临时打工挣点零花钱，过一段时间保准回家。单强当然不相信这些鬼话。所以，单强没有马上放他们走。实际上，这几个孩子早已身无分文，就连从北城带的录音机和手表也都变卖成钱统统花掉了。单强一边询问孩子们离开北城的真实原因，一边无微不至地照顾他们。终于，几个孩子抹着眼泪不情愿地说了出走北城的真实原因：原来他们都是因为学习不好，凑在一起离家出走的。

四个孩子中有两个还拿了家里的 1000 多元钱。为了躲避家长的找寻，他们先坐长途客车从北城到望津，又从望津坐火车准备直奔宽州。这才在火车上认识了四处逃窜的杨铁，并跟着他来到了东宁。杨铁请他们吃饭，帮他们找住处。所以，他们真心把杨铁看作了难遇的"好心大哥"。但他们哪里想得到，对方正憋着心思要把他们卖掉。

一天，单强通过讲故事，巧妙地把一个孩子家里的电话号码弄到了手。电波从东宁传到了北城。很快，北城几个孩子的家长都知道了他们的情况，那种惊喜和兴奋的表情难以言述。一位家长带着哭腔说："我都做好了为她收尸的准备。"那天，四名学生的家长风尘仆仆地从北城赶到东宁，找到了孩子们的住处，一个个都激动得流出了热泪。家长和孩子相互拥抱着哭成了泪人。那个男孩的家长泣不成声地对单强说："好人！你们真是好人。"单强的心里则有一种说不出的滋味。

庆幸的是，根据群众提供的线索，单强带领两名侦查员很快将老黑也抓获归案。巧的是，单强意外地从一名女学生口中获取了一条她做梦也没想到的与"12·21"入室抢劫杀人案有关的超级重要的线索。

十五

"最开始时，周芳也决定和我们一起出走来着。"那名女学生心不在焉地对单强说。"那是为什么？"单强好奇地发问。"嗨，心里郁闷呗。"女学生瞎分析。"周芳家里的事，你知道吗？"单强又问。"好像她爸被人杀了。"女学生不太肯定地回答。"是为这事，周芳不出走了吗？"单强继续追问。"可能吧，我也说不清楚。"女学生一头雾水。"谢谢你啦，小姑娘，咱们的谈话，先不要和别人说，包括你的父母，好吗？"单强语气和蔼地叮嘱着。"我不说，我和谁也不说，您放心吧。对了，谢谢阿姨啊。"女学生很有礼貌地和单强告别。

正当单强准备找周芳时，王局又让她接手了一起杀人案。单强不放心周芳，让齐放密切注意并设法保护好周芳。

十六

北城东北部的大流河引水渠，散发着淡淡的清凉。"哎，你看那是什么？"在河边散步的一男一女突然停住了脚步，男人用手指着河中间漂浮的一大块物体说。女人下意识地依靠在男人身上，"声音那么大干吗？吓死我了。"女人说。男人壮着胆子朝河边靠了靠，"天哪，赶快找警察，那是死尸！"两人害怕起来，向杏园派出所跑去。

单强带着刑警队的法医尚明、技术组的老王和两名侦查员风风火火地赶到出事地点，认真勘查起现场来。

裸露的女尸随着水流缓缓向东移动。侦查员们十分吃力地将已经开始腐烂的尸体打捞上来。从水流和尸体的腐烂程度看，女尸不像是就近掉在河里的，没有溺水身亡的迹象。单强提醒侦查员沿着河流的流向慢慢地向西寻找。50 米、100 米、200 米……当延伸到离打捞尸体处西侧 300 米的小桥时，老王发现了一片不清晰的摩擦痕迹和一小堆独特的沙粒，进而又发现了几处汽车轮胎的压痕，从花纹图案、轮胎大小推断，很像是"130"汽车轮胎留下的印记。两名侦查员从尸体的发现处又先后打捞出与尸体有关的部分遗物。现场勘查一直持续到傍晚 7 点多。

尚明验尸后发现女尸脖子和下颚处有不规则的勒痕，脖子中间和两侧有深度掐痕。可以肯定地得出结论，案犯是从被害人身后猛勒其下颚后又用力掐其脖子致被害人窒息死亡的，凶手杀人后又抛尸灭迹。显然，这是一起极其残忍、性质恶劣的凶杀案件。

十七

在王副局长的统一领导下，单强组织警力迅速开展了侦破工作。

当晚 10 时，杏园派出所民警查找尸源的工作首战告捷。位于柳林街地区的北城医院膳食科会计秦月走失多日，至今未归。秦月的体貌特征及衣着打扮与大流河引水渠的女尸基本吻合。经秦月的亲属对死者进行辨认，证实被害人正是北城医院膳食科会计秦月。一个小时后，负责现场周围走访的民警及侦查员报告：一名不愿透露姓名的群众反映，前天晚上 10 点多，他曾亲眼看见一辆 130 汽车停在那座小桥的边上，有一名中年男人奇怪地蹲在地上抽烟，路灯下能看见他在左顾右盼。

十八

杏园派出所会议室。

凌晨 2 点多，北城分局领导、刑警队领导及有关人员、派出所领导围坐在一起，进行案情碰头。

经查，死者秦月所在的膳食科不仅有一辆平时拉货用的 130 卡车，而且这辆车在案发的前晚 9 时被科长张广文独自一人从医院南门开出，之后张广文又于当晚 12 时从医院东门驾车驶回膳食科。张广文的体貌特征与那名不愿透露姓名的目击群众看到的那个抽烟男人十分相似。还有一条线索：据北城医院同事反映，死者秦月平素与科长张广文关系不错，但不知为什么，死者在出事前几天经常与张广文争吵，像是发生了什么矛盾。事不宜迟，单强带领两名侦查员迅速找到北城医院领导，取得了他们的支持。

十九

也许是老天帮忙，不，应该说，经办案人员细致查访，侦破工作有了新的进展。调查中得知，案发前秦月曾向领导揭发过科长张广文的经济问题。无独有偶，接着，院领导收到一封匿名恐吓信，信中反告秦月有经济问题，如果不解决定会发生杀人案件。当这封恐吓信摆到单强面前时，天已大亮，然而，参战的干警们在单强的带领下却没有一丝困意，因为攻坚的战斗马上就要开始了。

不料，单强那个生理周期又来骚扰她。乘人不备，她小心地从裤兜取出止咳药水的小瓶喝了两口，又嚼了一块口香糖，感觉立刻好了许多。这一切被心细的女侦查员小琴看到了。"单队，您没事吧？"小琴关心地问。"没什么事，千万不要声张，下次有大案还叫你参加。"单强担心小琴嘴快，泄露天机。小琴则早已心知肚明，她想，单队的举动这样小心神秘，不是女人那点儿事，还会是什么？她点点头，用右手做了一个 OK 的手势。

二十

大量的群众走访调查、现场勘验以及一件件大小线索，就像一颗颗珠子被穿到了一起。种种迹象表明，膳食科科长张广文有重大杀人嫌疑。

次日早晨 6 点多，一阵急促的敲门声把张广文从睡梦中惊醒，自认为老谋深算未留下蛛丝马迹的他此时有些紧张起来,但仍故作镇定,打开房门。他明知警察为什么找他,却装傻充愣,"这么早找我,有什么事吗?""到派出所再说吧。"民警把张广文带走了。

面对神情严肃,端坐在桌前的公安民警,张广文做贼心虚,两只手来回搓着,沉默了几分钟才冒出一句:"你们需要问什么尽管问,我一定配合查清单位的案子。"顿了顿,又说:"我是一名基层领导,请你们相信我的话。"他再一次镇静下来,似乎什么事也没有发生。

单强向他提出了一连串问题,而他似乎早就做好了准备,回答得都挺自然。

"张广文,你是基层领导,把你叫到公安局,不是听你花言巧语的,为什么找你,你心里最清楚。"单强不兜圈子了,干脆点话给张广文。其实,这些话就像尖刺一般直戳他的要害,张广文心里很明白,却心存侥幸,负隅顽抗。他心虚而恐惧的目光与单强的犀利眼神只对视了一秒,便像被击中软肋,迅速移开了视线。"别再装傻了,早说还能争取一个好的态度。"单强直视着张广文,语气强硬。张广文沉思片刻,乞求般地说了六个字:"能给我点水吗?"单强站起身,用早已为他准备的一次性水杯倒了满满一杯矿泉水,递给了张广文。此时,他额头上不自觉地渗出了紧张的汗珠,他端起水杯一饮而尽,随即,又一次低下了头,用慌乱低沉的语调,极度痛苦地揭开了那罪恶的一幕。

二十一

张广文 19 岁从农村来到北城军工单位工作。和许多年轻人一样，他也憧憬过美好的未来，决心干一番事业。由于工作积极，表现出色，他工作第四年便加入了党组织，第七个年头，被提升为业务股股长。此时的张广文像闯过了一大难关，深深松了一口气，暗暗庆贺自己的成功。久而久之，他开始自满自足起来，终于有一天，他恍然大悟，自己高兴得太早了，一个破股长怎么值得自己这么得意呢？更丰厚的物质利益不断地撞击他那颗膨胀的贪欲之心。他开始重新安排自己，盘算起新的生活。

他一方面积极为日后从军工转业留在北城打通关系，做好铺垫；另一方面利用手中的职权加紧为自己谋取私利。

二十二

转眼，一年过去了，那一年，是他最为得意的一年，他如愿以偿地从军工部门转业到北城医院，有了永久的城市户口。那时，由于他是党员，工作也确实积极肯干，只干了一个月的门卫，便被安排在医院膳食科工作，并很快当上了科长。在担任这个不大不小的职务期间，他的私欲和贪心逐渐膨胀，先后利用职务之便，钻了制度尚不健全的空子，用公款大吃大喝，捞取实惠，中饱私囊。为了掩人耳目，把这些变成永远合法合理之举，他对本科室的女会计秦月施以小恩小惠，给予特殊的"照顾"。后来，医院领导宣布，医院的部分科室进行合并，基层领导班子将重新调整。张广文所在的膳食科要与行政科合并，领导班子人选未定。这消息使他不安起来，今后的去向未定，前途未卜，他整天愁眉苦脸，不知如何是好。就在他举棋不定的时候，没想到，他自认为关系不错的秦月，竟然在领导考察基层干部的关键时刻向领导反映了他的经济问题。张广文听到这个可怕的消息后，对秦月怀恨在心，此后两人经常在工作中争吵，促使秦月又向领导揭发了他的问题。张广文意识到自己的命运受到了秦月的严重威胁，对秦月恨之入骨，恼怒之下，先写好一封匿名信，反告秦月有经济问题，把信偷偷放在院领导的办公桌上。见没有动静，他又设计起杀人灭口的罪恶计划来。

那天中午，他破例给膳食科的全体人员放假，让他们回家，一个人在办公室苦苦地沉闷着。他像热锅上的蚂蚁，再也待不下去了，沉思片刻，12 点 30 分他拿起电话，拨通了秦月的电话号码，语气温和地谎称有一笔账需要核对，遂将秦月骗回单位。两人查账之后，秦月锁好抽屉正要回家，张广文却关切地对秦月说："冷库里专门给你留了两箱饮料。"秦月没有半点猜疑和警觉，不知暗藏杀机的科长正一步步地把她逼向绝路。秦月在前，张广文紧跟其后，两人双双进入冷库。张广文四下环视，确认再无其他人时，迅速从秦月身后猛然勒住其脖子，见秦月渐渐失去知觉，仍然不肯罢手，又从正面用双手猛掐秦月的脖子，致使秦月窒息死亡。此时张广文的双手开始颤抖，他定了定神，这才拿着早已准备好的塑料布将秦月的尸体裹好；又拿起一把铁锹，将事先装满沙子的 130 汽车开到冷库里，把尸体装上车埋在沙子里。随后，他来到医院南墙外，选了一块空地挖了坑，准备天黑时再埋尸灭迹。当晚9时，张广文将装有尸体的汽车开出冷库，但望着事先挖好的土坑又犹豫了，这里离医院这么近，万一有人看见，一切就全完了。他沉思片刻，想到了引水渠。当晚10时，他开着车来到了引水渠桥上。张广文紧张地关掉车灯，熄了火，钻出驾驶室，环顾周围，确认没有其他人后，立即跳到车厢里，将秦月的尸体挖出，抛入了河中。他还放心不下，用铁锹将尸体向河道中央捅了几下，直到尸体沉入河中，这才回到车旁，蹲下身子，自我调整起紧张惊恐的情绪。他从烟盒中抽出一支香烟点燃，深深地吸了一口，然后，返回车内，驾车逃离了现场。

张广文用颤抖的右手擦了一下额头上的汗，"就这些，该讲的我都坦白了，能宽大处理我吗？"见单强没有吱声，张广文"扑通"跪在地上。"政府，领导，我揭发，我检举，我要戴罪立功。""你先起来，只要你揭发的情况属实，有重大立功表现，我们会上报的。"单强一板一眼地说。"周宝栓总经理有重大经济问题，秦月是他的情人。"张广文大声嚷着，好像在抓着最后一根救命稻草。

二十三

单强迅速叫来齐放，一起研究她提出的"12·21"案那三个疑点。

单强给齐放沏了一杯金骏眉红茶。"谢谢单队。"齐放礼貌地扶了扶茶杯。"跟我你还这么客气。"单强给自己的茶杯也倒上了水。"先说说防毒面具的调查情况吧。"单强习惯性地打开了笔记本，把一支红色派克笔拿在手里。齐放瞟了一眼，和单强送自己的派克笔一模一样,只是颜色不同,心里不由升起一丝眷恋。"防毒面具调查了,北城没有这类商户,是南城唯一一家防火器材专营店售出的。据售货员回忆,是一个中年妇女买的。"齐放认真汇报着。单强把重点记下后,问齐放:"大齐,应该正面接触一下向淑兰,你看咱俩谁出面?""当然是你,女同志问,会更加方便带入。"齐放说了一句专业话语。单强露出了笑容。"得嘞,那就我出面吧,让小琴也参加。"单强心里很高兴,暗自庆幸有齐放这样的好搭档,尽管两人在生活中没有走到一起。

二十四

向淑兰的屋子比较简朴。大炕旁有一个梳妆台、一个水曲柳三开门大衣柜,唯一值些钱的是她结婚时娘家陪送的一张红酸枝儿三屉桌。向淑兰给单强和小琴各沏了一杯茉莉花茶。"您别这么客气,咱们随便聊聊吧。"单强给向淑兰有意营造着轻松和谐的氛围。这让小琴不太理解,同样是向嫌疑人问话,干吗要说随便聊聊?然而整个问话的顺利进行,让小琴明白了单强的良苦用心。在很随意的开场白后,向淑兰毫无回避地告诉单强,是她在南城买的防毒面具,而最先向周宝栓下手的也是她。这让单强大吃一惊。小琴更是目瞪口呆。

向淑兰和周宝栓结婚的第二年因宫外孕摘除了子宫。之后,她的性欲下降很多。周宝栓被提拔为农工商总经理之后,虽然做了许多好事,也一度被大家所称赞,但却渐渐和向淑兰疏远,经常很晚才回家。这些对向淑兰来说,都还可以忍受。最让她无法容忍的是一年前的那个晚上。那天,周宝栓醉醺醺地回家后,笨拙地打开樟木箱，从最底层拿出一个小红本，往里放着什么。之后，周宝栓鞋都没脱，倒头就睡。此时，向淑兰依旧温柔地为他脱鞋、更衣。周宝栓确实喝多了，只几分钟便打起了呼噜。本来向淑兰打算转身回自己的屋子，忽然想起了什么，鬼使神差打开了那个樟木箱，找到了那个小红本。刚翻开一页，她便头昏脑涨，几乎晕死过去，是周宝栓的又一轮呼噜声把她唤醒。她强压怒火，把小红本放回了原处。从那以后，她时常神情恍惚，几次想向周宝栓提出离婚，可为了女儿，又一次次打消了念头。终于，周宝栓的一句话，让她彻底绝望。那天，已是深夜 2 点多，周宝栓满身酒气，推开了房门，一反常态狂敲向淑兰的房门。门开后，周宝栓上前疯了似的撕扯向淑兰的睡衣，又胡乱脱去自己的裤子，大声嚷着："没用的老娘们儿再陪陪我吧……"向淑兰再也忍不住了，用力推开了周宝栓，冲进了厨房，举起了菜刀。两人的举动吵醒了周芳，"妈，您要干什么！"周芳冲进房间。向淑兰大声痛哭，扔掉了菜刀。

二十五

小琴飞快记录着，没有一点抬头的时间。她终于明白，单队营造轻松和谐的气氛是多么重要。问话也需要休息，小琴把自己的茶水递给了向淑兰。"谢谢你。"向淑兰端过茶杯，喝了两口，从裤兜里掏出一个蓝色花格手绢擦去了情不自禁流下的眼泪。她像完全看清一切的明白人，接着讲述起那天的惊险一幕：

"那天，女儿走后，我没有马上去上班。事先我查过资料，煤气中毒可以短时间内致人死亡，便从南城买了防毒面具。原本我是想和他同归于尽的，但想到女儿，便打消了那个念头。我手里拿着防毒面具，看他睡得很死。因为，前一天晚上他喝得太多，玩得太高兴，回家很晚。不知为什么，是想再找个理由，还是加重一下心里的仇恨，我又一次打开了那个樟木箱。里边有几个存折，那不是家里的，一定是他自己泄欲的花费；我又看见了那个小红本，里边有女人的阴毛，还有他淫乱的记载……我还能说什么呢？我早已戒烟，却又从他桌子上拿起了香烟，猛吸了两口，顿时浑身有了力量。干吧，我戴上了防毒面具，关闭了炉子里的阀门，看着表。20 多分钟后，只见他抽动起来，开始呕吐。我一点也不紧张，用卫生纸擦去他嘴上的呕吐物。看时机差不多了，我打开了窗户，几分钟后，又把窗户关上，再去炉前把阀门打开，这才去上班。10 点多我回家，假装添火，本想去报案，可觉得不妥，就又去上班了。等 12 点再回家，便发现他真的被人……"向淑兰说不下去了。

二十六

　　小琴再一次给向淑兰的茶杯里倒满水，而后，把一张餐巾纸递过去。"您能说一下，周宝栓那个小本里第一页提到的名字吗？"单强试探地问了一句。"两个字吧，好像叫秦月。"向淑兰脱口而出。"有单位吗？"单强又问。"应该是北城医院吧。"向淑兰毕竟才 50 多岁，看到的东西不会轻易忘掉。"银行卡，您大概看见了几个？"单强紧追不舍。"我想想，好像有四五个吧。"向淑兰很配合，对单强提出的问题丝毫没有隐瞒，一一做了回答。

二十七

照方抓药。

单强带领小琴，又到向淑兰家找周芳进行了谈话。

话题是以她的同学透露的"周芳也想出走来着，不知为什么，后来她又不出走了"为切入点开始的。

"周芳，我们又来找你了，想再了解些情况。"依然是单强提问。眼前的周芳与第一次相见大不相同了。她不愿意面对警察，却又必须面对。她有些惶恐，是从眼神里透露的。她还有些紧张，两只手来回搓着双腿。"周芳，你不用那么紧张，我们还像上次那样聊天，好吗？"单强语气温和，缓解着气氛。为了破解最后一个疑点，也为了拯救一个少女可能迷失的灵魂。周芳点点头，没有说话。片刻，她突然用两手使劲儿捂住了脸。

在周芳的卧室，单强突然看见一个绿色外包装的小盒。单强问周芳："你有过敏性鼻炎？""您怎么知道？""我看见了曲安奈德。你母亲有过敏性鼻炎吗？""没有？""你父亲呢？""也没有。""过敏性鼻炎会遗传的。""我不是他们的亲生女儿。""你是怎么知道的？""他们俩都是 O 型血，我是 AB 型。""你想出走是因为爸妈对你不好吗？""我母亲不坏，可他不是人！"周芳咬着牙，狠狠地说。

"他连起码的人性都没有。他不配活在这个世界上。"周芳深深吸了一气，接着说："那一天，是我最痛苦、最绝望的一天。你们知道吗？我自己的父亲，就是他，比魔鬼还要凶残。晚上，妈妈去姥姥家了。他就像畜生一样，在我的身上摸上摸下，我拼命地挣扎，他根本不肯罢手，直到我大出血不省人事。是谁把我送进了医院，我一点也不知道。我醒来时，是母亲守在我的床边。一切她都知道了。她抱着我失声痛哭。后来，我也知道了她的一切。宫外孕，子宫摘除，守活寡。那时，我就开始想离家出走。有时，我甚至不想再看到这个世界。他当官不像官，整天花天酒地。晚上我常常被噩梦惊醒。那一天，我知道他又喝醉了。7 点多，我先骑车上学，8 点多回家，我喝了一口酒，到他的屋子，见他还在睡觉，便不顾一切地上前，使劲掐他的脖子。可是一紧张，我便想上厕所，平时也有这个习惯。后来，听见他的房门响了，我从厕所出来，见到了周二喜。再后来，我就又骑车上学去了。"

二十八

诡异的雾霾，终于被风，被连续的狂风驱散了。天空变得清澈、晴朗。"12·21"入室抢劫杀人案的疑点被一一破解了，案件也彻底破获。

然而，单强的心却久久不能平静，不仅是因为那个由好变坏的周宝栓，还有向淑兰和周芳的身影也总在她的眼前晃动，挥之不去……

（任继兵，全国公安文联会员、中国社会主义文艺学会法治文艺专业委员会副会长、北京市石景山区作家协会副秘书长。著有个人作品选集《秋之韵》。有报告文学、小说、散文、诗歌等作品在《法制日报》《人民公安报》《北京晚报》《北京纪事》等多家报刊发表。）

夺命陷阱

罗学知

一

北江市的临江路是一条长六公里的沿江老街。临江路改造开发工程是一项投资总额达 54 亿元的大项目。这个大项目自 5 月初就开始启动了招投标程序。北江市的三家最有实力的房地产开发公司——北江房地产开发公司、宏发房地产开发公司和远大房地产开发公司都以志在必得的决心投入到临江路改造开发工程的招投标运作之中，各自表面上不动声色，暗地里都在使尽浑身解数，互相较劲角逐，看似风平浪静的背后是充满血雨腥风的搏击和拼杀。

5 月 13 日，北江房地产开发公司总经理黎洪峰突然意外死亡。黎洪峰是在回老家黎家坪的路上遭遇山上落下的巨石砸中他所乘坐的小轿车而身亡的。黎洪峰的老家在离北江市 135 公里的西北部山区。黎洪峰的老母亲已经 82 岁，因为过不惯城里生活，黎洪峰只好请了两名保姆在老家服侍母亲，他本人则每周六回老家看望母亲一次，并捎去一些生活用品和食品。北江市的人们都知道

203

黎洪峰是有名的孝子，只要没有十分特殊的情况，周六赶早回老家黎家坪是雷打不动的。黎洪峰开车回家必须经过一段地势险峻的盘山便道，这段便道是村里修建用来跑拖拉机的，坑坑洼洼，一边是悬崖峭壁，一边是万丈深涧。尤其是鹰嘴崖地段，仅容一辆车经过，一些突出的巨石就在头顶绝壁的半空中悬着，就像是一把把随时都可能落下的达摩克利斯之剑，让路过的人们无不胆战心惊！黎洪峰每次坐在车上从鹰嘴崖经过，都会惊出一身冷汗。据黎洪峰的司机赵振远讲，5 月 13 日上午十点三十五分，他开着黎洪峰的那辆"三菱"越野车从此处路过时，只见路中间有一块和单人沙发差不多大的石头拦住了去路。赵振远就停了车下去推动拦路的巨石，他使尽全力把巨石滚到路边，并掀下深涧。就在这时，背后传来一声雷鸣般的巨响，吓得赵振远魂飞魄散，他回头一看，只见一块桌面大小的巨石不偏不倚砸在"三菱"越野车的车顶上，车子一下子就被砸扁了。赵振远赶紧大声呼喊："黎总，黎总！"黎洪峰没有回答，赵振远跑近车旁一看，黎洪峰的上半个头颅已被砸扁了，红白两色的脑浆和鲜血从头上流下来，把上半截身子染得红一块白一块的，真是惨不忍睹。赵振远赶紧用手机拨打黎洪峰妻子赵艳梅的电话把这一噩耗报告给她。赵艳梅又马上将这一情况打电话告诉了北江市市长熊海生，请求他督促公安机关对黎洪峰之死开展调查。她凭直觉认为黎洪峰的死十分蹊跷：被悬崖上的巨石掉落砸中座驾身亡，这太不可思议了，简直就是针尖上落芝麻，世界上哪有这么凑巧的事情呀？赵艳梅认为这肯定是一起蓄意谋杀案！

北江市公安局接到熊海生市长的电话，立刻派出了刑警大队大队长高立伟率侦查员赵斌及法医和痕检技术员赶赴出事现场。

高立伟考虑到现场是在野外，为便于破案，还携带了一条警犬前往。

经过近两个小时的艰难行驶，猎豹越野警车抵达了出事现场。司机赵振远还等候在那里，没敢挪窝。他心有余悸地告诉高立伟："当时，幸亏我去推拦路的大石头没有在车上，否则我这条小命也跟着黎总一起玩完了！"

"什么拦路的大石头？"高立伟警觉地问道。

赵振远道："是的，我也挺纳闷的，怎么路上会突然冒出来一块拦路的大石头呢？"

高立伟又问道："会不会也是从上面掉下来的？那块拦路的大石头在什么位置？"

赵振远指着车子前面三米远的地方对高立伟道："就是这里。我把它推下悬崖去了。"

高立伟来到路沿往下看，可以看到近百米深的涧底躺着的那块大石头。一个疑问立刻在高立伟的脑海中闪现：这块拦路的大石头是从哪里来的？如果也是从上面掉下来的，那么不是很紧实的黏土路面上一定会被砸出一个坑才对，可是现在一点儿坑洼都没有，难道这块拦路的大石头是被人从别处搬来故意拦在路上的？如果是这样，问题就严重了！

高立伟问赵振远："这块拦路的大石头你以前见过吗？"

赵振远道："这条路我跑过不下四五十趟了，这一路上以前从来没有见过这么大的石头。"

高立伟道："这么说这块拦路的大石头是有人从别处搬来故意拦在路上的喽？"

赵振远道："会不会和砸中车子的大石头一样也是从上面掉下

来的呢?"

高立伟仰头望了望崖顶道:"这不大可能,你想,如果从那么高的崖顶掉落下来,还不把地面砸出一个坑洼来吗?"

赵振远思索道:"也是呀,看来这块大石头真是有人从别处搬来故意放在路上拦车的,可是他为什么要这么干呢?"

高立伟听了赵振远的话不禁一愣,立即想起黎洪峰老婆赵艳梅说的黎洪峰的死肯定是谋杀的话,顿时警觉起来。他当即决定上崖顶勘查,看这块砸中黎洪峰座驾的巨石究竟是自行脱落还是被人为掀下悬崖的。

二

现场勘查没有获得什么有价值的线索,只能确定黎洪峰的确是被巨石砸中而死亡的,在法医和痕迹检验技术员拍摄录像和照片资料后就结束了。警犬也只嗅到了黎洪峰的司机赵振远的气味。

要登上崖顶,须绕二十多里山路,他们找了当地一名向导,爬了近三个小时才到达崖顶。这里是一块三百多米长、二十多米宽的凹凸不平的岩石地,地面上尽是大大小小的石头,间或长着一丛丛一米左右深的茅草。离崖沿七八米的地方,有一块桌面大小的凹坑,其大小和形状与砸在黎洪峰座驾上的巨石底部正好吻合。在附近不到十米远处又发现了一块小一些的石头被掀走以后留下的痕迹,很显然,就是这块石头拦住了黎洪峰座驾去路。在这里还发现了三个人零乱的脚印,以及三枚黄"芙蓉王"的过滤嘴烟头。高立伟让痕迹技术员把烟头收集起来。接着,又在泥土松软处发现了三个人的脚印,有穿皮鞋的,有穿波鞋的,还有穿解放胶鞋的。好在这些脚印都十分清晰，鞋型的类别、大小及鞋底花纹的磨损程度都很清楚地呈现出来，痕检技术员没费什么劲就很顺利地拍照并制作了石膏模型。从这三个人的脚印来判断，他们的身高分别在一米六五、一米七三和一米八左右。

案情进展到这一步，高立伟已经判断出这是一起谋杀案。他决定返回城区立即对黎洪峰被害案进行侦查。

高立伟和赵斌第一个调查访问的对象就是黎洪峰的夫人赵艳梅，问她认为黎洪峰是被人谋害有何证据或者是线索。

赵艳梅回答："我没有证据，我只是凭直觉感到怀疑。"

高立伟问道："你有具体的怀疑对象吗？"

赵艳梅道："没有证据我怎么好说呢？"

高立伟道："没有关系，我问的是线索，比如黎洪峰有没有什么仇人或者有重大利害关系的竞争对手？线索并不等于是证据，我们会认真进行查证的！"

赵艳梅消除了顾虑，认真想了想道："他有一个竞争对手，就是宏发房地产开发公司老总王大章。在 2006 年翠柳湖畔水榭花城开发项目招投标竞争中，王大章曾采取卑劣的手段，匿名诬告黎洪峰的北江房地产开发公司偷税漏税两千万元，致使北江房地产开发公司被排除在竞投标范围之外。之后市公安局、工商局和税务局成立了联合调查组对北江房地产开发公司进行了仔细的调查，最后认定匿名信纯属诬告，北江房地产开发公司所谓偷税漏税的问题根本不存在。同时，调查组也查明写诬告信的人是受王大章所指使的宏发房地产开发公司副总郭志军。公安局要依法追究郭志军和王大章的诬陷罪，因市政府领导出面说情，最后以判处郭志军三个月拘役所外执行和对王大章予以治安警告而了事。黎洪峰一气之下把王大章在外面买豪宅包二奶的事情捅给了王大章的老婆，致使王大章的老婆跟王大章闹上了法庭，让王大章名声扫地，王大章因此恨死了黎洪峰。谋害黎洪峰这件事除了王大章还有谁会干？"

黎洪峰的儿子黎海波也在旁边补充道："姓王的这个王八蛋跟市里某些当官的连裆共裤，他仗着在市政府里面有保护伞，猖狂得很。如果市里这一次还有人出面袒护他，老子就自己动手，把这狗日的做了，给我父亲报仇雪恨！"

赵艳梅忙劝阻儿子道："千万不能自己动手，要相信政府，相信公安机关，就算市政府里有他的保护伞，那他也不能一手遮天啊，天外有天呢，还有省里，还有中央啊！"

高立伟觉得赵艳梅的话有一定道理，决定围绕王大章进行调查。可是，经秘密调查取证，王大章及其亲信 5 月 10 日就离开北江市前往海南岛旅游去了。

高立伟觉得仅靠这一点还不能认定王大章就与 5 月 13 日谋害黎洪峰的案子无关。因为虽然王大章及其亲信在案发时间不在北江市，但是他们完全可以雇用他人按照他们的意图行事，加害黎洪峰呀。

5 月 18 日，侦查工作正处于进退维谷之时，高立伟决定召开一个"诸葛亮会"分析案情，集思广益，看看大家有什么好办法打开该案的突破口。会议刚刚开始，就接到了一个匿名报案电话，说是宏发房地产开发公司老总王大章在茉莉小区 5 栋 202 号他所包养的情妇的住处被人枪杀。但当接听报案电话的刑侦大队内勤李雯丽想询问更多情况时，报案人却匆匆挂断了电话。

高立伟听了李雯丽的报告后道："宁可信其有，不可信其无，会议暂停，马上赶赴现场！"

　　警车一路疾驰，十分钟不到便到达了茉莉小区。高立伟和赵斌一行人直奔 5 栋 202 号，只见门虚掩着，推门而入，客厅里面有一个男青年正背对着门站立，右手还握着一把国产"五四"式手枪。听到推门声，男青年回过头来，发现是高立伟带着一群警察进来，顿时惊恐万状不知所措。王大章仰坐在沙发上，左胸有两个弹洞，从弹洞淌出的血染红了他胸前的衬衫和沙发坐垫。

　　高立伟道："原来是你呀！黎海波，你怎么就不听劝呢？你是怎么知道王大章在这里的？"

　　黎海波张口结舌道："我是接到一个电话后才知道王大章在这里的。"

　　高立伟问道："是谁给你打的电话？是怎么跟你说的？"

　　黎海波回答："打电话的人我也不认识，听不出是谁，是一个三十多岁的男人的声音，他对我说你的杀父仇人眼下就在茉莉小区 5 栋 202 号他包养的一名情妇的住处，现在他的情妇外出与牌友打麻将去了，就王大章一个人在家，这是一个绝好的机会，机不可失，时不再来，你赶紧过去吧，否则过了这个村，就没有这个店了！我问他：你是谁？为什么要告诉我这些？对方说：我是谁并不重要，我只知道王大章是个头顶生疮脚底流脓的大坏蛋，死有余辜，要是谁杀了他谁就是为民除害的大英雄。说完他就挂断了电话。"

　　高立伟道："于是你就马上到这里来了？"

　　黎海波低着头道："是的。"

　　高立伟命令痕检技术员用物证塑料袋装起了黎海波手里的那支"五四"式手枪。法医检查了王大章的尸体，证实其是被枪支近距离射击子弹穿透心脏而死亡。地上留有两个空弹壳。

经勘查，室内仅有黎海波一人的脚印。移走王大章的尸体后，在沙发靠背后的墙上发现了两颗射穿王大章胸膛后嵌入墙皮的子弹头，痕检技术员把子弹头挖出来后连同两个空弹壳一同作为物证收集起来。

三

现场勘查完毕，刑侦大队通知王大章的亲属把王大章的尸体领走。黎海波被以协助调查的名义带回刑侦大队。在对黎海波进行讯问之前，对黎海波手中的那支"五四"式手枪和两颗空弹壳及子弹头进行了检验，证实两颗子弹头和两个空弹壳是从那支"五四"式手枪射出的，也就是说，黎海波手中的那支"五四"式手枪即杀害王大章的枪支。而那支"五四"式手枪上只有黎海波一个人的指纹。

审讯黎海波的任务由赵斌和另一名刑警小刘担任。赵斌主审，小刘负责记录。

"黎海波，知道为什么把你带到刑侦大队来吗？"

黎海波困惑地摇摇头道："不知道。"

赵斌不客气地道："你在茉莉小区5栋202号干了什么自己不知道吗？"

黎海波道："我什么也没有干呀！"

赵斌紧追不舍地道："我问你，王大章是怎么死的？"

黎海波想了想道："是被枪打死的呀。"

赵斌道："那好，你把打死王大章的过程仔细讲一讲！"

黎海波惊讶地道："我怎么知道呀？"

赵斌道："你不要抵赖，现场除了死者王大章就只有你一人，你说不是你打死的王大章还会有谁？"

黎海波道："我到那里的时候，王大章就已经死了呀！肯定是在我前面有人打死了王大章。"

赵斌道："黎海波，你要端正态度，想蒙混过关是不可能的！我们办案依靠证据，不会轻信口供。我们勘查了现场，在现场除王大章的脚印外就只有你一个人的脚印，你说在你前面有人打死了王大章，这是不可能的，你不要抱有幻想了，还是趁早老实交代得好！"

黎海波继续辩解道："就算没有其他人打死王大章，难道就一定是我打死了王大章吗？王大章就不可能是自杀吗？"

赵斌严厉地道："黎海波，你态度极不老实！实话告诉你，现场的那支'五四'式手枪上面，只有你黎海波一个人的指纹，如果是王大章开枪自杀，手枪上面怎么会没有他王大章的指纹呢？难道王大章开枪自杀身亡以后还能够擦掉手枪上面的指纹吗？对此你怎么解释？"

黎海波一听慌了："警官，真的不是我开枪打死王大章的，我无缘无故地开枪打死他做什么呀？"

赵斌冷笑道："你当然不会无缘无故地开枪打死王大章啦，你是为了给你几天前被害死去的父亲报仇！你的父亲黎洪峰生前因为争夺房地产开发项目与人结下了仇恨，前几天他在回老家看望你祖母时路过鹰嘴崖地段被人掀下巨石砸中座驾遇害身亡，你认为这是王大章干的，把这笔血债记到了王大章的头上。你曾经在我们到你家调查时当着我们的面说过王大章跟市里某些当官的连

211

裆共裤，他仗着在市政府里面有保护伞，猖狂得很，如果市里这一次还有人出面袒护他，你就自己动手，把这人做了，给你父亲报仇雪恨！难道你自己忘记了吗？我可没有忘记！这就是你开枪杀害王大章的动机。可是年轻人，你也太鲁莽了！你仅凭着王大章过去与你父亲发生过矛盾，就断定王大章是谋害你父亲的凶手，这未免太武断了吧？公安机关正在调查你父亲被谋害的案件，我们都没有掌握王大章谋害你父亲的证据，你凭什么就认定是王大章谋害了你的父亲呢？既然凶手是谁都还不知道，你又凭什么说会有人袒护凶手，而要自以为是地为你父亲报仇雪恨呢？年轻人，你将要为此付出沉重的代价！本来，我们是想给你创造一个坦白从宽的机会，没有想到你这样地执迷不悟，我们也没有时间跟你啰唆听你狡辩了。最后，我要告诉你的是，即使你一个字都不交代，只要我们的证据确凿充分，零口供照样能把你送上法庭，该怎么判还怎么判。你自己好好想一想吧！今天的讯问就到这里结束。"

对黎海波的审讯结束后，刑侦大队立即召开了案情分析会议。会议由大队长高立伟主持。高立伟道："大家对王大章被枪杀这个案子有什么看法，都可以畅所欲言，不必有任何顾虑。"

赵斌道："我先谈一点我审讯黎海波的感受。我觉得虽然黎海波一个字都没有交代，但是从他身上表现出的正是案犯作案后的那种畏罪侥幸逃避打击的典型心理。"

痕检技术员道："从现场痕迹来看，除了死者王大章就只有黎海波，如果能够排除王大章自杀的可能性，那么黎海波应该就是杀害王大章的凶手。打死王大章的那支'五四'式手枪上只有黎海波一个人的指纹，根据这些证据判断，黎海波就是凶手。"

法医这时也表态道："王大章的死并非自杀，而是他杀，这一点我完全可以肯定。如果王大章开枪自杀，那么枪口贴近额头，枪眼处肯定会有子弹发射时的火药残渣，可是王大章的身上没有。这说明射击王大章的枪口离王大章的额头至少有两米，王大章的手不可能伸那么长，所以王大章的死只有一种可能，那就是他杀。"

赵斌这时也补充道："我觉得还有最重要的一点，就是案犯的杀人动机。黎海波正好具备杀人动机，这一点，他本人也毫不掩饰，他曾经当着我们和他母亲的面说过要杀了王大章为他父亲报仇雪恨的话。由此可见，黎海波具备一切枪杀王大章的作案要件，所以我觉得，可以先对黎海波实行刑事拘留，接着办理批捕手续。"

高立伟迟疑道："我觉得这个案件是不是破获得太顺利了？他本人又只字未交代，我心里总感觉不踏实。"

这时，高立伟的手机振动起来，是值班刑警的电话，说黎海波要求提审，说是要老实交代自己的作案经过。高立伟心中的疑团这才化解开来。高立伟道："赵斌，还是由你去审吧，临阵换将不好。"

高立伟一到场，黎海波就问："是不是坦白交代、认罪态度好就可以从宽处理？"

高立伟回答道："那是当然的，这是党的一贯政策，你还有怀疑吗？"

黎海波又问："对犯了杀人罪的也是这个政策吗？犯了杀人罪从宽处理是不是可以不死？"

高立伟道："这个政策适用于所有的违法犯罪。当然，从宽的具体程度就要具体分析了。"

四

在这一次审讯中，黎海波的态度出奇地好，他交代道：他接到一位陌生男子的电话，声称杀害他父亲的仇人王大章此刻一个人在茉莉小区 5 栋 202 号房间内，正是他为父亲报仇雪恨的大好时机。黎海波接完电话后就赶紧打的赶到了茉莉小区，推开 5 栋 202 号的门，果然发现王大章一个人坐在客厅的沙发上。黎海波用那支"五四"式手枪对准王大章开了一枪，王大章当场被打死。打死王大章后，黎海波还没来得及逃离现场，刑侦大队的人就赶来了，整个过程就是这样。

赵斌听了黎海波的交代，马上想到了杀害王大章的那支"五四"式手枪，忙问道："你的枪支弹药是哪里来的?"

黎海波道："那支'五四'式手枪就在王大章面前的茶几上放着呢!"

赵斌道："这么说枪不是你的，是王大章的?"

黎海波道："是的。"

赵斌道："这倒是有些奇怪了，王大章连你杀他的枪都为你准备好了，你一去拿起枪来就可以打!"

黎海波道："王大章的枪当然不是为我杀他准备的，而是他防身自卫用的，只不过是被我利用了而已。"

赵斌想，这倒也说得过去，便没有再继续追问下去了。随后赵斌据此整理了呈请逮捕黎海波的法律文书。可是文书到了主管副局长谢云那里便卡了壳。

　　谢云打电话问高立伟："你是怎么把的关？还有一个很重要的情节不清，既然黎海波是故意杀人，枪击王大章为父报仇，那么黎海波难道自己就没有携带杀人凶器？故意杀人却连杀人凶器都没有准备似乎太不符合逻辑了！倘若现场没有王大章自己的那支'五四'式手枪，黎海波怎么杀人呢？黎海波又不是神仙，事先不可能知道现场正好有那么一支手枪吧？这支手枪是从哪里来的，找王大章的亲属和公司的员工调查核实过吗？"

　　高立伟一听不得不服气，他当即表明态度道："我们马上组织补充侦查。"

　　高立伟这次把调查核实枪支来源的工作交给了赵斌去做，自己则审讯黎海波。

　　"黎海波，你首先要端正态度，老实交代。你承认去杀王大章为父亲报仇雪恨，我问你，你当时准备怎么杀掉王大章？你携带了什么作案工具？"

　　黎海波想了想道："我接到电话时很突然，什么都来不及准备，只拿了厨房里的一根擀面杖就过去了。"

　　"后来怎么又用枪了呢？枪到底是从哪儿来的？"

　　黎海波沉默了一阵子，突然大声喊冤道："高大队长，我冤枉，王大章不是我杀的！我去的时候，王大章就已经被枪打死了，那把'五四'式手枪就放在他面前的茶几上，我只不过好奇地拿起手枪看了一下，正好你们刑侦大队的人就来了。"

　　高立伟又问道："你带过去的擀面杖放在了哪里？"

　　黎海波道："我一进门看到那个场面，顺手就把擀面杖放到电视柜上了。"

　　黎海波这么一说，高立伟立即想起他们到现场后的确看到电视机旁边有那么一根擀面杖，因为王大章是被枪杀的，当时大家的注意力都在那支"五四"式手枪上，没有在意那根擀面杖。高立伟立刻给赵斌打电话，让他马上去茉莉小区 5 栋 202 号王大章被枪杀的现场提取那根擀面杖。

高立伟想起黎海波接到的电话，又问道："是谁给你打的那个电话，你知道吗？"

黎海波道："是一个中年男子，声音很陌生。"

高立伟怀疑给黎海波打电话的与给刑侦大队打电话报案的是同一个人，他想了想道："如果你再听到这个男人的声音，还能不能够辨别出来？"

黎海波道："应该没问题。"

高立伟马上将黎海波带到刑侦大队的值班电话机旁，这是一部带录音功能的电话机，可以将需要保存的通话录音保留在电话机里。高立伟按下电话机的回放按钮，报案人的声音立即播放出来："是北原市公安局刑侦大队吗？在茉莉小区 5 栋 202 号发生了一起枪击杀人案件，黎洪峰的儿子黎海波开枪将王大章杀死了，现在还没有离开现场，请你们赶快去抓凶手。"

黎海波听了眼睛一亮，十分肯定地道："给我打电话的就是这个声音，正是这个人！"

高立伟道："你可要听仔细了，千万不能弄错，是就是，不是就不是，一定要实事求是！"高立伟又接着把电话录音重放了两遍。

黎海波认真听过以后郑重地道："高大队长，请你相信我，绝对不会弄错，我敢负法律责任！"

高立伟立刻明白了，黎海波被人诱入了一个夺命陷阱中，刑侦大队也被隐藏在暗处的阴谋策划和制造者牵着鼻子走，差点儿上了当，被他借刀杀了人。这个打电话给黎海波和给刑侦大队报案的人可能就是这个夺命陷阱的制造者，至少也应该是知情人或者同伙。

高立伟立即安排人去查证给刑侦大队打电话报案的电话，原来是街上的一部 IC 卡公用电话，给黎海波打电话的也是同一部电话机。这家伙的反侦查意识真够强的，这一点也是在高立伟意料之中的。他枪杀王大章的目的是什么呢？难道仅仅是为了嫁祸于黎海波吗？黎海波还是一个涉世未深的年轻人，他一直在学校里念书，不可能与人结下生死的冤仇。但是，基本事实是黎洪峰、王大章这一对冤家、仇人在不到一星期的时间里就这么糊里糊涂地双双死于非命！现在看来，黎洪峰的儿子黎海波并不是杀害王大章的凶手，那么王大章究竟是不是谋害黎洪峰的凶手呢？

受高立伟指派调查枪支来源的赵斌走访了宏发房地产开发公司的员工，大家都说从来没有看到和听说过王大章有枪这回事。

五

高立伟把下一步的工作重点放在了谋害黎洪峰的案子上，他调查的对象是王大章。但调查的结果令高立伟十分失望，在黎洪峰被害的前后，不但王大章及其亲信都到海南旅游去了，公司其他骨干成员也都没有离开过城区，干什么事情都有人证明，也不存在雇凶杀人的可能。这就是说，黎洪峰的死与王大章无关，完全可以排除王大章的作案嫌疑。既然黎洪峰的死与王大章无关，那么给黎海波打电话的人为何要诬陷王大章呢？

一周的时间内，北江市临江路改造开发工程项目竞投标的三家房地产开发公司中的两家，即北江房地产开发公司和宏大房地产开发公司的两位老总黎洪峰和王大章先后离奇死亡，引起了不小的震动，街头巷尾人们议论纷纷，市政府的领导们也深感震惊，要求市公安局集中精锐力量，加紧侦查破案。如今三家最有实力的竞投标单位，有两家均因为老总的意外死亡而陷入混乱，宣布退出临江路改造开发工程项目的竞投标活动。这样一来，临江路改造开发工程项目就毫无悬念地落到了远大房地产开发公司的手里。这一情况的呈现，使高立伟受到了莫大的启发。远大房地产开发公司老总贾士文进入了高立伟的视线。据远大房地产开发公司的员工反映，贾士文这个人心狠手辣，笑里藏刀。而且贾士文三名贴身保镖的身高就分别是一米六五、一米七三和一米八〇，这与根据在黎洪峰鹰嘴崖遇害现场所发现的鞋印推测出的三个人的身高正好吻合。据侧面了解，这三名保镖都住在远大房地产开发公司的员工集体宿舍。

高立伟和赵斌以防火安全检查的名义，和一位消防科的参谋来到了这三名保镖居住的员工集体宿舍。宿舍管理员名叫刘志军。在双层床的下面，高立伟和赵斌一眼就发现了沾着鹰嘴崖上黄泥的那三双鞋，即皮鞋、波鞋和解放鞋。高立伟和消防参谋以查看宿舍配电箱为名要宿舍管理员刘志军陪同，在高立伟和消防参谋的掩护下，赵斌迅速将三双鞋都拓印了鞋底，以便与在鹰嘴崖收集的鞋印进行比对。赵斌还在一张床边收集了两枚"芙蓉王"香烟的烟头。等宿舍管理员与高立伟他们再转回到宿舍时，赵斌询问宿舍管理员，弄清了皮鞋是保安员张兵的，波鞋是保安员刘涛的，解放鞋是保安员范浩的，他们三人中张兵的个头最矮，只有一米六五，范浩最高，一米八〇，刘涛的个头是一米七三。三个

218

人中，只有范浩抽烟，而且他只抽"芙蓉王"牌香烟。

高立伟觉得来这一趟的收获很大。回去以后只要把刚才收集的证据与在鹰嘴崖现场收集的证据进行比对，就可以确定张兵、刘涛和范浩到底是不是涉案人员了。

返回局机关后，高立伟和赵斌赶紧将收集的鞋印与烟头交给刑侦技术室处理。

下午，检测比对的结果出来了：张兵、刘涛和范浩的鞋印与留在鹰嘴崖现场的鞋印完全一致；对烟头的唾液进行检测，与鹰嘴崖现场收集的"芙蓉王"香烟的烟头认定同一，都是范浩抽完烟留下的。这些证据表明在鹰嘴崖对黎洪峰进行谋害的很可能就是张兵、刘涛和范浩三人，至少他们到过作案现场。赵斌建议，立即对张兵、刘涛和范浩实行刑事拘留！高立伟想了想摇摇头道："不，还是先进行传唤审查，再看审查的情况决定吧！"

赵斌道："大队长，你还犹豫什么呀？他们的鞋上沾有现场的黄泥，留在现场的鞋印与他们的鞋印认定同一，烟头也是范浩留下的，证据这么充分，难道你还怕搞错不成？"

高立伟道："这些证据都只能是间接证据，现在还缺少直接证据，比如亲眼看到他们到过现场的目击证人，所以我们还是小心点为妥。"

赵斌只好按照高立伟的意见把刑事拘留改为传唤审查。张兵、刘涛和范浩被传唤到刑侦大队以后，高立伟立即组织警力对三人分开进行突审。结果却大大出乎高立伟和赵斌的意料，三个人矢口否认曾经到过鹰嘴崖，都说近一个月以来根本没有离开过北江市城区。具体到 5 月 13 日上午的去向，他们都说这天从上午九点起到晚上十二点一直在"仙人阁"电游室老板甄凡夫家里打麻将。如果真是这样的话，张兵、刘涛和范浩他们就有不在现场的证明，那么他们就可以从谋害黎洪峰的案件中被排除嫌疑。

高立伟和赵斌立即去找"仙人阁"电游室老板甄凡夫核实这一情况。甄凡夫见高立伟和赵斌到来，又是敬烟又是沏茶，十分热情。当问到 5 月 13 日上午九点到晚上十二点张兵、刘涛和范浩是不是在他家打麻将时，甄凡夫一口咬定，他们确实是在他家里打麻将。

高立伟严肃地道："甄老板，你一定要讲实话，他们涉嫌参与一起谋杀案件，你如果作伪证欺骗公安机关，是要负法律责任的!"

甄凡夫道："我知道，我愿意为我刚才讲的话负完全责任。"等甄凡夫在询问笔录上签名按捺完手印，高立伟和赵斌便驱车回到了局机关。

赵斌对高立伟道："这就奇怪了，既然张兵、刘涛和范浩三个人都没有作案时间，那么他们的脚印和烟头怎么会出现在鹰嘴崖现场呢？莫非他们有分身术不成？"

高立伟道："这正是我们下一步要揭开的疑团。真相究竟如何，现在还不好说。也许是甄凡夫对我们说了假话，隐瞒了真相，也许张兵、刘涛和范浩真的没有到过现场。"

赵斌不以为然地道："他们没有到过现场，那么他们留在现场的脚印和烟头怎么解释呢？"

高立伟决定再次提审张兵、刘涛和范浩三人。

"张兵，你说 5 月 13 日从上午九点到晚上十二点一直都在'仙人阁'电游室老板甄凡夫家里打麻将，为什么在鹰嘴崖现场会有你的脚印？我们看到了你放在集体宿舍床下的那双皮鞋，发现皮鞋上还沾有鹰嘴崖现场特有的那种黄泥，对此你怎么解释？"高立伟单刀直入地问道。

张兵想了想道："那双鞋我已经有一段时间没有穿了。5月中旬那双鞋曾经莫名其妙地不见了，不知道为什么后来又在床下面出现了，鞋底还沾有黄泥，我以为别人穿错了发现后又送回来了，也就没有深究这件事，不知道会给自己带来这么大的麻烦。"

提审刘涛和范浩，他们的回答与张兵如出一辙。

究竟是他们事先串通好了的还是事实真是如此呢？不管怎么说，他们还有"仙人阁"电游室老板甄凡夫这个证人证明他们不在现场，所以高立伟决定先将他们放了。因为此案尚未侦破结案，还无法为他们作出最后结论，所以只能以"取保候审"的形式将他们开释。

六

赵斌对高立伟谈了自己的看法："我觉得这件事情不是那么简单。如果张兵、刘涛和范浩的供述属实的话，那么别人为什么要偷穿他们的鞋子呢？"

高立伟道："很明显，如果真是这样，那么目的只有一个，就是为了转移我们公安机关的视线，栽赃陷害张兵、刘涛和范浩，嫁祸于人。"

赵斌道："如此看来，这是一个精心策划组织的阴谋呀！"

高立伟道："这个案件很复杂的原因就在这里。下一步我们的工作方向就是查找是谁偷穿了他们的鞋子，把这个问题搞明白了，也就找到了侦破全案的突破口。"

正当高立伟他们要对偷穿张兵三人鞋子的人展开调查时，"仙人阁"电游室的老板甄凡夫突然来到了刑侦大队，要求见高立伟大队长。

高立伟不得不放下手头的工作亲自接待他："你来找我究竟有什么事情呀？"

甄凡夫表露出一副痛心疾首的样子道："高大队长，实在对不起，你们找我调查张兵、刘涛和范浩 5 月 13 日的行踪时，我没有对你们讲实话，我因为和张兵、刘涛、范浩他们是朋友，就答应他们的要求，为他们作了伪证。其实，5 月 13 日这天，他们三人根本就没有到过我这里。我现在向政府讲实话，希望能够得到政府的宽大处理。"

甄凡夫的一席话使高立伟大吃一惊！

赵斌道："既然是这样，那还有什么可说的？张兵、刘涛和范浩就是在鹰嘴崖设伏谋害黎洪峰的凶手！我建议，立即对张兵、刘涛和范浩采取刑事拘留，马上突审，挖出他们的幕后指使人！我推测，这个谋害黎洪峰的幕后主谋就是远大房地产开发公司老总贾士文！"

高立伟道："你有什么根据？不能只靠推测，还需要证据支撑。"

赵斌道："有证据啊！在鹰嘴崖现场有张兵、刘涛和范浩三个人留下的脚印，还有范浩扔下的烟头，这些证据还不够吗？"

高立伟道："这些当然也是证据，但是这只是间接证据，还缺乏直接证据。因为别人也可以穿着他们的鞋去现场作案，别人也可以将范浩吸过的烟头收集起来扔到作案现场。并且张兵、刘涛和范浩都说他们的鞋子曾丢失过一段时间，后来又莫名其妙地回来了，而且鞋底上都沾满了黄色的泥土，对他们反映的这一情况我们不能不考虑，我觉得他们不像是在撒谎。"

赵斌道："不管怎么说，甄凡夫已经否认了他上次提供的证词，有这么多疑问，我们完全有必要重新审查张兵、刘涛和范浩三个涉案嫌疑人。"

高立伟道："这点我倒不反对，你抓紧办吧！注意，不要先入为主，让你刚才的推测完全支配了自己的头脑。"

赵斌道："你放心吧，我会坚持实事求是的！"

出乎赵斌意料的是，张兵、刘涛和范浩三人一进刑侦大队就大声喊冤不止。

赵斌首先审问张兵："张兵，你要老实交代你 5 月 13 日的去向！"

张兵道："5 月 13 日，我和刘涛、范浩三个人从上午九点到晚上十二点就是在'仙人阁'电游室老板甄凡夫家里打麻将，这一天下来，我赢了三百五十三块，刘涛赢了二百八十二块，范浩输了五百四十五块，甄凡夫输了五十多块。中午和晚上都是打电话让快餐店送的盒饭，甄凡夫的老婆不高兴做饭，他们两口子也是和我们一样吃的快餐盒饭，你不信可以去问甄凡夫两口子，他们可以为我们作证呀！"

赵斌讥讽地道："甄凡夫已经向我们坦白，是你们恳求他给你们作伪证的，5 月 13 日一整天，你们根本就没有到过他家。"

张兵大叫道："这怎么可能？甄凡夫怎么能睁着眼睛说瞎话呢！我们三个人从上午九点到晚上十二点一直都在他家没有挪过窝呀！"

赵斌想了想问道："你仔细想一想，那天甄凡夫家里发生过什么事情没有？"

张兵想了想道:"那天下午三点二十分左右,甄凡夫接到一个朋友的电话约他去翠柳湖钓鱼,甄凡夫因为接电话分心走神,出错了一张牌,放炮输了八十元,这是那天他输的数额最大的一盘牌。"

审问刘涛和范浩,他们的回答与张兵的供述完全一致。

到底是甄凡夫在讲假话,还是张兵、刘涛和范浩串供一起讲假话呢?赵斌一时无从作出判断,只好将审问张兵三人的情况如实向高立伟汇报。

高立伟听了汇报后道:"关于甄凡夫接电话输牌的事,我们可以通过中国移动通信公司北江分公司查证,看到底有没有这回事,如果确实有这回事,那就是甄凡夫讲了假话。我们还可以向甄凡夫家的左邻右舍做一些了解核实,看看 5 月 13 日张兵、刘涛和范浩三个人到底有没有来过甄凡夫的家里打牌。"

高立伟马上和赵斌分头行动,核实张兵等人的供述情况。不料,核实的结果又让高立伟和赵斌大吃一惊。

七

高立伟来到甄凡夫家住的安庆路 128 号,这是一条很繁华的小街。街道宽十多米,两边店铺林立,车水马龙很是热闹。高立伟望了 128 号的对面一眼,不禁喜出望外。原来,对面是中国银行的一家分理处,还有一台柜员机,这就是说,在银行门口一定会有 24 小时不间断的监控摄像头,而留下的监控摄像资料一般都会保存一个月以上。这个摄像头肯定能够拍摄到甄凡夫所居住的 128 号门口的情况。高立伟改变了原来准备找甄凡夫的左邻右舍了解情况的打算，临时决定到这家中国银行的分理处查看隐蔽监控摄像资料，看看 5 月 13 日张兵、刘涛和范浩到底有没有进入 128 号甄凡夫的家里。高立伟找到银行分理处的负责人，出示警官证表明了身份，说明了来意，得到了银行分理处的全力支持和密切配合。他和随行的另一位办案刑警仔细地查看起 5 月 13 日的监控摄像资料。从早晨八点半开始看，果然，上午九点零三分四十七秒时，发现张兵、刘涛和范浩三人鱼贯走进了 128 号的大门。接下来，两人睁大眼睛紧盯住荧屏往下看，他们采取了慢放的方式，看了两个小时才看到晚上十二点多，发现正如张兵他们所交代的那样，三个人直到晚上十二点十五分三十六秒才从甄凡夫家走出来。顺序是范浩在前，稍后是张兵和刘涛，他们一边走一边还在争论着什么。经过查看监控摄像资料，高立伟心里有了底，张兵他们说的是实话，甄凡夫第一次提供的证词也是真实的，倒是第二次供述的是谎言。

与此同时，赵斌到移动通信公司北江分公司核查甄凡夫 5 月 13 日下午三点二十分左右接到朋友电话的情况也有了结果。经过打印甄凡夫 5 月 13 日通话详单，甄凡夫确实在当天下午三点十九分四十秒至二十分三十秒接过一个用座机打给他的电话。经查，座机的机主叫何大海，是供电公司的一名员工。何大海和甄凡夫是初中同学，这些年来一直保持着朋友关系，5 月 13 日下午三点二十分左右的确给甄凡夫打过电话，邀请其一道去翠柳湖钓鱼，当时甄凡夫说正在陪客人打麻将，谢绝了他的邀请。通话时间不长，也就一分钟左右，整个过程就是这样。何大海说的情况与在电信公司查到的通话时间正好吻合，这说明何大海没有说谎。赵斌赶紧将查证的结果打电话报告给了高立伟大队长。

两人回到局机关后商定立即对甄凡夫进行传唤审查。当高立伟和赵斌一出现在甄凡夫面前，甄凡夫就脸色大变。

赵斌用命令的口吻道："甄老板，请你马上跟我们到局里走一趟。"

甄凡夫支吾道："高大队长，您看我实在是走不开，你们有什么事情就在这里谈好吗？"

高立伟板着面孔道："不行，必须跟我们到公安局去！我们是办了法律手续的，不是你想去就去，不想去就可以不去的！"

赵斌马上从公文包里取出"传唤证"向甄凡夫出示。

甄凡夫看了一眼"传唤证"，自作聪明道："传唤不比拘留和逮捕，我要是硬不去呢？"

赵斌道："你硬是敬酒不吃吃罚酒的话，那我们就只好拘传了！"

甄凡夫并不明白"拘传"是什么意思，一脸的茫然。

见甄凡夫不明白，赵斌只好补充解释道："拘传就是捆绑或戴上手铐强制押送到局里。何去何从你自己选择吧。其实，你落到今天这个地步，只能怨你自己，怪不得别人。"

高立伟问道："怎么样，想好了没有，你到底去还是不去呀？"

甄凡夫连忙道："我去，我去！"然后乖乖地上了警车。

回到局机关，高立伟立即对甄凡夫进行突审。

"甄凡夫，知道我们为什么要传唤审查你吗？"

甄凡夫嗫嚅道："我不知道，我可是奉公守法的公民，我没有犯法呀！"

"甄凡夫，你别跟我们打马虎眼了，犯没犯法你自己心里清楚，我们更清楚。我们第一次和你打交道时不是现在这种态度吧？

难道你自己心里没有数吗？让你交代是给你一个争取主动的机会！"高立伟严肃地说。

甄凡夫心存侥幸，还想抵赖："高大队长，我真的没有干坏事呀！"

高立伟厉声道："甄凡夫，你真是不见棺材不落泪，要是我给你讲出来和你自己主动交代性质就不一样了！"

甄凡夫低头不语，看得出他的思想斗争很激烈。

高立伟见状，知道火候已到，猛地一拍桌子道："甄凡夫，我问你，你为什么要作伪证欺骗公安机关！"

甄凡夫支吾道："我是作了伪证，可是我主动找你们纠正了呀。"

"胡说八道！恰恰相反，你是先说实话后作伪证！甄凡夫，你想没想过你这样做要承担法律责任的？"

甄凡夫沉默了一会儿才犹豫着道："高大队长，我也是被逼无奈呀！"

高立伟立即警觉起来，追问道："被逼无奈？你说清楚了，谁逼你了？怎么逼的你？为什么逼你？"

甄凡夫还是不肯说："我不能说，否则我们一家人就危险了，那些家伙都是穷凶极恶、杀人不眨眼的恶棍，他们是说到做到的！我宁肯犯伪证罪被政府判几年刑，也不敢拿全家人的生命来冒险。"

高立伟道："他们是谁？"

甄凡夫仍然选择沉默。

高立伟开导道："你要相信政府，相信公安机关。任何看似强大的黑恶犯罪势力都不足以与国家专政机关抗衡。他们威胁你家人的生命安全，你唯 正确的选择就是与公安机关合作，协助公安机关完全彻底地摧毁黑恶犯罪势力，不留后患，才能保证你家人的生命财产安全，你明白吗?"

甄凡夫心存顾虑地问道:"我要是讲了你们能够保证我和我家人的安全吗?"

高立伟道:"这一点你尽可以放心，我们会尽全力保证你们全家人的生命财产安全的。"

甄凡夫道:"我最担心的就是我女儿萌萌的安全。她的全名叫甄晓萌，今年才八岁，在西大街完小读三年级。那一伙黑恶势力就特别提到了我女儿萌萌，说我要是向公安机关讲了实话，我女儿就死定了。请你们一定要采取措施保护我女儿。我一定讲实话，全力协助公安机关。"

八

对于甄凡夫的要求，高立伟十分重视，立即安排了一位擅长擒拿格斗术的年轻女刑警着便服携带手枪及非杀伤性警具催泪喷射器每天早中晚在上学和放学的时间于西大街完小大门口进行隐蔽监护，并跟学校领导及校保卫科通报了情况，请他们保持警觉，配合公安机关保证甄晓萌的安全。

对高立伟的安排，赵斌颇有异议地道:"我们的刑警这不成了甄凡夫女儿的私人保镖了吗?"

高立伟道:"看来你还没有认识到这个问题的严重性。不知道你想过没有，一旦甄凡夫的女儿被那伙黑恶势力所绑架，将会耗费我们多少警力来破案? 在侦破团伙犯罪案件中，我们经常比犯罪团伙的行动慢半拍，以至处于被动状态，对公安机关的侦破工作十分不利。现在，甄凡夫为我们提供了情况，难道我们还不该及时采取对策阻止可能发生的恶性犯罪吗？"

听了高立伟的一席话，赵斌心服口服。

对甄凡夫的审讯继续进行。

甄凡夫交代道："本来，我第一次向你们提供的情况是完全真实的。可是在当天晚上八点左右，就有高矮不等的三个三十多岁的男人戴着长檐太阳帽，脸上罩着黑色丝袜敲开了我家的门。当时我一个人在客厅里看电视，我喜欢看体育频道的球赛节目，我老婆在卧室里陪着女儿看她喜欢的娱乐节目，因为里外电视的声音都开得很大，所以客厅里发生的事我老婆和女儿自始至终都不知道。他们三个人中一个约一米六五的人手里拿着一把手枪，另两个一米七十多的和一米八左右的手里拿的都是雪白的尖刀。那个一米八的大个子一进来就用左胳膊锁住我的脖子，用右手里的尖刀顶在我的鼻子上，压低声音威胁我说：'不准喊，否则就杀了你！'我连忙小声求饶。那个拿枪的问我：'今天公安局的找你是什么事呀？'我说是问我 5 月 13 日这一天，远大房地产开发公司老板贾士文的保镖张兵、刘涛和范浩来没来我家。那拿枪的又问我：'你是怎么回答的？'我说我只能如实回答，那天他们三人从上午九点到晚上十二点一直在我家里打麻将。那个拿枪的听了恶狠狠地威胁我说：'你明天就去公安局更正你的话，就说昨天你对公安局讲了假话，因为张兵、刘涛和范浩都是你的朋友，恳求你作伪证要你那么说的，其实，5 月 13 日一整天，张兵、刘涛和范浩根本就没有到你家里来过。'我问为什么要这么做，那个锁住我脖子的高个子压低声音在我耳边厉声说：'不该你知道的你别问，知道得越多死得越快！'那个拿枪的还威胁我说：'我们丑话说在前头，你如果不按照我们说的办，休怪我们不客气！你们一家就死定了！当然，我们也不让你白忙活，这是我们老板给你的两千块封口费。记住，公安局的再找你，打死也不能说实话，就按我们刚才教给你的说，否则你一家就没命了，先从你在西大街完小上学的女儿甄晓萌开始，我们说到做到，劝你千万不要拿你和你一家老小的生命来做赌注！'那个拿枪的家伙掏出一沓百元大钞甩在茶几上，我说钱就不要了，我照你们吩咐的办就是了。那个大个子说：'你如果按照我们说的办，这钱你就拿起，如果你想去报警你就别拿这钱！'我一听只好不作声了。最后，那个拿枪的还说：'你可不要自做聪明地跟我们耍滑头，你的一举一动、一言一行都在我们的严密监控之中！'说完，他们就打开门走了，他们一出门就有一辆出租车开过来，他们拦下出租车上车就走了。整个过程就是这样，前后不超过十分钟时间。"

高立伟连忙问道："看清出租车的牌照没有？"

甄凡夫道："当时我紧张得浑身发抖，哪里还顾得上去看出租车的牌照呀！"

高立伟又接着问道："你过后想没想过他们可能是谁？"

甄凡夫道："那天一整晚我都没有睡好，一直在琢磨这件事情，他们三个人是谁？他们的老板又是谁？他们又是怎么知道 5 月 13 日那天张兵、刘涛和范浩在我家打了一天麻将的？可是我始终也没有搞明白。"

高立伟道："好吧，你回去以后一切照常，该干什么还干什么，如果这伙人还来纠缠问你公安局找你干什么，你就说还是找你核实 5 月 13 日张兵、刘涛和范浩他们一天的去向，你一口咬定你还是按照他们教你的说的。你要随时把情况报告给我们。"高立伟把自己的手机号码和刑侦大队的值班电话号码给了甄凡夫，"你要记住这两个号码，我的手机每天 24 小时开机，刑侦大队的值班电话也是 24 小时不离人的，发生了什么事情随时与我们联系。"

甄凡夫走了以后，赵斌颇为担心地道："如果那伙歹徒对甄凡夫进行绑架怎么办？"

高立伟道："这种可能性不是很大。你想想，甄凡夫并不认识他们，他们找甄凡夫的目的就是威胁他，让他向公安机关说假话作伪证，如今目的已经达到，他们再纠缠甄凡夫没有任何必要，反而会增加暴露自己的危险。"

赵斌道："关键在于对张兵、刘涛和范浩的处理是个难题。现在他们三人的作案嫌疑已经排除，理应马上释放，可是只要他们一被释放，隐蔽的黑恶犯罪势力就会知道甄凡夫已经向我们讲了实话，很可能就会对他们一家采取报复行动。"

高立伟听了赵斌的话，顿时心里一亮："正好呀，我现在正愁找不着他们呢，我们放了张兵三人，正好可以达到引蛇出洞的目的。"

赵斌听了心中豁然开朗："好，只是我们要采取相应的措施，可千万别赔了夫人又折兵！"

高立伟道："你说得很对！我们从释放张兵、刘涛和范浩的时候起，就要对甄凡夫一家采取严密的监护措施，24 小时不间断地布控，只要这帮黑恶势力一露头，就一举抓获，不留漏网！我们刑侦大队除留下少量值班人员外，其他人员全力以赴，分成两个大组，一组负责对甄凡夫夫妇的监护，另一组负责对甄凡夫女儿甄晓萌的监护。每个大组再分成三小组，每小组四人，配备一辆挂民用牌照的小车，八小时一轮换，一个小组值勤，一个小组在家留守待令，准备随时出动增援，一个小组休息。要做好长期作战的思想准备，因为黑恶势力何时出动我们并不知道。"

九

自张兵、刘涛和范浩被释放的时候起，负责监护的两个小组就已经各就各位。监护小组的侦查员们为了掩护身份，在值勤时不停地变换地点和视角，身着便服隐蔽在人群中，严密地监护着甄凡夫一家人的安全。三天三夜过去了，始终风平浪静没有一点异常动静。这时，有些参加监护的侦查员不禁开始怀疑此次行动的意义，产生了麻痹松懈情绪。他们中有的说："这样被动地守株待兔到头来只怕会竹篮打水一场空！"还有的说："黑恶势力恐怕知道公安机关会对甄凡夫一家人采取特别保护措施，在这时候对甄凡夫一家进行报复无异于鸡蛋碰石头，肯定不敢来了。"

高立伟提醒大家道："黑恶势力犯罪团伙不是傻子，他们开始心里没有底，肯定还在暗处隐蔽观察，等待时机，大家千万注意不要暴露身份打草惊蛇，耐心等候目标出现，不要麻痹松懈。我可以肯定，等待的时间越久，离黑恶势力动手的时刻就越近！不出一星期，他们一定会有所动作！"

等到第六天，刚好是星期日。这天上午九点多，甄凡夫的老婆黎丽芳骑电动摩托车带着女儿去"家润多"超市购物，当她一手牵着女儿一手提着一大包刚买的食品走到停车场地自己的电动摩托车旁时，在附近的三个戴长檐太阳帽和墨镜的男子立刻围了上去。其中，一个身高一米八左右的男子扭住了黎丽芳的胳膊贴近她的耳边恶狠狠地威胁道："你是甄凡夫的老婆吗？跟我们走一趟，别喊，你要是敢喊，我们马上拧断你女儿的脖子！乖乖跟我们上车！"

黎丽芳惊恐地问道："你们是谁？究竟想干什么呀？"

高个子厉声道："你别问，去了你就知道了！"

黎丽芳在高个子的挟持下只好跟着他走。走到一辆白色"金杯"面包车前，高个子拉开车门将黎丽芳和她女儿甄晓萌推了进去。在面包车的后排座位上，已经有两个戴长檐太阳帽和深蓝色墨镜的男子坐在那里。高个子和另外两人都上车后，司机立即发动了车子。

这时，一辆黑色"桑塔纳"3000也发动了，紧紧地跟在白色"金杯"面包车后面。车上坐的正是高立伟。

白色"金杯"面包车开得很快，驶过一个十字路口立即往右转。坐在副驾驶座上的那个一米六五的矮个子似乎发现了不对头，忙问司机道："你这是往哪里开呀？"

司机根本不加理睬。突然前面有一位老人横穿马路，司机踩了急刹车，副驾驶座上的矮个子一头撞到了前面的挡风玻璃上，额头上顿时撞起了一个血疱，痛得他两眼直冒金星。他粗声恶气地吼道："怎么开的车啊！"

司机仿佛没有听见，继续开他的车。

矮个子见司机不回答，忍不住盯着司机看起来，这才发现司机并不是他们原来开车的杜勇，这个司机他根本就不认识。因为他穿的上衣、戴的长檐太阳帽和深蓝色的墨镜与原来的司机毫无差别，上车时谁也没有注意司机换了人。

矮个子盯着司机的脸问道："杜勇呢？你是谁？要把车开到哪

里去?"

司机这才开口道:"杜勇刚才突然生病打的去医院了,我是他的朋友,临时代替一下。"

矮个子继续盘问道:"在公司里从来没有见过你啊!"

司机软中带硬地回答道:"我才来几天,前几天老总照顾我,让我一边休息一边熟悉公司的情况,今天是第一天正式上班。"

矮个子听到这里才打住了问话。

就在这时,车子一个左转弯驶进了北江市公安局的大门,停在了刑侦大队办公楼前的停车坪里。站在停车坪里的刑警们立即围了上来。

矮个子莫名其妙地问道:"怎么回事,怎么把车开到市公安局来了?"

司机答道:"我奉北江市公安局刑侦大队大队长高立伟的命令,开车把你们送到公安局来接受审查!"说罢,迅速地掏出了手枪。

矮个子正要掏枪,被"司机"用枪逼住:"不准动,老实点!"说着顺手一探,摸到了矮个子别在腰里的手枪,一下子夺了过去。

矮个子惊恐地叫道:"原来你是警察?"

"司机"讥讽地道:"好机灵呀,终于弄明白了我的身份!"

坐在第二排座位上挟持黎丽芳母女的两个家伙把手伸向腰间正要摸出匕首,被后排座位上的两个人用枪逼住,夺了过去。

"金杯"面包车的车门被拉开,几位穿制服的警察对车上的人大声道:"下车!"

三名企图绑架黎丽芳母女的歹徒就这样糊里糊涂地落入了

法网。

原来，高立伟估计隐藏在暗处的黑恶犯罪势力最近几天就要动手了，今天黎丽芳母女一出门，他就亲自带领监护她们的五名便衣侦查员分乘两辆车紧随其后。黎丽芳和女儿进"家润多"超市的时候，他们就在外面布控，发现从"金杯"面包车上下来的三个戴长檐太阳帽和深蓝色墨镜的可疑男子跟着黎丽芳母女也进了"家润多"超市，后来又出来守候在黎丽芳的电动摩托车旁边，立即判断出他们就是出面威胁甄凡夫作伪证的那伙黑恶势力犯罪分子。高立伟指挥随行的便衣侦查员马上抓获了留在"金杯"面包车上的司机和另外两名歹徒，将其押解到警方的车上控制起来。另外三名绑架黎丽芳母女的歹徒因为注意力都在黎丽芳母女身上，根本没有想到"金杯"面包车上的同伙已被高立伟偷梁换柱换成了公安便衣侦查员！直到"金杯"面包车被开进北江市公安局大院，歹徒们才彻底明白过来，可为时已晚，他们一个个都成了瓮中之鳖，只得束手就擒。赵斌兴奋地道："高大队长真是神机妙算啊！"

高立伟道："什么神机妙算啊，没有那么玄乎，我也不能完全肯定他们今天一定会动手，只是觉得应该常备不懈，不能因为松懈大意而错失良机罢了！"

十

审讯立刻进行。六名歹徒态度不一，有的像茅坑里的石头，又臭又硬；有的上阵交锋没几个回合，心理防线便全面崩溃，缴械投降。通过其中三人的供述和互相印证，高立伟基本上弄清了整个案件的来龙去脉。

这一伙黑恶势力歹徒原来都是北江市档次最高的五星级私人酒店鑫源大酒店所属的"梦幻"夜总会的保镖。一米六五的矮个头名叫胡大海,一米七三中等个头的名叫邹勇,一米八高大个头的名叫王建才,他们都是受老板余得水的指使而干这些事的。胡大海是余得水指定的这两起杀人案件行动的带头人,也就是所谓的"行动组长"。据胡大海交代,余得水在北江市城区还有九家餐饮连锁店和十家电游室,电游室实际上都是地下赌场。余得水在电游机的软件上做了手脚,先让下注的人尝点小甜头,当得了便宜的人一步步掉入陷阱孤注一掷下大注时,就会输得一干二净。当赌客们由于输得太多对电游室的游戏机产生怀疑时,余得水就会让他的亲戚出场表演一场赢得大注的骗局,实际上这也是他修改游戏机电脑板的程序实现的。其他赌客见有人赢了大钱,往往又会被重新激起豪赌的念头。为何这些赌场逃过了公安机关的清查打击行动呢?余得水十分狡猾,他在这些"挂羊头卖狗肉"的地下赌场门外安装有电子监控摄像头,公安民警只要在距离地下赌场门口两百米外一出现,立刻就会引起专门监控人员的警觉,他们会马上发出信号让赌场内采取应对措施,所以公安机关在得到密报后屡屡出动警力突击清查又屡屡扑空。余得水开设赌场完全是一本万利,每年纯收入在三百万元以上。与此同时,余得水还放高利贷,在他开设的娱乐场所贩卖毒品,组织和强迫妇女卖淫,以此获取暴利。余得水靠着这些地下非法勾当,资本就像滚雪球似的膨胀起来。余得水急欲转型从事房地产开发工程项目,一是因为他看准了房地产行业的暴利,比贩毒的利润空间更大,也更安全。二是他靠非法手段聚敛起来的巨额财富也要找一个合法的行当进行洗钱。

5月13日，胡大海、邹勇和王建才受余得水的指使，提前埋伏在黎洪峰回老家的必经之路鹰嘴崖，用巨石设好路障，然后在峭壁上面的山顶埋伏等候黎洪峰经过。这天上午十点三十五分，黎洪峰的车果然按时来到鹰嘴崖，被巨石路障堵住回家的去路，就在司机停车下来排除路障时，他们推下了另一块更大的巨石，正好砸中黎洪峰的车顶，造成黎洪峰车毁人亡。三人确认已经砸死了黎洪峰以后，便迅速潜回北江城区，向老板余得水报告了他们的"战绩"，余得水给他们每个人"奖励"了两千元现金。接着，几天后的5月18日，余得水又指使胡大海、邹勇和王建才开枪杀害了宏发房地产开发公司老总王大章。余得水特别嘱咐他们在开枪杀死王大章后，要把地上除了王大章本人以外的脚印，全部擦洗干净，不留痕迹，再就是要把手枪仔细擦拭干净后留在现场。至于为什么要杀死王大章，余得水没有说。胡大海、邹勇和王建才他们知道的情况就是这些。

至此，余得水这个老谋深算、阴险狡诈的系列杀人案件的主谋策划和幕后指使者终于浮出了水面。

"在鹰嘴崖现场为什么会出现贾士文的三名贴身保镖的脚印和烟头？"高立伟追问道。

胡大海回答道："这很容易做到。余得水有一位名叫刘志军的老乡在贾士文的房地产开发公司里担任集体宿舍的管理员，管理员因为负责宿舍设施的维护修理，而且每天都要打扫集体宿舍的卫生，所以都配备有集体宿舍的钥匙，盗用几双鞋和捡几个烟头，是轻而易举的事情。余得水用钱买通了这个管理员，盗得了贾士文那三名贴身保镖的鞋子及烟头，我们在鹰嘴崖现场作完案回来后，余得水又让我把三双鞋子及时送了回去。"

高立伟道："余得水这个家伙真是机关算尽，太老奸巨猾了！他设计了双重迷魂阵：首先利用众所周知的黎洪峰与王大章的矛盾，杀害了黎洪峰，嫁祸于王大章。接下来，又枪杀了王大章，制造了黎洪峰之子黎海波为报杀父之仇枪杀了王大章的假象和陷阱。余得水心里明白，假象只能骗人于一时，公安机关经过缜密侦查，迟早会识破他的布置。为了达到继续迷惑公安机关的目的，他又设计连环套，制造了第二重假象。从利害关系来分析，黎洪峰和王大章及贾士文是临江路改造开发工程招投标上的竞争对手。黎洪峰和王大章的死，贾士文是最大的受益者。贾士文很容易成为公安机关的怀疑对象。于是余得水利用人们的逻辑定式，制造了贾士文谋害黎洪峰和杀害王大章的假象：首先，他选用的三名杀手，从身材与外部特征来说与贾士文的三名贴身保镖正好吻合，而且在作案前，盗得了贾士文那三名贴身保镖常穿的鞋子及其中一人吸烟扔下的烟头，让他的三名杀手穿上贾士文的三名贴身保镖的鞋子前往作案现场，作案后又故意把盗得的烟头也扔在作案现场，达到制造烟幕弹，转移公安机关视线的目的。如果公安机关真的把贾士文给抓了，那么山中无老虎，猴子充大王，余得水就可以轻而易举、名正言顺地获得临江路改造开发工程项目。可惜机关算尽太聪明，到头来反误了卿卿性命！走，跟我到鑫源大酒店立即拘捕余得水！"

高立伟和赵斌率领三名身着警服的刑警马上驾着警车直奔余得水的老巢鑫源大酒店。在酒店门口，却遭到了门卫保安人员的阻拦，一名保安员趾高气扬地道："你们的警车不能停在酒店门口！"

　　高立伟掏出自己的警官证举到那位保安员的面前道："我们是依法执行公务，请你们配合！"

　　保安员毫不客气地道："想进我们公司，得先经过我们余总的批准！"

　　高立伟道："我们找的就是余得水！"

　　保安员乜着眼道："余总是你想见就能见的吗？"

　　赵斌沉下脸来："大队长，你别跟他啰唆。"他转过脸对保安员道："告诉你，你要继续妨碍我们执行公务，连你一起拘留，你信不信？"

　　保安员按下手中对讲机的通话按钮，就要向余得水报信，被赵斌一把夺了过去："老实点！想给余得水通风报信吗？"

　　保安员只好乖乖地退到一边。高立伟带着刑警迅速地进入电梯直奔七楼余得水的总经理办公室。

　　此时的余得水正陶醉在他设计的那套双重陷阱中，不管怎么说，这临江路改造开发工程项目已经十拿九稳了。他一边喝着西湖龙井，一边在网上观看着传统经典京剧《空城计》，随着剧中主人公的唱腔扬扬得意地哼着"我正在城楼观山景，忽听得城外乱纷纷，旌旗招展空幡影，原来是司马发来的兵"。突然，办公室的门被推开，余得水的雅兴被打断。他抬起头来正要发作，看到大踏步走进门来的是几位脸色严峻的警察，不禁张口结舌愣住了。

　　高立伟对余得水大声问道："你就是鑫源的总经理余得水吗？"

　　余得水不知高立伟的葫芦里究竟卖的什么药，只得点头回答道："本人正是余得水。"

　　高立伟用责令的口吻道："跟我们到公安局走一趟！"

　　余得水心虚地道："请问为什么要跟你们走一趟呢？我又没有

犯法！"

高立伟道："犯没犯法你自己心里最清楚！我现在正式向你宣布，你被刑事拘留了！马上跟我们走！"

余得水道："我跟你们走前想上一趟洗手间可以吗？"

高立伟道："当然可以。"说罢，又吩咐赵斌："你先检查一下洗手间。"

赵斌会意地进入洗手间，查看了一遍，洗手间临街的窗户有铁栏栅，洗手间内也没有可以系绳子的地方，电气开关亦完好无损，便放心地回到办公室对高立伟点了点头。

高立伟得到了赵斌的暗示，对余得水道："你去吧，抓紧时间！"

余得水如释重负地走进洗手间关上门，两分钟后传来"砰"的一声巨响。高立伟连忙奔向洗手间踹门而入，可是晚了！

十一

呈现在高立伟面前的情景让他惊呆了：余得水已经蜷曲着倒在洗手间里，血污溅在了墙面上，染红了地面的瓷砖，枪弹从他右边的太阳穴射进，又从左后脑射出，他的右手里握着一支枪口还冒着丝丝青烟的"六四"式手枪。

"要联系 120 急救中心来抢救吗？"赵斌请示高立伟道。

高立伟道："不必了，头部贯穿伤，人已经死了，没有办法再抢救了。"

高立伟他们立即搜查了余得水的办公室，从办公桌中间抽屉里找到了余得水留给老婆王茜的一封信。信中对他死后的事进行了安排，包括子女抚育、遗产的处理等。

余得水在信中说："王茜，如果你能看到这封信，说明我已经东窗事发被公安机关抓捕归案，即将面临死刑判决，不久就要离开这个世界。

"我觉得目前这个世界是属于敢于冒险者的世界！一些人通过冒险成功了，他们成了亿万富豪，过上了人上人的穷奢极欲的生活。也有一些人在冒险过程中失败了，他们赔光了老本，甚至搭上了性命，这是他们为此付出的代价。对于任何人，成功与失败的机遇永远都是各为百分之五十。我仔细研究了现实生活中的那些亿万富豪，他们中靠扎扎实实的诚实劳动，靠自己的智慧致富的人并不多。中国最杰出的科学家钱学森、袁隆平他们致富了吗？没有！致富的都是一些什么人呢？都是一些巧取豪夺的房地产投资开发商、私人矿主，他们靠掠夺属于全民所有的国家矿产资源，靠残酷压榨工人的劳动赚黑心钱致富，还有的靠贩毒、开设地下赌场、放高利贷、组织强迫妇女卖淫等种种伤天害理违法犯罪的手段快速致富。他们中有的侥幸没有被发现，或者有'保护伞'罩着的就成功了，而暴露了的则失败了，被判刑甚至枪毙。我也要大干一番！如今，总投资额为54亿元的临江路改造开发工程项目就是一个发财致富的极好机会。北江市的北江房地产开发公司、宏发房地产开发公司和远大房地产开发公司这三大巨头都报名参加了招投标。必须扫除这三个障碍，我才能拿到临江路改造开发工程项目的开发权。我知道北江房地产开发公司老总黎洪峰和宏发房地产开发公司老总王大章积怨很深，又是竞争对手，便安排人在黎洪峰回老家的必经之路鹰嘴崖推下巨石将黎洪峰砸死，制造了王大章谋害黎洪峰的假象，接下来，又制造了黎洪峰的儿子黎海波为报杀父之仇,开枪将王大章杀死的假象。我知道,只要公安机关介入侦查,案件的真相迟早会浮出水面。为了嫁祸于远大房地产开发公司老总贾士文,为我获得临江路改造开发工程项目清除最后一道障碍,我当初派出杀手谋害黎洪峰时就进行了精心策划,让杀手穿上贾士文贴身保镖的鞋子,还故意把贾士文贴身保镖吸过的烟头丢弃在作案现场,当时公安机关果然把侦查的视线转向了贾士文。我精心策划的一石三鸟的夺命陷阱眼看就要大功告成,临江路改造开发工程项目马上就要成为我的囊中之物,不料公安机关还是识破了我设置的重重迷雾,揭穿了我的阴谋。如今,我在劫难逃,也是罪有应得。事到如今,我虽然后悔,但是为时已晚!我将被押上法律的审判台,你不必浪费金钱为我聘请什么辩护律师,没有用处!我主谋策划指使杀害了两条人命,判处死刑是在情理之中的事,罪不可赦,何必枉花金钱多此一举呢?

"公司的财产除了依法被收缴和应该赔偿受害者亲属的,留下来的财产也足够你和儿女们这一辈子的消费了,只要不过于铺张浪费,你们的正常生活还是能够得到保证的。你不要忘记给贾士文的集体宿舍管理员刘志军的亲属留一笔生活费。刘志军是与我同一个村的老乡,因为我要他帮助我窃取贾士文三名贴身保镖的鞋子和烟头,也牵涉到了这两起杀人案件之中,肯定也会受到法律的制裁,因此必须给予他应有的补偿。"

……

高立伟看了余得水的遗书后道:"这份遗书是余得水最完整的自供状,我们必须带走作为定案证据材料收入案卷。"

赵斌道:"可是这毕竟是余得水留给他老婆的遗书啊!他老婆

那里怎么办？"

高立伟道："那还不好办吗？给她看完原件留一份复印件就行了。收入案卷的原始证据材料必须是原件，否则没有法律效力！回局机关后，马上准备法律文书，对刘志军实行刑事拘留。"

赵斌感慨道："余得水真是一只老狐狸，他精心设置了双重圈套，可是，最终还是搬起石头砸了自己的脚。他为什么要这么办呀？其实，他凭着现在的经济实力完全可以生活得十分安逸呀！"

高立伟道："贪得无厌是这种人共同的本性。你想，临江路改造开发工程项目是一项总金额达 54 亿元的大项目，其利润赚头绝对在 5 亿元以上。马克思在《资本论》中引用托·约·登宁的话说：'如果有 10%的利润，资本就会保证到处被利用；有 20%的利润，资本就活跃起来；有 50%的利润，资本就会铤而走险；为了 100%的利润，资本就敢践踏一切人间法律；有 300%以上的利润，资本就敢犯任何罪行，甚至去冒绞首的危险。'余得水走上不归路的事实，再次证明了这一条真理的不可颠覆性。还有一件事情要做，就是调查余得水那支用来自杀的'六四'式手枪的来历。"

赵斌道："我回去以后马上在公安网上查一下，有了结果再向你报告。"

赵斌回局后上网查了余得水用来自杀的那支"六四"式手枪的枪号，发现这是外省某县发生的一起检察官遇袭被害枪支被抢劫案件中的公务配枪，这支手枪怎么会到了余得水的手中？是余得水花钱买来的还是余得水本人就是那起案件的凶犯？一时还无法下结论，尚有待进一步开展侦查，不过由于余得水已经死亡，这个案件的侦破难度增加了许多。但是，对刑事侦查员来说，每侦办一起疑难案件都是一次与隐蔽的罪犯斗智斗勇的挑战。与天斗,与地斗,与人斗,其乐无穷。高立伟、赵斌他们又满怀信心地投入到新的侦破工作攻坚战中。

(罗学知,中国作家协会会员、中国当代文学研究会会员、中国通俗文艺研究会会员、中国法学会会员、湖南省公安文联常务理事、常德市公安文联副主席。著有长篇小说《出生入死》《黑白较量》《生死博弈》等七部,中篇小说《恨海情深》《绝密截击行动》等二十余部,短篇小说及纪实文学作品一百五十余篇。中篇小说《被追授勋章的女警官》获首届全国公安文学大奖赛一等奖、金盾文学奖、《剑与盾》文学奖、丁玲文学奖,并被编入"中国当代公安文学大系丛书"中篇小说卷。)

报告文学

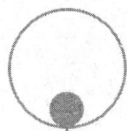

"寻人总司令"隋永辉

艾 璞

> 隋永辉坦言：以前是但行好事，莫问前程。如今，不光是一年做八件大事，更是八年只做一件事。以后，应该是一生只做一件事，那就是寻亲。
>
> ——采访札记

引 言

2023 年 9 月 20 日，成为杭州第 19 届亚运会杭州站 34 棒火炬手的隋永辉，写下了感言：荣誉永远都不是属于哪个人的，它属于公安，属于集体，属于组织，可以成为个人工作的一个新起点。只要人人都献出一点爱，这个世界就会变得越来越美好。

2023 年 9 月 23 日是中国二十四节气中的"秋分"，在这个热烈与收获的时节，杭州第 19 届亚运会开幕式于当晚隆重举行。浙江省公安机关有五位民警作为公安先进人物代表，有幸在现场见证了这场无与伦比的开幕式。

有"寻人总司令"之称的杭州市公安局西湖区分局督察大队

247

民警隋永辉是火炬手,当天在现场观看开幕式,激动之情溢于言表:"有机会参加开幕式,能够现场感受亚运精神、体育精神,能够现场感受平安浙江、大美杭州,能够现场感受亚洲一家人、和谐亚细亚,定会给以后的工作注入源源不断的动力和热情,愿伟大祖国繁荣昌盛!"

2023 年盛夏的一天,闷热潮湿。隋永辉碰到寻人烦心事,他脑袋卡住,一身疲惫地从杭州市公安局西湖分局回家,洗漱完毕,顾不上和妻子儿子交流,倒头便睡。妻儿知道他的脾气,心疼地看着他呼呼入睡。

日有所思,夜有所梦。凌晨时分,隋永辉在梦中笑了,一道白天的寻人难题在梦中顺利解决。他一骨碌爬起,拿出笔把梦中的解决方案记下,生怕灵感跑了。

如今的隋永辉荣誉等身,他仍一如既往有着山东人的谦逊、朴实,不是在寻人,就是在寻人的路上忙碌。作为他多年的老友,2023 年 6 月 14 日,我与他约好采访。他匆匆赶到浙江省公安厅,说是上午在附近参加模范事迹报告会,当观众。我调侃道:"你应该去当主讲人才对啊。"他笑而不语,随后说道:"我做的还不够,需继续努力,那么多寻亲的家人,在,等——着——我。"

下午,隋永辉接到央视《等着我》寻亲栏目组主持人舒冬的电话,还有九个寻人电话,态度始终认真负责。耳听为虚,眼见为实,我浏览他在"今日头条"上以实名身份每天更新发布的寻亲信息,感叹不已,隋永辉寻亲已入脑入心入魔。

标为公益寻人隋永辉的个人主页上,认证是:杭州市公安局西湖分局　情感领域创作者。

IP 属地:浙江。

简介：愿寻亲之路不再遥远，回家之路不再漫长！寻人，我们一直在路上。

我仔细阅读，到 2023 年 6 月 26 日为止，隋永辉入驻"今日头条"已 1616 天了，总粉丝数 73375 人，阅读量为 3505.14 万，不容易啊。

挂在杭州市公安局西湖分局"永辉工作室"内墙上的进度牌，数字"9936"的背后曾是全国 9936 个家庭的眼泪与迷茫，也见证了他们的重逢与欣喜。

无数个波折不堪的人生，找回血亲的根脉来源，破碎残缺的家庭重归圆满，收获迟来的喜悦。这一切，与隋永辉的执着付出有关，他的大爱真正做到了含纳万家、遍布神州。

52 岁的隋永辉，是山东省海阳市人，1990 年 12 月入伍，2006 年 11 月转业至杭州市公安局西湖区分局。曾荣立个人二等功一次，曾被评为"2019 中华慈孝人物""全国最美志愿者""全国最美基层民警""全省最美公务员""杭州市最美退役军人""第七届最美杭州人"等，2021 年被公安部授予"全国公安系统二级英雄模范"荣誉称号。

隋永辉在寻人的公益路上挥洒着热情和担当，激扬着青春和梦想，矢志不移，不停地奔跑着。

初出茅庐，也能一鸣惊人

寻亲，意味着常常会受到挫折和困难，如果没有强大的内心、执着的信念和百折不挠的精神，是坚持不住的。不服输的精神从小就一直流淌在隋永辉的血脉里，成为他内心强大的驱动力。记得小时候在老家，他和小伙伴在夏日收割好的田里玩耍摔跤，基本每次都能力拔头筹。

隋永辉将"别人不会的，我一定要学会"的信念，一直坚持实践至今。

1997 年秋，隋永辉从石家庄陆军学院毕业，到部队任排长，首先面临的问题便是老班长们对他不服气。

隋永辉体重 135 斤，跟五大三粗的班长们相比，算是瘦弱。班长们瞧不起他，隋永辉也不多说，埋头加班加点苦练各种军事技能。不久，部队去丽水支援国防电缆施工，挖埋设电缆的沟。挖沟时会遇到大石头，需要把大石头搬出来。

一次，挖出一块石头，两个战士准备抬出来。隋永辉对班长说："你能不能一个人把石头搬出来？"班长试了，没成功。隋永辉又对另外两名班长说："你们俩试试。"结果那两人也徒劳无功呈尴尬状。隋永辉底气十足地说："我来试试。"他小试牛刀，一下子就把石头搬了出来，这下班长们彻底服气了。

2000 年，隋永辉已是团里最老的作训参谋，面临转业。部队每年赴舟山海训时，按规定老同志留守。但那年海训部队有项全集团军大比武任务——攀岩训练。当时全军关于攀岩训练还没有教科书，也没人知道该怎么练。

团里召开党委扩大会议，开了半天，愣是没决议，因没有人懂。团长拍板，让隋永辉明天赶过来，把任务交给他。

隋永辉被火速召到前线，负责攀岩训练。隋永辉虽然心里也没底，但面对死任务，可难不倒爱学习的隋永辉。隋永辉带着一个排的兵力，每天研究后训练，训练后总结，经过无数次尝试，终于摸索出一套步炮分队攀岩作战的战术，最后在比武时勇夺集团军第一名。这一套战术，后被编成全军第一部攀岩训练教材，成为传奇。

在钢铁熔炉中锻造过的隋永辉，结束了 16 年光荣而难忘的军旅生涯，于 2006 年，脱下军装穿上警服，而不变的是一颗忠心。

转业到杭州市公安局西湖区分局，从警伊始，好学习爱思考的隋永辉就迅速进入刑侦角色，向创新要成绩——创新技战法。在打"双抢"会战中，他独创的"虚拟身份侦查及抓捕法"享誉全市、全省乃至全国，成果显著。2007 年，破获一系列飞车抢夺案时，因隋永辉的红色上衣特显眼，被誉为"红衣刑警"。

隋永辉钻研独特创新的战法，在侦破案件中发挥了主要作用，如杭州九溪玫瑰园特大盗窃案、杭州高尔夫别墅特大盗窃案等。警界流传着他的传奇事迹。

2011 年，隋永辉侦办一起拐卖案，失散家庭的痛苦促使他萌发了公益寻人的念头。

正巧，那年江苏省启东市公安局民警俞警官侦破拐卖儿童案后，为方便警务协作，在公安网上建立了一个为全国各地公安部门提供信息互通、资源共享的服务和交流平台——启东警务协作平台。

2011 年 8 月，隋永辉经同行介绍推荐，在该网站上注册了会员，并利用业余时间开展寻找走失人员。因能力出众，进步神速，他被众人推为平台常务副站长。在他的带领下，网站的注册会员达到 3.2 万余名。

全心全意为人民服务，隋永辉把业余时间全投入寻人工作中，迎来了一次次震撼人心的团圆，并以"寻人总司令"的称号而成为浙江警队的"金字招牌"。

2014 年下半年，央视《等着我》栏目组联系到启东警务协作平台，开展寻人合作。经公安部、中央电视台和启东警务协作平台三方座谈、研讨和交流，制订了一套便于操作的协作、流转机制，并选定协调能力强、有志于寻人公益事业的隋永辉作为牵头总联络员。这不仅是荣誉，更是沉甸甸的责任和大家的期待。

在隋永辉眼里，身上的警服代表着打击犯罪、匡扶正义、保护人民。工作之余助力寻人爱心公益，是他寻找内心的特殊需求。

随后启东警务协作平台升级为警务协作+公益双元素。隋永辉会同各地民警通过信息查询、线索传递、异地协作、落地核实及生物信息比对等措施，帮助被拐卖妇女儿童，离家出走、民政求助、两岸寻亲人员及失联多年的亲友、战友、烈士遗属等寻亲、寻友。

隋永辉牵头成立由全国各地民警组成的九个协作群共 4000 余人，对接中央电视台、民政部、退役军人事务部、"宝贝回家"寻子网、头条寻人、抖音寻人等机构和公益组织。隋永辉除接收、收集、反馈寻人信息，还持续跟进寻人进度。

隋永辉称这是"织网"，在全国织成一张庞大且密集的寻人网，有线索及时流转，既节省人力、财力、物力，又提高了效率。

2015 年，央视《等着我》栏目组接到江苏一位母亲的求助。她儿子曾是家人的骄傲，是村里的首位大学生。为支持他，全家人辛勤劳作，他的弟弟甚至放弃学业打工为他赚取学费。

但儿子大学毕业后却突然失踪了，十年杳无音讯。她和丈夫整日以泪洗面，身心受到严重打击。她常做同一个梦，梦到儿子遭遇意外而去世的可怕场景。

这位母亲说她心里已经默认孩子不在了，只希望能有一个确切结果。经隋永辉分析研判,发现小伙子的身份信息近年来曾在西安一家网吧登录过,且只在这家网吧有过记录。

通常一般人上网,不可能只固定在一个网吧。他会不会在此工作? 隋永辉请当地民警走访核实。

不出意外,西安警方在一家昏暗的网吧找到小伙子时,他已在这里当了十年网管。没和父母产生矛盾,为什么要对父母避而不见? 理由有点苦涩:家人对他期望很高,他毕业后却一直没找到像样的工作,无颜见江东父老。

在央视《等着我》认亲现场,母亲收获儿子出现的惊喜,儿子意识到自己的错误思想和做法,向父母道歉,一家人和解团圆。

全国全网全媒体寻找

幸福的家庭都是相似的,不幸的家庭各有各的不幸。

全国各地发生的妇女儿童被拐卖、拐骗、遗弃或送养的案(事)件,各有其原因。据统计,被遗弃或送养的儿童,绝大多数是女孩,大多发生在两个时期。

一是 20 世纪 50 年代末 60 年代初。三年自然灾害时期,父母之所以遗弃孩子,主要是因养不活,被迫遗弃,地点大多在各地的火车站、福利院。这些孩子被称为"国家孩子"。

那时国家会不定期把这类孩子分发到几个粮食大省——山东、山西、内蒙古、河南等。这些孩子从小就知道自己不是父母亲生的,当养父母去世后,他们中的一些人会萌生强烈的寻找亲生父母的意愿。而此时,他们的亲生父母却大多不在了。这部分人年龄大多在 60 岁以上。由于年代久远,加上以前福利院资料保存下来的不多，他们找到亲生父母的概率非常低。

二是 20 世纪 80 年代初。被遗弃的大多是女孩，通常是超生孩子，不是家里的老大老二，而是老三老四居多。一些有封建思想的家庭冒着风险想生一个男孩传宗接代，如果生的是女孩，她的命运往往是被遗弃或者送养。这些人被找到的概率很大。但由于是被遗弃的，她们通常不太愿意接受亲生父母的寻找，即使被找到了，也大多不愿意见亲生父母。有些人从小不知道自己不是亲生的，突然知道了自己的身世，一时间还不能接受。

梁希最初的名字叫佟怀英。大概在 1988 年，佟怀英被人从黑龙江哈尔滨拐卖到江苏徐州某县，可能是拐卖途中被人发现她智力缺陷比较严重或者其他什么不为人知的原因，结果到徐州后，她就被人贩子抛弃了。

从此，梁希开始了在异乡流浪的生活，直到遇到现在的丈夫。被收留后，两人结婚，育有一女一儿。家里虽不宽裕，倒也其乐融融。

平时一家人聊天，也会聊起她在老家哈尔滨的情况。她依稀记得自己叫佟怀英，家里有两个哥哥，一个叫汉城，一个叫汉宇，而且也记得父亲和母亲的姓名。通过她的记忆，女儿刘环环长大之后，开始寻找母亲在哈尔滨的亲人。最后，通过哈尔滨电视台的帮助，找到了汉城和汉宇。

天有不测风云，2011 年 11 月的一天，梁希独自一人在骑自行车去买菜的途中走失。此后，她的丈夫每天都在盼着她回家，女儿和儿子也把找回母亲当作最大的心愿，全家人下定决心，绝不放弃寻找，相信终有一天一家人能团圆。

一家人在徐州当地乃至全省，以及周边省市包括安徽、山东、河南等地，到处去打听寻找。但几年下来，均无果。

自 2017 年起，刘环环在网上通过各大媒体发布寻人消息，展开全国、全网、全媒体的寻找。一时间，全国各大媒体、各大网站都登载了这条寻人消息。依然无果后，刘环环又求助中央电视台《等着我》栏目组，但仍没有找到母亲的下落。

热度随着时间的流逝慢慢下降，梁希难道真的就这么消失了？

刘环环仍抱着希望，2021 年 9 月 6 日，她通过网络联系到隋永辉，希望永辉工作室能帮她找到母亲，这也成为她寻亲路上的最后一站。

其实，隋永辉一直关注着这则寻人信息，以前也寻找过，但没找到。隋永辉思考着，随着科学技术的迅猛发展，可再试试。

于是，隋永辉开始了再一次的寻找。经过艰难的技术比对，结果让隋永辉感到很意外，显示有一个安徽宿州人员与梁希的相似度出奇地高，且这位宿州的张某某和户主张某田的关系，显示为非亲属。户主有父母，但没有其妻子和子女的信息，而张某某与其同户，这是不是意味着她是被收留的？这个不得而知，那么，就需要实地核实。

隋永辉迅速联系了安徽省宿州市埇桥区的民警杨坷，请他帮忙核实这个人的情况。杨坷很快反馈：该女子是 2018 年 2 月在当地流浪时被这户人家收留的，有智力残疾，东北口音。且她在当地有一次电动车违章，当时自报名为佟怀英。

在基本确定梁希与张某某是同一人的情况下，永辉工作室将户籍登记本上的照片拍照后传给刘环环辨认，经确认，正是其母亲梁希。随后，隋永辉又与安徽警方进行交流，请他们提取了张某某的 DNA 入库比对，进一步确定了其与刘环环的母女关系。

在得到确定的消息之后，9 月 9 日，女儿刘环环放下手上的所有工作，从山西长治赶回江苏徐州，与当地公安机关对接后，准备前往安徽宿州接母亲回家。

中央电视台《等着我》栏目组获悉后，由于两年前节目播出时没有找到，现在既然找到了，工作人员便迅速从北京飞往安徽，见证了一家人团圆的幸福时刻，且后来在《等着我》栏目的寻找案例中作了后续报道。

就这样，被全网全媒体寻找了十年的梁希，最后在永辉工作室的努力下，被成功找回。

富阳与阜阳的缘分

寻亲成功主要靠什么？隋永辉的回答是：靠科技，人口信息库和比对技术的日益完善；靠团队，各警种精英 3.2 万余人，覆盖全国 3200 余个县级公安机关；靠"火眼金睛"，长年累月的刑侦工作赋予隋永辉敏锐的观察力，不经意的线索，在他眼里都能变成搜寻的关键信息；最重要的是靠一份热心和恒心，"人再多，地再广，时间再久，有了这份心，大海捞针不再是神话"。

杭州市富阳区洪大伯的妻子陈阿姨每年都记得，家门口的枇杷黄了熟了，就是他们该去看望隋警官的时节。从 2020 年起，每年 5 月 11 日，洪大伯都会带着家人，将从院子里的枇杷树上摘下的枇杷，送给恩人隋永辉，礼轻情意重。

原来，2019 年 5 月 11 日，洪大伯失踪 20 年的女儿回家了，这是个值得纪念的日子。从此洪大伯定下规矩，每年 5 月 11 日，都是他们家族的重要节日！

1999年4月17日，洪大伯25岁的女儿洪晓燕（有轻度智力障碍）失踪，之后夫妻俩苦寻20年无果。他们去过山东、安徽、河南等十多个省市，悬赏金从5000元，涨到2015年的50万元。

夫妻俩辞去工作，在当地开了家面馆，把女儿的照片和寻人启事贴满了饭店墙壁，边谋生边寄希望于南来北往的顾客能为他们提供线索。晓燕奶奶相信，孙女总有一天会回来。老人嘱咐家人，就算她走了，也不要把老宅卖掉，留给孙女住。

希望渺茫，就在夫妻俩快要崩溃时，从报上读到了隋永辉的寻人事迹，他们眼前一亮。抱着死马当活马医的一线希望，2019年3月3日，夫妻俩拿着报纸赶到西湖分局，把隋永辉当作最后一根救命稻草。

隋永辉接下这份信任，他把晓燕的照片导入电脑进行比对，初步选出了156位疑似对象。经过一个月的筛选，排前三位的分别是相似度为93.35%的江苏睢宁人、89.36%的山东潍坊人、80.90%的安徽阜阳人。他把三人的信息通过启东警务协作平台传递到其各自的户籍地，请当地民警核实三人是否是土生土长、智力正常。

两天后，各地反馈核实结果，潍坊和睢宁的是本地人、智力正常；而阜阳的女子非本地人，有智力障碍。隋永辉还发现该人家庭结构"不正常"，夫妻年纪相差近20岁。

用最古老、最可信的方式——"滴血寻亲"，将该女子与洪大伯夫妻的手指扎破，滴下两滴血在纱布上，存入基因库。

结果出来，基因相似度为99.999999%。夫妻俩拿着检验报告数着："一共8个'9'。"这串数字像个有信服力的图章，盖在了双方的心上！

忐忑、激动、焦虑……怀揣着复杂的心情,隋永辉带老洪夫妻赶到安徽阜阳一个偏远山村。

20 年足以改变人的样貌、性格、生活、家庭等。45 岁的晓燕胖了 20 斤,已经是两个孩子的妈妈,在村子里落了户,还有了新名字:周红。

但洪大伯夫妻俩一眼就认出了女儿,"右脸颊有颗痣。"他们转过头,突然跪在隋永辉和当地民警面前,任凭眼泪流淌……

隋永辉陪着一家人从阜阳回到富阳,奶奶一遍遍抚摸着晓燕的脸,亲朋好友涌来挤满客厅,围着晓燕怎么也看不够,这是一场迟到了 20 年的喜宴。

隋永辉看到他们团圆的感动场面,忍不住流下激动的热泪,他准备撤退,早点回家看看妻子和儿子。

但洪大伯夫妻俩跪下不让他走,一定要他到他们面馆吃碗面。隋永辉盛情难却,急中生智,指着院子里的枇杷树说:"摘几颗枇杷吧。"于是隋永辉口袋里装着满满的枇杷回了家。

隋永辉本意是找借口早点回家,却被理解成他爱吃枇杷,被洪大伯一家人永远记住,成了洪家的重大事件。

富阳与阜阳一字之差,读音有点类似,是缘分,却揪心地隔断了 20 年亲情。这份情感永存于洪大伯一家人的记忆里,变成对人民警察隋永辉的感恩。枇杷见证了这真挚的警民情。

与一生一世有关的一盘水饺

2022 年 8 月 23 日,"今日头条"公益寻人隋永辉的页面上,图文并茂地记录着感人的一幕:

看上去，只是一盘饺子。

但却是一位母亲一大早起来忙活了半天包出来的。

然后，煮熟。然后，大老远打出租车送过来。

这不是一盘饺子。这是一份情意。

20多年前，她的大女儿离奇失踪，去年被找回来了。事情本应该就这样过去了。然而，不是，他们依然记得，一家人一直记得，这位母亲一直记得。

或许，是出于一位母亲对女儿的爱。

或许，是这位母亲出于一份感恩的心。

所以，这盘饺子，吃起来很沉重，真的很沉重。

有条评论：功德无量。应可代表读者的心声。

隋永辉却之不恭，和工作室同事们分享了这盘饺子。

在隋永辉眼里，一次寻亲，可足不出户在电脑上纵横驰骋，也可去实地千里跋涉。每个团圆故事，都是印刻在隋永辉脑海中的一段生动的公益样本。

为促成这份团圆，隋永辉经历了寻人以来最远的奔波，单程1100多公里，让血脉再相连。下面的故事是对大妈送水饺缘由的生动诠释。

2020年10月的一天，隋永辉接到杭州拱墅区一名群众求助，称其姐姐周某兰1999年上大学二年级时在老家吉林省临江县被人欺骗，带至山西，至今音信全无。

接报后，隋永辉做了大量的前期研判工作：一是听取陈述。与求助人面对面沟通十多次，专程至其家中与其父母交流，听取失踪人员当年的情况。二是轨迹查询。但由于周某兰没办过身份证，通过身份查询无任何轨迹。三是人像比对。周某兰失踪21年期间，应有了其他身份，但收集她 1999 年至 2004 年间多张照片后，多次在全国范围内进行人像比对，没发现其新身份；通过山西动态人像系统比对，亦未发现。四是警务协作。求助人称其姐姐 2002 年前偶尔与家人有通信，经查询，山西长治的收信人为当地退休民警，电话联系，对方称周某兰在其家里租住过两年，后与当地一男子结婚并育有一女。

隋永辉请长治警方调取周某兰的生育信息和病历，得知周某兰 2007 年 7 月生下一女儿，并得到了其丈夫的信息。但经联系，其丈夫称妻子 2009 年 7 月，即女儿 2 周岁时无故离家出走，至今杳无音信。

隋永辉电话访问关系人，几经周折联系到当初将周某兰骗到山西长治的男子黄某会，其称二人到长治后曾一起生活过，但 2004 年他回到吉林老家后，就再不知周某兰的情况。后联系到黄某会的外甥张某光，其称当初在山西，与黄某会二人住得比较近，常一起玩，但他 2004 年离开山西后与他们便再无联系。还联系到当年与周某兰较为亲密的几个人，几人均表示自从周某兰结婚生孩子之后便与她再无联系。

同时，隋永辉采集了周某兰父母的 DNA，由杭州市公安局西湖分局 DNA 实验室入库比对，没比对出相关人员。

至此，隋永辉思考的重点是：周某兰离家时，没有一个人事先知道；她离家后，也没人与其再有过联系，这极其不正常。

围绕周某兰的关系人均可查到且都能够联系上，这十多个人对当年情况的陈述内容也高度吻合。那周某兰究竟去了哪里？是否已遇害？

所有工作均无果后，隋永辉把此事件当作疑似命案，设想了最坏的结果：活要见人，死要见尸。

2021年3月12日，周末，隋永辉自费与求助人赶到山西长治，与当年的相关人员面对面交流。有人说三四年前曾与周某兰在路上遇到过一次；还有人说，半个月前听说周某兰在某个饭店出现过。隋永辉迅速走访该饭店，获悉周某兰两年前在此工作过，后自称要回老家，再没出现。

此次交流虽没直接找到周某兰，但得到了她的手机号码、微信、抖音和近期照片，并在当地警方的配合下，查明了其大概位置。

隋永辉随即同当地警方在该区域内走访。据当地漳沂村一村民反映，周某兰住在村民张某东家，张某东在村里开超市。隋永辉一行找到了张某东，并在他的带领下，找到周某兰，于次日将其带回杭州。

2021年3月14日，"1314"（一生一世的谐音），是个值得纪念的日子，也是隋永辉殚精竭虑工作五个月后取得的圆满结果。

血浓于水，参与两岸寻亲，帮助赴台老兵圆梦故里

海峡对岸，有很多当年过去的老兵。在六七十年之后，他们依然挂念着在大陆的亲人。他们或是本人，或是通过自己的儿女，向大陆有关部门、单位及媒体发来请求，希望能够圆梦故里。

老兵万德友，生于1926年，祖籍山东潍坊。1949年，万德友随部队迁台，原以为很快就能回家，想不到一走就是数十年。

在台湾期间，万德友另外组建了家庭，但他始终没有放弃寻找在大陆的女儿。后来万德友出了车祸，身体大不如前，2001年

因急性腹膜炎过世，享年 75 岁。据其儿子万伟描述："父亲已过世多年，我都不知道我同父异母的姐姐（万庆娟）情况如何，我不想让父亲觉得遗憾，这是我作为儿子应该做的。"无论如何，万伟都想替父亲圆梦，让断了线的血脉亲情再度相连。

2018 年 3 月 29 日，"今日头条"公益寻人联合台湾《ETtoday新闻云》两岸寻亲小组，替万伟发布寻亲消息后，随即将信息提供给启东警务协作平台，希望借助警方的力量获取有效线索。

很快，隋永辉工作室便传来了好消息："老兵在山东的女儿万庆娟找到了！" 72 岁的万庆娟难掩激动的心情诉说着："我就是万德友的女儿，这些年，我一直都挂念着在台湾的家人。"看到山东的亲人拿出万德友当年回乡的照片，万伟兴奋地说："这张照片我记得以前有看过，那时候父亲刚从家乡回来，就拉着我说话，把照片给我看，但后来不知道被藏到哪里了。"如今，难得的久别重逢，让分散在两岸的一家人感到相当欣慰，并约定了相聚的日子，"你们跟山东的家里人说一声，我安排 4 月就过去看他们。"万伟在 4 月返乡探亲，看着这片曾经生养他父亲的齐鲁大地，感慨不已。

【伯父，欢迎您回家】1946 年，年仅 15 岁的吴有恒因战争离开家乡，之后随部队远赴台湾，直到 1989 年才终能回乡探亲。然而，在 1994 年，吴有恒搬家时，不慎丢失了老家亲人的联系方式。这些年来，吴有恒及其子女通过在大陆的友人协助，不断尝试寻找有关湖南老家亲人的线索，但始终没有进一步的明确信息。

吴有恒年事已高，已经渐渐糊涂了，但梦中常思及家乡的种种。女儿吴凤玉说："老爸的记忆退化很快，我们希望在他记忆消逝前，帮他找到家乡的亲人，让一家人团聚。"

发布寻亲启事后，为了更快帮助吴有恒找到亲人，"头条寻人"将信息提供给隋永辉，协查相关线索。不久，传来了好消息："老兵的亲人找到了！"

"到现在，我们都没有忘记伯父的好。"吴高文是原下洞村的村长，是吴有恒的老家侄子。对当年老兵回乡的场景，他至今仍觉历历在目，"伯父回乡时，我才读小学五年级，他出资为我们村修建的吃水井和一条水泥路，至今都还在，大家到现在都没有忘记他的好。"

吴高文回忆说，家乡老屋上挂的"吴氏宗祠"四个字，正是吴有恒探亲时写下的，"伯父返回台湾的那天，全村都放鞭炮欢送他，没想到这一别，竟将近30年。"

吴有恒在老家的同辈亲属中，有六位堂弟至今在世，遗憾的是，唯一的亲弟弟吴有明已在2014年离世。吴有明的女儿不禁感慨："父亲在世的时候，一直挂念着伯父，如今找到伯父了，兄弟俩却已经是阴阳两隔。"

多年以后，吴有恒在寻亲，而他大陆方面的亲属也希望吴有恒能再回来看看生他养他的热土。幸好，他们都没有放弃心中的执念，台湾与湖南永州的吴家人，终于盼到了再度相逢的时候。

从接到求助信息到确认被寻人，隋永辉只用了23分钟，这算是隋永辉在两岸寻亲过程中创造的最快寻亲纪录。

【失散七十年，三代人苦寻，台湾老兵后代在成都找到亲人】2018年3月16日，四川省眉山市仁寿县青岗乡盘龙村农民邹贵良大爷突然接到喜讯：70多年前离家的幺叔邹绍云在台湾的后人找到了。"只晓得有个幺叔失踪了，没想到时隔70年，我们这些后人还有机会相见。"73岁的邹贵良高兴地说，"随时欢迎台湾亲人回来，看看家乡翻天覆地的变化。"海峡彼岸的邹绍云孙女邹岱庭欣然应允："安顿好 98 岁奶奶的事，就回家乡团聚！"

"爷爷过世 54 年了，家人也曾到四川寻找过三次，都没有明确的线索。找到爷爷老家的亲人，可以说是我们一家三代人的心愿。"2018 年 3 月，台湾邹岱庭女士发来寻亲求助，她想替离世的爷爷邹绍云寻找在四川的亲人。

据邹岱庭介绍，邹绍云老家在四川省仁寿县朱家桥，曾就读于空军学校，在四川最后留的地址是四川省成都市桂王桥东街 51 号。邹绍云 20 世纪中叶到了台湾，1968 年因病离世。受限于当时的条件，他毕生都没有办法重回四川仁寿故土，但他生前一直想找到故乡的亲人。"那时候实在没办法，爷爷写了信，但几十封信都没有回音。"家人说，邹绍云生前曾说："人都是要落叶归根的，只要能找到任何一位亲戚，都要返乡与亲人团聚。"

邹绍云去世时，大女儿邹如敏才 20 岁，还有四个更小的孩子，他的妻子含辛茹苦地把儿女们抚养成人。听说祖籍河南的邹绍云的老伴找到了开封的家人，这让邹家后人们更坚定了寻找四川亲人的决心。但邹绍云过世早，留下的讯息不多，连口述也很少。为实现老人生前未了的心愿，邹如敏接过寻亲的接力棒，先后前往成都寻找三次，但桂王桥东街一带变化太大，都没有结果。邹如敏几经波折，知道了父亲的弟弟及其他亲人的名字、地址，但还是没能联系上四川的家人。她留下相关信息请当地社区居民帮忙查找，但也无果。

邹如敏年纪越来越大，几年前，她把父亲唯一的照片资料交给邹岱庭，让她利用年轻人擅长的网络找。"我曾在贴吧发帖问过，网友让我们亲自去仁寿找找，可我们有工作在身，无法花太多时间在四川寻亲，只能暂时搁置这个行动。"邹岱庭无奈道。

2017 年 8 月，97 岁的奶奶回到河南开封探亲后，再度引发了她寻找亲人的想法。随后，只要在网上看到别人寻亲成功的视频，邹岱庭就会留言询问如何寻找。

有几个看到求助留言的热心网友提供了方法，不过效果并不理想。迷茫中，邹岱庭给"头条寻人"发了信息。"家里人没想到会这么快找到仁寿的亲人。"邹岱庭说。据"今日头条"公益平台"两岸寻亲"工作人员周思好回忆，他们将收到的线索提供给隋永辉，请求公安系统协助查找。不久，便传来了好消息："老人在仁寿老家的亲人找到了！"

让我再看你一眼，我的儿子

小刘和弟弟是安徽人，弟弟出生没几年，母亲就去世了，是父亲刘大伯一个人拉扯着两个孩子长大的。弟弟从小性格内向，不怎么爱说话。2013 年的时候，弟弟刚满 18 岁，离家去了绍兴打工，开始兄弟之间还时常有联系。不承想，从 2015 年开始，弟弟就突然联系不上了，手机号码也显示欠费停机。小刘急得像热锅上的蚂蚁一样，他找啊找，之前弟弟在绍兴的工作地去了又去，但始终都没有任何消息。

远在老家的刘大伯也没有一刻停歇，村里只要有人打工回来他就会问一问，有没有见到我的小儿子。就这样，一直找了六年。刘大伯和小刘从没有放弃过。

天有不测风云，人有旦夕祸福。2021 年年初，刘大伯突然感到身体不适，去医院检查后，被确诊为口腔癌晚期。小刘永远记得医生对他说的话："情况不乐观，家属要做好心理准备啊！"还有对他摇头的画面。刘大伯也知自己时日不多了，他只想再看一看自己日夜挂念的小儿子。小刘在病床前答应了父亲的请求。为了帮父亲实现这最后一个愿望，小刘发动亲戚朋友各方力量全力寻找弟弟。可找了几个月还是没有消息。此时，父亲的病情再次恶化，癌细胞已经转移、扩散到全身各个器官，前往医院检查后，医院明确表示拒绝接收、建议放弃治疗。小刘也隐隐约约地感觉到，父亲随时都有去世的可能。而此时，弟弟还是杳无音讯。

万般无奈之下，2021 年 7 月 8 日，小刘来到浙江电视台，找到了"小强热线"，希望能通过媒体的力量找到弟弟。在接到小刘的求助之后，"小强热线"即刻在小刘的带领下，来到绍兴越城区开展寻找工作。然而，越城警方经过查询，并没有发现小刘的弟弟。根据其以往的活动轨迹，判断其可能到了杭州。于是，"小强热线"又和小刘一起回到杭州，来到西溪派出所继续查找。但是，经过西溪派出所查找，依然没有结果。因为急着回去照料病危的父亲，小刘只得返回了安徽老家。

但是"小强热线"并没有就此放弃寻找，7 月 9 日，他们把电话打到了永辉工作室，就有关情况进行了交流，希望通过永辉工作室的力量尽快找到被寻人。

永辉工作室在接到求助后，针对刘大伯的紧急情况，迅速启动加急程序，全时空、全方位、全系统紧急研判分析。15 年的刑侦经验告诉隋永辉，小刘的弟弟刘某现在依然在绍兴市越城区府山辖区，并且所在的区域并不大，而且出现的时间段也很有规律，应该很容易被找到。前期警方和媒体之所以没有找到被寻人，可能只是进行了一些常规性查询，没有利用大数据方面的业务进行全时空、智能化研判。

在基本查明情况之后，隋永辉联系上了越城区府山派出所副所长陈超，向其说明情况，希望其协助开展寻人工作。陈超副所长接到协查请求后，立刻部署了相关工作。为了能够尽快将人找到，陈超副所长安排人员在半夜时分，根据其近期的活动轨迹进行卡位蹲点。最终，在 10 日凌晨 1 时许，找到了刘某。

凌晨 1 点，小刘接到隋永辉的电话，得知弟弟已经找到了，他激动万分，隋永辉很清楚地听到电话的另一端小刘喜极而泣的声音。早上 4 点半，小刘带着二叔从老家出发一路向南，永辉工作室所有成员也一早从杭州出发，集体赶赴绍兴越城区府山派出所。

在兄弟相见的那一刻，弟弟不敢正视哥哥。当小刘和二叔把父亲病重的消息告诉他后，弟弟终于忍不住了，三个人抱头痛哭。

据永辉工作室了解，弟弟刘某不愿回家是因为其五年前体检时检查出颅内有肿瘤，他不知道是良性的还是恶性的，但觉得如果回家了就一定会拖累家人。父亲本来身体就不太好，哥哥还没有结婚，为了不给这个本来就不太好的家境增加负担，他选择了一个人承受，宁愿自生自灭也不愿意回家。再加上他的身份证丢失了，找不到一份正当的工作，这些年他一直过着流浪的日子。

刘某又怎会知道，家里人从来没有放弃过对他的寻找，也更加不会觉得他生病了就会成为家人的拖累，他与父亲、哥哥永远割舍不断的是血浓于水的亲情和无尽的思念！现在，陪伴父亲走过余生才是他最应该做的事！

得知父亲的病情之后，刘某当即表示，马上回家！

下午 6 点半，五河县人民医院。一进病房，刘某"扑通"一声跪在父亲的床前,"爸,我错了!"接着放声大哭。父亲双眼含泪,拉着儿子的手,已经说不出话来了。家里人告诉刘某,六年了,他父亲白天想,晚上盼,就盼着他早日回家来。

儿子回来了,父亲的脸上有泪水,也有欣慰。儿子跪倒在父亲病床前的那一刻,父亲最后一个心愿实现了。躺在病床上的他打来电话:"隋警官,你帮我找到了我的小儿子,让我在这个时候见到了他,我已经没有什么遗憾了。我的最后一个愿望就是给你打一个电话,也许挂了这个电话之后我就会离开了。但是,最后时刻我想亲口对你说一声:隋警官,谢谢你!"

当时隋永辉刚到单位,他无声地哭了。7 月 31 日,在小儿子回家 20 天后,刘大伯去世了。小刘说父亲走得很安详、很平静,他的生命虽然走到了尽头,却没有留下任何遗憾。

制订"N 个千人计划",帮助民政救助人员回家

目前,全国有 1500 多个民政救助机构,或多或少,都有长期滞留人员。而这数以万计的长期滞留人员的背后,则是数以万计个失散的家庭。这同时给国家、社会造成了巨大的人力、物力和财力上的消耗。

2019 年 4 月,隋永辉发现,长期滞留在全国各地的民政救助机构里的人员有 31000 多人,其中未成年人 1400 多人。而这些人,很多是由于精神方面的原因,无法向工作人员说清楚自己的身份信息,工作人员也就无法将他们送回家。

隋永辉研判后发现,处理这类人员,相对比较容易,只需完成三步工作,即根据被救助人员的照片确定身份,根据其身份信

息确定其家庭住址、确定其家人的联系方式。经过与民政部、中央电视台、"今日头条"研讨交流，隋永辉决定于2019年4月28日启动第一个"千人计划"，即首先争取在三个月内完成第一个1000人的核查任务。

至今，隋永辉仍记忆犹新，完成第一个千人计划，他只用了13天，其中，最高的寻人纪录是一天核查出了130个民政救助人员的身份信息并帮助他们找回亲人。那天正是2019年5月1日。应该放假休息的隋永辉，放弃休息时间在电脑前一坐就是13个小时，甚至没有吃过午饭和晚饭。接下来，隋永辉持续跟进"N个千人计划"，目前已经完成了第六个"千人计划"。

【惊不惊喜！意不意外！多年以后发现父亲还活着！】他们来自浙江省台州市。2015年9月25日，女儿一家心急如焚，全家出动到大街小巷里寻人。"我们夫妻俩从浙江来广州打工，后来把爸爸从老家接到白云区照顾。那天我们领着他去看病，一不留神，他就不见了，然后就再也没有回来。"父亲走失这几年，女儿千方百计寻找，她发动亲朋好友，多次在社交平台上发布寻父信息，求助社会寻亲组织请求扩散并转发。

"走在大街上，看到有流浪的人，我都会绕到前面去，看看他是不是我爸。"而在女儿急切寻父期间，她的父亲正在广州市救助管理站接受救助。此时的工作人员一样焦急万分，因为老人总是答非所问，常顾左右而言他，且带有浓重的台州口音，根本无法得知其有效的身份线索。

老人入站的这几年，广州市救助管理站的工作人员想尽了各种办法寻找他的亲人。根据口音，工作人员推测他是沿海地区户籍的可能性比较大。但将老人的照片、视频等通过社交平台发送给疑似户籍地区的社会寻亲团队，均未收到有效反馈。

根据沟通情况，结合平时老人提到的一些蛛丝马迹，工作人员大胆推断，老人或许是江浙一带的人。于是他们锲而不舍地找到了隋永辉，希望他能帮老人找到家。很快，隋永辉确认了老人的身份及他家人的信息，并告诉救助站人员，他的女儿和女婿就在广州。

女儿万万没想到，父亲走失五年，终于收到了他的确切消息。女儿当时正在菜市场买菜，接到电话立刻叫上丈夫，赶到广州市救助管理站。

一见面，女儿迫不及待地挽着父亲的手，泣不成声。"真的是我爸，我爸还活着！"

"我爸有点智力障碍，不太会讲话，身体也不好，五年多了，我真不敢相信，他还好好地站在我面前！"

随后，女儿认领父亲离站。临走前，她平复了一下激动的心情，一遍又一遍地对工作人员说："谢谢你们，谢谢你们把我爸照顾得这么周全，谢谢，谢谢……"

她还自责道："怪我太孤陋寡闻了，要是能早点来救助站找就更好了。"

【相隔 11 年，跨越近 3000 公里，小黑终于盼来了亲人】他是宜兴市第五人民医院（宜兴市精神卫生中心）的一名智力障碍患者，在医院内的代号是"无名男 6"。被送来时，他又黑又瘦，医院工作人员给他取名"小黑"。11 年前，为了谋生，小黑的父亲杨亮光和妻子从老家云南红河来到江苏常州打工。为照顾有轻微智力障碍的大儿子，他们把小黑也带在身边。

"那一年，我只有 9 岁。"认亲现场，见到哥哥小黑时，杨成明不禁落下热泪，"我只记得有一天晚上，爸妈跟我说他们要带哥哥出去打工。我不答应，哭得很厉害，结果一觉醒来，爸妈连夜带哥哥走了。"

由于疾病，小黑没上过学，只会讲老家方言。白天爸妈上班，他就一个人在家玩。一年后的一天晚上，杨亮光和妻子下班到家，发现儿子不见了。

"当时是夏天，家里的毛巾还是湿的。"杨亮光判断，儿子应该跑出去没多久。但他和妻子在周围找了一圈，结果还是没见人影。夫妻俩急了，发动了身边的亲朋好友连夜寻找，还到派出所报了警。可找了一周也没有进展，亲朋好友陆续回去上班了。

杨亮光和妻子两人则继续寻找。他们打印了几百份寻人启事，贴遍了常州的大街小巷，还请媒体帮忙报道，希望能获得线索。可小黑还是杳无音讯。看着爱人整日以泪洗面，内敛的杨亮光除了口头安慰几句，也束手无策。

由于经济条件有限，夫妻俩只能边打工边寻找，出来打工的四年，他们没回过一次家。三年后，因姑姑病逝，杨亮光要送她的遗体回乡安葬。离开时，孩子依然没有找到。杨亮光很难受，他知道，这次回去，可能就不会再回常州了。

"小黑刚来医院时，每天早上眼睛都红红的，哭着说想回家。"医院的工作人员说。虽然医院、警方和民政也多次想帮小黑寻亲，但小黑只会说家乡方言，交流又存在障碍，始终无果。医院里不少无名患者和小黑的情况类似。

11年之后的2019年10月24日，隋永辉准确研判出了"小黑"的真实身份并联系上了其父亲杨亮光。25日一大早，杨亮光从打工的地方坐班车出发，先到景洪，接上小儿子，再从景洪坐

271

汽车于当晚 10 点赶到昆明，又花了一天多时间，从昆明坐飞机到常州，再到宜兴，辗转近 3000 公里，于 27 日中午抵达宜兴市第五人民医院。

认亲现场，杨亮光走近小黑，掀开他的衣服，将他的裤子往下脱了一点。看到小黑大腿外侧的疤痕后，杨亮光说了句"不会错了"。这块疤痕，是小黑 3 岁那年在叔叔家被钉子划伤留下的。

"他的身份证，我一直保留着。"杨亮光从衣服的内口袋里掏出一张身份证，原来小黑的名字叫杨小大，上面的照片还是他十几岁时的模样。

"他的社保，我一直交着。我相信他没有死。"说出这句话时，性格内敛的杨亮光眼中闪现出了泪花。

在医院的几年里，小黑说他最想弟弟。在他的记忆里，弟弟还是小时候的样子。这次得知弟弟要来，前一天他特意从病友那儿要了一包糖。见到弟弟时，他将零食递给弟弟说："糖。吃吧。"

【聋哑老人说不出家，心中一直有家】2019 年 8 月 7 日，山东省诸城市民政局救助管理站在舜王街道西南戈庄村附近救助了一位聋哑老人。经体检，老人各项指标均正常，但口不能言，亦不识字，无法正确表述家庭住址或亲属等信息。诸城市救助站先后采取了公安"人像比对"、微信群、媒体等多种寻亲措施，但都未查找到老人的相应信息，救助站只好将老人暂时安置在站内照料。

之后诸城市救助站将老人的信息提供给"头条寻人"，希望借助"今日头条"的平台帮忙扩散寻找。"头条寻人"第一时间发布了老人的寻亲信息。随后的近一个月，诸城市救助站便开始了艰难的寻亲之旅。老人情况特殊，为了安抚老人，救助站工作人员常陪老人看动画片哄她开心。

诸城市救助管理站的邱站长介绍："老人想回家的心情非常迫切，时常哭闹不止，一会儿打门窗一会儿用头撞墙的。连日来，我们担心老人出现其他问题，只能天天拉着她上街，并根据老人的'指挥'手势，一个村庄一个村庄地查询。我们也找了好多像她这样聋哑的人，与她进行交流沟通以求找出有用信息，但至今未果。"

"我们把山东的疑似信息都核实了好几遍，电视节目《民生零距离》也播了寻亲信息，均无果。我怀疑老人不是本地人。"邱站长说。

9月4日，诸城市救助管理站人员想到杭州已帮数千名被救助人员回家的"寻人总司令"隋永辉，马上将信息通过"头条寻人"转来。

早已过了下班时间，隋永辉仍与往常一样，坚持将每天的寻人工作做完再下班。他不停地来回比对、分析，两个小时后，确定一名江苏省连云港市赣榆区人员为高度疑似人员。"头条寻人"将有关信息传递至诸城市救助管理站，通过山东与江苏两地的民政部门进行核实。

9月5日中午，救助站反馈核实信息，确认该聋哑老人就是上述疑似人员。其实，在聋哑老人失踪之后，其家人也一直在到处寻找，不承想其竟然去了山东。救助站原计划次日安排人员车辆护送老人回家，但家人得到老人的消息，寻亲心切的儿女们迫不及待从江苏出发，几个小时后即赶到。见到老太太，家人们激动不已，老太太的女儿泪流不止。时隔一个月再次见到儿女，老太太虽无法说话，却激动得手舞足蹈。

"隋永辉工作室"是茫茫人海中寻亲人的港湾

如今，隋永辉依然忙碌，他正承担着民政部社会事务司交付的一个任务——为全国救助站内的三万余名流浪人员找到回家的路，并已成功确定了 1800 余名流浪人员的真实身份、户籍地址和家人的联系方式。

2015 年，隋永辉成为转塘派出所刑侦民警。每天下班后，他都不会马上回家，而是走进最沉的黑夜，忙起"寻人副业"。这是个细致的技术活，需要潜心静气。

2017 年 12 月，央视《等着我》栏目组为隋永辉成立了"隋永辉工作室"，这是全国第一个打拐寻人的个人工作室；2019 年 7 月，"今日头条"和"宝贝回家"也建立了"隋永辉工作室"。

为积极践行全心全意为人民服务的理念，发挥隋永辉在寻人工作方面的能力优势，拓展服务范围，规范服务流程，提升服务能力，全力打造杭州公安为民服务特色品牌，杭州市公安局西湖分局于 2021 年 1 月，将隋永辉调到局警务督察大队，专职负责信访求助寻人工作。

2021 年 6 月 1 日，西湖分局永辉工作室揭牌成立，隋永辉领衔工作室团队，把寻人这项公益事业做实、做细、做深，更走向规范化、专业化、系统化、精细化，通过寻人行动配合公安部部署的"团圆行动"。对外公开"永辉工作室"的线上线下联系方式，全域、全网、全媒体、全时空接收寻人求助，并将寻人工作流程建章立制，加强与浙江卫视、浙江之声、中国蓝新闻等当地媒体合作，在市区两级情指、网安、刑侦等部门的支持下，立足杭州，辐射全国，将寻人工作做得更广、更深。

对永辉工作室来说，受理范围无限。单位地址、办公电话全网公开，全国、全网、全时空、全媒体受理求助。平时办公室的电话总是此起彼伏，来访群众有时候一天达六批次，通过媒体线上求助的更是不计其数。对每一起求助，永辉工作室都是热心接待、耐心询问、细心登记、潜心寻找。

一次次出发，一次次帮助，收获了丰硕回报——迄今为止，工作室共受理寻人信息 12459 起，共找回 3721 人，找回率达29.88%。一条条、一个个数据背后无不彰显着永辉工作室干在实处，急群众之所急。

在杭州市、区两级公安机关情指中心的有力支撑和各分县（市）局的配合下，永辉工作室对杭州全市近三年（2018—2020）来报失踪的 285 名人员开展多渠道查找，成功找回 165 人；对全市历年失踪警情共 1007 起进行梳理，成功找回 484 人，在全国率先完成区县级、地市级历年失踪警情梳理。

"我们的目标是将历年失踪警情清零，由于年代久远、报警人联系不上、失踪人员身份不明确等多种原因，即使不能够做到清零，也要把数字清理到最低。"隋永辉信心满满。

永辉工作室最不缺的，是催人泪下的寻人故事。一次次寻找，一次次团圆，带来的是一次次感动，一次次正能量的弘扬。

因婚恋受挫，儿子人间蒸发十年。在隋永辉的努力下，母子终于相见，他们跪在地上痛哭的一幕感动了全国无数网友。儿子说："隋警官是我最信得过的人，感谢隋警官把我带回家。我妈妈多了隋警官这位弟弟，我也有了警察舅舅！"

隋永辉说，寻人的目的不仅仅是找到人，更是为了家庭的团圆。

有时找到人容易,但让一个失散家庭团圆则很难。广西柳州的何基利在外漂泊 11 年,当隋永辉带着他的家人出现在他面前时,他却毫无触动,说已习惯了一个人在外的生活。

努力劝说两天无果,何基利的家人失望地返回广西。但隋永辉却并没有放弃,三番五次上门做心理疏导,有时一个月去一次,有时候一周去一次。

经过八个月不间断的持续沟通,何基利由一开始不说话或只言片语,到愿意连续交谈,再到给父母和哥哥打电话,最后回到柳州与家人团聚。

收到他们一家人吃饭的照片,隋永辉说:"这就是最典型的找到人只需八个小时,而团圆则需八个月。其中的酸甜苦辣,只有自己知道。"

270 面锦旗背后的温馨

2023 年 7 月 27 日,在河北石家庄工作的求助人刘某打电话过来,想寻找失联了 30 年的母亲。

刘某的母亲是 30 年前被拐卖到河北邢台的,生下她没几个月就因家里太穷自己跑回四川去了。她从小就被人说是没有妈妈的孩子,所以一直在通过各种途径寻找母亲。那天,她向同事说起这件事情时,刚好她的一个同事知道隋永辉,她就在网上查到了隋永辉办公室的电话号码,打过来求助。

没想到,隋永辉只用半个小时就找到了她的母亲,当天下午就打电话联系上了。感激之余,刘某当天就做了一面锦旗送给隋永辉，第二天就飞到成都见到了失联30年的母亲，陪母亲一起过了一周后，才回到石家庄。

收到锦旗之后，隋永辉看锦旗上写的内容情真意切，就挂起来了，这是他办公室墙上挂的唯一一面锦旗。之前虽然已有268面了，但是隋永辉一直没有挂起来过。他把这个故事发到了朋友圈里，并调侃说以后锦旗正文字数低于28个字的，就不挂了，因办公室的墙上只有一个位置了。

刘某对隋永辉说："我一直在想，不知道在妈妈有生之年，还能不能尽自己的一份孝心，虽然她在我小时候就走了，也没管过我，但是毕竟给过我生命，这就是最大的恩德，不找到她我这辈子都会留遗憾。

"一开始我在邢台，前年来的石家庄，把孩子也带到石家庄上学了。也许冥冥之中就有天意吧。我爸特老实，我们家人都老实，估计我也流着南方人的血液，不安于现状，一步一步地走出来。我是在老家结的婚，婆婆还说我是个没妈的孩子。我自认为在老家没有出路，找妈妈也是天方夜谭，无数次睡着睡着就哭醒，梦到了妈妈。我爷爷、奶奶、爸爸对我都挺亲，但是这和妈妈的爱是不一样的，也许他们不了解。现在我终于实现了愿望，我也是一个有妈妈的人了，我感觉心情无比复杂，更多的是幸福。人生真的很奇妙，像电视剧一样，我也算不枉此生了。谢谢隋警官让我这么快找到妈妈，无比感谢。

"爱出者爱返，福往者福来。当时看到这句话，我还想这不是一般人能做到的，您非常适合这句话。您太厉害了，一下子就找到了，您把妈妈的手机号发过来时，我当时一下子没有反应过来，幸亏有照片。我把您的照片让妈妈看，她也说要好好谢谢您。"

原来在刘某 10 岁的时候，她妈妈曾回来看过她一次，留下了一张合影，隋永辉就是用这张照片将刘某与母亲比对出来的，而且相似度特别高，达到了 99.51%。她虽然知道妈妈的姓名，但是年龄差了 11 岁，如果按她说的，根本就查不到那个人。

这件事情过了十天后，一个在福建做服装生意的温州人，也是在网上看到了隋永辉的事迹，就打电话过来要寻找 34 年前被父母送养的妹妹。

她知道妹妹养父的姓名，知道妹妹的养父当年在哪里当兵，所以隋永辉很快就查到了疑似的养父，并通过养父的信息关联到了疑似的妹妹。隋永辉打电话过去核实情况，她妹妹表示十几岁的时候就知道自己不是亲生的。那就对上了！后来隋永辉就让她们姐妹俩联系上了。

姐姐加了隋永辉的微信之后，看到了隋永辉的朋友圈，她就想把墙上剩下的那个位置占了，所以就去定做了一面 69 个字的锦旗寄了过来。

因此，隋永辉现在的办公室墙上只挂了两面锦旗。其他的 268 面都堆在了柜子里，因为实在是挂不下了。

不辜负人民群众的期望，努力成为寻亲人寻亲路上的最后一站，这是隋永辉对工作室团队所有成员的要求。

多年来，隋永辉与中央电视台、民政部、退役军人事务部、"宝贝回家"、"今日头条"、抖音寻人等公益组织机构合作，成功地帮助 9936 个失散家庭重新团圆，收到锦旗 270 面，收到全国各地组织机构寻人合作函 50 余份，寻人寻亲的先进事迹得到了公安部、民政部、退役军人事务部领导的高度肯定以及人民群众的高度赞扬。

隋永辉给自己订下了目标：将尽全力让 10000 个家庭早日团圆。

（艾璞，本名陈谊，中国作家协会会员、浙江省作家协会会员、浙江公安作协主席。作品散见《诗刊》《散文选刊》《啄木鸟》等文学期刊。著有散文集《月光走过心灵》、诗集《珠穆朗玛的爱》《王法金之歌》《诗意人生》、报告文学《护航 G20》《老马识途》、歌曲《丰碑》等。）

村里来了警察书记

——来自四川公安凉山脱贫攻坚的报告

罗瑜权

2015 年 11 月，中共中央、国务院作出打赢脱贫攻坚战的重大决定。

脱贫攻坚，绝不让一个地区一个民族掉队。这是中国共产党向中国人民的庄严承诺，也是全面建成小康社会的重要标志。

凉山彝族自治州，北起大渡河，南至金沙江，东邻四川盆地，西连横断山脉。中国的大西南一片 6.04 万平方千米的土地上，地貌万千，风光奇绝。这里是中国最大的彝族聚居区——四川省凉山彝族自治州（以下简称凉山州）。这片土地孕育了灿烂的彝族文化，也见证过长征中的结盟传奇，但受制于恶劣的自然环境，贫困一直是它难以摆脱的阴影，是全国脱贫攻坚的难点地区。

为响应党中央的号召，坚决打赢脱贫攻坚战，2018 年，四川向凉山州派出由 5700 名优秀干部组成的脱贫攻坚综合帮扶队，奔赴扶贫一线，其中四川省公安厅从全省各市州首批抽调 251 名民警对口帮扶。

一诺千金。

莽莽高山，挡不住巴蜀儿女的浓浓真情。

结对帮扶、专项资金、扶贫扶智、产业合作……自从开展凉山脱贫攻坚工作后，四川省公安机关广大公安民警就把凉山贫困群众的安危冷暖放在心头，让"两不愁三保障""八有一超"落在实处。他们除了产业扶贫、搬迁扶贫、健康扶贫、教育扶贫之外，还结合本地实际情况，在移风易俗、农民夜校、禁毒防艾、控辍保学、控超优生、一村一幼等方面进行了有效的探索，取得了很好的成绩，从根本上阻断了贫困代际传递，让凉山老百姓的生产生活条件得到了改善，过上了美好的生活。

自从开展凉山脱贫攻坚工作以来，四川省公安厅多次组织新闻媒体、公安作家，深入大凉山腹地进行采访宣传，用真实生动的人物和故事诠释写在广袤大地上的庄严承诺。在脱贫攻坚的"考场"上，四川公安交出了一份成绩优异的答卷。

上篇：索玛花开

一、扯羊村的警察第一书记

2017 年 7 月，位于川滇交界处的凉山州已进入雨季。

7 月 20 日，冕宁县曹古乡，赵平看到天气预报有阵雨和雷电的预告，刚在乡上参加完脱贫攻坚会议，就马上准备返回村上，到 2 组吉木拉达山沟检查过水路面施工情况。

走到半路，赵平看到十多个彝族村民向他迎面走来，领头的是布大爷。布大爷看到赵平说："赵书记，我们正要去村委会向你反映情况。"

赵平，个子不高，皮肤黝黑，如果不穿警服，根本看不出他是一名警察。他现在是冕宁县公安局惠安派出所民警。2010年3月入警后，他在布拖县公安局城关派出所工作。四年后，由于工作成绩突出，表现较好，他被提升为派出所副所长。这个时候，城关派出所所长是贾巴伍各。

贾巴伍各，比赵平大一岁，与赵平一样，也是从四川警察学院毕业的。2017年6月14日上午9时许，公安机关在搜捕布拖县"6·10"爆炸案犯罪嫌疑人阿约干子的行动中，遭遇藏匿于高山岩洞的犯罪嫌疑人开枪伏击，刚从派出所所长调任布拖县公安局党委委员、政工室主任的贾巴伍各英勇负伤，后因失血过多，经抢救无效，壮烈牺牲，年仅34岁。公安部追授贾巴伍各为"全国公安系统一级英雄模范"。

赵平与贾巴伍各共事时，耳闻目睹了贾巴伍各的许多英雄事迹，也立志在今后的工作中，一心为民，当好党和人民的忠诚卫士。

2015年3月，赵平从布拖县公安局被调到冕宁县公安局工作，以前是副所长的他当起了社区民警。但他没有怨言，工作认真负责、兢兢业业。

自2015年开始，脱贫攻坚成为四川省的"头等大事"，凉山州成为四川省脱贫攻坚的主战场。2017年，凉山州委决定选派"第一书记"进村入户，撸起袖子加油干，甩开膀子抓发展，坚决打赢脱贫攻坚战。

赵平的老家在冕宁县复兴镇中心村，他从小熟悉农村情况，又长期在派出所工作，工作责任心强。这年5月，他被任命为冕宁县曹古乡扯羊村精准扶贫第一书记。

再说那天，赵平看到布大爷和十多个彝族村民向他走来，就停下脚步，与村民交流摆谈。原来，村民是反映村上孩子上幼儿园的事情。布大爷说："如果今年9月孩子无书读，我们就要到县政府上访。"

"各位老乡，不要急，我也正急着办这件事情呢！"面对布大爷焦虑的面容，望着村民们期待的目光，赵平安抚道："你们放心，州委决定建立'一村一幼'，今年9月开学前，我一定协调把这件事情搞定，让所有的孩子都到幼儿园上学。"

扯羊村是全县第二大行政彝族村，共有8个组900多户村民、4000余人，全村有142户719人贫困，村里没有幼儿园，100多名学前适龄儿童无书可读。

赵平入户调查，有群众反映：送孩子到冕宁县城读幼儿园，送不起；送孩子到乡上读幼儿园，教室又装不下。

赵平到村上任第一书记后，心中一直挂念着孩子们读书的事情，他心里明白，这件事许多乡亲看着，事关千家万户，是老百姓急切希望解决的大事，也是考验第一书记工作能力的事。

万事开头难。赵平下定决心，不管遇到什么困难，都要把幼儿园建起来，让孩子们进校读书。

赵平与乡中心校校长和村"两委"干部商量，先开办几个幼儿园班级，并报经冕宁县政府和有关部门同意，由教科局调配老师。

孩子读书的事是大事，也得到了政府有关部门和乡亲的支持。但是面临的问题是幼儿教学点教室等硬件设施要由村上解决。

赵平和村"两委"干部召开会议研究，全村学前适龄儿童多，办三个班，需要三间教室、六间老师宿舍和办公室。

大家为幼儿园没有房子感到头痛。

赵平提出,采取租房子的形式,解决房子问题。但是,他和村"两委"干部找遍全村,都没有找到合适的房子,房子好的地点又远,人口居住不集中;人口集中的房子,又是危房,不能投入使用。

房子成了办学的"拦路虎",也成了那段时间赵平天天思考的一个问题。

为了让孩子们在 9 月开学前能读上书,赵平日思夜想,寝食不安,心里很不是滋味。

人们常说"怕什么来什么"。但只要勇于去面对,敢于去战斗,上天总会眷顾你。

6 月 9 日,一场大雨突降扯羊村,引发山洪暴发和泥石流,将村上 2 组、3 组、5 组和应林希望小学的安全饮用水池淹没、水管冲断,导致 1000 余人的安全饮用水中断;原老 108 国道的桥被冲毁,导致扯羊村 3 组、4 组、8 组村民和 100 余名学生的出行安全得不到保障。

大雨过后,赵平迅速组织村民展开灾后重建。为了找水源,他带领村民上山,一个地方一个地方地找,并主动到县水务局协调,解决村民购水管、修建前置过滤池费用 10300 元;还自掏腰包,支付技术工人的费用及驮马运输费 2000 多元,终于将安全饮用水接通。

要致富,先修路。为了修建村上安全出行的过水路面,赵平日夜加班赶写材料、拟订方案,协调包村单位冕宁县发改局出资 10 万元,乡政府出资 2.6 万元,通过"一事一议"采用竞争性谈判方式,确定了建筑工程队。

施工中，由于占用了几户村民少许农田，村民到工地阻工，要求赔偿。赵平和闹事的村民协商调解，从安全的角度做通其思想工作。

为了确保工程在 9 月 1 日开学前竣工，赵平每天不定时到工地检查督导施工安全、质量和进度。

上午到工地检查完后，他立马赶回村委会，再次召开村"两委"会议，研究加快"一村一幼"的建设问题。

大家还是为没有房子而感到束手无策。

哪里有大的房子，能让村幼儿园办起来？赵平让大家多动脑筋，多想办法，多出点子和主意。

赵平在进村入户走访中了解到，很多村民反映村委会以前就是扯羊小学的地点，村委会现在这么小，是因为杨某办养鸡场占用了 60% 的房子。现在养鸡场废弃了，但房子却未退还给村委会。

赵平立即去做原养鸡场老板杨某的思想工作，要求把养鸡场占用的房子退还给村委会。

杨某起初不同意。赵平对他晓之以理，动之以情，讲政策、讲道理，前后做了三次思想工作，杨某终于同意把房子还给村委会。

房子有了，但是旧房需要拆掉，并把它装修成教室和老师宿舍。

如果动工，又需要一大笔钱。这成了赵平面临的一道"坎"。

8 月 8 日，眼看距离 9 月 1 日开学只有二十多天时间了，赵平心里着急，组织村"两委"召开紧急会议，想办法尽快把教学点建起来，把教室和老师宿舍装修出来。

经过初步预算，修建需要 13 万元。他和村"两委"干部研究决定，并报乡政府同意，先把村上公共营运经费 4.2 万元拿出来作为经费，把四间房子装修出来。正在他和村"两委"干部为钱发愁的时候，冕宁县政府下发文件，划拨 2.5 万元兴办扯羊村"一村一幼"。

两项资金一共有 6.7 万元，但离 13 万元还差得远。

为了解决资金缺口，赵平多次到帮扶单位县烟草公司请求支持，得到帮扶资金 4.9 万元。

为了省钱，他赤膊上阵，爬上房顶，领着村民把小青瓦屋面的养鸡场房子的瓦翻了，又叫杨某义务把养鸡场鸡圈拆掉，并动员开装载机的党员老王义务把垃圾清除了。

8 月 12 日，终于把房子腾了出来。

赵平在县城通过朋友找到装饰装修老板刘某，商谈把三间教室和老师宿舍兼办公室装修出来。

刘某看了房子后，摇头说："赵书记，难呀，工程量太大，9 月 1 日前把房子装修出来，我做不到。"

找一次不行，就两次。两次不行，就第三次。赵平一次又一次地找到刘老板，反复摆讲扯羊村的贫困和精准扶贫的重要性，特别是孩子读不到书，就改变不了贫困的现状，就不能与大家共同致富，过上幸福美满的生活。

看到赵平的诚心，看到扯羊村的失学孩子，刘老板最后点头同意了，他就算不赚钱，自己贴钱，也要尽快把幼儿园装修出来，让孩子们有书读。

有了刘老板的支持，赵平浑身是劲，忘记了苦累，忘记了住在冕宁乡下的父母和分居两地的妻儿。

每天晨曦初露，他就到工地督促进度，常常挽起裤腿、撸起袖子，拿起铁铲和民工一起干。中午，他吃盒"泡面"，又赶往过水路面工地检查。下午，他跋山涉水，在村上开展入户调查。夜深了，大家看到，村委会的办公室还亮着灯，眼圈黑黑的他，一脸倦容地伏案汇总扶贫数据。

8月25日，在青山秀水间，过水路面终于竣工了。

8月30日，幼儿园的房子装修完毕。

9月开学前，赵平筹集社会各界捐助的两万元，购买了供孩子们玩耍的玩具、活动器材全部到位。同时，又在教室和主要活动场所安装了四个监控摄像头，确保9月1日扯羊村幼儿园如期开学。

看到幼儿园基本建起，赵平一家一户动员做工作，让孩子到幼儿园读书。村民沙玛一家有两个孩子，一个6岁多的男孩，一个5岁的女孩，父母在外打工，他们以为到幼儿园读书要收费，以家中无钱为由，不愿意送孩子到幼儿园。赵平反复解释幼儿园不收费，让他们把孩子送到幼儿园。

开学那天，朝阳映红了大凉山，鲜艳的五星红旗迎风飘扬在彝寨的上空，村上103名适龄儿童高高兴兴地背着书包来到学校，校园里回荡着老师、家长和孩子们的欢声笑语。

那一刻，赵平的眼睛湿润了，不停地用纸巾擦拭着。他感到自己的付出没有白费，他看到了扯羊村的未来和希望，他感到这是人生最大的收获。

扯羊村的孩子是幸福的。如今，村幼儿园由浙江杭州滨江集团公司投资100多万元改修扩建，成为全县两所一流标准的幼儿园之一。

幼儿园建起后，州委常委、冕宁县委书记刘俊文，县长郭均和州县教育部门的领导先后到幼儿园检查指导工作。扯羊村的村民也对赵平刮目相看，认为赵平是一个能干事、干实事的好书记。

冕宁县曹古乡扯羊村处于高山寒区，海拔 2000 多米，自然条件较差，一直是脱贫攻坚的重点地区。

2015 年和 2016 年，扯羊村的扶贫攻坚工作虽然取得了一定的成绩，但是仍有不少困难和问题。该村很多基础条件相对落后，村民发展产业面临很多困难，帮助他们找到新的产业转型思路，并积极采取新的应对举措，促进增收致富，是该村扶贫攻坚工作的一项紧迫任务。

2018 年 2 月 11 日上午，习近平总书记在凉山考察脱贫攻坚工作时强调，打赢脱贫攻坚战，特别要建强基层党支部。村第一书记和驻村工作队，要真抓实干、坚持不懈，真正把让人民群众过上好日子作为自己的奋斗目标。

赵平到村上后，牢记总书记的嘱托，下决心真抓实干，让扯羊村的老百姓脱贫致富过上好日子。

多年来的公安工作经验，使他已经养成习惯，要打有准备的仗。他挨家挨户走访，摸排核查实情，做到心中有数，了如指掌。

在走访中，他了解到，扯羊村 2015 年贫困户共有 131 户，到年底有 32 户脱贫，现在还有 99 户没有脱贫。他感到身上的责任和肩上的压力重大。

扯羊村是一个非贫困村，但贫困户为什么有这么多？村里经济也非常困难，道路更是不通，如何修通道路？如何让道路路面硬化？赵平时时处处都在思考村上的问题。

面对困难，他没有灰心，多次召开村"两委"会议研究如何解决实际困难。他一有时间就深入贫困户家中了解情况，查找贫困缘由，发现大多数贫困户心中"坐、等、靠、要"的思想非常严重。他有针对性地对村民进行劝导和思想疏通，希望村民们靠勤劳的双手发家致富。他劝村里的年轻人不能窝在家中，要出去打工赚钱，留守的村民要积极投入到生产劳动中。

赵平摸底发现，扯羊村土地贫瘠，贫困程度深，地处二半山区，地势较陡，地势和气候非常适合花椒种植和养鸡、猪。他就积极组织和动员贫困户种植花椒、养殖生猪和鸡，从而带动产业发展。全村现已栽种花椒 3000 余亩，他协调争取支持向贫困户发放鸡苗 1000 只和仔猪 500 头。

在脱贫攻坚的道路上，赵平始终坚持以人民为中心的发展思想，想方设法化解村上环境、居住等难题。

扯羊村很多贫困户的房子都是土坯房，有些已经是危房。赵平书面报告启动安全住房新建和改建工程计划，得到县上的审批同意，成为冕宁县第一个易地扶贫搬迁集中安置点；集中安置了冕宁县第一批易地扶贫搬迁安全住房 40 套，易地扶贫安全住房分散安置 11 户，危房改造 39 户，两建两改 90 户，贫困户都通上了自来水、通了电、接通了广播电视和宽带网，贫困群众的"四好"生活正一步步变成现实。

此外，赵平协调县扶贫移民局资金 60 万元，将扯羊村村委会到后山户村民公路修复硬化，让村民能安全通行。

村民文化水平不高，赵平有针对性地对村民进行思想教育，动员贫困群众外出务工，并帮助联系务工门路。全村有 100 余名年轻人在他的帮助下外出打工赚钱。

扯羊村 7 组的阿约在家里社区康复戒毒，靠吃低保求生。精准扶贫工程队的民工帮他家修建安全系数高的房子，他却坐在墙埂上喝啤酒。赵平知道这个情况后,把阿约作为重点帮扶对象,一有空就去做他的思想工作。后来阿约知道他是警察,看见他就往山上跑。但是经过赵平多次教育,阿约的思想有所转变,能主动给民工打下手,一起修房子。

阿约的房子修好后,赵平又一次来到他家做思想工作,说:"你为何不外出挣钱养家,把日子过得更好一点呢?"

阿约说:"我也想出去挣钱,但是没有门路。"

赵平趁热打铁帮助阿约联系了打工公司。

两个月后,阿约打来电话说:"感谢赵书记,以前在家没事就晒太阳,混日子,现在打工挣到钱了。"

赵平喜上眉梢:"挣到钱就好,挣得越多越好!"

赵平辛勤的付出得到了回报。截至 2018 年 10 月,实现全村142 户 719 人全部脱贫,没有落下一户一人。

赵平在扯羊村精准扶贫是双重身份,既是第一书记,又是一名人民警察。

2018 年 6 月,扯羊村 5 组安呷家和皮特家因婚姻纠纷相互对峙。事因皮特家发现家中儿媳与同村的安呷家有染,一天晚上在县城一宾馆内将两人堵在现场,后两人被家人捆绑着带到村上集中安置点。

按照彝族规矩,这是很丢脸的事情。双方也不愿意报警,只想调解解决。如果调解不好,两家就会相互打架。

那天,双方家属对峙很久,都没有谈出什么结果。

晚上 7 点 30 分左右,赵平在村上入户走访时,发现情况不对,就上前询问。当他知道事情原委后,感到事态严重,就赶紧给村组干部打电话,商量如何处理。赵平以前在布拖县工作时,有两家人因为婚姻纠纷处理不妥酿成灭门惨案，他心里十分着急，生怕事态恶化酿成大事。

他把村组干部召集起来，研究解决办法。会后，他第一时间赶到两家，与村组干部一起分两组给双方做工作。但两家人对峙着，不愿意调解。

赵平就叫来村支书沙马，一起去请两个家族的长者和中间人进行调解。同时，组织好民兵应急，准备随时拨打110报警。

赵平在现场苦口婆心，一直调解，稳住两家人的情绪。

那天调解说的全是彝语，赵平不懂，村支书沙马就不时地给他翻译。在双方长者的努力劝说下，六个多小时后，双方达成离婚协议，并谈妥孩子归谁、财产怎么分割等问题。

在扯羊村，村民都知道赵书记是警察，遇到矛盾纠纷，也经常找他调解。赵平经常与村组干部一起，耐心调解，反复做工作，做到矛盾及时化解，问题不上交。

有一家贫困户的住房不是安全住房，需要对房屋进行加固。但是，村民就是不同意对自家的房子加固，并对赵平和村干部说，如果他们敢动他家的房子，他就和家人到县里去上访。

赵平不明白，加固房子，为民办好事，为什么也得不到支持，得不到理解？

他和村组干部一次次到这个贫困户家中做工作，但其就是不愿意加固。开始，赵平和村组干部过去，这家贫困户还与他们见面，后来干脆面也不见了。

赵平经多方了解，找到了原因。原来这家贫困户认为村上许多家庭都可以给他们新建房屋，他们家却只能加固房子，不能建新房，这样不合理。于是，就想到县上上访。

赵平知道原因后，赶紧将村组干部召集起来，赶到那户人家。那家人正要坐车到县上上访。赵平第一个冲过去，拦住他们的车，叫他们不要去上访，有什么问题可以和村上谈。那家人看见赵书记挡在车前面，也不敢开车，僵持一阵后，同意坐下来谈。

赵平和村干部反复给他们解释，他们家不符合建房政策，只能给房子加固。可谈了整整一下午，对方就是不愿意加固房子，要建新房。

赵平给他们讲政策、讲法律，后来又请来长者给他们讲道理，最后对方才答应加固房子。

这也是村上最后一家完成安全住房的贫困户。

赵平自担任扯羊村精准扶贫第一书记以来，无论在工作中，还是在生活中，都保持人民警察的本色，始终严格要求自己，工作作风严谨，生活作风正派，组织纪律性强，工作忘我，甘于奉献，舍小家顾大家，克服身体有病等困难，把全部精力奉献在驻村工作中，为扯羊村脱贫攻坚工作做出了重大贡献，表现了一名基层公安机关民警的良好素质和优秀品质。2018 年，赵平被评为"冕宁县先进驻村第一书记"；2019 年 7 月，被中共四川省委、省人民政府评为"2018 年度脱贫攻坚一线优秀扶贫干部"；2020 年 3 月，入选"2019 年感动凉山人物"候选人；2020 年 12 月，被评为"四川好人"。

站在新起点，赵平深知，荣誉属于过去，在脱贫攻坚的道路上，还有许多艰辛路要走，只有不断努力，勤奋工作，才能真正让彝族人民尽快脱贫，过上幸福美好的生活。

二、瓦扎村里的"村长"

有人曾把人一生的每个月都画成格子，一辈子大概能有 900 格。从 2016 年 9 月至 2020 年 5 月，已在凉山划去 44 格的李鲲，每一格都有独特的风景。

雷波县，地处横断山脉东段小凉山，有"中国彝族民歌之乡"之称。

2016 年 9 月，作为四川省委组织部选派的 17 名援凉干部之一，李鲲离开了工作近 20 年的成都市公安局，来到金沙江边的这个偏僻小城，任副县长、公安局局长。

这里是凉山的东大门，既与四川省宜宾市、乐山市交界，又与云南省永善县接壤。自 20 世纪初，毒品问题就一直困扰着这里。当地彝汉等多民族聚居，文化相融，民俗却不同，公安工作压力重重。同时，这里也是凉山州 11 个国家级深度贫困县之一，脱贫摘帽任务繁重。

去瓦扎村的路，李鲲走过许多次，村里人对他和他的扶贫警察车队很熟悉。即使是喝醉的老汉和不懂事的孩子看到他们，也会挺直身板，笑嘻嘻地敬个礼。

"在这儿，我更像个'村长'。"李鲲说。

县公安局的人都管瓦扎村叫"浮云村庄"——村子坐落在海拔 1700 米的高山上，山顶与山脚的垂直高差超过 1000 米。这座山像一只手背向上拱起的手掌，每一垄高悬陡峭的山棱就像手指，六个村民小组就分布在不同的山棱上。

过去村里没有公路，村民去趟集镇走的是羊肠小道，单程至少四个小时。一到雨季，山脚下的西苏角河的水涨得老高，会把村子困成一座"孤岛"。

村里的女人生孩子，几乎都在自家床上。头疼脑热的小病基本靠扛，实在病得厉害了，才找壮汉背下山去……

2018 年 3 月，帮扶这个村子的任务，交给了县公安局。

第一次进村，当李鲲满身泥泞地站在破破烂烂的村委会坝子里时，村委会主任吉巴呷呷连声地告诉睁大眼睛看稀奇的老百姓："这是来过我们村最大的'官'！"

那天，考察完安置点选址后，李鲲小心翼翼地顺着 70 度的羊肠小道下山，突然接到一个电话，步子不自觉加快了。头天山上刚下过雨，路又陡又滑，当他意识到刹不住时已经太迟，整个人直奔悬崖而去。

幸好，崖边有个考察组的老同志看见他冲过来，迎着他使劲一抱，两人一起翻进了侧面山坡上的垃圾堆里。

"那个滋味酸爽啊，一身都是垃圾。"他笑着说，"要是没那位老同志，那天我就算'交待'了。"

这件事坚定了李鲲要以最快的速度在瓦扎修条快速路的决心。可是，最初没有村民相信汽车有天能开到村里来。

冬天山上下雪，夏天山下涨水，一年中的安全施工期不足六个月。过去县里也尝试过往村里山上修路，最终都因施工难度过大、安全系数低，要么叫停，要么进展缓慢。

如今，沿着建好的通村路进村，危险仍可见一斑。车身外不到半米就是悬崖，不时有碎石落下。遇到急弯，方向一次打不过去，还得多回几盘子。

"这么陡的山，工程机械难道是直升机吊上去的？"记者很好奇。

"不，我们没那么大的本事，但是有'特工队'啊。"顺着他手指的方向，我们看到约 60 度的山坡上，清晰地留着"之"字形痕迹。

"当时找了两位技术好、胆子大的挖机师傅，从山脚开始，挖一铲爬一步，最后走'之'字形上到了山顶，然后再从山顶开始，把路倒着修下去。"李鲲说。

2019 年，瓦扎村路终于修通的时候，李鲲第一个开车上去。半路遇到老百姓放牛，第一次看到汽车的黄牛眼睛瞪得老大，一溜烟儿跑了。

顺着这条路进到村委会，副局长张坤拿出手机给记者看照片。"刚来的时候这里破破烂烂，地上全是泥坑。用了 192 天，变成了现在的白墙黑瓦。修房子的时候，我们就住在帐篷里，只要人一走，耗子就钻进去。"

穿过篮球场，山坡背后是一片寂静的村庄。29 户人家的新居依山而建，像一只蝴蝶在云海山川间展开双翅。

当初，为了给安置点选址，李鲲徒手爬了五趟瓦扎，后来建安置点去得就更多了。

"砌小红砖要'马牙错''逢五进五'，混凝土和泥沙的比例、钢筋的粗细、结合部弯曲的角度、女儿墙的构造柱、防水的材料、每道工序材料的用量，我全部都搞清楚了。"精准扶贫把这个中文系出身的老民警逼成了"包工头"。

中午，我们循着香味来到一户人家的小院，揭开锅盖，干辣子烧腊肉正"咕噜噜"冒着热气。家家户户的小院里都种着蔬菜，蚕豆花香阵阵扑鼻，畜圈里的小猪白白净净。

村主任吉巴呷呷说，自从有了路、搬了家，村里的人都变讲究了。

走在村道上，不时碰见穿着红背心的保洁员在打扫卫生，一家小卖部门口还贴着"精准扶贫有关工作人员一律免费提供开水"的提示。

小卖部老板曲比干田过去是贫困户，如今一家五口住在两层楼的新房里，开起了小卖部，加上养鸡、养猪，生活蒸蒸日上。"看到扶贫帮扶队总吃方便面，心里过意不去，就用这样的方式说声'卡莎莎'（谢谢）。"

来到凉山四年，李鲲联系的不止瓦扎一个贫困村，还涉及三个乡六个村。

在大堡村，当他发现贫困户老杨有返贫风险时，为他家两个孩子申请了慈善组织的助学金，还把对方的微信朋友圈翻了个遍，最后一起商量出养牛增收的主意。才一年多时间，老杨不但摆脱了返贫风险，还成了村里的养牛带头人。

2019 年，为了保障巴姑乡米西洛村 25 户安全住房按时完工，他根据每道工序给施工方做了一个倒排工期的 Excel 表格，每天逐项对照检查。"有了这个表，每个环节的怠工都会暴露出来，施工队班头见到我就害怕。"

2019 年国庆节，李鲲在花椒村督导施工进度时接连崴了两次脚，还成天一瘸一拐地往工地上跑。有一天，他的腿实在肿得厉害，去县人民医院一拍片才发现，右腿腓骨不但早已折断，还错开了不小的距离。

在此之前，县里还有一位从佛山来挂职的副县长摔断了胳膊。

2019 年年底，当雷波县脱贫攻坚通过省级验收时，有人说："咱们的脱贫真的是一'手'一'脚'干出来的！"

三、初心之路：扶贫重在扶志

彝人自称凉山地区为"斯普古火"，意思是森林茂密的高寒地区。据清代《宁远府志》描述，凉山因"群峰嵯峨，四时多寒"得名。

凉山，地处川西南横断山系东北缘，介于四川盆地和云南省中部高原之间，地势西北高，东南低，主要有小凉山、大凉山、小相岭、螺髻山、牦牛山、锦屏山、鲁南山等山脉。

"大小凉山"是地域的一种划分，民间习惯把凉山州美姑县境内的黄茅埂以西的美姑、昭觉、布拖、金阳、普格、甘洛、越西几个县称为"大凉山地区"。这片地区是彝族最大的聚居区，南北纵贯数百公里，山高气寒，自然条件差，其中属小相岭最高，海拔达 4791 米。

地处大凉山腹心地带的昭觉县是彝族人口大县，乡风淳朴，自然条件得天独厚。山与山白云相连，坝与坝绿水相依，人与自然和谐相融。千百年来，一代又一代彝族人民，在这片美丽的土地上繁衍生息。然而住房、道路、产业等看得见的贫困，与思想观念、内生动力等看不见的贫困，交织叠加，相互影响，让这片曾闪耀着长征精神的火把、曾实现"一步跨千年"社会变迁的西南热土，成了全国知名的"贫困县"。

波吉村是 1999 年年初由支尔莫乡、树坪村和四开乡部分贫困群众通过易地扶贫搬迁重新组合的一个新村，位于昭觉县境西南部，全村平均海拔 2100 米，距县城 22 千米，辖两个农牧社，有贫困户 87 户。脱贫攻坚之前，村民的日子一度非常艰难。

直至 2020 年，这个村终于迎来了新变化，村里来了新书记。

村民每家每户都住上了新房，房前屋后挂满了苞谷，屋里堆满玉米、荞麦等农作物。整洁干净的水泥路通到大门口，用上了自来水、太阳能热水器，还有了大彩电、电冰箱、洗衣机等家用电器。"村里富裕了，我家也跟着享福，感谢我们的好党支部，感谢我们的沙书记。"村民守次有呷高兴地说道。

从"困"于高山深处的贫困户，到如今通过异地扶贫搬迁过上红红火火的好日子。这些变化，源自驻村第一书记带领波吉村大力发展林下养鸡产业期间，通过采用"合作社+农户""村集体经济+农户"的产业发展模式。

眼前这位身着藏蓝警服，长相英武、肩宽步阔、身体强壮、目光炯炯有神、古铜肤色的彝族汉子，就是波吉村驻村第一书记、昭觉县公安局党委委员、特巡警大队大队长沙云。

沙云说："2018 年 3 月，我刚到波吉村时，看到的是交通闭塞，基础条件差，无项目无产业，而且村党支部组织发挥作用甚微，人心不齐，干群关系也不太好。但我深知，要让波吉村的村民彻底脱贫，关键在村'两委'班子如何带好头，关键在全村的共产党员。"

如何调动贫困户们的积极性，成了当时最大的问题。沙云逐户走访调研，提出了"规定动作+自选动作"的模式，开展党组织生活，把主题党日活动与脱贫攻坚工作有机结合，提高了党组织生活的感染力、吸引力，大大提升了党员干部干事创业的积极性。

"送钱送物，不如建个好党支部。""要像总书记要求的那样，使党支部更好地发挥战斗堡垒作用，成为带领我们村脱贫致富的主心骨。多为群众做实事，把乡亲们的事情办好。"一次党员大会上，大家你一言我一语，热火朝天。

党员大会后，确立优秀村民五人，入党积极分子和发展对象各一人，参与谋划波吉村帮扶脱贫工作。在接下来的一个多月里，村干部开展走访与村民交心谈心，为村民们办实事。

沙云来到身患脑出血的吉布次哈家里走访，帮他协调残联部门，将他的三级残疾证升办二级残疾证，领到了国家补助，为他妻子办了低保。

针对三年前丈夫过世，一人带着两个孩子，生活困难的守次有呷和另外三个贫困户，2018 年，从村里拿出一万元作为公益费，但还差 2000 元钱，沙云自掏腰包发给贫困户。

村干部用实际行动让村民看到了村"两委"的党员干部是为他们谋幸福的"带头人"，重新找回了对党组织和党员干部的信任。

通过运用村部"村村响"设备，定期播报脱贫攻坚的有关政策和重要精神，播放美丽乡村建设优美曲目，宣传辐射全村，潜移默化地提振村民决战决胜脱贫攻坚的信心和决心！为了让波吉村彻底脱贫，七个村干部写下了承诺书，并盖了七个鲜红的手印。紧接着，又召开村组干部和党员大会，集体写下了一份承诺书，盖上了鲜红的手印。三个驻村干部，两个组书记、村长、文书、妇联、民兵排长，沉甸甸的承诺书和 32 个鲜红的手印，凝聚成一句庄严的誓言：打胜脱贫攻坚战，敢教波吉换新天！

"为了波吉村彻底脱贫，为了波吉村民过上好日子，我愿牺牲一切。"沙云说道。

通过种种措施，不到几个月，波吉村"两委"就摘掉了软弱涣散组织的帽子。从此，村干部们更加严格要求自己，把党和群众的利益放在第一位。他们是不脱产干部,常常在处理完党务村务的事情以后,再去照顾自己家的农活、家务。书记、村长、主任等七名村干部不论值班与否,都能来村部议事,处理信访纠纷、调解邻里矛盾、倾听群众心声……

波吉村,对于沙云来说并不陌生。沙云的祖辈曾生活在昭觉县四开镇,70 年前居迁冕宁县。2007 年毕业于四川司法警官职业学院的沙云经过公考,成为昭觉县公安局的一名人民警察,后来一步步成长为特巡警大队大队长、局党委委员。

2018 年,回到深爱故土的波吉村,沙云暗下决心,一定要真扶实干,干出一点名堂来,让祖辈贫穷的土地变得富裕,让彝乡人民的生活变得更加幸福!

恢复了干部群众的热情和信心,解决了内生动力问题后,沙云开始想办法,带领全村老百姓脱贫致富。

沙云说:"2019 年 7 月 25 日,我们村里花六万多元钱,买回了十头母猪,其中有七头母猪怀着小猪崽,8 月中旬,七头母猪相继产下了 99 头小猪崽。养猪是个细致活,养母猪要求更高,一点也不能马虎,我生怕小猪崽会出问题。起初我每天从早到晚都待在猪棚里,村里的几个老养猪户也都不断来帮忙,看着小猪一天一天长大,我心里甭提多高兴了!"

可是,天有不测风云。2019 年,一场非洲猪瘟席卷全球,也影响到中国……

因为感染非洲猪瘟,十头母猪、99 头小猪全部死掉,沙云和村民们的心血一下子赔了个精光,大半年的辛苦付诸东流。

"作为一名性格刚毅的彝族汉子,我从没有在穷凶极恶的犯罪分子面前露出过一丝胆怯。但看到眼前倒下的 109 条生命,这使村民脱贫增收的希望因一场猪瘟破灭了，我抱起四五头冰冷的小猪崽号啕大哭，但一切都无法挽回，我仿佛一下子掉入了冰底。

"我当时就想，109头猪死不能复生，跌倒能爬起来、站起来才是堂堂正正的彝族汉子！"沙云说。

2019年年初，沙云根据波吉村的实际情况向县公安局申请了专项资金14万余元，成功启动了波吉村林下鸡养殖项目。经过三次召开"村三职"议事会议，讨论投票，举全村之力兴办了"波吉村林下鸡养殖合作社"。合作社的兴办，极大地带动和促进了全村经济发展。

波吉村林下鸡养殖场呈现出蓬勃发展的良好势头，存栏林下鸡8500余只，纯利润已达30余万元、毛利润100余万元。一个曾经出了名的贫困村，用一年左右的时间，就拥有了一个利润数十万的产业项目，村集体经济得到了长足的发展。

随后，波吉村"两委"商议建立了村民保障救助机制，统一为村民缴纳新农合医疗保险、为独生子女购买平安保险，对60岁以上的老人、困难群众开展慰问救助，同时建立人才奖励基金，对本村大学生给予成才奖励。

"脱贫帮扶就是要为村民办实事，让村民都富起来，让大伙的日子过得越来越红火。"沙云感慨地说道。

2019年9月5日，沙云在去切吉地石家走访中发现村民用水难的问题后，立即展开帮助。

经过多次实地勘探和多番协调，他克服山高路陡且人手紧缺等困难，联系县水务局拉来30型水管250米、40型水管250米。尽管如此，离彻底解决村民用水难还相差几百米。沙云立即与做水管安装工程的同学联系，由同学赞助得到30型水管300米、40

型水管 700 米,随后组织村上的青壮年铺设饮水线,彻底解决了村民无水可饮的难题。

随着脱贫攻坚的深入,劳务输出日渐发力,外出务工的贫困户越来越多,就业日趋稳定,打工增收成为波吉村贫困户脱贫致富的一条新路。

2019 年 8 月 15 日,沙云到沙马可者家里走访,得知沙马可者在外面装修房子和刮仿瓷,由此他想起村里其他几个人也在外面做装修,但他们都是单干,生意时好时坏,没得活干就只能回家……

沙云心里想着需要为他们做点什么。随后,他主持召开"两委"会,研究成立了以沙马可者为队长、洛尔土一和洛尔日哈等11 人为队员的材上装修队。沙云则当起了"业务员",他利用自己的亲戚、同学、朋友等关系,为装修队四处找活干。装修队经过一年多的团结拼搏,实现了年收入 100 多万元,沙马可者增收13 万余元,洛尔土一、洛尔日哈、吉色尔等每人增收三万余元的良好成效。

三年来,波吉村紧紧围绕"户脱贫、村出列,一个都不能少"的脱贫攻坚工作目标,不断加大"农民夜校"等载体建设,不断加大产业项目建设,全村由未脱贫时人均年收入 2200 元,上升到人均年收入 5030 元,整整翻了一番多。

沙云说:"扶贫重在扶志,要持续激发贫困人员的内生动力,引导村民坚定一个信心,只要坚决坚定地落实党的脱贫攻坚政策,村民就一定会过上好日子。"

2021 年 2 月,昭觉县村级建制调整,波吉村撤减并入好谷村,乡村振兴又迎来一波好的发展机遇。

2021 年 4 月,因帮扶脱贫工作成绩突出,沙云被四川省委、省人民政府表彰为"全省脱贫攻坚先进个人"。

四、山岗上最美的索玛花

为什么我的眼中常含泪水？因为我对这土地爱得深沉……

在凉山史无前例的脱贫攻坚战中，可以说，凉山民警付出得最多，也最为辛苦。他们主动作为，勇于担当，敢于亮剑，不向贫穷低头，积极投入到脱贫攻坚战之中。

甘洛县位于凉山北部，1956 年建县，一步跨千年从奴隶社会进入社会主义社会，由于历史、文化、经济、地域等诸方面原因，群众的法律意识与内地相比，较为薄弱。少数群众由于不懂法，导致一些因婚姻、地界、水源、林地、经济借贷引发的纠纷"民转刑"案件时有发生。

彝族女民警解古依格 2011 年任甘洛县公安局法制大队大队长以来，组织民警进彝寨开展法制教育上百场，受众数万人次，为二百余名群众争得合法权益诉求，被誉为彝寨的"呷洛使者"（呷洛彝语：甘洛）。

在脱贫攻坚工作中，解古依格把结对帮扶的五个"贫困户"当作亲人，定期或不定期深入"穷亲戚"家中，送去大米和食用油，与他们拉家常、交心谈心，详细了解他们的生产和生活情况，宣传党的扶贫政策，开展普法宣传，叮嘱他们加强防火、防盗、防诈骗、防安全事故，在任何时候都要遵守法律法规，鼓励他们树立信心，自强自立，勤俭持家，发展种植业、养殖业增加经济收入，过上更加美好的幸福生活。每到冬天，开展"走基层、送温暖"暖冬慰问活动，把棉被、衣服送到"穷亲戚"家中，送去党和政府的关爱和温暖。"穷亲戚"们每次都很感激，纷纷说道：

"感谢党,感谢政府,感谢依格警官的帮助和关心。"

在解古依格结对帮扶的五个贫困户中,吉克尔沙是位智力障碍残疾人,生活不能自理,衣食住行都靠 60 多岁的母亲打理。她从结对帮扶他家后,打听到甘洛县人民医院有精神专科的专家帮扶接诊,便立即把吉克尔沙从石海乡加尔村接到县人民医院就诊治疗。经过半个月的治疗,吉克尔沙的病情有所好转,不再像以前那样整天都不与人交流。解古依格了解到吉克尔沙还没有办理残疾证,他年老的母亲因不识字,不懂汉语,一直没有领取残疾补助。于是,她积极协调,很快为吉克尔沙办理了一级残疾证,在村组申领了残疾补助,每月的生活补助使这个家庭有了稳定的经济收入保障。

从不善于与人交谈的吉克尔沙,每次听到解古依格来家里走访送温暖的消息,都会跑到家门口等着,手里攥着红苕或玉米馍,脸上洋溢着幸福的笑容。

看到这种情景,解古依格的心里总是甜甜的。

通过多方努力,解古依格结对帮扶的五个"穷亲戚"如期全部脱贫"摘帽"。与此同时,她积极协调民政、司法等救助渠道,让两名辍学子女进入职校就读,把温暖传递到了彝家山寨和百姓心中。

解古依格出生在警察世家,父亲解古赤合是第一代凉山警察,为凉山公安事业奋斗了二十多年。解古依格从小就耳闻目睹了许多父亲的爱民警事,暗下决心,长大后也要像父亲一样,当一名人民警察!

18 岁那年,她如愿成为第二代凉山警察。

自从当了警察,解古依格就成了父母最大的"担心"。一个女娃娃，天天在基层派出所跑跑跳跳，面对那么多繁杂的人和事，还要面对一些违法犯罪人员，怎能不让父母牵挂？

可解古依格认为，要学到真本领，就要干好派出所工作，干好群众工作。在新市坝派出所工作的三年多时间里，她风里来雨里去，用满腔的热血和顽强的作风参与破获刑事案件 120 余件，化解民间纠纷 320 余起，为群众办实事做好事 40 余件，为 10 余名吸毒人员解决了家庭困难问题，赢得了辖区群众的好评，得到了单位同事的认可。

甘洛县新市坝镇比一市村年近六旬的地木曲古，丈夫早年离世，独女已经出嫁，家里就她一人孤苦伶仃地生活，条件十分糟糕。为了帮助她安度晚年，解古依格把她作为帮扶对象进行帮扶，经常关心她的生活情况，逢年过节还购买大米、菜油和铺盖等生活必需品送到她家，献出爱心。地木曲古老人十分感动，说解古依格比她的亲闺女还亲。

在警队，解古依格也邂逅了甜甜涩涩的爱情。丈夫毛小兵与她是同事，也是一名人民警察，长期在边远基层公安派出所工作，任所长，工作任务重、责任大，夫妻长期分居两地，两个小孩从小就由解古依格一人拉扯大。

解古依格自 2011 年任法制大队大队长以来，严格履职，依法办案，务实敬业，先后审核案件上千件，无一差错。她所在的大队连续三年被评为"全省公安机关执法示范单位"。2016 年她被评为全省首届"最美人民警察"，2017 年、2021 年连续两届被推选为中共凉山彝族自治州第八、第九次代表大会党代表，2021 年被省厅表彰为全省公安机关"执法标兵"，荣立三等功、一等功各一次，2022 年 5 月被评为"全国优秀人民警察"。

解古依格心系群众，一心为民，就如同索玛花一般盛开在大凉山。

杜鹃，彝语称"索玛"，是彝族人心中最美丽、最圣洁的花。在凉山，彝族人常以"索玛花"来形容姑娘的美丽。

昭觉县女民警俄木伍呷被当地的彝家群众称为"山岗上最美的索玛花"。

第一次见到俄木伍呷，是 2020 年秋天，在昭觉县三岔河乡三河村的田埂上。那天，州局和县局的同志陪同我们下乡采风。

俄木伍呷给我的初印象是中等个儿，脸庞黝黑，身材略显单薄，一双炯炯有神的大眼睛，头戴威严的警帽，身穿笔挺的警服，胸前佩戴一枚鲜红的党徽。

这不就是个普通民警吗？

昭觉县公安局政工室主任尔古日支介绍说："她就是这个乡所在地的派出所所长，是全局 14 个派出所中唯一一位女所长呢！"

我有些惊讶，我一直感觉，女民警在机关任警种负责人的较多，在条件艰苦的地方应该很少。没想到在平均海拔 3000 多米、离县城最远、条件最为艰苦的大凉山上，却遇到一位说话做事雷厉风行、泼辣干练的女所长。

我记住了她的警号，也记住了她的名字：俄木伍呷。

我想，在她的身上一定有许多传奇的故事和经历。

昭觉县三岔河乡三河村是习近平总书记来过的地方。2018 年 2 月 11 日，习近平总书记来到三岔河乡三河村、解放乡火普村，走进彝族贫困群众家中，了解当地贫困现状，听取精准扶贫、精准脱贫措施落实情况和易地扶贫搬迁安置点规划情况，看实情、问冷暖、听心声，同当地干部群众共商精准脱贫之策。

总书记的关心激励着当地的干部群众，更加坚定信心，坚决打赢脱贫攻坚战。

沿着总书记的足迹，牢记总书记的嘱托，公安民警心向党。俄木伍呷和她所在的解放沟派出所坚持发展新时代"枫桥经验"，不断健全完善基层社会治理工作体系，着力解决群众最关心、最直接、最现实的问题，努力创造平安环境，助力脱贫攻坚和乡村振兴。

派出所坚持党建引领，在每个村村委会的墙上，都设置了一面平安告示牌，告示牌上面写着：已经有××天没有发生过治安刑事案件。而在这个告示牌的旁边写的是习总书记对人民公安的要求："对党忠诚、服务人民、执法公正、纪律严明"，时刻提醒民警：不忘初心，牢记使命，热情服务，一心为民。

派出所辖区有 17 个村，为了"零距离"服务群众，警力全部下沉，一村一警，穿梭在彝家山寨，行走在扶贫路上，巡逻在乡村道上，忙碌在办案途中，创新打造了平安"彝"站，确保了一方平安。

针对辖区内外出务工人员众多的情况，由村警牵头，建立了涵盖所有外出务工人员的微信群，民警通过微信群摸清底数，并帮助大家用法律的手段维护自己的合法权益，受到了群众的欢迎。同时，派出所邀请村里能说会道的村民和家族威望较高的家族头人分别担任村里的治保主任和法制主任，轮流在每天下午的农闲时段通过村里的广播用彝语向村民们讲解最近的案件，以案说法。

近三年来，整个解放沟派出所辖区内，新增吸毒、贩毒人员为零，新增外流贩毒人员为零，新增治安、刑事案件为零。

2022 年 5 月，在全国公安系统英雄模范立功集体表彰大会上，昭觉县公安局解放沟派出所被评为"全国公安机关爱民模范集体"。

春暖花开的大凉山很美。温暖的阳光洒在大凉山上,鸟儿欢快地放声歌唱,索玛花满山绽放,似骄阳,似烈火,燃遍大地,映满山冈······

下篇:青春答卷

2018 年 6 月,按照四川省委要求和省委组织部、省委政法委部署,四川省公安厅选派了首批 251 名脱贫攻坚和综合治理实战经验丰富、表现优秀的干部人才,入驻凉山州开展脱贫攻坚综合治理工作,全面打响凉山精准脱贫攻坚战。

这 251 名优秀人才是从全省除阿坝、甘孜和凉山州以外的其余公安机关、四川警察学院进行人员选派的。在人员选派过程中,四川省公安厅严格遵守三大选派条件:坚持择优选派,注重政治素质好、工作作风实、综合能力强、身体健康具备履职条件的优秀干部人才;突出实战能力,公安机关干部人才选派主要从凉山州脱贫攻坚和禁毒防艾的实际需求出发,重点选派担当得了责、干得成事、打得开局面的精兵强将;从严审核把关,按照相关要求,市公安局和四川警察学院党委研究提出人选,从严把好政治关、品行关、廉政关和能力关。

这批人员将要深入凉山州 11 个深度贫困县,特别是其所管辖贫困乡镇和贫困村,综合施策抓好治愚、治病、治毒、治超、控辍、保学等制约脱贫攻坚的根源性问题,全力投身脱贫攻坚和综合帮扶的具体工作中。

这是全省公安机关的一次重大举措,也是一次全局性行动。

"到凉山去！到凉山去！"成了那段时间四川公安各个警队的热门话题。

6月30日，绵阳市解放街17号市公安局大院，来自市局机关和各县（市）区的17名民警已经集结完毕。他们有机关民警，也有派出所基层民警；有破案能手，也有岗位标兵；有老同志，也有年轻警察。大家就一个目标——到凉山去，坚决打赢脱贫攻坚战！

清晨6点半，带着组织的重托，他们踏上了助力凉山脱贫攻坚的征途。从绵阳出发，经过成都、德阳、雅安，在异常险峻号称"云梯天路"的雅西高速路上一路穿行，经过腊八斤连续刚构特大桥、泥巴山隧道，于下午3点半顺利到达西昌。

"能到祖国最需要的地方，用'辛苦指数'换来群众的'幸福指数'，值得！"来自绵阳市公安局政治部的布拖县综合帮扶队员张德发说。他的面前，是浓雾弥漫的高山峡谷，山势陡峻，道路崎岖。一眼望去，一山接一山，一岭接一岭。

越是艰险越向前。张德发说："我相信，只要咬紧牙关苦干三年，贫困一定会像这些浓雾一样散去，凉山人民一定有一个美好的前景。"

五、书写新时代的青春之歌

"三个坝子四片坡，两条江河绕县过，九分高山一分沟，立体气候灾害多。"走进位于大凉山腹地的布拖县，目之所及，除了山，还是山。全县30个乡镇中有21个乡镇所辖村为贫困村，彝族人口占总人口数的98%。2019年年底，有8201户40029名贫困人口尚未脱贫，贫困发生率为22.6%。绵阳援凉警队民警到达布拖后，就分赴拖觉镇、龙潭镇、补尔乡、火烈乡、乐安乡等 16 个乡村开展脱贫攻坚工作。

"由于自然条件恶劣及历史原因影响，布拖县是一个贫困人口多、贫困程度深、贫困面积广、脱贫任务重的县，是全国深度贫困地区。"座谈会上，当地干部介绍时语气凝重，在场的援凉民警听得心情沉重，当地的贫困程度，远远超出了他们的想象。

作为全国"三区三州"深度贫困地区，凉山是全国脱贫攻坚的主战场，这里又是凉山的主战场之一。全国脱贫看四川，四川脱贫看凉山，凉山脱贫看大凉山各个县。如何在这场大考中交出一份合格的答卷，这是每个援凉民警都在思考的问题。

打赢脱贫攻坚战是党中央、国务院作出的重大战略部署，是中国共产党向全国人民作出的庄严承诺。

为了凉山尽快脱贫，援凉民警从"精神脱贫"入手，组织坝坝会、农民夜校、乡村小广播，积极宣传国家扶贫方针政策，帮助群众转变思想观念，提升群众致富意识。为了做到"精准脱贫"，他们挨家挨户走访，及时掌握贫困户的动态信息，建档立卡，建立了贫困家庭、贫困人口、外出务工人员及外出务工监管联络员"四本台账"。

"脚下沾有多少泥土，和群众的感情就有多深。"援凉民警在烈日下、寒风中，迎晨曦、披星月，每天走访村民，宣讲政策和法律，每次下村组一干就是一整天，饿了就吃点干粮，渴了就喝点自来水，晴天一身灰，雨天一脚泥，苦干实干，同贫困群众想在一起、过在一起、干在一起，将最美的年华无私奉献给了脱贫事业。

"90 后"援凉队员卢峰，来自绵阳市三台县公安局向阳派出所。作为援凉警队的一员，他扎根布拖县俄里坪乡，和同事们一起宣讲禁毒防艾知识、打击违法犯罪、普及法律知识，提升当地村民的安全意识。新冠肺炎疫情防控期间，他多次下村组宣讲防疫知识，努力让村民改变日常生活习惯，督促他们"勤洗手，勤通风，少出门，不聚集"。

2019年2月下旬，卢峰和同事奔赴云南省丽江市逮捕了一名俄里坪乡籍的犯罪嫌疑人，成功破获一起毒品交易案件。事后，卢峰才知道，该犯罪嫌疑人是艾滋病病毒携带者，而他和同事在抓捕时根本就没有做任何防护措施。

2019年5月，卢峰因为肾积水做了输尿管支架手术，医生让他不能太劳累，至少休息半年，他不听，坚持回到工作岗位。结果当年8月，在一次出警途中，因为山路太过颠簸，导致他体内支架移位掉在膀胱里，一直尿血。他咬着牙，流着冷汗，坚持着直到当夜十二点半，快痛晕过去时才被同事发现送到西昌医院挂了急诊。这次手术后，医生又叮嘱他至少休息半年，可过了一个月，他再次回到俄里坪派出所参与工作。

自援凉工作开展以来，卢峰回家的次数不多，妻子过生日，他只能隔着手机屏为妻子送上祝福，年幼的儿子基本都是由妻子一人照料。每当想念孩子时，他就翻看妻子的朋友圈和手机里的照片。舍小家的卢峰把俄里坪乡当成了自己的"大家"，为了"大家"，无论环境条件如何艰苦，他的脚步都从未停歇。

青春奋斗正当时，不负韶华不负己。

王亮是南充市公安局特巡警支队四大队大队长，2014年12月参加公安工作。他是凉山州德昌县人，自小在凉山长大，大山里的孩子更懂得贫穷的艰辛和老百姓对脱贫的期盼。

2018 年 6 月,27 岁的他主动请缨,申请前往条件较差的凉山州参加脱贫攻坚工作。他知道家乡还处于国家级贫困区域的序列,家乡的百姓还需要帮扶。经过组织审核选拔,他成为援凉民警,被分到甘洛县洛洛沟村任"四治"专员。

7 月 1 日,正值党的生日,一身藏蓝警服、胸前佩戴鲜红党徽的王亮乘坐大巴车前往洛洛沟村,看着一路沟壑纵横、道路崎岖、地广人稀,他没有丝毫犹豫,告诉自己:越是艰险越要向前,我是一名党员民警,是一名特警,肩负人民赋予的职责,奋楫笃行,使命必达!

洛洛沟村,平均海拔 2000 多米,环境恶劣、道路艰难、信息闭塞、经济落后。全村 223 户 776 人,贫困户 43 户。初来乍到,语言不通是王亮遇到的第一个障碍。彝族大爷大妈不会说汉语,他便找村干部和年轻人当翻译,还借助手势与老人们交流。村里生活条件艰苦,他以苦为乐,没有吃饭的地方,刚去的时候常常饥一顿饱一顿,很多时候用泡面填肚子;山高缺水,要洗澡只能回县城……摆在他面前的现实问题并没有压垮他的意志,反而更加坚定了他扎根山村干好工作的决心。

初涉扶贫工作,缺乏经验和能力短板,时常让王亮感到困惑、迷茫。紧张繁重的工作之余,他挑灯夜战,自学充电,淬炼本领,进一步掌握理论知识和熟悉政策,掌握扶贫工作的方法和技巧。他有什么问题不懂,就向村干部请教,依托微信群与其他扶贫民警交流经验……很快,工作就打开了新思路,扶贫路上的一些难题也迎刃而解。每天,他迎着朝霞出门,归来已是黄昏。走访群众,了解村民的生活习惯、习俗,掌握他们的家庭状况和生活困难,和他们共同探讨解决困难的对策。三年来,王亮走遍了村里所有家庭，用真情实意赢得了群众的信任，村里的群众给他起了一个彝族名字，亲切地称呼他为"阿木"。

带领群众脱贫致富，发展产业才是扶贫的关键。2018年，王亮积极与政府沟通，为洛洛沟村带来了两万余株核桃苗，并多次请来技术人员对种植户进行指导，至今，村里有成规模的核桃园区800余亩，极大地提高了当地群众的收入水平；他联系社会爱心团队，为村里12名留守儿童人均每月资助300元助学金直到高中毕业；他整合资源，联系成都某制衣厂为村里居民捐赠1500余件新衣，为43户贫困户捐赠价值800元的衣物和慰问金；他自筹资金为当地贫困户购买生活所需用品，帮助群众改善基础生活条件；他广开门路帮群众销售当地土特产，增加收益；他让43户贫困户享受惠民政策，为每户协调5万元的无息贷款帮助他们发展产业。

村民木各热石提起王亮就连竖大拇指："王警官，是好警官，是他帮助我家发展产业，让我脱贫致富，过上好日子，真的太感谢了！"

原来，2019年木各热石想种植金丝皇菊，打听到修建金丝皇菊的烤房要十几万，这么大笔资金可难坏了他。于是他想起了王亮。说明情况后，王亮二话没说，到处找门路，终于协调到对口帮扶的成都一家企业，资助15万元为他修建了烤房。如今，木各热石早已脱贫奔上了小康，在他心中，王警官就是他们全家的大恩人。

村里留守儿童读书就学的问题，一直是王亮心里的牵挂。三年来，他创新思路为贫困儿童寻找"一对一"的助学资助。木乃以布老两口已经75岁，儿女在外打工，留下四个孙子在家让老人抚养。由于家庭经济困难,适龄读书的沙小英两姐妹不得不面临辍学的问题。了解到这一情况后,王亮心里牵挂两姐妹,"一定要让她们有书读!"炎炎夏日,他背着挎包四处奔走,了解打听政策,最终为两姐妹申请了每人每年 2000 元的助学金。在姐妹俩重回学校的那一刻,她们向王亮叔叔敬了一个标准的队礼,说:"谢谢王叔叔,我们一定会好好学习,不辜负你的期望!"

在王亮的不懈努力下,洛洛沟村所有的适龄儿童都入了校,无一人辍学。

2019 年是脱贫攻坚摘帽之年,对于每一个参加脱贫攻坚的队员来说都很繁忙。

王亮每天吃住在村上,和驻村工作队成员、村干部一起,对全村 43 户贫困建卡户进行多次走访摸排,对标查找问题,进行补短补差,确保所有建档立卡贫困户达到"一超六有"标准。同时协助村"两委"干部完成全村 121 户土地增减挂钩,以及四户彝家新寨住房建设。作为帮扶责任人,王亮在开展驻村工作的同时,对帮扶贫困户进行扶贫政策宣讲,引导有外出务工能力的人员外出务工增加收入,为家庭有残疾、有特殊的困难户争取各项低保兜底政策,帮助贫困户顺利脱贫。

三年来,甘洛县成功脱贫,洛洛沟村发生了翻天覆地的变化,由贫困村变成了先进村。王亮圆满地完成了脱贫攻坚任务,被四川省、凉山州评为"脱贫攻坚先进个人"。

来自人民、植根人民、服务人民,是王亮从警以来的坚守和信仰。一路走来,怀着对公安工作的无限热爱,对人民群众的浓厚感情,步入而立之年的王亮坚信:新时代青年应当志存高远、努力拼搏、担当作为,以青春之我建功新时代,奋进新征程,用奉献书写青春答卷。

六、大山深处的"蜂王警察"

凉山州属于亚热带季风气候区，这里阳光明媚，但是这里地形崎岖，峰峦重叠，河谷幽深，很多山区彝乡十分贫困。从奴隶社会直接到社会主义社会的彝族老乡思想落后，生活水平低，生产力也较为落后，加之交通不便，使得贫困一直困扰着彝乡。

仁寿县公安局文宫派出所副所长潘修明，2015年自凉山州木里县调至仁寿县公安局工作，2019年7月接到脱贫攻坚的任务后，他又义无反顾地申请前往凉山州喜德县依洛乡巴格村开展扶贫工作。

再返凉山，他对同事说："我知道凉山有多艰苦，但我不怕，这也是凉山最需要我们的时候，我坚决服从组织安排！"

2019年9月，正值开学季，潘修明见巴格村村民贫困，很多孩子没有学习用品，他便自费购买了文具，利用到村子里走访的机会，给孩子们送去自己的心意。他说："我也是孩子的爸爸，看到村里这么贫穷，孩子们生活这么困难，我心里不好受！只有尽微薄之力为孩子们办点事，希望他们有个好的未来！"彝族小朋友拿到警察叔叔准备的礼物，纷纷开心地说："卡沙沙（彝语：谢谢）！"

到村里走访的次数多了，与村民的接触也多了，村民们渐渐喜欢上了这位肤色黝黑、说话和蔼、脸上总是带着笑容的警官。

2019年初秋，巴格村的花椒地里长满了杂草，村民们只得用一些简单的工具去除草，潘修明得知后立即加入了村民队伍，和村民们一块儿除草。

除草的过程中，潘修明见到巴格村的山坡上有很多野花，心情大好。喜德县地处亚热带高原地区，海拔高人烟少，阳光充足，野花生长得特别好。

潘修明在扶贫的日子里，了解到巴格村的地质、气候只能种花椒、土豆、玉米和产量不高的燕麦，村里交通也非常不便，种出的农作物在运输过程中损耗较大，特别是比较难运输的花椒经常因为不能及时加水影响质量，这些都成为影响彝乡脱贫的难点。

潘修明心想，如果老乡们一直靠政府和社会的救济，要想真正脱贫太难。授人以鱼不如授人以渔。不如因地制宜地教会老乡一门技术，让老乡们尽快脱贫。

潘修明是一个来自农村的孩子，家中一直饲养蜜蜂，而潘修明也掌握了养蜂的技术。在派出所工作期间，潘修明曾利用休息时间，积极发挥特长，为仁寿县彰加镇数十家蜜蜂养殖户带来了更加优良的蜜蜂养殖技术，并积极为蜜蜂养殖户寻找稳定的蜂蜜和蜜蜂销售渠道，连续两年帮助辖区十余户蜜蜂养殖大户售出蜜蜂 600 余箱，创收十万余元。

来到巴格村后，潘修明心想，巴格村这么多野花，在这里养蜂一定非常棒，蜂蜜的品质也一定很好，到时候老乡们就可以贩卖蜂蜜赚钱了。

想到这些，潘修明便立即着手调研，制订了计划。随后他找到村干部说，自己愿意把养蜂技术传授给彝族的老乡们。

村干部们早有带领村民养蜂的想法，可是一直苦于没有技术，不敢轻易动手养蜂，害怕投资失败。听到潘警官的建议后，他们拍手称赞道："小潘，你这个建议好呀，我们也一直想养，村里支持你！"

事情定下后，村里立即购买养蜂的设备和蜜蜂，潘修明带头并发动村里其他几位扶贫干部凑钱为村民购买设备和蜜蜂献出爱心。

2019年9月底的一天，巴格村下了一夜的雨，天刚亮不久，一辆满载蜂箱和蜜蜂的卡车行驶在巴格村崎岖的泥道上，车轮在湿润的泥道上留下了两道深深的辙，车轮扬起的泥浆落进地面的积水里溅起一道道水花。

"蜜蜂来了！蜜蜂来了！"一位彝族老乡挥舞着双手开心地喊道。

老乡们看着卡车里的一箱箱蜜蜂，仿佛看到了脱贫的希望，纷纷跑来帮助搬蜂箱，好奇地听人讲述养蜂的事儿，眼神里充满了期盼和希望。

摆放蜂箱、检查蜜蜂、培育蜂王、防治病害、追花夺蜜……

冬季蜜源结束，潘修明发展养蜂产业试点基地两个，引进的优质中华蜜蜂100箱，共计采蜜500余斤，实现收入近四万元，盈利一万余元。在两个蜜蜂养殖试点基地内，潘修明手把手教学养蜂技术20余次，教会一批本地农户中蜂活框养殖中的蜂箱摆放、取蜜、蜜蜂越冬、简单病虫害防治等相关技术知识。他先后多次深入喜德县十余个乡镇，行程超2000千米，实地考察调研喜德县各乡镇蜜蜂养殖方式和蜂群数量，各地蜜源植物种类与分布，具体流蜜时间，初步完成《喜德县中蜂养殖推广可行性研究》报告。

除依洛乡以外，潘修明还经常深入其他乡镇，为其他蜜蜂养殖户提供养殖技术，指导蜜蜂养殖，开拓蜂蜜销售渠道，实现彝乡群众增产增收。指导农户收割着亮晶晶的蜂蜜，潘修明和大伙的心里真是比吃了蜜还要甜。

2020 年 5 月 11 日，四川省农业厅草原牧业处处长付建勇带领省厅养蜂专家组到依洛乡召开了喜德县养蜂技术现场培训会。专家组重点讲解了蜂场的建设、中蜂的营养需要和饲养方式、蜂群的繁育技术等。会后，潘修明就在依洛乡发展的中蜂养殖基地蜜蜂数量、产蜜种类、蜂蜜销售，以及下一步发展养蜂实地培训基地等情况向领导及专家组作了汇报与交流。

眼里有光，心中有梦，脚下有路。

潘修明自到喜德县依洛乡巴格村参加脱贫攻坚工作以来，充分利用自身养蜂技术的优势，结合乡村优越的自然条件，大力推广蜜蜂养殖产业，走好产业扶贫之路，他被当地群众亲切地称为"蜂王警察"。

七、禁毒攻坚助力脱贫

凉山，是全国脱贫攻坚主战场之一，也是一个深受毒品危害的地区。

在凉山州制定的 23 个脱贫攻坚专项方案中，禁毒防艾是其中一项。这在全国脱贫攻坚战场上，是唯一的地区。

毒品、艾滋病问题是阻碍凉山脱贫奔小康的"拦路虎""硬骨头"，是影响凉山经济社会发展的"毒瘤"，也是部分群众致贫返贫的重要根源。

毒品不除，凉山的贫困群众很难脱贫致富。

禁毒、防艾成了凉山脱贫攻坚的一场特殊的攻坚战。

按照四川省委、省政府部署，四川公安把禁毒攻坚作为打赢凉山脱贫硬仗的重大战略任务，连续六年实施"百警援凉"工程，实现禁毒专干全覆盖，组织全省 18 个内地市公安局对口帮扶凉山州 16 个县、市，合力攻坚凉山禁毒脱贫。凉山州委、州政府把禁毒工作作为党政工程，全面实施铁腕禁毒"六项举措"，推行"绿色家园"，构建"1÷15"戒治康复体系，创新治理助推脱贫。

2018 年 1 月，四川省公安厅禁毒缉毒总队侦查支队副支队长符磊响应组织号召，踊跃报名，被选派到西昌市公安局挂职任副局长，开启为期两年的禁毒防艾脱贫攻坚之旅。

根据市局党委分工，符磊主要协助分管缉毒打击和直接分管邛泸、马道、西城、安宁、经久五个派出所工作。

为了尽快熟悉情况，符磊将西昌历年来的禁毒缉毒状况、毒品通道、在册吸毒人员、传统毒品大宗交易破案情况等数据及脱贫攻坚进行比对分析，掌握了大量第一手资料。

在符磊的主导下，西昌市公安局相继出台涉毒违法犯罪线索统筹机制、涉毒情报研判机制、重特大案件案前会商机制、毒情定期会商分析报告机制等多项机制，推进缉毒打击更加精准、高效。2019 年 2 月，西昌成功摘掉长达三年的全省外流贩毒通报警示地区的"毒帽"。

仅一年多时间，他就指挥、参与破获重大涉毒刑事案件 112 起，其中重特大跨国贩运毒、武装贩运毒的部、省级毒品目标案件 10 起；缴获毒品海洛因 160 余千克，打击处理涉毒犯罪嫌疑人 264 人，成功抓获 10 名境外涉毒重大逃犯。

符磊被凉山州公安局评为"援警之星"，受到四川省公安厅通报表扬。

2020 年 1 月 2 日，对于绵阳市公安局安州区分局清泉派出所所长任栋来说,是个难忘的日子。这天,他成为第三批援凉整治毒品工作警队队员,挂职任布拖县公安局副局长。

到布拖县后,他克服生活和工作上的困难,走遍布拖县的每一个乡镇,了解社情民意,挖掘症结难点,厘清思路对策,做好禁毒防艾和脱贫攻坚各项工作。在工作中,他将在安州区分局工作中的一些好的做法和经验带到布拖县,做好脱贫帮扶和业务指导工作,实现了分管业务工作的新突破。

"来到布拖,我就一个想法,既然来了,就要做好,要对得起分局党委的嘱托,对得起布拖群众的信任……"任栋说。

为了尽快打开工作局面,在很长一段时间,任栋都处于超负荷的工作模式,经常到基层指导治安基层基础工作,想方设法提升派出所规范化建设能力,提高民警案件办理的质效,让全局八个派出所摆脱了"一网考"全省垫底的被动局面。他经常深入禁毒一线,摸排涉毒线索,组织开展打击毒品犯罪活动,让布拖的禁毒工作走在全州前列。

2020 年 7 月的一天,布拖县公安局禁毒大队获得一条重要涉毒线索。面对外地办案的诸多困难,任栋顶住压力,迎难而上,带队奔赴云南楚雄、丽江等地,与战友们同蹲守、同抓捕、同审讯,一直战斗在一线一个多月。

"尽管我们身边有很多榜样,但栋哥的执着又着实让我感动了一回……"面对抓捕时腰部受伤,却仍咬牙坚持的任栋,同事由衷地感叹道。

2020 年 2 月,新冠肺炎疫情阻击战打响后,任栋第一时间召集绵阳公安援凉综合帮扶工作队的民警和布拖县公安局禁毒大队的民警召开紧急会议,迅即传达上级应对疫情工作的会议精神,对即将开展的重点工作任务进行详细安排部署，要求全体民警牢记宗旨，不忘使命，敢于"逆行"而上，对阻击疫情和禁毒防艾工作做到"两手抓"，坚决打赢防疫阻击战。随后，绵阳公安援凉综合帮扶工作队临时党支部成立了战"疫"党员突击队，每个队员面对党旗庄严宣誓，全力投入疫情防控阻击战中。

那一段时间，任栋和突击队员在布拖县、乡各检查点卡口坚守岗位，克服海拔高、气候寒冷、自然条件差等困难，全方位、全覆盖配合卫生、防疫、运管等部门做好过往车辆及驾乘人员的疫情防控工作。驻村的"四治"专员从严管控"三个重点群体"，对来自疫情重点地区、途经疫情重点地区、往返疫情重点地区与本县之间的三类重点人员，采取深度摸排并详细记录。在召开村民大会宣传防疫知识的同时，他们走村入户挨家挨户耐心地做群众的思想工作，全面讲解疫情防控政策，严格管制集聚活动。

赠人玫瑰，手留余香。任栋在工作之余还十分牵挂彝族山区贫困学生的学习成长，总是尽自己的绵薄之力去帮助身边的每一个人。在布拖县帮扶的短短时间，他发动亲朋好友先后多次为布拖县木尔乡、乐安乡等五个乡镇的贫困学生捐赠衣物1000余套，捐赠学习用品价值两万余元。正如他自己所说："援凉路上遇到了很多温馨和感动，我愿做援凉路上的一束光，照亮别人，带去温暖，为凉山的脱贫攻坚贡献一分力量。"

近年来，四川省公安厅禁毒缉毒总队始终坚持把禁毒扶贫作为促进经济发展的重大工作任务和重大民生工程，聚焦贫困地区特别是凉山州，坚持省州一体作战、集中攻坚，推动凉山州实现"两个全摘"的显著成效，五个国家级禁毒重点整治县全部"摘帽"，1.38万名吸毒贫困人员全部"摘签"。2020年10月，国家禁毒委在凉山州召开现场会，高度肯定了四川省特别是凉山州禁毒工作取得的历史性成就。

八、生命定格在扶贫路上

生逢其时，重任在肩。担当作为，在所不辞。

2021 年 4 月 22 日，四川省脱贫攻坚总结表彰大会在成都锦江大礼堂隆重举行。在获得"先进个人"殊荣的榜单里，有名公安民警已经永远地离开了我们。他叫石成军，生前系木里藏族自治县依吉乡麦洛村驻村工作队队长兼第一书记，攀枝花市公安局东区分局东华派出所民警。

木里藏族自治县，东跨雅砻江，西抵贡嘎山，南临金沙江，背靠甘孜州，是一个以藏族为主，包含彝、汉、蒙古等 21 个少数民族的自治县。

2018 年 6 月，石成军临危受命、迎难而上，带着组织的重托，投身到木里脱贫攻坚工作中。

初到木里，石成军的工作岗位是在木里县依吉乡麦洛村任"四治"专员，工作中最大的困难是语言不通，必须在当地干部的陪同下才能开展工作。从来没有接触过农村工作的他，只有靠自己一点点地摸索，一步一步地积累农村工作经验。

为了尽快了解和熟悉工作，到依吉乡麦洛村后，石成军就马不停蹄地和当地乡干部开始工作。他和当地乡干部一起对全村 108 户贫困户家庭进行了走访，开展了脱贫攻坚党的惠民政策宣传和禁毒知识宣讲，想方设法让广大村民知法、懂法，了解党的惠民政策。

入户、开会、讨论……石成军随身携带的日记本里，密密麻麻地写满了进驻麦洛村以来的工作安排。

石成军说："在这里只有像高原上盛开的格桑花，不畏风吹雨打，不畏风霜暴雪，静静地绽放，才会深深地在藏族人民心中扎根发芽。"

在入户走访的过程中，石成军听乡干部说有一贫困户的儿子，因家庭贫困无劳动力现辍学在家。得知这一情况，第二天石成军和乡干部就翻山越岭步行十几公里山路来到了位于麦洛村斯保组的贫困户阿拉温珠家里。

走进这个贫困户的家中，除了基本的生活设施外，没有一件像样的家具，家中八口人，除了阿拉温珠夫妇，还有他们年迈的父母及辍学在家的儿子次尔扎西。而且阿拉温珠的一只眼睛，因在干活时受伤导致失明，另一只眼睛只能感受到微弱的光线。家中的主要劳动力倒下了，对这个家庭来说是致命的打击。没有办法，只有让上初一的儿子次尔扎西辍学在家，帮助家里干农活。

了解到这个情况后，石成军和乡上的领导从早上到太阳下山，给阿拉温珠和他的妻子做工作，可苦口婆心、语重心长的话语也没能说服这个藏家汉子让他的儿子去上学。

第二天，石成军和乡上的领导再一次来到阿拉温珠家里，但迎接他们的是阿拉温珠冷漠的面孔和生硬的话语："你们来家里做客我欢迎，但是要让我儿子去上学是不可能的。"面对这个情况，两人便从党的政策及法律、法规上给阿拉温珠摆事实讲道理，用真情的话语去说服和感化他。"你不让你的儿子去上学，是会害他一辈子的，你不能让他一辈子都在这贫瘠的土地上重复你的生活。现在有了知识才能改变命运，要让你的儿子走出这个大山只有靠知识。即便以后学成归来，那也是一个有知识、有文化的农村青年，他可以用自己学到的知识来改变农村的面貌，改变家里贫困落后的现状。"

"我们家这个情况你们也看到了，主要就是没有劳动力，而且儿子的学费及生活费也是我们家很大的一笔开销，没有办法呀！"

乡上的蒋书记早有准备，已经为他儿子联系好了一个爱心人士，愿意负担他儿子上学期间的学习生活费用。而且在农忙的时候，会组织乡上和村上的干部到他家来帮忙干活，解决一些后顾之忧。

真诚的帮助，贴心的话语，让这个藏家汉子终于松了口："小孩去上学可以，但是在农忙的时候，他必须回到家里帮我们干活。"

他们的努力没有白费，在他们的坚持下，阿拉温珠终于同意让儿子去上学了。

2019 年 4 月，石成军完成援凉工作一年的任务后，看到脱贫攻坚工作进入关键期，村里还离不开他，于是又向组织申请再延长援凉两年。组织同意了他的申请，石成军改任依吉乡麦洛村驻村工作队队长兼第一书记，他知道自己身上的担子更重了。

2020 年年初，面对疫情防控和脱贫攻坚的双重压力，石成军毅然冲在第一线，用初心使命与担当，坚决打赢这场没有硝烟的"阻击战"和脱贫总攻战。那段时间，对疫情防控知识做宣传、讲解国家出台的优惠政策、收集解决村民急难愁盼问题……村上处处都有他的身影。

2020 年 12 月 24 日，谁也不会想到，噩耗传来，石成军等四名同志在下村检查村落搬迁工作途中发生交通事故，车辆翻到三百多米的悬崖下，造成车上人员三死一伤，石成军不幸因公殉职。43 岁的生命，定格在了脱贫攻坚征程上。

石成军，1998 年 6 月参加公安工作。从警 22 年来，他参与办理各类案件共 280 余起，抓获各类犯罪嫌疑人 220 余人，成功化解多起邻里纠纷，查处贩卖毒品、系列盗窃等案件 60 余件。在木里县依吉乡麦洛村开展脱贫攻坚工作期间，顺利完成 9 户异地移民搬迁、帮助 323 户村民逐步提高生活水平，全村贫困发生率为零，全部实现"两不愁三保障"。

12 月 27 日，在石成军同志的遗体告别仪式上，闻讯前来的干部群众挤满了悼念厅。"一心为民谋利浩气长存人间，决战脱贫攻坚英名永垂青简"，挽联述说着人们对石成军同志的敬意和无尽的哀思……

"石成军出事的前一天，是他的生日，刚满 43 岁。他的父母 76 岁，年老多病，有个 13 岁的女儿在读初中。接到到凉山脱贫攻坚的任务后，他主动请缨，前往凉山参与脱贫攻坚工作。本来他到凉山进行援凉工作只有一年，满一年后，看到正是凉山脱贫攻坚的关键期，他又主动延长两年，继续奋斗在脱贫攻坚一线。他说，等打赢脱贫攻坚战，他就回家看望父母和家人，完全没有考虑自己……"石成军的前妻张女士接受采访时，回忆起石成军在木里县的扶贫工作，眼泪止不住涌出，声音颤抖。

生命测量人生长度，精神诠释人生高度。援凉民警石成军与木里群众手握在一起、心贴在一处，他身上散发出的精神之光，照亮了那条扶贫路，照亮了奋斗的新时代。他的付出和贡献必将载入四川扶贫史册，留下浓墨重彩的篇章。他的名字定将被历史铭记。共和国不会忘记。

山冈上最美的身影，是青春之美，更是忠诚之美。

英雄身去，精神永续。

九、河坎村：秋天的微笑

2020 年，是全面建成小康社会的收官之年。

这年秋天，随着四川省公安厅宣传采访组，我第三次到凉山，进入大凉山腹地。

从小相岭一路下坡，大雾减弱，能见度增强，但天空还是乳白一片。到了山地谷底，一下豁然开朗，公路旁边的绿树丛中掩映着一个小山村，四周青山绿水，山势嵯峨，群峰俊朗，一排排修葺一新的房屋干净整洁，这就是越西县南箐镇河坎村。村第一书记是省公安厅定点帮扶民警李贺。李贺，个子不高，身材微胖，光头白皙，戴着一副眼镜，一张圆形的脸庞上充满着善意。

1977 年 10 月，李贺出生在四川省眉山市东坡区一个"双医"家庭，父母都是医务工作者。高中毕业后，他考上了铁道部郑州公安高等专科学校，1998 年 7 月毕业后，他被分配到铁道工程公安局第二公安处第三派出所工作，先后干过治安、刑侦工作，当过派出所所长、治安支队副支队长。2001 年 7 月，他光荣入党。2016 年铁路公安整体移交公安系统，李贺成了四川省公安厅铁路公安局下属的一名民警。

2019 年 4 月，按照四川省委、省政府的脱贫攻坚工作要求，四川省公安厅新增帮扶河坎村。考虑到李贺在基层派出所工作过，当过派出所所长，有丰富的基层工作经验，会做群众工作，省公安厅派他到凉山去定点驻村开展脱贫攻坚工作。

对于从警 21 年的李贺来说，已经习惯了随时待命，准备出发，执行任务。然而，李贺接下来面临的是做家人的思想工作。李贺的妻子叶小琴，在成都一家私企工作，家中两个小孩，大的面临小升初，小的才 3 岁。李贺知道，家中的事多，他一走，全部都要留给妻子来做，心中有些愧疚，回到家中不知道如何开口。妻子看到他有心事，主动问他，他才说出要到凉山定点帮扶的事。妻子开始不同意，主要是两个小孩的事。李贺反复说，才做通妻子的思想工作。其实妻子明白，丈夫是个工作狂，一说到工作就忘命，没日没夜，家中的事也帮不了多少。记得刚结婚不久，他就接到任务，离开成都到甘肃省张掖市任兰新铁路公安组组长，且一干就是四年，等他返家时，小孩已经长大，准备上学了。

当警察不易，当警嫂更不容易。

考虑到李贺不懂彝语，四川省公安厅同时选派彝族民警、厅禁毒缉毒总队一级警长也补惹阿木与他同行，一起到越西县南箐镇河坎村开展定点帮扶工作，也补惹阿木任南箐镇党委副书记兼河坎村定点帮扶队队员。

越西县位于凉山州北部，因越过嶲水设郡县而得名，是以彝族为主体的多民族聚居县，其中彝族人口占 72%。1994 年越西县被定为"国家级贫困县"，2001 年被列为"全国扶贫开发工作重点县"，2011 年进入乌蒙山片区区域发展和扶贫攻坚规划实施县，属于国家"三区三州"深度贫困地区，是全省 45 个深度贫困县之一。

李贺要去定点帮扶的河坎村，位于越西县南箐镇南部，距乡（镇）政府 4000 米，是一个典型的彝族聚居村，全村有耕地

540 亩，林地 3720 亩，平均海拔 1900 米，下辖 4 个村民小组，311 户，1259 人，其中建档立卡的贫困户 56 户，236 人。河坎村经过省级有关单位几年的帮扶，已经于 2016 年退出贫困村，但是村民的一些传统思想观念、陈规陋习尚待改变；移风易俗、产业发展、基层社会治理等工作压力仍然较大；内生发展动力还不强。

2019 年 4 月 23 日，周一，李贺清晰地记得这天，他和也补惹阿木第一次到达河坎村。

李贺到河坎村后，及时召开支委会和村委会，听取大家的意见。随后，挨家挨户走访，认识村民，了解民情。

2019 年以前，河坎村村民的收入主要来源于种植业、养殖业和外出务工，村民收入少，村集体经济收入几乎为零。村民办红白喜事时在露天坝子里蹲在地上用餐；村里没有公厕，环境卫生差；一些村民的个人习惯也不好，许多人不求上进，不自食其力。

如何助推河坎村贫困户脱贫？李贺边跑村组，边深入思考。经过调研，他根据村情，提出因地制宜，借势利导，抓住"特色产业"这个牛鼻子，"筑巢引凤"，"四轮驱动"发展产业，统筹推进精准扶贫、民生改善、社会建设等各项工作。

"四轮驱动"包括建设甜樱桃基地、杨梅种植基地、肉牛养殖基地、光伏发电基地。

甜樱桃基地，规划 150 亩，总投资 300 万元。其中，对口帮扶单位德阳市旌阳区人民政府出资 150 万元，越西县农业与文化旅游投资公司出资 100 万元，其余资金由村上林业产业扶持金自筹。为了这个基地能够建成，李贺多次找越西县有关部门协调，确保项目顺利立项。据李贺介绍，这个基地前三年每年给予村民分红 26000 元，三年后折股可以每年分红 30 万元以上，其中 70% 分给村上贫困户，30% 纳入村上公益资金。

杨梅种植基地，规划 220 亩，总投资 600 万元。这个基地主要是引进成都喜来登农业投资集团，提供种苗，由越西县农业与文化旅游投资公司牵头，省公安厅入股 20 万元。目前基础项目建设已经完成，基地试种 20 亩杨梅，预估前三年村上每年收入 1 万元，后面每年有 8 万元收入。

肉牛养殖基地，规划 100 头左右的规模，省公安厅投入扶持资金 50 万元，联系越西县农业农村局申请专项资金 50 万元。10 月 27 日这天，李贺带领我们来到养殖基地，看到基地建设已经成型，投入资金 40 万元，第一批养殖肉牛 10 头，投入资金 15 万元，牛儿长势喜人，预估年收入 4 万至 6 万元。在基地门口河坎村肉牛养殖基地项目公牌前，李贺指着公示牌说，肉牛养殖大有"钱"途，村民有养殖经验，肉牛的销路好，整个基地由村合作社规范管理经营。省厅领导对这个基地高度重视，多次视察，对基地的工作给予肯定。

河坎村肉牛养殖基地项目公牌包括项目名称、建设期限、建设内容、项目资金投入情况及利益分配方式、项目负责人及联系方式、投诉举报电话等内容。项目负责人曲木石布子竖起大拇指点赞说："四川省公安厅和李贺书记给我们村办了一件大好事！"

光伏发电基地，100 千伏的规模，村上通过多次做凉山彝族自治州发展和改革委员会、越西县发展改革和经济信息化局的工作，争取光伏扶贫项目立项，同意光伏扶贫项目建设，实现村上农业经济多元发展。今年 1 月,光伏发电项目已并入国家电网发电,年收入 8 万多元,同时解决了村上 18 个贫困户的公益岗位就业。

奔波在田间地头,走访村民群众,指导农业生产,规划产业布局,李贺在河坎村的努力和付出,大家都看在眼里,也对这个小伙子竖起了大拇指。

在河坎村采访,说起村上的产业基地,没有一个村民不点赞,他们都微笑着说:"共产党精准扶贫哇叽哇(彝语:好),党和政府卡沙沙(彝语:谢谢)!"

结对帮扶,是扶贫工作中的重要一环。

河坎村 2 组村民沙马五牛木的丈夫 2018 年因病去世,家中有一儿两女,她自己有腰疾;儿子已经成人,是个"懒"人,整天在家不出门,不是晒太阳,就是睡大觉,不外出做事;小女儿还在读小学;大女儿在雅安职业技术学院读书,看到家中的困境,产生了厌学情绪,回到家中,不想到校上课。

对于沙马五牛木一家遇到的困难,村民说起就摇头,认为扶不起。

李贺到河坎村后,在入户调查走访中,了解到沙马五牛木家的情况,把她家作为自己一对一的帮扶对象,进行重点帮扶。

他首先找到越西县教育局说明情况,为沙马五牛木的大女儿申请"雨露计划"职业教育补助,一年 3000 元,解决其读书的后顾之忧。随后,又反复做工作,让沙马五牛木的大儿子勇敢地迈出第一步,外出打工,养活自己。沙马五牛木自己有病,不能干重活,李贺帮助她落实了医保,在村上为她安排了一个公益岗位,每月有 550 元的收入。同时,李贺多次跑医保局,解决了沙马五牛木丈夫去世前两万多医保费未报销的问题，又帮助她家修厨房、修厕所，改善生活环境。

沙马五牛木的儿子看到李贺书记对他家十分关心，为他家干实事、办实事，真心解决问题，终于想通，自食其力，外出打工，从此走上正道。

2020年7月，沙马五牛木的大女儿从学校毕业，当了一名人民教师。

2019年8月，河坎村4组村民曲木拉沙由于不懂法，因私藏自制射钉枪被刑拘。可是他家中有五个孩子，小的仅1岁，其余四个都在读书。他受处理，孩子和家庭怎么办？

组上将情况报告给村委会，李贺到其家中走访，发现情况属实。李贺找到曲木拉沙对口帮扶的省公安厅高速交警一分局有关负责人，将曲木拉沙家的情况向他们作了通报。随后，将曲木拉沙一家纳入脱贫监测户，先行通过特困供养兜底脱贫，每人每月解决350元。曲木拉沙认识到自己的犯罪行为，表示要遵纪守法，后被从轻判处缓刑。回到家中，曲木拉沙主动外出做装修工。

在李贺等人的帮扶下，曲木拉沙家开展了多种经营，养羊20多头，其中一头种羊，养鸡20多只，不仅脱贫了，还走上了致富之路。

李贺经常说："在脱贫攻坚的道路上，一个人都不能少，一户都不能落。"

在河坎村，村民看到第一书记李贺，都要拉着他的手，摆些家常事。

60多岁的村民沙马公社说起村上修的那条村道，话就不停。

他说，去年年底，李贺书记到他家走访，问他家生产如何，生活中还有什么困难。他心中有一件事，一直不好说。这几年，村上来的扶贫干部为村民做了不少好事、实事，他们都看在眼里，也十分感谢。村民富裕了，产业也渐渐发展起来了，可是村上的路一直不太好，村民出门不太方便，大家一直想着扶贫干部要是能够帮助把路修了，那就再好不过了。可是，扶贫干部已做了这么多好事，他们一直不好开口说出心中的顾虑。

看到李贺书记上门征求意见，沙马公社鼓起勇气说出了心中的想法。

没有想到，李贺书记详细询问后，立马表态，回去与村支委和村委会成员研究，一定为老百姓办好实事。

在村委会上，李贺提出："修路是大事，村上几十户人家，出门上下不方便，自产的土豆、核桃也不方便拉出去销售。我们来扶贫，就是要干一些看得见、摸得着、惠群众、暖民心的实事，让他们不愁吃、不愁穿，生活方便有保障。"

李贺有股虎劲，说干就干。他与几个村干部一起，到县财政局、扶贫移民开发局找到有关领导，多次汇报河坎村的情况，寻求他们的理解和支持。经过多次协调，县财政局、扶贫移民开发局终于同意将此事纳入"一事一议"财政奖补项目，投资 20 万元为村上修条便民道。

工程施工期间，李贺经常到工地了解工程设计，检查基础深度和奖金情况，督促工程质量。仅仅半年时间，便民道就修好了，全长 4880 米，全是硬化水泥路，通至村委会和河坎村小学，大大地改善了村容村貌，提升了村居环境的档次。

看到村道修好，村里的男女老少激动得像过节一样，纷纷奔走相告，心情难以言表。每次见到李贺，就伸出大拇指，脸上露出微笑。

这条村道，就是一条致富道，不仅方便了村民出行，也为村上正在打造的红色旅游提供了方便。

李贺在河坎村，晚上无事时，爱一个人在外面行走，既可以锻炼身体，也可以了解民情，这也是他当警察多年来养成的一个良好习惯。

有一天，李贺出去有些晚了，突然发现村上的路灯是个问题，黑灯瞎火的，容易发生交通事故，也会导致一些治安隐患。回到寝室，他一直睡不着，想着有了路，带动产业兴旺，可是道路通了，还要想办法解决路灯的问题，让山村的夜晚亮起来。

为此，他多次到越西县民宗局协调，并多次打报告请示汇报，最后落实项目资金 20 万元，分两期为村上解决了路灯问题。如今山村的晚上光亮起来，行走在山道，村民再也不会为安全担心，为治安受怕。

近两年来，在基础设施建设方面，河坎村建好了村卫生室、多功能文化活动室、全省第一个村级智能警务室、两个红白理事堂和六个法治宣传栏、禁毒防艾宣传栏，开通了宽带通信，实现了 4G 网络覆盖。

2019 年 12 月，河坎村被国家民族事务委员会评为第三批"中国少数民族特色村寨"。

如今，河坎村的面貌焕然一新。村民的心情变了，脸上的笑容也多了，摆脱贫困的决心更加坚定了，发展农业经济的信心更加充足了。

看到河坎村一天比一天好，许多外出打工的村民返乡创业，投入美好家园的建设。河坎村 4 组村民沙马五切是省公安厅经文保总队帮扶的一个贫困户，夫妻两人原在福建厦门打工多年，每月人均收入有三四千元。这两年看到村上的发展变化，去年年底决定返村从事养殖业，家中养牛六头，年收入不低于在外打工的收入。李贺说，河坎村 4 组还有一个在西昌开餐馆的老板，看到家乡发展得越来越好，多次与他们商谈，也打算回乡创业，共谋产业发展。

秋天是收获的季节。10 月 27 日，我们在河坎村采访，正逢省上脱贫攻坚验收检查。经过四川省公安厅和定点扶贫民警的接力奋战，河坎村脱贫了，村民致富了，走上了幸福的康庄大道。

清晨的小山村，炊烟袅袅，小溪流淌，铺着青石板的村道散发着苍青色的古朴气息，石头砌成的房屋墙角原始而质朴。为纪念红军，村民在新房墙壁上刻下了"彝家永远跟着党""共产党是农民穷人的政党"的字样，屋舍外挂满苞谷，几只小鸭、小鸡在田头啄食，偶尔听到几声狗吠，整个小村显得静谧、祥和。

河坎村离"文昌故里"AAAA 级景区不远。在河坎村，我们看到村上正在利用南菁乡境内的崖画和国家 AA 级景区、越西县爱国主义基地"红军洞"等旅游资源，新建"红军洞"景区门庭、红军街和"红军面馆""红军酒馆""红军驿站"等旅游配套设施，发展"民族旅游+红色旅游+乡村旅游"。我们相信河坎村的明天会更加美好。

后记：一起向未来

脱贫，希望所在；攻坚，力量所在；奔小康，目标所在。

在三年的脱贫攻坚战中，四川省各级公安机关领导十分重视，在人力、物力、财力上大力支持，省公安厅党委多次专题研究，厅领导多次到凉山检查指导工作。

在脱贫攻坚的战场上，四川省公安机关上下勠力同心、背水一战，啃下了一块块脱贫"硬骨头"，灭掉了一个个脱贫"拦路虎"，攻克了一个个脱贫"难险关"。凉山民警和来自全省参与援凉综合帮扶的民警始终坚持力量下沉，精准发力，"不能把贫穷留给下一代"是他们的信念，对照路线图、任务书、时间表，围着脱贫转、跟着脱贫干、盯着脱贫看，在脱贫攻坚的"考场"上，四川公安交上了一份厚重的"成绩单"。

自脱贫攻坚战打响以来，四川公安凝聚全警力量，动员社会力量广泛参与，形成扶贫开发工作强大合力。据统计，2015 年以来，四川公安累计派出驻村干部、综合帮扶干部 12848 人次，先后帮扶 136 个县（市、区）335 个镇（乡）618 个贫困村，涉及建档立卡贫困户 34069 户 101759 人；先后有 35 个集体、77 人受到省部级以上表彰。

全省各级公安机关实施产业、种养、教育、医疗、基建、政法综治等各种帮扶项目 1740 余个，直接投入扶贫资金 5887.85 万元，帮助协调各类资金 80901.1655 余万元，开展以购代捐消费扶贫共计 2773.38 万元，创造就业岗位 4355 个，提供公益岗位 2737 个，举办各类培训 3645 期、157788 人。

2021 年 2 月 25 日,全国脱贫攻坚总结表彰大会在北京人民大会堂隆重举行。大会对全国脱贫攻坚先进个人、先进集体进行表彰。其中,四川公安牺牲民警贾巴伍各被评为"全国脱贫攻坚先进个人"。

贾巴伍各生前为凉山州布拖县公安局党委委员、政工室主任,2017 年 6 月 14 日,在凉山州公安机关搜捕涉毒在逃犯罪嫌疑人的行动中,警方遭遇藏匿高山岩洞的犯罪嫌疑人开枪伏击,贾巴伍各负伤后因失血过多,经抢救无效,壮烈牺牲,年仅 34 岁。2017 年 9 月 25 日,人力资源社会保障部、公安部联合追授贾巴伍各"全国公安系统一级英雄模范",同年,全国"公安楷模"发布活动向社会集中发布了他的先进事迹。

2021 年 4 月 22 日,四川省脱贫攻坚总结表彰大会在成都锦江大礼堂隆重举行。大会表彰了 900 个全省脱贫攻坚先进集体,以及 1400 名全省脱贫攻坚先进个人。其中,四川公安共有 3 个集体和 13 名民警上榜。省公安厅禁毒缉毒总队等 3 个集体被评为"全省脱贫攻坚先进集体",丁勇、刘雄、余宵梦、陈龙、石成军、何智龙、沙云、赵平丽等 13 名民警被评为"全省脱贫攻坚先进个人"。

2022 年 11 月 1 日,在庆祝凉山彝族自治州成立 70 周年致全州人民的慰问信中有组数字:2014 年以来凉山州累计脱贫 105.2 万人,现行标准下 2072 个贫困村全部出列、11 个贫困县全部摘帽,2021 年城乡居民人均可支配收入分别达到 37452 元、16808 元,是 1952 年的 120 倍、800 倍。凉山州如期打赢脱贫攻坚战,写就了中国脱贫故事的生动一页。

惟其艰难,方显勇毅;惟其笃行,愈显珍贵。

回首凉山扶贫路，在坚决打赢脱贫攻坚行动中，四川公安书写了无愧时代的优异答卷。

同饮川江水，共筑巴蜀情。在脱贫攻坚的道路上，在乡村振兴的新征程中，四川公安将一如既往，以新时代的担当、奋进者的姿态、高质量的履职，踔厉奋发、笃行不怠，用心用情用力，在巍巍的大凉山书写新的华章，一起奔向未来。

（罗瑜权，当过军人，现为警察，三级高级警长，现居绵阳。中国报告文学学会会员、中国散文学会会员、中国纪实文学研究会会员、四川省作家协会会员、绵阳市散文学会会长。著有长篇纪实文学《铁血英雄》、散文集《不一样的天空》、纪实文学集《人与火》《刑警生涯》、纪实文学《丰碑，忠诚警魂铸就》《巍巍丰碑》《打拐刑警》等。曾获"芳草杯"全国精短作品大赛优秀奖、首届"王勃杯"全国青年文学大赛奖、四川省第二届散文奖、四川省首届优秀公安文学奖、四川省首届和第二届法治文学奖等。）

采访汪警官手记

张　明

北京市公安局西城分局刑侦支队预审大队有一位预审女警官，名叫汪秀珍。

汪秀珍五十多岁，三级警监，一副精明强干、潇洒利索的模样。自二十世纪八十年代初，她从部队转业到公安局，一直在预审部门工作，已近三十年，专门审查、甄别和处理奸污案件。当然，除了这些带有专业特点的刑事案件之外，她也审理其他性质的案件，而且同样非常出色。

我很幸运，有机会采访了这位有着传奇色彩的女预审警官。

一、从一个普通吸毒者身上挖出惊天盗车案

"我在刑事侦查预审这个岗位工作了将近三十年。一个人用三十年的时间去体验一种固定的工作方式，其中的满足和成就感应该是不言而喻的。多年的经验告诉我，当好一个预审员，必须尊重客观事实，维护法律的尊严，不冤枉一个好人，也决不放过一个坏人。可以说，没有公安事业就没有我，离开了预审岗位，我不知道我还能干什么。这次能够从一个普普通通的吸毒案件中，

挖出一个特大盗窃机动车的犯罪团伙，就是从一个非常不起眼的线索开始的。"

这是汪警官在北京市公安局破获特大机动车盗窃案件表彰大会上发言的开头部分，也是她发自内心的声音。

（一）"平地抠饼"

刑事侦查中的"预审"有两个方面的意思，一是指"预审时间"，二是指"预审案件"。"预审时间"也叫"预审期间"，是指犯罪嫌疑人被检察机关批准逮捕之后，有两个月的时间由公安机关继续刑事侦查，收集证据。"预审案件"是指刑事案件在移送检察机关审查起诉之前，公安机关的办案部门已将刑事案件整理成形，并根据《刑法》规定提出具体的处理意见。预审员便是完成这项工作的办案人员，类似法庭的审判员。

优秀的预审员既是专家，又是"杂家"。专家是说预审员要熟练运用国家的《刑法》和《刑事诉讼法》，调查取证要严谨细致，分析问题要深入全面，懂得犯罪心理学。"杂家"是说预审员要充分了解各方面的知识，因为他要和各行各业的犯罪嫌疑人打交道。要练就一番过硬的审讯功夫，还要有一双"火眼金睛"，能够打硬仗、打恶仗。用预审的行话，就是能"海底捞针、平地抠饼"。

2004 年夏天，汪秀珍接到分局所辖西长安街派出所移交的一个吸毒案件。讯问时，那个吸毒人员称自己叫徐英华，32 岁，是湖北省通山县人。当年 5 月 29 日，他在北京市西单京海饭店住宿时，服务员收拾客房时在卫生间发现了一个带血的注射用针管。高度警惕的服务员立刻向饭店保卫部门汇报，然后报警。

经过初步审查，汪秀珍发现这个吸毒案件存在三个疑点。第一，徐英华说自己是湖北人，而且他的身份证也确实显示户口所在地是湖北省通山县。汪秀珍曾经在湖北省武汉市当过兵，对湖北人的口音很熟悉，而徐英华讲话时根本就不是湖北口音，倒很像广东人所讲的普通话。那么他究竟是什么地方的人？他的身份证到底是真是假？第二，与徐英华一同移交过来的随身携带物品中，有四万元人民币现金，还有瑞士产的欧米茄手表和数码相机。大凡吸毒人员，往往经济上都很窘迫，有点钱都用来买毒品，有的甚至为此欠下巨额债务，而徐英华怎么会随身携带这么多现金和贵重物品呢？第三，2003 年 5 月，正是北京"非典"疫情严重的时候，有不少北京人都往外地跑，而一个外地人却在此时毫无顾忌地来到北京，这不符合常理。

多年的预审经验告诉汪秀珍，这个普通吸毒案件的背后很可能另有隐情。

办案中，查清嫌疑人的身份是预审员的首要职责。经过北京市公安局有关部门的鉴定，徐英华的身份证是真实的，不是伪造的。汪秀珍与湖北省通山县公安局联系，随即发现当地并没有徐英华的户口登记注册。有身份证却没有户口，这里面肯定有问题。在讯问徐英华时，他知道办案人员已经做了调查，就改口说他出生在湖北，生活在广东，父母也在广东种地。但即使在广东也要有暂住证和临时户口登记。在汪秀珍的不断追问下，他最终承认"徐英华"是假名，他的真名叫蓝勇辉，居住在广东省河源市源城区上角大桥路。这一点最终得到核实，而那个"湖北省通山县徐英华"的身份证，是他花钱通过内部人员制作的。

一个人隐瞒自己的真实身份，肯定有不可告人的目的。蓝勇辉不可告人的目的是什么呢？汪秀珍联想到，"非典"的第一个病例就出自河源，而且河源还是机动车盗窃十分猖獗的地方，北京市公安机关经常接到广东省公安机关发来的协查通报。蓝勇辉会不会和这两种情况有关联？在与当地公安机关联系之后证实了汪秀珍的判断，蓝勇辉不仅参与了当地机动车盗窃案件，而且是盗窃集团的重要成员之一，自1995年外逃至今。

蓝勇辉的身份搞清楚了，问题又接踵而来。蓝勇辉没有正当的收入，而且有多年的吸毒经历，他是靠什么来购买毒品的？离开广东后会不会在别的地方继续作案，例如北京？根据汪秀珍的经验，机动车盗窃往往是盗、销一条龙，需要多人共同作案。那么，蓝勇辉会不会有同伙？他的同伙又会是谁？他随身携带的那四万元现金会不会是赃款？这一系列的疑问构成了蓝勇辉在北京活动的根本目的，把这些问题弄清楚了，很可能会使另外一起大案浮出水面。

汪秀珍又从蓝勇辉这四万元钱入手，追查来源。存有侥幸心理的蓝勇辉，一会儿说是父母给他的钱，一会儿又说是自己当厨师挣来的。可据汪秀珍了解，蓝勇辉的父母都是农民，生活并不富裕，根本拿不出四万元钱。在汪秀珍问到蓝勇辉在什么地方考的厨师本，又在哪一家餐馆做过厨师，月收入是多少时，他却回答不上来，因为他知道汪秀珍会一一调查核实的。2002年，蓝勇辉曾几次来北京，都住在北京的高档饭店，花钱如流水。没有正当收入来源的他，从哪里弄来的钱如此挥霍呢？假话被连连揭穿之后，蓝勇辉不得不承认这四万元钱是他盗窃机动车所得的赃款。

2003年5月28日，蓝勇辉来到西单"中友"百货商场的地下停车场伺机作案，但没有发现合适的轿车。他的眼光很高，只放在"凌志"和"本田"这两种车型上。在他失望地就要离开停车场时，刚好有一辆白色的广州本田轿车开了进来。驾驶此车的人叫魏利华，女，是外国一家保险公司的业务员，来"中友"购物。蓝勇辉在魏利华停车离开之后，迅速掏出事先准备好的钥匙坯子插进锁眼儿，瞬间便打开车门。顺便说一下，这种钥匙坯子是特制的，是在广东时，蓝勇辉花数万元托人从厂家内部买来的汽车专用钥匙模具制作的，可以打开任意一辆"凌志"或"本田"轿车的门锁。在西长安街派出所民警以涉嫌吸毒传唤蓝勇辉时，他怕暴露自己盗窃机动车的罪行，乘人不备，将钥匙坯子扔进京海饭店大堂内的喷水池中，后来被汪秀珍起获，成为重要的物证。

蓝勇辉将盗窃得手的白色广州本田开出地下停车场，直接开往海淀区清河"北方汽车维修中心"。这是一家个体经营的汽车配件厂，由一个叫"老徐"的人接车，两个人一手交钱一手交车，"老徐"给了蓝勇辉四万块钱。车上的欧米茄手表和数码相机等事主的物品，则被蓝勇辉据为己有。

经过对蓝勇辉交代的作案经过进行认真的分析研究，汪秀珍认为他的口供比较符合实际。

四万元现金和赃物的来源弄清楚了，下一步的关键就是要找到"老徐"这个人。只要找到"老徐"，既可以证实蓝勇辉的盗窃行为，又可以挖出一个销赃团伙。这就像下棋一样，深思熟虑，一步一步地走，好棋也就跟着来了。

（二）与案犯"死磕"

蓝勇辉除了有"老徐"的手机号码外，其他情况一概不知。

为此，汪秀珍请示领导，经上级批准，在刑侦部门同行的帮助下，采用技术手段抓获了这个叫"老徐"的人。

"老徐"名叫徐彬，男，55岁，北京市人，祖籍江苏南京，高中文化，曾在北京第一皮鞋厂当过工人，现住北京市海淀区皂君东里。

徐彬可以称得上是前科累累：1971年因为盗窃被劳动教养三年；1974年又因为盗窃被劳动教养三年，后脱逃；1975年还是因为犯盗窃罪被北京市中级人民法院判处有期徒刑十年；2000年因为犯销赃罪被北京市朝阳区人民法院判处有期徒刑十个月。

这样一个长年、多次和警察打交道的惯犯，按警察的话说，是个十足的"老炮"，具有相当多的反审讯经验，没有过硬的证据，徐彬绝不会轻易认罪服法。

果然不出所料，被刑事拘留后的徐彬气焰十分嚣张，一口咬定自己出狱以来，再也没干过违法犯罪的事，并叫嚣："公安局凭什么抓我？你们执法犯法，将来出去我要告你们警察违法办案！"

汪秀珍知道他这是虚张声势，这样的犯罪嫌疑人她见得多了，刚好从一个侧面证明他们做贼心虚。当汪秀珍问到案情时，徐彬一口咬定他根本就不认识什么"徐英华"，也没有从谁手里接过什么轿车。如果再问这个问题，他就"死在你的面前"！

针对徐彬强烈的对抗态度，汪秀珍采取了两个办法，首先是化解他的对立情绪，用女人喜欢的"拉家常"方式，东南西北，海阔天空，逐渐使他绷紧的神经松下来，消除戒备心理，在闲聊天的过程中，逐渐发现案件的蛛丝马迹。其次就是顺着他的思维逻辑走，在他不能自圆其说的地方寻找破绽。

汪秀珍让徐彬回忆5月28日那天他的所有活动轨迹。徐彬似乎早有准备，他说因为那天下雨，他哪儿也没去，整天都在和几个人打牌。汪秀珍说："好，那就把那些和你一起打牌的人都说出来。"徐彬也不含糊，把张三、李四、王二麻子，以及这几个人的住址和联系方式都提供给了汪秀珍。

汪秀珍逐一进行调查。在走访了解的过程中，这几个人确实能证明，5 月 28 日那天下雨，徐彬全天都在和他们一起打牌，没有干别的事。在不同的地点分别询问之后，汪秀珍相信这几个人说的是实话，他们不可能有意包庇徐彬的犯罪行为，徐彬也正是利用他们在为自己打掩护。

在蓝勇辉的口供材料里，他说他把车开到徐彬所在的"北方汽车维修中心"后，给"老徐"打了一个电话，因为事先早已联系好，"老徐"很快出来，两个人验车付款，然后离开，前后也就一刻钟左右。

汪秀珍想，即使几个人在一起打牌，如果一个人说出去上厕所，回来再接着打牌，仍然可以说一直在一起。徐彬会不会利用这个空当去接车呢？在汪秀珍的引导和帮助回忆之下，有一个人忽然想起来：下午打牌时，徐彬接过一个电话，然后说他有点儿事，出去一会儿就回来。

从时间上看，正好和蓝勇辉交代的接车时间相吻合，这就证明了徐彬确实在接到蓝勇辉的电话后出去接了车。掌握这一点后，汪秀珍很兴奋，下决心一定要拿下徐彬的口供，并以此打开案件的突破口。可狡猾的徐彬始终守口如瓶，不肯轻易就范。他见汪秀珍不断地用证据证明他说的是假话，缺口越堵越小，便采取另外一种战术，不管汪秀珍怎样继续发问，徐彬来个"徐庶进曹营——一言不发"。此时，对徐彬的刑事拘留已经过了十多天，剩下的侦查时间不多了。时间虽然紧，汪秀珍却不能表现出任何的急躁情绪，否则就输定了。这是一场没有硝烟的战争，两军对垒，她必须沉住气，冷静再冷静，跟他徐彬"死磕"！汪秀珍想：只要是人，就一定会有弱点，我就不信找不到他徐彬身上的弱点。

（三）"案犯流泪，我也流泪"

机会终于来了。汪秀珍发现徐彬很看重家庭感情，这也许和他的年龄有关系。徐彬曾先后三次结婚，又三次离婚，都是因为劳动教养和劳改服刑。前两任妻子和孩子已经彻底和他脱离了关系，没有任何来往。第三任妻子叫牛丽丽，甘肃人，比徐彬小15岁，他们有一个儿子叫徐泾渭，正上初中。徐彬最割舍不下的就是牛丽丽和徐泾渭，总是拐弯抹角想从汪秀珍这里打听他们母子的情况。为此，汪秀珍特意登门找牛丽丽了解徐彬的家庭情况。

作为妻子的牛丽丽，对丈夫徐彬涉嫌违法犯罪非常气愤，说他"狗改不了吃屎"，彻底毁了这个家和徐泾渭的前程，让孩子在别人面前抬不起头来。而儿子徐泾渭却对父亲的感情很深，常常思念爸爸，有时竟吃不下饭。家里不久前买了一辆"风景冲浪"牌吉普车，价值人民币八万多元，一直由徐彬驾驶。徐彬被拘留后，吉普车就停放在家里，牛丽丽打算把车退回厂家。徐泾渭却对他妈妈说："退车的钱给我爸爸留着，也许他最需要用。"徐泾渭还特别懂事地对妈妈说："就算爸爸犯了罪，我们也要照顾他；即便妈妈和爸爸离婚了，我长大了也要为爸爸养老。"

汪秀珍在徐彬家做笔录时，徐泾渭还对她说："阿姨，请您转告我爸爸，一定要配合公安局把自己的问题交代清楚，不管法院判他多少年刑，我和妈妈都会等着他回来。"

离开牛丽丽家回到分局之后，汪秀珍又提审了徐彬。她告诉了他家里的情况，又把他儿子的话一字不落地转达给他。一直闭口不言的徐彬惊呆了，心理防线遭受了巨大的震动，随后竟号啕大哭，他没有想到自己的儿子竟然说出这样令他感动的话来。徐彬流着泪对汪秀珍说："谢谢大姐了（其实他比汪秀珍岁数大）。您不用再费心了，我把自己的问题都交代清楚，也把我知道的事情都告诉您。"接着，徐彬把 5 月 28 日下午从蓝勇辉手里接过被盗窃本田轿车的经过，以及整个汽车改装、销赃的过程详细交代、全盘托出。

听到这些，汪秀珍扭过头也哭了。徐彬流的眼泪，是伤心的眼泪，因为思念妻子和儿子；汪秀珍流的眼泪，是喜悦的眼泪，这二十多个日日夜夜，吃住在单位，嘴上起泡，嗓子嘶哑，有家不能回，丈夫和儿子不能照顾，总算没有白熬。她的母亲 80 多岁，因为直肠癌一直住在医院，她却因为工作脱不开身不能去探望她老人家……

但是，汪秀珍无怨无悔，近三十年的预审工作生涯几乎天天如此，早已习惯。

（四）破案的"多米诺"效应

徐彬的缴械投降，打开了一个至关重要的缺口。实际上，徐彬承包经营的这个"北方汽车维修中心"，就是一个被盗机动车的藏匿窝点。徐彬手下的几名修理工，不但参与盗窃，而且还参与销赃。徐彬从蓝勇辉手里接过来的白色广州本田轿车，便由这几个修理工进行"技术加工"改头换面，然后卖给一个叫韩其龙的下家，获得一定数额的赃款。韩其龙（男，34 岁，河南省固始县徐集乡沈岗村人，在北京市朝阳区十里河某汽车配件城工作）再负责把赃车销往他处。除此之外，徐彬还收购过李姜令（男，39岁，广东省佛山市人）伪造的机动车牌照，并把通过其他渠道获得的被盗凌志、本田、桑塔纳等轿车卖给销赃人员高景华（男，42岁，吉林省人，住宁夏回族自治区石嘴山市大武口区）……

最终，通过蓝勇辉、徐彬这条线，串出一个盗窃机动车的惊天大案。

经过汪秀珍和她的同事初步查明，蓝勇辉自1995年8月至2003年5月28日，曾伙同朱云华、朱玉华等九人，先后在广东省广州、佛山、河源、珠海，湖北省武汉，浙江省杭州、温州，山西省大同，以及北京市西城区、朝阳区和海淀区，盗窃凌志、本田轿车19辆，价值人民币626万余元。徐彬将上述被盗轿车中的11辆"加工改装"后销赃，共获得赃款40余万元，蓝勇辉获赃款80余万元。

接着，办案人员乘胜追击，查出这个"盗销一条龙"的特大盗窃团伙，涉及52辆高档轿车，抓获了11名犯罪嫌疑人，追缴回来14辆轿车，为国家和个人挽回经济损失数百万元。

二、受害妇女的"保护神"

三十年来，大大小小的案件经汪警官的手不计其数，与各种各样的犯罪嫌疑人打交道就是她的日常工作。这些犯罪嫌疑人中，上至国家机关的高级干部，下至进城打工的农民，只要有证据证明其涉嫌犯罪，侵犯了妇女的人身权利，就休想逃脱法律的制裁。

（一） 合格的预审员要在疑难案件中站稳脚跟

我问汪警官："您的预审专业主要是审理和甄别强奸案件，在办案过程中，您最大的感受是什么？"

汪警官回答："最大的感受就是对犯罪疾恶如仇，特别是面对那些无助的受害姐妹和一颗颗破碎的心，有时我也流泪。我的使命就是要履行职责，把罪犯绳之以法，所以，我必须努力工作，用我自己的手，将犯罪嫌疑人送上法庭。"

她说："强奸罪是一种严重危害妇女和社会的犯罪。它的本质是违背妇女意志，采取暴力、胁迫或其他手段强行与妇女发生性关系的行为。但形式上、方法上会有一些变化，而且这些变化会随着时代的发展有很大的不同。"

"有什么不同？"我很好奇。

汪秀珍说："现在有一些强奸报案很复杂，许多结果甚至让我们始料不及。有的受害妇女到公安机关报案，说自己被某人强奸了，但是经过我们审查，根本就不是强奸案。比如，我曾受理一起案件，被害人报案指控犯罪嫌疑人入室抢劫并强奸。刑警队进行现场勘查，在受害妇女家中提取了犯罪嫌疑人的指纹。经过指纹比对，得知是几年前在北京犯罪后又被送到劳改场所的一个犯人，我与劳改场所联系，那里的同行说这个人不久前被刑满释放，并提供了他原籍河南的地址。分局刑警队立即赶赴河南，把刚刚回到家的犯罪嫌疑人抓获归案。

"审讯时，我觉得有些奇怪。犯罪嫌疑人说他被监狱释放出来以后，坐火车路过北京，是为了转车回河南老家。怎么就直接去了受害妇女的家？他又不认识受害妇女，从北京站到西城区的百万庄距离也不算近。犯罪嫌疑人说，他在北京转车时，买好车票以后，还有一段时间，他便东游西逛。在建国门附近的一个饭店前，他遇到一个卖淫妇女在到处拉客，两个人刚好撞上，就一起乘出租车去了百万庄卖淫妇女的家。谈好价钱后两个人便上了床。事毕，犯罪嫌疑人觉得这个女的年龄大，花 600 块钱太亏了，就趁她不注意，拿回了那 600 块钱和房间里一些值钱的东西要走，被她发现争夺起来，但最终还是让犯罪嫌疑人逃脱了。卖淫妇女气急败坏，到公安机关报案，说遭到了入室抢劫强奸。为此，我们进一步收集证据，并把这个报案的妇女找来，认真审查。她承认确实是向那个犯罪嫌疑人卖淫，后来被他抢走财物。最后，这起所谓的强奸案变成这样一种结果：男的涉嫌抢劫罪，移送检察机关追究刑事责任；女的按卖淫处理，被收容教育半年。"

（二）强奸罪犯的心理特点

听了汪警官的叙述，我又想起另一个问题，便问："强奸罪是一种侵犯妇女人身权利的严重犯罪，根据《刑法》规定要判处至少三年及以上刑罚，情节严重的要判处无期徒刑或死刑。这样一种严重的法律后果，我想每一个罪犯应该都是知道的，既然知道，还要去越雷池，这反映了什么样的心理状况呢？"

汪警官说："这涉及犯罪嫌疑人的心理特点。从我多年的工作经验来看，大概有以下几种情况：

"一、误解。同在一个单位里工作的异性同事，或者是认识很长时间的异性朋友或熟人，女方对男方只是一种友谊、熟识或者是有好感，但仅此而已。而男方却误认为女方一定是喜欢或看上自己了。

"二、试探。比如，男方用语言挑逗，或用手拍拍女方的肩膀，拉拉胳膊和手，见女方并没有强烈或过分的反应，男方便越来越大胆。

"三、临时起意。这也是一种常见的犯罪心理特点。我曾审理过一起强奸案，这个犯罪嫌疑人与被害妇女事先根本就不认识，他是一个从河南来京打工的农民，在饭馆里吃饭，酒喝得多了一些，去方便时，在卫生间公用走廊的盥洗台前，见到一个年轻妇女正在梳头。他看卫生间里没有别人，便走到妇女身后，猛地用胳膊肘勾住她的脖子使劲勒，并将其拖到男厕所大便用的单间，关上门，直到把她勒死后奸污。

"四、侥幸。有一些来自外地的犯罪嫌疑人，他们认为自己在京无固定住所，作案后可以轻易逃脱，警察抓不着他，所以胆大妄为铤而走险。

"五、私了。案发后，有些犯罪嫌疑人以为给受害妇女一些钱就可以息事宁人，堵住她们的嘴。

"当然，还有一些特殊情况，以上这几个方面是比较典型的。"

（三）受害妇女的心理特点

汪警官的话揭示了强奸犯的一些心理特点，这对我们了解犯罪嫌疑人如何作案并预防大有帮助。除此以外，我也想知道那些被害妇女，当她们受到犯罪行为的伤害时，都有什么样的心理特点。

"受害妇女的心理特点正好和犯罪嫌疑人的心理特点相对应。

"一、讨好（这个词不一定准确）。想和上司或自己的直接领导搞好关系，得到某些关照，例如，提级、提职、涨工资、安排好一些的岗位等。出于这样的目的，她们往往表现出热情、善解人意、体贴入微、对领导有好感等。

"二、无知。有一个案例让我至今难忘。一个学社会学专业的大学毕业生，要搞社会调查。她想了解生活在社会底层的人的生活状况，以及他们在想什么问题。女大学生来到街头，看到两个男青年穿得很破，身上也很脏，坐在地上聊天。她就走过去和他们搭话，询问他俩的生活情况，谈得挺投机。男青年主动请女大学生到他们住的地方去看看，这样可以了解更多的情况，对她的社会调查肯定大有帮助。她同意了，跟着他们到了一个陌生的地方，两个男青年把房门一锁，把女大学生轮奸了。这位女大学生原本是为了搞社会调查，没想到自己却成为犯罪的牺牲品，她想不开，从五层楼上跳下，但并没有摔死，后来她报了案。我们当然不能过多地去责备她，打击犯罪、惩罚罪犯是我们的首要任务。但是，由于女大学生的无知，给犯罪嫌疑人以可乘之机，是所有善良的人应该引以为戒的。

"三、轻信。有些妇女防范意识差，容易被表面现象迷惑，上当受骗。有一个案例：一位东北的母亲，为了满足女儿的要求，借钱将女儿送到北京一所收费很高的民办舞蹈学校上学，学的是戏剧舞蹈专业。第二年，学费又有所增加，女孩子的母亲一时拿不出那么多钱，便来到北京找学校的领导协商，想看能不能缓交或少交一些，因为家庭经济确实困难，她与丈夫离婚了，就靠她一个人挣钱。但是多次协商未果。因为她老去校长办公室，认识了给校长开车的司机。这个司机40多岁，待人十分热情，很同情她的境遇，并给她留下电话号码，说她们母女在北京混不容易，需要帮忙就给他打电话。她很感谢这个司机。后来，她找到一处租金比较便宜的房子，离女儿读书的学校也不远，就想和女儿同住，还能在生活上照顾女儿。她把自己和女儿在原来旅馆住时的行李打包准备搬走，旅馆老板是东北老乡，答应找熟人开车把母女俩的行李送过去。但是那个熟人临时有事回不来，让她等了好长时间。她想起那天校长的司机曾给她留过电话号码，便给他打电话说明情况。校长的司机很痛快地同意了，只是说晚上 8 点以后他的车才有空，他们约好时间地点，她带着行李等着他。晚上 8 点，司机准时到了约定地点，帮她把行李放上车，然后开车上路。汽车开了很长时间也没有到，她觉得好像方向不对，可她毕竟对北京的街道不熟悉，况且人家司机那么热心帮忙，她也不好说什么。司机说，这么晚了，你要去的地方不好走，我绕了几条道都不行。你看这样好不好，先把你的行李放在我家，等哪天有时间我专门给你送过去。她觉得不妥，可又不好说什么，也就同意了。司机把她和行李拉到自己的家里。司机已经离婚，还有一个儿子在身边。他让儿子出去买香烟，并叮嘱儿子买完烟后给家里打电话，如果手机开着就回来，没开就别回来。儿子走后，司机把大门锁好，开始对她动手动脚。她明白了司机的意图后坚决反对，两个人扭打起来，她把司机的身上抓破了，自己的衣服、内裤和长筒袜也被司机扯破，最终因力气敌不过司机，她被奸污了。她后来报了案。我审理这个案子时，曾问过她，一个陌生的司机，那么晚了，说带你去他家，你就跟着去了，一丁点儿防范意识都没有？她说那个司机特别热心，她根本就没有想到他是个坏人，会去做那种事。

"四、私了。有些受害妇女，不愿意把这样的事说出去，担心自己的名誉受损，她们中的一些人千方百计地找男方要钱，希望得到经济上的赔偿，这实际上是放纵了犯罪嫌疑人，使他们逃脱法律的制裁。

"五、诬告陷害。几年前，我审理过一个女高中毕业生，状告她的班主任老师利用补课的时间强奸了她，而且致使她怀孕。女学生报案时，前后经过说得很详细，情节说得也很逼真。我们传唤了那个班主任老师，经过讯问和调查，发觉强奸她的不是这位男老师，而是和女学生住得不远的一个街坊，是一个工厂的工人。女学生跟他很好，两个人多次发生性关系。她不愿意说出他的名字，便把事情栽赃到自己的班主任老师身上。

"总之，许多强奸案件都很复杂，需要认真地审查和甄别，关键是要收集足够的证据。保护好妇女的人身权利，惩治犯罪分子，并不是简单的一句话。这里面有大量的工作要去做。"

（四）面对色狼，妇女应该如何有效地保护自己

听了汪警官的这些话，我觉得她确实很不容易。虽然国家的法律是惩恶扬善的标准和根据，但这些标准和根据却要由像汪警官这样忠于职守、殚精竭虑的司法工作人员去努力实现。那些受到不法侵害的妇女，应该为有成千上万像汪警官这样的"守护神"而感到放心。

我问汪警官："当前，除了预防强奸犯罪等问题之外，还有社会上比较关注的'性骚扰'行为，根据你多年的工作经验，能不能借此机会向广大妇女提出一些忠告?"

"你这个问题很好。我也很想告诉我的姐妹们一些值得注意的经验，也算是一个多年办案的总结:

"一、对异性尽量少开或不开玩笑，对单位的领导和身边的同

事、熟人也是一样，不要让对方产生误解。

"二、对对方挑逗的语言或试探性的动作要敢于说'不'，表明自己的反对态度，这一条很重要，否则对方会得寸进尺。

"三、与陌生男人打交道时，一定要保持高度的警惕。

"四、遇到坏人施暴，要学会收集和保存现场遗留下的证据，包括犯罪嫌疑人的证据和自己受伤害的证据，这一条尤其重要。

"五、及时到公安机关报案，绝不能私了。如果只要求男方经济赔偿，会使犯罪嫌疑人错误地认为花几个钱就可以随意欺负妇女，这样会导致更多的妇女受害。"

时间不早了，汪警官还有工作。我问了她最后一个问题："一个普通人，或者说一个正常人发展成罪犯，其间是怎样过渡的？特别是当前北京市外来人口很多，据有关部门统计，在北京地区违法犯罪的总人数中，外地人占了一半以上。一个农民进城打工，本来是为了挣钱的，怎么就走上了违法犯罪的道路？"

汪警官笑了，说："其实这个问题很简单，农民也是人，罪犯也是人，是人就有七情六欲。犯意有时是突然产生的，尤其像强奸罪，它和抢劫、盗窃、贪污等一类涉及财产的犯罪不大一样，那些犯罪要有一定的准备，甚至还要有一些周密的计划。当然，有的强奸犯罪可能也会有一些预谋。当人的主观需求和行为突破法律禁区的时候，犯罪也就发生了，在这之前，他就是一个普通的人、正常的人。即使成了罪犯，你也不能说他就不是普通的人和正常的人，有时两者的界限很难划分，也许就是瞬间的事情。有的人昨天还是党的高级干部，也许今天就成了罪犯，这样的变化，我们见得不少。一个外地民工为了打工挣钱，可以进行合法的劳动，或者同样是为了生计，有的人就可能做出违法犯罪的事。

法律是一个行为界标，越过了它，就构成了违法或犯罪，就要受到惩处。"

汪警官的忠告来源于她多年的办案实践和理性思考，充满了人生智慧和真知灼见，就连采访她的我也受益匪浅。

汪秀珍警官参加预审工作以来，曾荣立个人二等功一次、个人三等功两次、嘉奖九次。

（张明，第三届中国少数民族文艺促进会理事、全国公安文联会员、北京作家协会会员、北京侦探推理文艺协会会员、北京市西城区作家协会理事。曾任公安部全国公安文联会刊《家园》杂志编辑部主任。出版有散文集《写意人生》、军旅小说散文选《我的青春我的歌》、探案文学集《报案的女人》等。小说《女儿树》收入《中国小说家代表作集》，散文《汤池小镇》收入《中国散文大系》，纪实文学《预审"工匠"》收入 2022 年"新时代法治文学精选"丛书，散文《与老炮过招》收入《中国公安文学精品文库（1949—2019）》，散文《我与作家李迪的战友情缘》收入《怀念李迪》纪念文集。中国作家协会官网《中国作家网》建有"张明最新作品集"。）

激流勇进铸忠诚

——记郑州市公安局"五·二六"烈士王立新

张建芳

在王立新牺牲二十二年后的今天,他浩气长存,英模精神依然鼓舞着我们。他为人民服务和不怕牺牲的英勇事迹依然铭记在人民心中。我怀着沉重的心情打开尘封多年的档案,王立新烈士刚柔相济的人生画卷便清晰地展现在眼前。当我泪流满面读完那些滚烫的文字,感受到人民对烈士的无限怀念和崇敬,便满腔激情拉开了隔空对话的帷幕。

在那封存的记忆里蕴藏着一种精神,那是郑州公安民警临危不惧敢于牺牲的大无畏精神;蕴藏着一种情怀,那是人民群众和公安民警鱼水般的母子情怀;蕴藏着一种执着,那是人民警察对党忠诚誓死捍卫法律尊严的执着。

王立新在入警前夕的自我鉴定中写道:"这是我的秉性:热情、无私、待人以诚;我坚信,世上无难事,精诚所至,金石为开。

"我愿化作一条小溪:纯洁、清新,送人以爽;美化了万物,我愿还世界于美,生活在人间,愿多留点温馨,多留点美。

"小溪的胸怀是大海,穿岩过山,征程多艰,却总会顽强回到海的怀抱。尽管命运多舛，道路曲折，但我愿永生追求真理，投身光明，只希望我的人生轨迹能给人间带来思考。

"小溪是纯洁的，洁里来洁里去，浩然之气，令污畏然，我愿存浩气于胸，做一名冷面执法的斗士。

"小溪是我过去的化身、将来的偶像，更是我心中永远的追求。"

他以坚强的政治信念、优异的学习成绩和过硬的警务技能，光荣地成为一名人民警察，在郑州市公安局金水分局刑侦大队重案中队一干就是十年。一路走来，他虚心学习、勤于动脑、攻坚克难，屡破大案要案。从民警到指导员、代理中队长，他在服务人民的路上诠释了热情、无私、待人以诚的誓言，像小溪一样柔情似水，送人以爽，给人民群众留下了美好的回忆；时而又激流澎湃，浩气于胸，令污畏然，面对凶恶的歹徒，做一名冷面的执法斗士。他用热情、汗水和鲜血、生命书写着短暂而又光辉的人生。

王立新在工作上就是拼命三郎，他常说：一名刑警是否合格，重要的是能不能破案。王立新不仅宣传鼓动，更舍生忘死冲锋在前带头苦干。他有句口头语："是英雄，是好汉，侦查破案比比看。"他用实际行动诠释了英雄好汉的真正含义。

一　亮剑沙峪沟

1990 年初春的气温乍暖还寒，冬天的余威还没有散尽。王立新通过半年的实践锻炼，已从门外汉淬炼成真正的刑侦队员。他正在整理报捕卷宗，突然接到上级通知，领导把一起棘手的盗窃案件交给他处理。

失主是柘城县农业局的司机,他和领导来郑州开会,把吉普车停在省老干部局停车场内,第二天发现汽车被盗。司机急得直挠头,不停地叨叨着:"车丢了这可咋办?"

王立新肩负着领导和人民的重托,这是他首次主导办案,暗自决心要首战必胜。他充分运用掌握的刑事侦查技能,对车辆被盗现场进行勘查,固定证据,向报案人了解车辆相关信息,并对群众走访调查,叔叔阿姨、大爷大妈、兄弟姐妹不厌其烦地叫着,拿着被盗吉普车的照片逢人便问。几天下来,他走遍了辖区的每一个角落,走访群众数百人。通过认真走访获得众多线索,他去伪存真,得知辖区暂住人员杨某昌案发后不知去向。此人经常早出晚归,行踪不定,交往人员复杂,有重大作案嫌疑。急忙查找暂住人口信息,确认杨某昌是巩县沙峪沟人,他便和刑侦同志赶往沙峪沟抓捕犯罪嫌疑人。

王立新一行人刚刚进村,狡猾的杨某昌就发现村里来了许多陌生人,仓皇跑向村外,准备上山躲藏。

同志们得知杨某昌没有走远,就分头搜查。王立新在群众指引下急忙上山追捕,在半山坡上,王立新发现杨某昌慌忙逃窜的身影,心中一阵兴奋,不顾一切冲上前去拦住其去路。望着体格健壮的犯罪嫌疑人,王立新亮明警察身份,规劝其认罪服法。狡猾的杨某昌,不但不听民警劝说,反而转身逃跑。王立新毫不犹豫猛扑过去,将杨某昌拦腰抱住。杨某昌急于逃跑拼命反抗,两人扭打着失去重心顺着山坡向下滚出二十多米远,幸亏被一棵小柿树挡住,才没有掉下悬崖。杨某昌看到眼前瘦弱的民警这么不要命,也担心掉下悬崖会丢了性命,就放弃了抵抗。

王立新乘胜追击，将杨某昌带回预审科审问。杨某昌抱着侥幸心理拒不交代犯罪事实。王立新动之以情，晓之以理，用生活上的关心和精神上的慰藉感化杨某昌，从法律层面震慑杨某昌。在王立新的恩威并施下，杨某昌深感碰到了难缠的警察，再也无法隐瞒下去，就像挤牙膏那样交代了盗窃吉普车的经过。

王立新和同志们连续奋战，在杨某昌的指认下将吉普车追回，并发还受害人。从此他在"梁上君子"那里落下了"难缠警察"的雅号。王立新刚出茅庐初亮剑，力擒窃贼沙峪沟，首战告捷一鸣惊人，这也成为他办理经典案件的开始。

二　精诚团结擒"飞贼"

1994 年的金秋季节，郑州郊区农产品长势喜人，人们忙碌在秋收的喜悦中。然而，小徐的家人却因纠纷被打成重伤，小徐气愤地到分局报案，余怒未消，说起话来咄咄逼人。可王立新不但没有生气，反而热情地接待了他，详细了解案发过程，积极调查处理，把小徐的事当成自己的事来办，感动得小徐不知说什么好了。

小徐见王立新热情诚恳，对工作一丝不苟，就敞开心扉与他攀谈起来。看似漫无边际的闲谈，其实是王立新想从小徐那里得到些启发。这些天他正为辖区多辆摩托车被盗发愁呢！他想尽快找到侦破案件的线索，给辖区群众挽回损失。侦查破案也要依靠群众，他三句话不离本行，询问村里是否有异常现象。小徐感激王立新办案的诚恳态度，觉得他亲切可靠，认为说真话也不会受到伤害，于是提到庙李乡杲村三个青年人经常更换摩托车的事，并描述了摩托车的型号、式样和颜色。这些特征虽然与被盗车辆有所区别，但对机警的王立新来说，却非常重要。他想起最近金水区连续发生盗窃摩托车案件，被盗摩托车和小徐描述的车有几分相像，认为被盗案件和杲村的青年人有关，便决定摸排这三个人的底细，查清楚摩托车的来历。

王立新化装侦查落实身份，并在嫌疑人经常出现的地方蹲点守候，以摸清其活动规律，分析其作案特点和活动范围。经查，发现他们驾驶技术娴熟，来无影去无踪，简直就是一伙"飞贼"。王立新认为制服这帮"飞贼"要在静止状态下抓捕，避免摩托车飞奔时出现意外。他们所到之处都有民警跟踪侦查。那段时间，王立新和同事们风餐露宿，渴了喝口矿泉水，饿了吃包方便面，困了就蹲在地上打个盹。日复一日紧盯不放，节假日也不停歇。通过侦查，他们发现"飞贼"们分工明确，有人专门负责撬盗，有人跟进负责骑车，有人专门在外围负责望风。功夫不负有心人，王立新摸清了"飞贼"的底细，精心布置抓捕现场，将作案得手后的嫌疑人抓获。在人赃俱获的情况下，三个青年的心理防线瞬间崩溃。经突审，没费吹灰之力，嫌疑人就如实交代了合伙盗窃摩托车的经过。

在王立新的带领下，一举摧毁了这个活动在郑州市的盗窃团伙，追回高档摩托车三十二辆，有力打击了盗窃摩托车犯罪，为创建平安郑州做出了重大贡献。

三　百折不挠钓大盗

1995 年 3 月，春风吹绿了市场经济，郑州凭借联系东西南北中的交通便利，市场经济出现了繁荣景象，外来人员大量涌入这个正在发展中的省会城市。地还是那么大，人多了，鱼龙混杂，发案数自然随着人口密度增大而上升。

王立新接到省博雅公司办公楼被盗警情，现场勘查后发现这是个重大案件。被盗物品有：国家二级文物释迦牟尼佛像一尊，珍贵的玉器十七件，名人字画二十多幅，单位公章一枚，总价值六十多万元。面对报案人心急如焚的追问，他没有过多的言语，只是细心留意观察现场痕迹。

门窗完好无损，室内有翻动痕迹。他时而蹲下拍摄地上的脚印，时而提取桌子上的毛发，和同事们辛苦忙碌了几个小时，案件却没有多大进展。忙完现场勘查，走访群众也没有得到有价值的线索，询问报警人和门卫依然没有找到突破口，案件就此搁置下来。王立新一筹莫展。他冥思苦想，突然想起了"小溪"精神："小溪的胸怀是大海，穿岩过山，征程多艰，却总会顽强回到海的怀抱……"那么，我的目标是侦查破案，遇到困难就要像小溪那样蜿蜒前行，穷尽措施不达目的誓不罢休。有了"小溪"精神的启发，困难就迎刃而解了。每当案件侦破进入艰难阶段，他就会另辟蹊径，换一种思路迂回前进。

他突然想起前段时间也有类似报案，于是翻阅资料，研究多起类似警情，发现作案手法基本相同。当他分析3月6日今朝广告公司盗窃案时，眼前一亮，众多被盗物品中有信用卡、字母电话机和数字传呼机。王立新通过将作案时间、盗窃手段和嫌疑人进出路线进行比对，发现两案有许多相同之处，便将两案并案侦查。

他分析被盗物品的流向和使用范围，但信用卡信息查询难度较大,字母电话机没有明确的使用地址,其他物品更难以追踪。失主担心案件长期搁置,失窃的公章如果被不法分子利用,将会造成更大损失,急得火烧眉毛,再三催问进展情况。

王立新看在眼里急在心头。他知道数字传呼机的功能,只能通过传呼台传递信息,何不利用传呼机作为案件突破口呢?

王立新大胆设想巧妙布局,计划通过传呼机线索侦破此案,于是给被盗传呼机发送一条信息:"钱已收到,货发到哪里? 回传呼号××××。"过了一段时间,王立新收到"铭功路西彩小区门卫室"的传呼信息。王立新回复:"货已发出望查收!"

信息发出后,他一边派人正常开展侦查工作,一边守株待兔,双管齐下。经多日守候,王立新在铭功路西彩小区发现嫌疑人闫某民,和守候多日的民警将闫某民抓获归案,在其身上查获了被盗传呼机,有力地证明了闫某民的盗窃行为。

王立新利用案发现场物品被盗较多的特点,详细询问闫某民。起初闫某民出于义气不愿交代全部盗窃经过,遮遮掩掩避重就轻。王立新与犯罪嫌疑人斗智斗勇,当他询问搬运被盗物品的细节时,闫某民不能自圆其说,再也无法隐瞒事实,无奈之下,供述了和牛某伟共同盗窃的经过,及用偷来的信用卡在亚细亚商场、商城大厦、华联商厦透支购买洗衣机等物品,并运送到闫某燕家中藏匿的犯罪事实。在王立新的再三追问下,闫某民支支吾吾地交代了牛某伟和闫某燕的落脚点。

王立新马不停蹄,带领民警赶到洛阳将牛某伟和闫某燕抓获,带回郑州昼夜突审。嫌疑人在王立新的强大攻势下,缴械投降了。牛某伟和闫某民交代了用身份证捅开大门的方法,以及盗窃十几家单位办公楼的犯罪经过。闫某燕对窝赃的犯罪事实供认不讳。

王立新的辛苦没有白费，通过对嫌疑人的审问，牛某伟和闫某民供述了五十多起盗窃案，使辖区办公楼被盗案得到及时侦破。但王立新没有沾沾自喜，他认为不仅要提高破案率，更要尽最大努力追回被盗物品，案件办理才能称得上完美，这是被盗群众的最大期望。随后，他和民警四处奔波寻找赃物，追回后发还受害人，让人民群众感受到民警侦查破案的温暖，为国家和人民挽回了重大损失。

四　水滴石穿破要案

王立新办理案件入了迷，顾不上照看家里怀孕待产的妻子，只好请求父母帮忙看护。他自己则全力以赴侦查团伙贩毒案件，带领同志们破获系列贩毒案件，抓获贩毒分子，铲除了活动在中原地区的贩毒团伙。

1996 年 4 月 23 日，王立新的宝贝女儿降生了，他在办案中错过了照顾妻子的机会。领导见到这种情况，按照惯例安排王立新休看护假，让他到医院照看产后的妻子和幼小的女儿。可是他看到队里人手不够，第三天就把妻子、孩子接回了家。他对妻子说："我放心不下队里的事，到分局看看。"王立新来到分局，看到同事们正在紧锣密鼓组织严打，才知道全国严打战役就要打响了，今晚是金水分局第一次行动。王立新二话不说自行结束休假，梳理案件线索，连续三个昼夜不休不眠，和同志们密切合作，破获了撬盗团伙案件，抓获七名犯罪嫌疑人，侦破七十二起案件，有效打击了盗窃分子的嚣张气焰。

这年夏天，金水辖区发生特大入室抢劫案。6 月 7 日这天，光天化日之下，三名犯罪嫌疑人闯进东明路受害人家中，将受害人捆绑，用胶带封住口鼻、双眼，抢走价值两万余元的财物。这时严打第二战役刚刚开始，犯罪嫌疑人顶风作案，给社会治安埋下了巨大隐患，如果不能及时侦破，随时可能发生类似案件。省市领导纷纷批示限期破案，局领导把任务交给负责中队工作的王立新。

王立新又一次领命上阵，他感到了巨大的压力和挑战。他带领民警反复勘查现场，日夜走访调查，寻找蛛丝马迹，连妻子打来的传呼都顾不上回复。尽管夜以继日地查疑解惑，但是随着线索逐个被否定，案件侦破陷入僵局。他苦苦思索，忽然想到被抢物品里有部手提电话，便豁然开朗。如果犯罪嫌疑人使用手提电话，就会留下痕迹，监控手提电话是最佳选择。第六天，监控民警传来消息，被劫手机发出一条传呼信息，经筛查认定被传呼对象是夜总会三陪女郎。

王立新不由分说换上便装，扮作消费者来到夜总会，找到三陪女郎，亮明身份说明来意，打消女郎的顾虑，请女郎配合民警工作。据女郎提供的信息，给她打传呼的人叫梁某河，是个老贼惯犯，并提供了梁某河的体貌特征和确切住址。

王立新穷追不舍，顾不得多日劳累，连夜召集人马张开大网，隐蔽守候伺机抓捕。6 月 17 日凌晨，王立新发现了潜回家中的梁某河。同志们见到鱼儿落网，连日的疲劳一扫而光，像刚刚从梦中醒来的战士，精神抖擞一拥而上将其擒获，当场缴获被劫的手提电话。经突审，梁某河交代了同案犯司某山的相关信息。

王立新雷厉风行，他深深懂得兵贵神速的道理，立即带领两个民警，扑向西郊郑棉五厂，在家属院和工厂附近来回搜索。突然，上班人群中有个黑大个闯入了王立新的视线。王立新在脑海里比对着司某山的相貌特征，觉得黑大个和司某山非常相像。王立新果断掏出手机，呼叫司某山的传呼号码，只见黑大个听到"嘀嘀嘀"的呼叫声，弯腰查看传呼机信息。王立新见时机成熟，猛冲过去扑在黑大个身上，将其按倒在地，两个同志紧随其后冲了上去，齐心协力给司某山戴上手铐，将凶恶的歹徒抓捕归案。

历经十一个昼夜，王立新和同事们战酷暑斗蚊虫缺吃少眠，全天候侦查追踪，使"6·7"劫案胜利告破，让犯罪分子得到了应有的惩罚，使人民群众感受到了法律的威严，增强了安全感。发还被劫物品时，受害人对他们千恩万谢。几大新闻单位联合给省委副书记写信，表示祝贺，要求给办案人员请功。王立新就是凭着这份对事业的执着追求，一次又一次得到人民群众的信赖，这也是王立新刑警生涯中的辉煌战果。

五 斗悍匪血洒大地

缅怀"五·二六"烈士时，我很想知道王立新牺牲时的勇敢和悲壮。我联系了曾和王立新并肩作战的战斗英雄王亚宇。在十八里河高速收费站交警大队见到王亚宇，谈起当年那惊险的一幕时，他满脸的笑容里挂上了浓重的悲伤，慢慢向我谈起遭遇战惊心动魄的场面。

让我们的思绪回到 1999 年 5 月，王立新受命侦查"5·24"抢劫杀人案。受害人是计划生育研究院的领导，也是郑州市的后备干部。他回家经过红专路和经五路交叉口向北的地方时，在马路上被人刺了一刀，腿部髋关节大动脉受伤，失血过多当场死亡。案件引起轩然大波，造成了附近居民的恐慌，无论是领导还是民警都很重视案件的进展。

分局抽调刑侦大队和派出所精干力量成立专案组，大本营设在经八路派出所。领导分配具体任务，刑侦大队和派出所各有侧重点，派出所了解当地情况，负责走访辖区群众，排查嫌疑人和收集案件线索。刑侦大队在案发现场设置排查点，筛查嫌疑人员和收集相关信息。

王立新闻警而动，立即勘查现场，收集证据，忙得脚不沾地。第二天开会研究案件侦查范围，因现场证据不足以确定侦查方向，于是就开展了大面积排查。刚开始案件定性倾向于情杀、抢劫杀人、报复杀人，最后认为是犯罪嫌疑人临时起意，实施抢劫的激情杀人。

王立新和民警在案发现场周边摸排线索。案件排查已经两天了，到 5 月 26 日，案件侦破依然没有太大进展，王立新心急如焚，加大了排查力度。

5 月 26 日晚，王立新派持枪民警到胜岗村排查，沿着下水道寻找窨井口，查找凶器的下落。他和王亚宇在关虎屯市场附近排查线索，查找"5·24"抢劫杀人案的嫌疑人。

20 时 30 分许，王立新、王亚宇穿着便装去排查点查看，先到赛珞玛面包房对面的位置，看到了实习生沈钦睿和叶绿。王立新要求他们询问路人和店铺人员，从中发现破案线索。再往前去是经八路派出所胡春岭的执勤卡点，因为和胡春岭不太熟悉，王立新、王亚宇就回头从北往南走。他们警惕地观察着路人的一举一动，走到人民银行东门，王立新、王亚宇发现一高一矮两个男子形迹可疑。5 月的天气已是热浪滚滚，两个男子穿着单衣并肩而行，手上搭着衣服，双手完全被衣服遮挡，看上去神态诡秘。王立新、王亚宇感觉疑情加重，便高度戒备起来。王亚宇还故意碰了一下对方，从他们身边擦肩而过，想看看有什么异常，试探对方是否带有凶器。见故意碰撞没有反应，两人警惕着向前走了几米远。王立新和王亚宇平时就有种默契，感觉两个男子走路有些慌张，两人停下来转过身，王立新喊了声："哎！你们两个稍等一下。"两人听到喊声，停下脚步转过身来，双方相对而立。王立新亮明警察身份，问："你们是干啥的？"两个男子说没干啥。王立新问："有身份证没有？"两个男子都说没有身份证。王立新就上前搜查。这时矮个子说："哎！有有……我给你拿。"

"赶快跑！"矮个子李武趁机向高个子张峰喊道。两人随即拔腿就跑。王立新、王亚宇见疑情升级，便猛追过去。刚追几步，张峰见势不妙拔出手枪，转身向王立新射击。王立新腹部中弹，当即倒在血泊之中。王亚宇见状哪肯放过，紧追不舍。"砰！"疯狂的歹徒又向王亚宇射击，王亚宇应声倒在血泊中。王立新一手捂住汩汩喷血的弹孔，一手掏出警官证，紧紧抓住路边一位大嫂的手，艰难地说："我是公安局的，快……"话没说完，他便倒了下去。

两名歹徒疯狂向南逃窜，逃跑中张峰将手枪转交给了李武。此时正在经五路邮电印刷厂工地与赛珞玛面包房之间盘查的省公安高等专科学校实习生沈钦睿和叶绿闻听枪声，毫不犹豫地上前堵截两名歹徒。狡猾的歹徒一前一后撒腿狂奔，刹那间已越过了沈钦睿和叶绿的封堵位置。

"追！追！"沈钦睿和叶绿同时向前追去。叶绿绕过跑在后边的李武，高声对后面的沈钦睿喊："小个子交给你了，我去追前面的大个子。"

到红专路口,张峰突然向东逃跑,叶绿紧追不舍。后面,沈钦睿几个箭步追上李武,将其按倒在地,双方发生激烈搏斗。李武急于脱身,撕扯中对着沈钦睿开了一枪。中弹的沈钦睿,鲜血立即浸透了警服。跑在前面的叶绿,听到沉闷的枪声,心里一沉,但他来不及回头,继续沿红专路向东紧追。

此时在红专路口执行盘查任务的胡春岭,听到枪声,立即命令联防队员:"快,快去追!"

往东追了一百多米,叶绿终于追上了张峰。他一个前冲,将张峰撞翻在地,两人扭打在一起,三个联防队员也随即赶到,与叶绿一起将张峰擒获。

仅一两分钟的时间,李武就摆脱了沈钦睿逃到红专路口。胡春岭毫不畏惧地冲过来实施抓捕,趁李武向西转弯之际,拦腰抱住他的后腰,李武拼命反抗,双方扭打在一起。李武毕竟年轻力壮,反扑过来将胡春岭甩在一边,趁机举枪向胡春岭射击。刹那间,英雄倒在血泊之中,鲜血洒满街头。李武再次逃脱,沿红专路向西逃窜。

歹徒的残暴没有吓退英勇的公安民警,任正伦正在经五路盘查,听到枪声朝李武逃跑的方向追去,情急之下,他紧急征用市民的摩托车加速追捕。但由于天黑地形复杂,狡猾的歹徒最终消失在胜岗村拥挤的楼群里。

英雄的鲜血洒满街头,群众为之惊恐,绿城为之震惊,天地为之动容。事情发生后,人们来不及叫急救车,附近群众有的拦出租车,有的抬伤员,以最快的速度把受伤民警送到省人民医院,为抢救英雄的生命赢得了宝贵的时间。

目击群众纷纷报警。巡警一大队民警接到指令后，火速赶到现场先期处置。与此同时，金水区公安分局总值班室的电话铃声骤然响起。杨局长立即命令全分局机关民警迅速集结，携带武器，火速赶到出事地点围追堵截；分局所有派出所只留两名值班民警，其余全部人员赶往胜岗村进行大搜捕。

仅仅几分钟时间，郑州市公安局李局长和所有分局、刑侦大队领导全部赶往事发现场，指挥搜查。与此同时，民警也迅速到位，在农业路、文化路、黄河路、花园路形成大包围圈，把守所有出口。所有派出所民警全副武装，及时封锁了胜岗村，展开封闭拉网式搜查。

省市有关领导相继来到现场，指挥侦查和抓捕，到医院看望慰问受伤民警。省委领导深夜打来电话，要求不惜一切代价抢救受伤民警，全力以赴抓获歹徒。

深夜，省公安厅指挥中心向全省公安部门发出紧急指令，命令全省各级公安机关设卡堵截，无形的法网迅速在全省范围张开。

与此同时，在胜岗村里的搜查不断取得成效，警方相继摸排并搜查了两名歹徒在胜岗村租住的房屋，抓获了四名与歹徒有关的嫌疑人员，其中包括李武的弟弟李林、李天宝。通过突审，很快得到李武的有关信息，并迅速通报全省各地公安部门，在短时间内形成了天罗地网，全警动员抓捕犯罪嫌疑人。

22 时，拉网在继续，搜捕在继续，急救中心的抢救在继续。

六　奋力救英雄　痛心失亲人

26 日夜，四位重伤民警被紧急送到省人民医院急诊室。当

369

时，沈钦睿呼吸、心跳已停止，瞳孔散大，急诊科大夫立即对其进行心脏复苏及药物急救。其他三人也伤情危急：胡春岭呼吸、心跳停止，深度昏迷；王立新因失血过多呼吸停止，仅存微弱的心跳；王亚宇血流不止，命悬一线！

英雄危在旦夕，情况危急！医院面对突发的紧急救治情况，医务人员明显匮乏，院总值班一边火速组织抢救，一边向院领导汇报，同时向全院发出紧急群呼。很快，全院医务人员迅速行动起来，当即成立由医疗专家组成的"5·26"特大枪伤抢救组，几分钟内即调集了一百多名医务人员投入急救。

凌晨时分，在省人民医院急救中心，胡春岭、沈钦睿因抢救无效光荣牺牲。噩耗传来，所有领导和参战民警无不悲痛欲绝。金水区公安分局副局长悲痛地告诉记者："我们的民警为社会安宁已经付出了生命代价，所有民警只能化悲痛为力量，坚守岗位，努力工作，只有尽快抓获歹徒才能对得起牺牲的战友。"

与此同时，重伤员王亚宇也在接受紧急抢救。子弹从王亚宇的左胸穿入，背部穿出。次日 1 时 40 分，王亚宇被推出手术室，他神志清醒，浑身疼得发抖，但始终未呻吟一声。次日清晨，在挪换病床时，他执意要自己走过去，其坚强和刚毅令人感动。据医生称，至目前，他的生命体征较为平稳。死神的阴影暂时远离了他。但主治大夫称，下一步，他还须闯过感染等难关。

王立新因伤势过于严重，已无法再挪动半步，只得在急诊室的小手术室施行急救。他仅存的微弱呼吸也在渐渐变慢、减弱，测不出血压。

十几名专家当机立断，切开其腹部。切开后发现，子弹所经的弹道对周围血管、肠道损伤极大，其腹内淤血达两千五百毫升。

经查，罪恶的子弹导致他乙状结肠和降结肠交接处贯穿伤、左侧髂外动静脉贯穿伤、骶前静脉丛大面积破裂损伤，造成腹腔内大量出血！

抢救最初进行的二十分钟内，王立新的心跳曾两度停止，后经注射药物、胸外心脏按摩才又重新恢复。至次日清晨 5 时 10 分，历时八个多小时的手术才告结束，先后输血量达一万多毫升。但是，急性肾功能衰竭、脑水肿、肺部感染并发症相继出现，尤其是弥漫性血管内凝血正导致他肠黏膜坏死脱落。感染关、腹腔污染关也在残酷地威胁着他的生命。整个抢救过程，他的呼吸始终未能恢复正常。

27 日 13 时许，王立新伤情骤变：他能给人们带来唯一希望的心跳开始反复无常。医生紧张而有序地开展再次抢救！

13 时 45 分，他的心脏第四次停止跳动，再也没能重新跳起来。受伤整整十五个小时后，年仅三十二岁的王立新，因抢救无效不幸光荣殉职。

在执行这次排查任务中，三位英雄的生命定格在那个英雄辈出的年代。

医务人员开始为王立新洁身穿衣。他双眼紧闭，面色青灰却神态安详。最后一次穿上心爱的警服，最后一次系上威武的皮带，鲜花丛中的王立新似在长睡，好像马上还会醒来，向我们微笑，带战友出征。

王立新苍颜白发的父母来了，"儿啊，你醒醒啊"！声声呼唤，撕心裂肺。慈母唤儿归，众人心欲碎！屋内外顿时悲声一片，泪飞如雨！但是，一张白布单使天人永隔！老人再也唤不回心爱的儿子，人们再也看不到王立新的英姿！他的爱妻悲痛过度几近昏迷。

守护在医院的同志们,听到三位战友牺牲的噩耗,难以控制自己的悲伤,近乎沙哑地喊着:"苍天哪!赶快让我的兄弟醒来吧!"

七　擒匪首　慰英雄

5 月 26 日晚,信阳市公安局接省厅紧急协查通报,郑州发生特大持枪杀人案。局长连夜赶到指挥中心,成立抓捕行动临时指挥部,制订在信阳火车站和李武家同时布控守候的抓捕方案。

27 日凌晨 1 时许,浉河区公安分局刑警大队王副队长带领九名刑警迅速到达犯罪嫌疑人李武的住宅,实施突击搜查,并在其家严密布控守候。

凌晨 2 时许,信阳市公安局副局长带领二十余名民警,在信阳火车站布下天罗地网。凌晨 2 时 9 分,545 次列车到达信阳站,副局长发现一青年形迹可疑,酷似嫌疑人李武的特征。为了保护旅客安全,副局长带领侦查员悄悄跟进,并向出站口卡点发出伺机抓捕信号。该可疑人刚走出站口,守候在此的刑警大队刘副队长就扑上前去,侦查员也奋不顾身与其搏斗,迅速将其制服。经辨认,该青年正是郑州特大持枪杀人案重大犯罪嫌疑人李武。

被抓获后,李武拒不承认持枪行凶的罪行,但公安机关在其家中已提取了有关证据。

凌晨 2 时 10 分,从信阳警方传来消息:歹徒李武在信阳火车站落入法网。很快,郑州市公安局所有民警的传呼机同时响成一片,他们收到了一条同样的信息:"5·26"案件所有凶手全部抓获，请你们恢复正常工作。民警们都流下了欣慰的泪水。

押回李武那天，是郑州所有人有泪有笑的日子。

在英雄喋血的街头，数千市民踏着英雄鲜血染过的土地，肃立路旁。

全副武装的人民警察站在战友牺牲的地方，神色凝重。在长达一个半小时的等待中，人民警察和他们守护的人民比肩而立。

"老胡、立新、小沈，我们陪你们来看看咱们的仇人。"烈日下，一个双眼布满血丝的民警近乎喃喃自语。他一直望着路的尽头，像一尊雕塑。和他一样，在现场的每个警察，都悲愤交加，满腔怒火。

经八路派出所所长付建文难过万分，他站在经五路和红专路交叉口西边约五十米处的黄土地上，用手指地，半天才迸出一句话。地上，是所里的好大哥、好民警胡春岭留下的清晰可见的血迹。

他终于失声痛哭："说心里话，我恨不得把罪犯拉到这儿一枪崩了！就在这儿，在老胡倒下的地方！"

附近居民默默地看着伤心的付所长，他们的眼圈也红了。

越聚越多的群众，已在经五路和红专路交叉口形成了几堵人墙。警察制服和市民各色的服装混在一起，橄榄绿犹如片片叶子点缀其中引人注目。

王交警的嗓子都快哑了。路过此处的群众无处可站又不忍离去，就干脆把自行车停在路上。王交警语气温和，耐心疏散群众。他说："我感激他们，他们让我更加怀念牺牲的战友。别看我一直笑着，可我心里真想哭啊！"

烈日下，负责维持现场秩序的金水区公安分局的白民警满头汗水，表情肃然。她提起 "5·26" 这几个字，大颗大颗的泪珠瞬间便从眼中流出："那是我的战友……" 她捂着脸，向人少的地方走去。

初夏以来，郑州似乎从来没这么炎热。路旁树荫下站满了群众，其余人任凭太阳暴晒着，也要看看歹徒的模样。

人群中丈夫劝妻子说："说不定还要等一会儿，先回家把饭吃了吧！" 妻子一摇头说："不吃！我非得看看这两个坏蛋长什么样儿，可能的话，我要扇他们几个耳光才解恨！"

刘女士骑着自行车赶过来了。事发当晚，是她和丈夫最先看见身负重伤的王立新。提及当晚的情景，刘女士悲从心生。她说，那天晚上王立新倒地时竭尽全力喊的一句话就是："抓住他！" 随后就昏迷不醒了。她和丈夫拦了一辆面的车，把王立新送到医院，担心他的伤情救治出现意外，就心惊胆战地守候在抢救室外，直到听医生说王立新已恢复心跳，才安心地回家睡觉。第二天早上，他们又急忙听广播看报纸，知道王立新还活着，悬着的心才放下。晚上，当得知王立新抢救无效英勇牺牲的消息，一家人痛惜不已。

只见年轻母亲怀抱女儿不停地擦眼泪："立新的女儿太可怜了！才刚刚三岁呀！立新的爱人肯定难过得吃不下饭，天又这么热，怎么受得了？" 她们和立新是邻居。两天来，楼里的人聚在一起就谈立新，谈一次哭一次。

"想起牺牲的三名民警，把罪犯一刀刀剐死都不解恨！" 另一位年轻的母亲满脸气愤地挥舞着右臂说。

陈大妈坐在人行道的小凳子上，说："警察好呀，为老百姓办事。" 她要看看那两个黑心贼长什么样子。大妈说她的耳朵、眼睛都不大好了，她就坐在太阳下等着，坐这儿离得近，看得清、听得清，晒一点儿没什么。

还有许多情绪激动的市民大声说："枪毙那俩坏蛋太便宜他们了，放到过去非得活剐了不可！"

一个老奶奶拿着扫把向人群走来，她指着扫把说："我七十五岁了，听到这件事后，昨天两点还没合眼，这个恨呀！我老了，只有用这扫把来给几个孩子出出气。""用扫把打，那怎么解气，把家中的鸡蛋、西红柿都拿出来砸死他们。"有人在人群中喊着。

人们在等。来了，来了！长长的车队来了，全副武装的警察押解着凶手，向英雄献身的地方驶来。

"悼念战友，严惩凶手慰英雄！""为国为民，烈士精神永流传！"十字路口扯起两条醒目的横幅。

一座高楼上，省机械设备进出口公司职工拉起自制的标语："严惩凶手，向人民卫士致敬！"

英雄们英勇战斗过的街道沸腾了。人群如浪如潮，将马路塞得严严实实。

警笛长鸣，英雄们，你们听到这熟悉的战斗号角了吗？看！伤害你们的歹徒被押过来了，替你们伸张正义的时刻也到来了。

胡春岭，你的血迹未干，九泉下的你，露出你忠厚的微笑吧！

王立新，请你合上双眼，放下疲惫，安息吧！

沈钦睿，你不会遗憾，人民不会忘记还是孩子的你！

望着车上的凶手，在场民警的眼睛似乎在喷火。付所长此时牙关紧咬，吐出一句结结实实的话："你们也有今天！"安静的人群躁动起来，人们愤怒了，整个街道变成了激愤的河流。

"就是他，打死他、打死他！"人们边喊边不顾一切跟着车追去。警察们不得不阻拦着激愤的人群。

人群中飞出几只鸡蛋，准确地砸在主犯李武的脸上，人们喊道："再砸，砸死他！"

老奶奶举起扫把追打凶手，但是她没有够着。

双目失神的两个凶手面对仇恨的人群，总想低下罪恶的头颅，身边威武的警察推肩掰头，把凶手的脸高高扬起，让愤怒的人群看个清楚。

中年女工说："我只想说四个字，'严惩凶手'！"

车刚一出现在女警小李的视野，小李的眼圈儿就红了，直至押解车队驶出老远，小李的眼才眨动了几下。"刚才要是一动眼皮子，眼泪就会止不住掉下来。"小李声音颤抖，双眼噙泪，"我恨不能替战友们挡一枪！"

黄河路口，交警一大队宋队长正在指挥交通，丰产路派出所民警配合维持秩序。看到凶手被押解过来，有位女士嘴里突然蹦出一个字："杀！"司法警官学校朱同学心情激动，她红着眼睛说："毕业后，司法工作我干定了。"

押解车来到了郑州市看守所，沉重的大门开启。两名凶手双眼直直地看着惩治邪恶的大门，等待着正义的审判。数不清的照相机、排成排的摄像机，忠实地记录下了这段历史。

八　绿城垂泪送英灵

5 月 30 日是送别英雄的日子。绿城郑州从黎明中苏醒，阴沉的苍天在哭泣，飘荡的风云在呜咽。清晨 5 时，河南省人民医院太平间的大门紧锁，院内一片沉寂。门前，已陆续有人赶早来为英雄送行。人们似乎不想惊醒晚睡的英雄，没有交谈，没有哭声，只有肃穆的脸和闪烁的泪在清晨的风中默默会聚。

大幅"长歌当哭，痛送英灵"的挽联高悬在太平间大门两边。太平间美容师早早起床。虽然已数遍为英雄们洗脸、整容，但夜里仍然辗转难眠，英雄们就要走了，他们想最后再为英雄化妆，让英雄漂亮而威武地上路。

老崔端来一盆清水，轻轻打开英雄长眠的铁柜，慢慢擦拭着英雄的身体，描画着英雄的面容：老胡岁数稍大，面妆看上去要沉稳些；立新果敢刚毅，要描出他的剑眉；小沈年轻好动，一定要青春活泼地上路……洗着，画着，泪在他们眼中打转，他们强忍着不让眼泪落下来。

太平间的大门再也挡不住人们痛苦而急切的心情。

心雨花店的赵女士手捧黄菊、百合和天堂鸟插成的花篮哭着进来，她说，黄菊表示哀悼，百合象征英雄们此去百事和顺，天堂鸟则祝愿英雄在天之灵永远快乐！

卉警嫂也来了。作为警察的妻子，她对警察的辛苦体会最深。她哭着说，请转告英雄的家人们，今后不管有什么困难，所有警察和家属都是他们的亲人！

你听见了吗？立新的战友来了，王队，醒来吧，太阳老高了，你该出征了。

老胡！别难过，看见了吗？辖区的百姓送你来了。

钦睿的同学来了，钦睿你走吧，别害怕，有王哥哥和胡叔叔照应你哪！

张奶奶起了个早，挪动着小脚从东郊往这儿赶，整整走了一个小时，走得满头大汗，后背已被汗水浸透。"我咋的也要来送送英雄，送送孩子们。"她哽咽着说不下去，撩起衣襟擦着满脸纵横的老泪，不停地跟守门人央求："让我再看他们一眼吧！"

偃师县农民黄兄弟来了，为了赶早送英雄一程，他连夜搭货车赶来郑州，硬是在路边坐了大半夜。洛阳的李女士也连夜来了，她是挂着拐杖在丈夫陪同下来的。

六岁的小朋友被爷爷牵着手来了，这个崇拜警察的孩子，一定要亲眼见见英雄。

三位英雄并排静静躺着，神态安详。三面鲜艳的中国共产党党旗轻轻盖到英雄的身上。

"敬礼！"嘶哑的口令刚落，一排排咬牙含泪的警察举起了右手，悲壮沉痛的哀乐声骤然响起。撕人心肺的旋律中，万人瞩目的太平间大铁门缓缓打开，三位英雄躺在战友们平稳的肩头，在人们的痛哭声中，走向无数亲人含悲忍痛的泪光里，走向送别英雄的三十里长路。

医院东侧路口，一位母亲和她年幼的儿子静静地站着，身旁的自行车篓里，放着个完整的面包和一瓶未开启的矿泉水。"陈陈这两天一直吃不下饭，今天一大早就让我陪他来这儿等着。"母亲抚摸着儿子的头，鼻子一酸，眼睛红了。

金水区环卫工人也来到这里，为英雄送行。悲切的环卫工人们在路边一笔一画签上自己的名字，给英雄的家人捐款。萍萍说，捐五块、十块的是正式工，一块、两块的是临时工和下岗工。

前天是王立新高中同学聚会的日子，这是他们十三年来第一次组织同学见面会，立新却不能参加，真是太遗憾了。大家把第一杯酒泼洒在地上，告慰缺席的好同学。

等在经三路和金水路交叉路口的是一个自发的车队。郑州市十一中的老同学们悲痛不已。长长的送行车队，大都是立新生前曾帮助过的人。从经三路向北望去，十五辆车、十五张遗像，静静地候在那里，等待载着他们兄弟的灵车缓缓到来。

"立新是个非常老实的人，不张扬，他结婚生孩子就那么平平淡淡地过去了。现在他去了，同学和朋友就想让立新风光一回，所以才准备了这么多车，还用花打扮得这么漂亮。"立新的同学哭着说。

哀乐穿越高楼大厦隐隐传来。站在路边的人踮起了脚，有人已控制不住眼中的热泪。立交桥上，所有的车都停了下来，司机乘客都打开车门，趴在立交桥的护栏上，为英雄送别。英雄啊，来不及送花，以泪送别吧！

碧沙岗公园门前，市人大王代表和卖花小伙子在翘首盼望，微微颤抖的手里，举着两枝漂亮的干花。他俩说，干花可以长存，像三位英雄的精神永留人间。李大妈请人把她的小白花系在花束中，眼泪一滴滴落在她的手上。大妈哽咽着说："我刚从外地回来，听说三位英雄今天要走了，流着眼泪赶制了三朵小白花。来不及买鲜花，就把自家花瓶里的干花也带过来了。"

绿城广场外的围栏上，大朵鲜红的玫瑰竞相开放。一位父亲领着美丽的女儿站在花丛边。他对女儿说："替胡爷爷和两位叔叔闻闻花香吧！没有他们，也许这花就不会这么漂亮了！"

郑州市园林处的三百多名职工来了，他们胸佩白花，手执白色月季花。李先生说，花是从自家院子里采的，都是最好的，只有英雄们才配得上。

三十里长路两旁，有数不清的挽幛："亲爱的战友，你一路好走""擦干眼泪，奋力工作""警民携手共铸平安"……

9时整，承载烈士灵柩的车队起程了！

郑州金水区公安分局杨局长脸挂热泪,举手敬礼。抬着英雄灵柩的礼兵两眼含泪。短短的经二路上,成千上万的人哭声四起。

三十里送别路,是三十里两堵长长的送别人墙。

三十里送别路,留下的是郑州人民对英雄不舍的情谊。因为城市有了这样的英雄,我们才能安心生活。

悲伤的哀乐直扎人心!老胡、立新、钦睿,再看一眼你们流过汗水的地方吧!就在这小小的经二路口,你们曾经牵动了多少人的心。你们听见了吗?他们在叫你们的名字!

"别哭,别哭。三位叔叔的牺牲就是为了你们将来更美好。"河医立交桥下,邱女士在给刚上幼儿园的孩子抹泪,她说,孩子发着高烧,听到有烈士叔叔要从这儿经过,死活也不去看病,非要给三位叔叔敬上一个礼。话音刚落,邱女士身边的漂亮少女把头埋进男友怀里,不断地抽泣。

车,缓缓前行。英雄,这是满园绿色的碧沙岗,公园内,树正摇曳,花在怒放,你们看到了吗?几十年前,无数北伐将士抛头颅洒热血,换来今日的安宁。几十年后,这儿又迎来了无畏的你们,时空尽管隔离,岁月尽管久远,但是你们拥有这世间共有的纯洁和高尚。

送行的人几乎堵塞了交通,尽管交警在不停劝告,路还是在逐渐变窄。五岁的范瑞瑞坐在爸爸肩头,不时发问:"叔叔们什么时候来,他们会不来吗?"

扎满鲜花的车行至嵩山路口。交警一个标准的警礼,就如雕塑般站在那里,人们自动闪在路的两旁,灵车前空出一条宽敞的路。这时,哀乐和烈士家属悲痛欲绝的哭声,瞬间打开了人们感情的闸门,许多人失声痛哭起来。

英雄呀！你们的脚步慢些，再慢些。

立新，你带风筝了吗？难道忘了要同妻女看风筝起舞的承诺了吗？

亲人，别了！战友，别了！兄弟，别了！在上万民警和群众的注目礼下，灵车来到了殡仪馆。

灵车缓缓停下，英雄的遗体被缓缓地从车内抬出，下车时稍微晃动了一下，有人忙说："慢点儿，慢点儿。"

驾驶室里的闫师傅说："我开车将近二十年了，今天的车开得最下功夫，一路上我都在告诫自己：慢一些，稳一些，再慢一些，再稳一些。"

殡仪馆告别大厅外，巨大的黑幔在风中飘舞，院内，站满了早早赶来和英雄告别的人。

眼睛红红的郭女士是王立新的初中同学。"出事前，我和爱人给王立新打寻呼，约他一起聊聊，他说他在执行任务。谁知一个小时后……"她懊悔地说，"真后悔啊，搬新家后，怎么一直没让立新来做客呢？"人群中，焦奶奶一大早租了辆三轮车，跑了四十里路，来到这里给"孩子"送葬。焦奶奶操着浓重的山西口音说："我好几天睡不着觉，不来看看他们心里堵得慌。"

省委省政府领导、公安部代表、各界人士近万人排着肃穆的长队，和英雄诀别。

鲜花丛中并排仰卧着三位英雄。人们把手中的鲜花轻轻地摆放在他们的身旁，双手轻轻地触摸着英雄们安卧的灵柩，想永远记住英雄的模样。

战友们在哭喊："你们怎么就不会醒呢？咱们一块儿回去吧！我们还要并肩战斗呢！"

几天前还在享受天伦之乐的家庭，瞬间变得再也不能团圆，立新悲痛欲绝的妻子欲哭无泪。她一次又一次俯在丈夫灵柩上不忍离去，已经没有眼泪的她轻声地告诉立新："立新，你放心地去吧！我一定坚强地活下去，把爸爸妈妈照顾好，养大咱们的女儿……"听到夫妻之间最后一次对话，在场的警察泪如雨下。

陪护英雄亲人的警察都哭成了泪人。许多人看了一次，再排队，再看一次，看一次哭一次。

英雄被人们簇拥着，一个小时过去了，人流仍然不断，鲜花仍然不断，泪水仍然不断。

时已过午。告别仪式结束，安静的殡仪馆里，人们把时间留给了英雄的父老乡亲和亲人。让他们再说说话，送英雄上路。

青烟袅袅，胡春岭、王立新、沈钦睿的路，铺满了鲜花。白云飘飘，三位英雄，请告诉郑州，哪一朵是你们化成的祥云？

九　一声兄弟一生情

"我入警时曾跟着立新学习办案，他像老师那样耐心指导，经常让我参加案件办理。我刚开始有些生疏，他总是细心发现问题，认真引导启发，让我从头梳理案件，总结经验教训，毫不保留把经验传授给我，三个月后，我就可以主导办案了。"

说着，王亚宇指着胸口继续说："5 月 26 日那天，子弹打在我胸部的下边，没有打中我的胸骨，打在挨着心脏最下端中间这块位置，然后往下走，打穿了胃部和肾脏，从身体出去了。我幸运地活了下来。和平年代没有战争，王立新面对危险临危不惧，敢于斗争，是真正的英雄。王立新他们几个牺牲了，没有享受到现在的幸福生活，让人感觉很惋惜。虽然我受伤了，但我还在阳光下生活、工作，我很想念他，每年都会和同事去看望他。

"相比革命战争年代的英雄面对的是带着标签的敌人，我们面对的是隐藏在人民群众内部的歹徒，难以辨认和区别。然而，不同年代的人有着共同的理想，为着共同的目标，前仆后继流血牺牲，就会产生同样的英雄。"

"队长的身影总是和战友在一起，他最大的优点就是上进心强，不管是严打还是搞案件，他都要力争第一。"丁民警至今还保留着对立新的称呼，他回忆起第一次与王立新见面的情景。

那是 1993 年夏天，小丁刚从省公安高等专科学校分配到刑侦一中队。初来乍到，难免有种紧张感，可与王立新简短的交谈后，小丁发现这个英武俊朗的队长竟那么平易近人。他跟新来的小伙儿谈自己刚上班时的种种趣事，谈这份职业的崇高和危险。临时紧急出去办案，他走时甩下一句话："既然选择了，就必须干好，干出点成绩。"这句话恐怕小丁和他的新战友都不会忘记，几年后，小丁他们都成了业务骨干，纷纷被调往公安事业最需要的地方，用实际行动给了老队长满意的答复。

大案中队侦查二队杨队长，也是立新逐渐培养起来的干将，他总是一个劲儿地重复一句话："队长就是太拼命了。"是啊，才三十出头，立新就几乎成了"药罐子"，赶上熬夜眼球整个往外凸出，胃疼、发烧都是小意思。"记得第一次见队长时，他身体多棒呀，有时带我们散打，有时带我们踢球，这才几年呀，身体就这么垮了，我们这个恨哪！"杨队长喃喃自语，"他平时随身携带的公文包里除了文件，就是各种各样的药。多少次我们'威胁'他，再不好好休息，我们就炒他的'鱿鱼'，可是他就不当回事儿。他总是那句话：

'身体既然这样了,再不加把劲还能干吗?'"

马队长是立新的上级,他讲述了立新得病的原因。那是在追逃时落下的病根。1997 年 3 月,分局突然接到通知:发现逃犯马某磊的线索。就是这个逃犯,在 1995 年连续杀害出租车司机和一个农村五保户,同案犯当年已经伏法,可是他仍然在逃。接到命令后,立新和战友们开展大追捕,两个月间,跑许昌、赴新乡,几乎没睡过囫囵觉。在他们的努力下,案件成功告破,立新也因此受到从上至下的赞扬,并荣立了个人三等功。然而,就在这功勋的背后,丝丝白色爬上了他的头发,失眠也成了"常客"。望着黑瘦的他,不少伙计都纳闷儿:这还是那个英俊帅气的汉子吗?

从事刑警职业的人,在家里不落埋怨的恐怕没有,常年在外办案,很少陪着家人。作为刑警队领导就更不用说了。小丁说:"过去像我们这样的刑警,有了什么案子,可以拼命干上几天几夜,干完后放个小假。但是立新不行,作为直接领导,哪个同志有案件,他都会当作自己的案件去办理,陪着同志们没日没夜地干。由于他工作起来不要命,害得同志们直求饶:'队长,你不睡,我们还要睡呢!'这样下来,他一个月能回家三次都成了家人的奢望。"

有时,在办案间隙,王立新和同志们一起吃饭时,就会不自觉念叨三岁的女儿。由于回家太少,每次女儿见到陌生的他,都会狂哭不止。作为爸爸,那份难受只有他自己知道。小丁说:"有一次我和立新去开封查案,连续跑了几天后,大伙都累得撑不住了,纷纷回到招待所休息。可立新听说开封的小玩意儿很有特色,便跑了几条街给孩子买了些玩具。小悦悦呀,你长大了千万不要责怪你的爸爸。"

干刑警时间长了容易形成大嗓门，脾气也易急躁，为此引来了不少百姓的误解，认为找警察办事"脸难看，事难办"。对于这些评价，立新不断地告诉下属，干刑警这一行，要耐得住寂寞，扛得住批评，只要踏踏实实地干了，侦破了一起又一起案子，误会总会消失。立新是这么说的，也是这么做的，在常年的办案中，他不但身先士卒感染同伴，也用真诚赢得了群众的信赖。

十　亲情在泪光里闪烁

就在王立新牺牲的前一天，他父亲被车撞了。伤得不是很重，但一向孝顺的王立新还是很难过。可有案子在等着办理，他哪能撂挑子去看父亲呢？

就在王立新牺牲的前一个小时，他终于抽出了时间，匆匆赶回家看了父亲一眼，没说上几句话就又去执行任务了。谁知，这匆匆一面竟然是父子之间的诀别……

作为刑警的妻子，作为一名警校的老师，韩玉洁从嫁给立新的第一天起，就知道自己肩头的这份担子有多重。照顾年幼的孩子，伺候年迈的父母，家中的一切，她压根儿就没有让立新操过心。尽管如此，每当一对对情侣从面前走过，每当看到撒娇的孩子扯着爸爸的胡须，她心中就会有无尽的失落……然而，当丈夫脱下湿透的鞋子，伸出已泡白的双脚，她心中只剩下心疼和关爱，早就没有了责怪和抱怨。

立新没有忘记对家的那份责任，看到大街上流行皮衣，他曾对妻子说："等咱有钱了，我也给你买一件穿穿。"去年夏季的一天，小韩突然接到立新发出的四条寻呼信息，开始她还以为出了什么事，急急忙忙找到他，才知道立新刚发了工资，看见大减价的皮衣，便当即兑现诺言，买下了皮衣，这也成了小韩最珍贵的一件衣服。

立新牺牲前的 4 月 23 日，是女儿的三岁生日。这天小韩要参加自学考试。她对平时立新不在家吃饭都习惯了，所以便把孩子托付给了孩子的爷爷奶奶。然而，中午小韩回家，女儿竟乐滋滋地说，上午爸爸带她去拍了八张七寸照片。这是女儿长这么大，第一次有爸爸领着出去，却也是最后一次。

5 月 27 日，立新的朋友到他家里找照片，五六本相册里竟找不出一张"全家福"，立新的照片很少，与家人的合影更少。

立新就这样走了，还没来得及穿上妻子给他新买的 T 恤衫，还没来得及向邻居解释孩子没有爸爸的误会……

立新，你看到战友们给你送的鲜花了吗？听到战友们对你的呼唤了吗？

面对一束束鲜花，面对一声声慰问，立新的妻子再三嘱咐记者："立新走了，可作为刑警他死得其所，这也是他应尽的义务。对几天来立新的战友、朋友及无数素不相识的人给予的帮助，我们永生难忘。我代表全家向他们说声'谢谢'！"

十一　正义审判令污畏然

"五·二六"烈士为人民而死，人民不会让烈士的鲜血白流。王立新牺牲的第三十六日，案犯李武、张峰、李林、李小子在法庭上低下罪恶的脑袋，接受正义的审判。

离开始审判只有十几分钟了，法院门口站满了无法进去旁听的人，"咱得想个办法进去听听……""外边要是装个喇叭就好了。"许多群众议论纷纷，把法院门口围得水泄不通。阳光下，人们等待着正义的审判。

法庭内的审判9时整正式开始。在开庭之前，审判长打破了惯例，他代表合议庭向牺牲的三位烈士表示哀悼，法庭内一片沉静。

庭审进行得很顺利，举证、质证、辩论，检察院多媒体公诉系统的大屏幕上不断打出相关内容，法庭辩论激烈而有序。法庭上，"5·26"案件主犯张峰、李武已不再是昔日的"合作伙伴"，而是极力往对方身上推脱罪责的对手；而盗窃枪支、弹药的李林和李小子，也一改大包大揽的秉性，竭力为自己开脱罪责。但在有力的证据面前，他们的辩解显得软弱无力。

法庭依据《中华人民共和国刑法》第232条、第127条，对被告人李武、张峰、李林、李小子分别以故意杀人罪，盗窃枪支、弹药罪判处死刑，剥夺政治权利终身。

法庭宣判结束了，全场报以长时间热烈的掌声。此时，在近四十摄氏度的高温下苦苦等待了四个半小时的人们个个奔走相告，他们懂得：只有今天的审判结果，才是对英烈的最大告慰。

正义的子弹结束了四个罪恶的生命。人们欢呼雀跃。人民用正义的枪声告慰逝去的英灵，安息吧，人民英雄！我们会继承烈士的遗志，在人民公安为人民，打击敌人保护人民的路上奋勇前进。

十二 永恒的"小溪"精神

回想王立新的从警生涯,他为维护国家和人民生命财产安全,捍卫法律,做出了积极贡献,入警以来拼命工作,取得了优异成绩,1993 年到 1998 年间主办和参与侦破案件一千余起,抓获嫌疑人三百多人,移送起诉两百多人。在人多警少的环境中,可想而知劳动强度是多么巨大,但他从无怨言,积极向上,永争第一。为此,组织和人民也给予了他极高的荣誉。王立新先后荣立个人三等功三次;在侦破"6·18"特大投毒案中由于表现突出,受到了郑州市公安局的嘉奖,所在大队也因此荣立集体二等功;自1996 年起连续三年被市公安局评为"先进个人";1997 年被金水区委、区政府授予"金水区十大杰出青年"光荣称号,并多次受到省厅、市局、分局的嘉奖;1999 年 5 月在执行排查任务时光荣牺牲,被公安部授予"全国公安系统二级英雄模范"荣誉称号,被追认为"革命烈士",并荣获河南省"五一劳动奖章"、郑州市"优秀共产党员"。

王立新英勇顽强,临危不惧,用热血和生命捍卫了对党和人民的忠诚,捍卫了法律的尊严,唱响了"金色盾牌,热血铸就"的生命赞歌,黄河为之呜咽,绿城为之垂泪,全市公安民警悲痛欲绝。王立新不愧是党和人民的好儿子,不愧为中国人民警察的杰出代表,他为人民利益光荣献身,他的牺牲重于泰山。

王立新短暂而光辉的足迹,处处闪耀着百折不挠的"小溪"精神,为了理想时而热情奔放、柔情似水、滋润万物生灵,时而攻坚克难、汹涌澎湃、飞流直下、滴水穿石、翻山越岭;为了真理，始终如一、忠诚无私，荡尽泥沙、洁白如玉，浩然之气、令污畏然，百转千回、终归大海，给我们留下了无限的思考。他用血肉之躯化作金色的盾牌，日夜守护着祖国的安宁。他用宝贵的生命化作美丽的花朵，时刻守望着人民的幸福。他用忠于职守的精神化作清澈的小溪，永远流淌在人民心中，成为人民永恒的怀念。

他那无私奉献的精神和大无畏的英雄气概，塑起了人民警察为人民的不朽丰碑。

（张建芳，河南伊川人，全国公安文联会员、签约作家，中国社会主义文艺学会法治文艺专业委员会特约作家，河南省作家协会会员，郑州市小说学会副会长。出版有长篇小说《利剑》《救赎》《刑侦机动队》和报告文学《甘当"憨子"的警界英雄》，其中公安题材长篇小说《利剑》荣获河南省金盾文学奖、郑州市"五个一工程"奖。）

平凡英雄

王改芳

任何地方的警察都是辛苦的，而曲麻莱的警察更艰苦。这里四季飘雪，没有一棵树，就连牧草也只能生长两三个月，出勤办案一跑就是几十公里上百公里，很多草滩根本就没有路。其他地方能用十年的汽车在这里大概只能用三年。汽车尚且如此，何况人呢？很多人不敢来是因为恐惧，很多人不愿离开是因为情感。而寇连善在这里坚守 23 年，更需要超常的精神、超常的毅力、超常的付出。

"曲麻莱，曲麻莱，进得去，出不来。"——这首旧时的民谣虽然不乏夸张，但是却从一个侧面反映了曲麻莱县自然环境的恶劣。风雪似乎特别眷顾这片地球的隆起部，一年四季都挥不走它们恣肆的痕迹。平均海拔 4500 米，高寒缺氧，电力紧张，交通通信不便——这一切都使许多外地人视曲麻莱为畏途。

但是，寇连善来了。从湟水之滨的家乡走来，那一年，他刚刚 20 岁。23 载光阴荏苒，寇连善不仅没有走，而且扎下了根，献出了爱。8000 多个日日夜夜，在历史长河中不过是弹指瞬间，而当一个人在风雪高原用青春和生命去丈量这一段时空时，"漫长"这个词已经显得贫乏，坚守中的酸甜苦辣，也许只有他自己知晓。

2002 年年初，麻乡多郭洋村发生了一起持枪抢劫牲畜案，40
多头驮牛被抢。寇连善带领三位民警朝格尔木方向追捕凶犯。半
路上汽油耗尽，北京吉普不能行驶。茫茫雪地旷无人烟，通信救
助毫无信号。寇连善果断决定两名战友守车，他和民警尕文徒步
奔向 50 多公里外的温泉水库找油求援。蹚雪强行不到 20 公里，
天地就漆黑一片。可可西里无人区边缘的夜风夹杂着雪粒，像鞭
子一样抽打着他们的脸颊。两人又累又饿，口渴得直冒烟，不得
不向坚硬的冰面开了一枪，摸索着刨出一块冰来吃，不料"咯
嘣"一声，牙齿差点儿被硌掉，往外一拽，舌头竟被撕掉了一小
块。尕文累得实在走不动了，多次想躺想睡。可在这高海拔的寒
冬野外，躺倒睡着了可就再也起不来了，甚至会被野狼吃得尸骨
全无。寇连善搀扶起尕文，连拖带背，最后两个人几乎是爬到了
温泉水库……经过冰雪严寒中十多天的艰难奔走，劫走的驮牛终
于被追回，而寇连善回到家时已经是大年三十的夜晚，他特意买
回家的水果冻成了冰疙瘩。妻子看到雪人般拥进家门的丈夫，泪
水一下子夺眶而出。

走进寇连善的家，我不由内心一震：这是一间 20 世纪 70 年
代建造的土木结构的平房，总共不过 30 多平方米，一台老式双桶
洗衣机和一台 25 寸的彩电算是高档家电。藏式衣柜前供奉着十世
班禅的照片和一排香炉。妻子欧阳卓玛是一位淳朴贤淑的藏族妇
女，每当寇连善出远门，她总要点上香炉默默为丈夫祈祷。站在
香炉前，我的心头涌上一份莫名的赧颜——身处高楼林立的都市，
已经很少看到在物质生活方面如此清贫拮据的家庭。可是，我们
又能看到多少这样彼此笃爱、心灵相通的夫妻呢？

寇连善常年蹚冰河、宿雪地、啃冰块，以致耳朵和手脚多次

冻伤，落下了严重的关节病，落马摔伤又导致骨质增生。在一次执行任务时，因为急于赶路，警车一头扎进河里，河水顷刻间就没过了车顶。寇连善挣扎着爬出车门，湍急的水流险些将他和战友冲走。谈到这些，寇连善却很平静，他甚至有些调侃地说："没来过我们曲麻莱的，可能以为是在演电影呢。"那神情好像是在讲述别人的故事。

其实，寇连善也有过惧怕，也有过彷徨。他的第一个"家"就是在自己的犹豫中解体的。前妻一再要他调回省城，而他却要前妻调到牧区。一年多的拉锯战最终以两个人的分离结束。许多好心的亲友也劝他趁着还年轻、身体尚无大病的时候赶紧离开曲麻莱，甚至多次帮助他在省城联系好了工作。然而，寇连善最终还是选择了坚守。被亲友们催促急了，不善于表达的他只憋出了一句话："我对这里有感情！"而面对我的追问，他也只是莞尔一笑。

就是这一笑，倒使我想起了六世达赖仓央嘉措的一首情诗：

那一天，闭目在经殿香雾中，蓦然听见，你颂经中的真言

那一月，我摇动所有的转经筒，不为超度，只为触摸你的指尖

那一年，磕长头匍匐在山路，不为觐见，只为贴着你的温暖

那一世，转山转水转佛塔啊，不为修来生，只为途中与你相见

是啊，正是心中积藏着对妻子和家的深情眷恋，对这片高天厚土的大情大爱，寇连善面对的所有艰难困苦仿佛都化成了一丝甘甜。

> 他的群众基础好，尤其和牧民群众感情深。他曾在海拔近4800米的黄河源头第一乡麻多派出所工作过12年，那里的牧民群众几乎都认识他。大家一见面就亲切地称他"寇老师"，而很少叫他局长。担任公安局副局长以来虽说到了县上，可他一年内还是至少有200多天在乡村度过。在曲麻莱的任何地方，只要寇连善去，工作格外好做，很多问题也都会迎刃而解。

寇连善远离都市的同时，也远离了繁华霓虹下过多的铅华虚幻。他选择了藏乡，藏乡的人民也选择了他。当寇连善在江河源头默默奉献时，那里的土地和人民也像拥抱自己的孩子一样，将他这个治家儿郎揽入宽广温暖的胸膛。

五保户叉义一家一辈子也忘不了寇所长的救命之恩。

那天，时任巴干乡派出所所长的寇连善正在值班，叉义托人捎信向他求救，说自己的老伴欧毛肚子痛得直打滚儿。得知消息后，寇连善立刻赶到乡卫生院请大夫。可是一进门他却发蒙了：两名孕妇即将临产，仅有的大夫和护士忙得不可开交，根本不可能出诊。他转身安顿好所里的工作，单枪匹马赶到30多公里外的叉义家，将欧毛搀到马背上，一夹马肚再次闯进茫茫夜色中。草原上大雪封路，颠簸加之剧烈的疼痛使欧毛几次跌下马背，寇连善不得不和马轮换着背驮老人。

"阑尾炎急性穿孔，再晚一会儿送来就没命了。"看着累得已经虚脱的寇连善，乡卫生院的医生还以为欧毛是他亲阿妈呢。

麻多乡团结村的孤寡老人尼玛拉毛，家里只有一顶破旧帐篷，生活窘迫，行动不便。时任该乡派出所所长的寇连善对她如自己的亲人，一直定期为老人送钱送物，还经常为老人拣牛粪、打扫卫生。从一名普通民警到派出所所长，从刑警队队长到县公安局副局长，这些年寇连善的职务变了，但是在基层从警时关心孤寡老人和贫困户的情感和做法没有变。

虽然一身警服，却有许多人亲热地称他寇老师。原来，寇连善初到曲麻莱时，曾在麻多乡做过七年教育工作，从一名教师做到乡寄宿小学的校长。当时的偷牛盗马案件较多，牧民辛辛苦苦喂养的牛羊往往正值膘肥体壮时被盗。说来也巧，学校和派出所是前后院。他亲眼目睹了乡亲们到派出所报案时的愤恨悲痛。可是基层派出所警力有限，一个民警的责任辖区甚至可达一千多平方千米。要及时破案帮助牧民找回牛羊，谈何容易？寇连善的心被深深刺痛，曾几何时的童年警营梦再一次不可遏制地复苏。他要当警察，当一个人民的好警察！"我们的乡亲朴实得很，我见不得他们受委屈。"听完寇连善的表白，加之久闻他的人品和能力，时任县公安局局长公保当场拍板：你这个人我要定了。寇连善从安稳的讲台从此走向时刻会面临生死考验的铁血警界。

曲麻莱全境5.2万平方千米，全县警力33人，公安工作点多面广任务重，尤其是排查调处邻里纠纷等矛盾更是基层工作中必须面对的棘手问题。处理这些纠纷，必定要和藏族群众细沟通、多交流。语言不通无疑是一大障碍。而请翻译既浪费时间、精力、财力，还不保密。原本是老师的寇连善决心从小学生做起，攻克藏语说写关。结果，他仅仅用一年多时间就学会了藏语。在牧区，许多汉族干部带着翻译还很难开展工作，而如今寇连善却能给别人当翻译。假若无人介绍，任何人都会把他当作地地道道的藏家汉子。就连他本人也不无风趣地说，只不过户口簿上填的是汉族，其他的其实和藏族也没什么不一样。去除不可否认的天分，如果没有刻苦努力，如果没有执着认真，如果没有对草原的爱，寇连善能达到这个"一样"吗？

草原上两家人的牛羊合群了，一只羊你说是你的，他说是他的，究竟是谁的，很难弄清楚。寇连善凭着对牧民生活的熟悉，总是入情入理地作出判断，和风细雨地耐心说服，末了，还不惜自己掏钱安抚当事人。从警以来，他帮助群众解决各类纠纷近1400件。人们亲切地把他称作牧民百姓的"保护伞"。

在曲麻莱县城中心广场的牦牛雕塑旁，我和同行的记者准备补拍寇连善带领民警巡逻的镜头。热情的藏族群众立刻把他围了个水泄不通。交融的眼神，愉悦的笑脸，争相紧握的手。一位壮年汉子朗声说："寇局长给我们破了大案办了好事，让省城来的记者好好宣传他，好不好？"在场的人全都使劲鼓起掌来。一时间，我顿觉到了寇连善在当地群众心目中的威望和地位。置身在这样的人群中，我感到飘飞的雪花似乎也是温暖的。

　　他是高原民警的缩影，没有华丽的言语，没有惊人的壮举，可是一遇到危险，第一个冲上去的绝对是他。他善于学习，待人真诚，野外生存能力很强，似乎可以想方设法解决任何困难。许多案件就是凭着他的认真细致、敏思善判和坚持不懈而得以告破。他可以和战友艰难与共生死相依。同寇连善一起工作,不管做再苦再难再危险的事都会让人感到心里踏实。

调到县局伊始,寇连善就碰到一桩命案。秋智乡格麻村一对母女被残忍杀害在牧场。由于居住分散和通信联络不便,两天两夜后,发现惨案的牧民才赶到县局报案。寇连善连夜带人奔赴案发地。95 公里的路程在内地坦途可能踩几脚油门就能轻松到达,但是此时此地他却丝毫不敢大意。茫茫群山雨雪弥漫,横跨黄河、长江两大水系的草原深处,沼泽难防道路难觅,涨水的季节河流不时挡住去路。寇连善总是二话不说,带头跳进刺骨的河水探路。好不容易蹚过几条河,汽车方向盘的螺丝又断了。他暗自用泡过水的牛皮绳绑扎方向盘后继续赶路。就这样,他硬是咬紧牙关、高度紧张地在一边是高山一边是悬崖的山路上夜行几十公里,终于在天亮前赶到现场。初步勘查,他发觉现场少了一匹马。这是嫌犯想避开大路逃啊!他们一口热水都来不及喝,沿着马蹄印不断探问牧户,朝着判定的方向连续追踪两天两夜 400 多公里,最终在曲麻河乡昂拉村擒获嫌犯。可以告慰可怜的母女双双在天之灵了。他和战友们想笑,却相拥在一起号啕大哭。

2007 年冬天,麻多乡巴颜村四社公求寺发生持枪入寺抢劫案。

全民信教的藏族群众历来视寺院为圣地,持枪抢劫发生在寺院,这对于当地群众来说,是绝对无法容忍的。群情激愤,如果不能及时破案很可能引发大范围的群体性事件。县委下了死命令,限期破案。根据有关线索,寇连善带队赶赴四川德格县,冲破几十个亡命徒的拦截将嫌犯捉拿归案。三天三夜千里缉凶,挽回群众经济损失六万余元，创造了曲麻莱县破案用时最短的历史纪录。当寇连善和战友们凯旋时，总人口不过七八千的县城约改镇好像从未那样热闹过。上千名群众涌上街头，圣洁的哈达、甘醇的青稞酒、热烈欢快的锅庄——期待破案的男女老少用藏家最隆重的礼仪迎接了他们心目中的英雄。

草原"守护"神——当地藏族人民送给寇连善的这个崇高称号从此不胫而走。

2005 年 9 月，世界瞩目的青藏铁路即将全线贯通。而就在这个关键时刻，109 国道 2987 公里处却发生了一起持刀抢劫杀人案，现场除了半截自制枪筒外，没有其他任何蛛丝马迹，无法进行技术侦破，案犯逍遥法外。此案引起公安部高度重视，被列为当年公安部督办大案。

接到案情协办通报的曲麻莱县公安局立即成立了以寇连善为组长的专案组奔赴现场工作。案发地在海拔 4700 多米的不冻泉一带，极端恶劣的环境时刻考验着专案组的决心和毅力。寇连善率领大家南下西藏，东赴湖南、江苏等地，行程数万公里。他们风餐露宿，开着一辆旧北京吉普，跑遍了案发现场方圆数百公里内的每一个工地、帐房、石料场，走访上万人次。在格尔木他们就蹲守了半年多。经过两年三个月艰苦卓绝的不懈奋斗，专案组最终破获此案。谈起这段往事，一旁的欧阳卓玛悄悄抹去了眼角的泪水。也许只有她，作为妻子，同时也作为一名熟知公安工作的政法干部，才能最深切地体会和理解寇连善当时的压力和艰辛。

这起案件的侦破，又创造了曲麻莱县破案用时最长的历史纪录。两种极端纪录，同时被一个人所创造，看似矛盾，却更加耐人寻味。

寇连善和他分管的刑警队总共不过四人,其中一人必须留守担任内勤。他既是指挥员又是战斗员,还要身兼司机。就是在这种条件下,2004 年以来,寇连善带领民警连续破案百余起,许多大案要案积案在他手中成功告破。自 2007 年他分管治安和刑侦工作以来,全县刑事及治安案件的查破率均达到 100%,挽回经济损失 12 万余元。

2007 年度全县总结表彰大会上,被评为"优秀共产党员"的寇连善发言掷地有声:"我是一名人民警察,不管以后的路是激流险滩还是砾石沼泽,我都会义无反顾,勇往直前。"

上苍其实很公平,它抛给了寇连善风雪,更赐予了他圣湖般清澈的心、草原般辽阔的胸怀、雪山般挺拔坚韧的脊梁。而这一切,在真正康巴人的眼里,都弥显真挚和高贵。

采访感言

采访归来有一段时日了。每当从庸常忙碌的生活缝隙中抬起头来,目光总会不由自主地投向约改那个高远的"天边小镇",似乎还未从那种高空坠落的眩晕和它带给我们的精神震撼中回过神来。

11 月的西宁尚存一丝残绿,而曲麻莱草原早已是大雪纷飞苍茫一片。采访不过 7 天,大多时间我们仅仅是在县城约改镇工作,远远没有深入草原腹地。即使如此,我们都有些承受不了,而他却在曲麻莱坚守了 23 年。7 天和 23 年,约为 1∶1600 的比例,我们很难想象,假如换了自己,是否也能如他一样扎根江河源头而无怨无悔?

他其实很平凡,平凡到我们始终觉得他就是自己身边的一个平常人。23年来，在他的履历表上，没有赫赫大功，没有耀眼光环。但是，他和战友们默默奉献在高山之巅，周而复始地迎接恶劣自然对人类生命的挑战。正是在应对这种挑战的抗争中，他的平凡得以升华，他的生命因此闪烁出金子般的熠熠光芒。

有人在安逸享乐中日渐迷失了生活的坐标和生命的本质，而他恰恰相反。作为一名汉族干部，他长期工作在偏远的牧区，把自己同藏族人民水乳交融为一体。他对草原百姓的熟稔，他对那片高天厚土的情义，他的坚韧和执着，都可触可及。他在民族团结大花园里的耕耘、辛勤守望，他对公安事业的赤诚热爱、不懈追求，他和战友们的深情厚谊、生死与共，完善了自己的人格，完美了自己的人生。

他撞开了我们心房中一扇久未打开的门，从此我们对曲麻莱更多了一份牵挂——在那里，有一位敦厚的朋友，有一名平凡的英雄，他的名字叫寇连善。

（王政芳，女，笔名秦娥，全国公安文联会员、青海省作家协会会员、中国社会主义文艺学会法治文艺专业委员会特约作家。著有散文集《棉花的花》、报告文学集《平凡英雄》。作品散见于《海外文摘》《青海湖》《雪莲》《六盘山》《人民公安》《现代世界警察》等报刊。2021年纪实作品《278本卷宗的背后》获得全国网信办"五个一百"精品奖，纪实文学作品《平凡英雄》入选2023年"新时代中国法治文学精选"丛书。）

中成，你是我们的兄弟

——追记公安部一级英模冯中成

程　华

一

这是一片风情独异的土地。

超过 50% 的森林覆盖率，将这里妆点成长江上游一块碧色翡翠。这里历史深邃、物产丰饶，既有巾帼英雄秦良玉故里的传说，还有"中国黄连之乡""中国辣椒之乡""中国最大莼菜生产基地"等美誉。这里交融生息着汉族、土家族、苗族、独龙族等 20 多个民族，摔碗酒豪放、啰儿调悠扬，一曲经典民歌《太阳出来喜洋洋》，唱得风轻云醉山高水长。

这里，是位于重庆市东北部的石柱土家族自治县。这里山川雄奇，碧水汤汤。这里的人们，既有山的刚勇坚韧，又有水的柔软澄澈。行走石柱，如同行于一幅壮美多姿的山水人文画卷中。然而就在这个夏天，一起突如其来的杀戮，给这片美丽的土地涂上了一抹悲怆的血色……

2021 年 7 月 21 日。清晨的滨河公园，一湾碧水倒映着两岸青山，路旁绿树成荫，鸟儿于花间啁啾，空气清新甜润。石柱县公安局政治处副主任邓敏正沿河慢跑。

一个身着荧光绿短衣短裤的中年男子从对面跑来。他板寸头，中等个儿，身姿矫健，步履轻盈。"中成，早！"邓敏笑着招呼。

跑步的男子名叫冯中成，石柱县局交巡警大队车管所民警，石柱县马拉松协会会员，也是市局警跑团成员。他与邓敏是同事，也是跑友，两人还一起参加过马拉松。

"早哦！"满头热汗的冯中成咧嘴一笑。由于常年坚持锻炼，53岁的他身材健美挺拔，看上去比实际年龄年轻得多。

寒暄几句后，两人又迈开步子，各自消失在对方的视线中。

邓敏万万没想到，今晨这次碰面，竟是她最后一次见到冯中成。准确地说，是生龙活虎的冯中成。

上午近11点，正在办公室忙着处理各种文件的邓敏突然接到县局指挥中心电话："冯中成在车管所被人捅伤，正在县中医院抢救！"

"什么?!"邓敏一惊，放下工作便赶往医院。县局政委姚建龙等人也赶了过去。同时，正向分管局领导汇报一个专案的县局刑侦大队扫黑办副中队长谭江等人与特警大队、技侦大队民警火速赶往案发现场。

县中医院。手术室内外一片忙碌，医生护士进进出出，一大群民警守在过道上，神色焦灼中透着激愤，几名女警面带泪痕，显然还未从刚才的应激状态中缓过劲儿来。

根据多名民警、辅警与群众叙述，案件经过渐渐明晰……

今日周三，车管所特别繁忙。早上一开门，前来办理业务的群众便涌入查验大厅和服务大厅。除日常业务办理，每周三正逢全县摩托车驾驶员集中考试时间，加上出租车公司 20 几辆出租车也开来年审，两个大厅都是排队的群众，门前空坝上停满车辆，几名窗口民警、辅警忙得不可开交。

上午约莫 10 点半，一个身形微胖的青年男子突然慌慌张张跑入服务大厅，紧接着一下子瘫坐在地。年轻女警冯妍和辅警刘海霞起初以为男子中暑，近前一看发现他身上有血。就在这时，一阵惊恐的喧哗从外面传来："杀人啦！"

院坝上，一个 30 多岁的男子手执利器狠命打砸停放的出租车，又疯狂地四处奔突，似乎在寻找着什么目标。惊恐的群众纷纷躲藏呼救，现场一片混乱。

不好，有人行凶！

紧急时刻，正在服务大厅帮助群众网上办理驾驶证的冯中成迅速反应过来，一边让同事安抚救治地上的男子，一边冲出大厅寻找凶手："谁在行凶！"

然而凶手就混在人群中，离冯中成只有一两米远。由于凶手将刀藏于手中，不注意根本难以发现。就在冯中成观察周边之际，凶手突然蹿前两步，挥刀刺中了他的腹部！

冯中成竭力想稳住身体。他跟跄着向前挪了几步，伸出手扶住大厅的玻璃门。鲜血从伤口涌出，将天蓝色警服洇染出一团团猩红。他的身体无力地慢慢倒地，红润的脸色瞬间煞白。玻璃门上，几只凌乱的血手印触目惊心。那是冯中成生命中最后的挣扎与博弈……

最终，民警们合力将凶手制服。民警崔嵬、邓兵也受了伤。整个过程仅仅几分钟。

"快救人！"民警、辅警与群众抬着伤者往马路对面的中医院狂奔。几个过路民工见状，冲上前合力推倒了道路中间的护栏，让伤者迅速被抬过马路……

事后，经专案组调查证实，凶手李某系当地人，曾在受伤男子陈某所在的出租车公司当驾驶员。后李某因身体原因自动离职，近期又想重返公司，但公司因已满员便拒绝了他。李某认为陈某断其财路，顿生报复恶念，在打听到当天陈某要去车管所办理业务的消息后，他身藏一长一短两把匕首窜到车管所，先打砸出租车，随后持刀刺伤陈某。身着警服的冯中成一声喝问，李某以为自己被警察发现，于是杀红眼的他对冯中成下了毒手。凶手捅人的那把长匕首，刀尖上挑，刀身足有 23 厘米长……

"成哥是为了救群众和战友才站出来的！他这一刀是替我们挡的啊！"惊魂未定的冯妍呜呜大哭。

经医院全力急救，民警崔嵬、邓兵、群众陈某均脱离危险。而冯中成因腹主动脉、肝脏破裂引起大出血，再也没能醒来……

冯中成的妻子马建春急急赶来，她"砰砰砰"拼命拍打手术室的门，疯了似的哭喊："中成！我要见中成！中成你在哪里？你在哪里呀！"

喊声撕心裂肺。然而她的丈夫再也听不见了。在场所有人心如刀绞，悲泪长流……

二

得知冯中成牺牲的消息，石柱县局所有民警在悲痛的同时深感震惊。谁能料到日常为群众服务的窗口会发生恶性血案？常年坚持跑步锻炼的冯中成身体素质极好，反应相当敏捷，他怎么可能遭遇不测？然而在了解事件过程和前因后果后，大家又觉得这一切其实并不意外——危急关头，冯中成绝不会袖手旁观！在群众生命财产遭遇侵害之际，冯中成一定会站出来！

1991 年毕业于四川省人民警察学校的冯中成入警不久就主动申请到边远的石柱县局马武派出所工作。这是个农村派出所，辖区广阔、条件艰苦，当时一辆车都没有，民警下乡工作全靠一双脚，入户走访、调查办案、消防宣传、了解群众困难需求……走到辖区最远的洗新乡得五个多小时。一个帆布挎包、一只水壶、一把手电筒、一支笔、一个本，年轻的冯中成热天一身汗、雨天一腿泥，饿了啃馒头、渴了喝凉水，将一身橄榄绿融入这苍茫大山。

在马武那些年，他熟悉从所里到农家之间的每条土路，熟悉山间的一草一木，熟悉每个村落院坝，熟悉田间地头每一张淳朴的面孔。他连村民们哪家大门朝哪面开、哪家有几亩田地、哪家有几口人、哪家有什么困难都了然于胸。而他自己 40 几公里外的家，却一两个月甚至两三个月才能回去一趟。除了交通不便，最主要是工作忙：每次下乡，总有许多群众需要办事办证，还有人托他带这带那，他一件件记在本上带回所里，办好了下次再逐一送到群众手中。在大山深处那些泥土一样憨厚的乡亲们眼里，一身橄榄绿警服的他既是"冯公安"，又像小兄弟，他们总是巴巴地盼着他去呢……

2000 年，冯中成被调往县局交巡警大队新组建的沙子公巡中队任副中队长，这一干又是八年。沙子辖区海拔 1300 米至 1400 米，每到冬季必定下雪，下雪必定路面结冰，当地人称此路况为"桐油凝"，意思是公路跟抹了桐油似的滑得站不住脚。雨雪天，冯中成特别忙碌，每天带人开车路巡，发现隐患立即处理。

2011 年 1 月，冯中成照常带着三名辅警沿途路巡。"桐油凝"道路格外湿滑，就算车轮装了防滑链也丝毫不敢大意。绵绵雨雪中，警车以低于 20 码的车速小心行进着。

突然，前方大约 20 米处，一辆放空的大货车从斜坡上倒退着下滑，且下滑速度渐渐加快。道路一侧便是十几米高的崖坎。不好！大货车没装防滑链，显然打滑失控了。一旦翻下崖坎，后果不堪设想！

"下去！都下去！"冯中成当机立断喝令三人下车，随后发动警车迎着一路下滑的大货车驶去！"咚"的一声，大货车被警车顶住，僵持了一下，终于停了下来！半晌，司机哆嗦着下车，脸色煞白语不成句，旁边三个辅警也狠狠捏了一把冷汗。

2012 年大年初一凌晨两点，中队接报警，一名司机驾车带着家人回家过年，途中快没油了，便驶入冷水服务区准备加油，没承想服务区停电无法加油。

司机多方求援却无人理会。空调没法开，走也走不了，眼看车上的七旬老人和三岁孩子冻得蜷成一团，心焦如焚的司机抱着最后一线希望报了警。

"别急，我们很快就来！"冯中成立即打电话四处联系，打了十几个电话，终于在一家摩托车店里寻到了汽油。赶到店里取了油，他们冒雪上路了。

深夜气温已降至零下十几摄氏度。雪片在漆黑的夜空中打着旋，又无声地跌落在结冰的道路上。靠着一柱车灯照明，警车缓缓行驶几十公里后终于到达服务区。当看到那束刺破暗夜的灯光，司机如同见了救星。他忙不迭跳下车，一把握住冯中成的手，鼻涕眼泪一齐冒出来。"没事没事,兄弟你开慢点,一路平安啊!"目送司机一家远去,已是凌晨四点。

2016 年春节前一个凌晨,一场大雪导致 G50 沪渝高速石柱段被封闭,多辆返乡过年的车辆被困。接报警后,冯中成立即带着几个辅警,装上融雪剂、防滑链和吃的喝的赶过去。

黑黢黢的路上横七竖八摆满车辆,车轮大多没装防滑链,有的直接打滑歪在路边。又冻又饿的司机与乘客已经焦灼得有些躁动。

"大家不要急,听指挥,一个一个来!"冯中成带队在冻路上跑来跑去,撒融雪剂、逐车装防滑链、帮着发动车辆,一边发放水和食品一边安抚大家。寒风呼啸,大雪纷飞,连续奔忙三个多小时后,他们终于将全部受困车辆带入了安全路段。

忙完了,天也快亮了。几个人这才发觉手脚冻僵了,眉毛上挂了一层冰碴,浑身疲惫得几近虚脱。

类似救援有许多次。每一次都是勇气、体力、耐力、经验的角力。对此冯中成从无怨言:"群众有困难找警察,这是信任我们,我们不能辜负人家。"由于沙子中队道路交通安全防范到位,那些年从未发生因为恶劣天气导致的重大交通事故。

"别看冯队话不多,样子很古瞋(方言:严肃),但人特别实在,对群众对我们真的好!"说起与冯中成共事那八年,辅警余建华屡屡红了眼眶。很长一段时间,中队就冯中成一个民警,几个辅警天天跟着他,他待他们既像教官又像兄长,外出工作时总是教他们查车如何站位,如何保证自身安全;工作晚误了饭点,他自掏腰包请他们吃热饭热菜,绝不让工资微薄的他们掏一分钱……

让余建华印象深刻的还有一件事。他觉得，把这件事与 7 月 21 日发生的事联系起来，就能看出冯中成在危急时刻挺身而出绝不是一时冲动。那年，冯中成带余建华到镇上处理一起交通事故。两人正在现场忙碌，余建华忽然看见大约 20 米开外有两拨年轻人提着钢管和刀具，一场械斗一触即发。余建华一数，足有十几二十个。

"冯队，那边有人打架！"正在专心勘查的冯中成一听："哪里？"余建华有点迟疑："这事好像不归我们管哦？"冯中成果断令他守好现场，随后大步冲过去喝令："住手！"

不知是被突然冒出的警服吓住了，还是被冯中成一身正气镇住了，两拨人愣了几秒后迅速作鸟兽散。"万一那些人真的动手呢？对方可提着铁家伙啊……"事后，余建华心有余悸但也真心佩服："身为警察，他就是有这个气场，遇见危险就是站得出来！"

三

从警 30 年，党龄 20 年。冯中成先后在四个派出所、交巡警大队下属的两个公巡中队工作过，荣立个人三等功一次、获个人嘉奖 12 次。随着工作部门几经变换，"小冯"渐渐变成了"老冯"，但有几点始终没变：一是长跑，天天跑，从不间断，风雨无阻。在他看来，当警察就要跑得过、打得赢，自己体能都不行，怎么保护群众？二是学法律，有时间就学，不但自学，还报网课学。这两年，他先后通过了高级执法资格考试，拿到了律师执业资格证。同时通过两项高难度考试的，整个石柱县局 400 多名民警中，连他一共四个。

"成哥精通公安业务知识，每次我们争论法律问题，从来都是我输。他一见我有些恼了，便憨笑着摆摆手'哎哎不说啦，不说啦'。他对于法律法规的熟悉程度，让人不得不服！"冯妍感叹。

"他真喜欢学习。人家在旁边聊天聊得火热，他看书看得目不转睛。有次我们外出执勤，路上他打着手电都在看书哇！"车管所民警秦学峰说。

冯中成还有一个"不变"：倔。不是一般的倔，是水泼不进雷打不动的倔。于是有人私下送他绰号"冯铁头"。

"冯铁头"的"铁"，就是认死理，一根筋。切换成方言就是"铁脑壳"，意即不懂变通圆融。

冯中成的"铁"，从青少年时代便"初露峥嵘"。他的高中同班同学马庆回忆说，当年，他和几个县城的同学贪玩，而来自农村的冯中成学习特别用功。马庆几个自习时喜欢扎堆神吹，吹得眉飞色舞忘乎所以。一天上自习，他们又在说笑神聊，这时，冯中成神色郑重地走过来，显然是憋了很久，他满脸通红地批评："你们不要老是这么大声吹牛，会影响其他同学学习的嘛！"

马庆几个面面相觑，不知如何应对这个"说话直杠杠"的同学。起初，他们并不太喜欢这个"爱较真"的家伙，但后来慢慢发现，冯中成其实是个很敞亮的人，对人从不暗里说小话使绊子，有意见直截了当当面提；如果谁做作业遇到问题去问他，他从不借口推托或不耐烦，总是热情耐心地给予解答；有时大家为小事争执几句，他也从不记仇，该帮忙还照样帮忙。

"他一点没心机，不会花言巧语，更不会投机取巧，非常善良正直，是个值得信赖的人！"马庆与冯中成成了好朋友，这份友情一直延续到如今。"这个犟拐拐遇事不懂弯弯绕，偏偏又干执法这一行，搞不好就容易得罪人。我都劝他遇事别那么认真，但他硬是不听啊！"

事实如此。这些年，冯中成的"铁"一直没变过。

冯中成在马武派出所时，一天，他现场查获一辆超载的农用四轮车，扣留了司机的驾驶证。不一会儿有朋友找来："中成啊，那司机是我亲戚，放一马噻——"对方话音未落，冯中成硬邦邦地回答："桥归桥路归路，一码归一码，这个口子我不能开。"磨到后来无效，朋友的亲戚被依法罚款 300 元。

一次，冯中成在路面执法时查获了一辆非法营运的面包车。又有熟人打招呼："关照一下噻？熟人熟识的。""这种事情莫找我，各人教育好你朋友。"最后驾驶人被行政拘留五天。

有一年，冯中成所在的派出所查处了一起聚众赌博案，违法嫌疑人中有几个乡干部和冯中成十分熟稔，便赶紧找他帮忙"活动活动"，结果碰一鼻子灰，该被处理的一个都没跑脱。

冯中成调到车管所后，他家一个从事货运的亲戚想多拉货多赚钱，就私自加装了货厢挡板，让他在车辆审验时睁一只眼闭一只眼。"法律面前一碗水端平！我帮你'开后门'，群众怎么看？"把亲戚气得不行："不就出在你手上吗？没见过你恁个六亲不认的！"

......

类似事情很多，一些人大惑不解甚至冷嘲热讽："都是人情社会，他图个啥子嘛，想当官？不也没当上官吗？""他恁个讲原则，啷个没穿到白衬衫呢？""傻的，铁脑壳！"

尽管冯中成执法"不近人情"，但那些不理解的人也不得不承认：他为人正派、个性耿直，待人处事真诚"不掺假水"，对待群众更是发自内心地细致周到。

在马武期间，1998 年前后，一场暴雨引发洪灾，低洼乡村被淹，全所民警都赶去抢险。河边老街上，一个独居老人被洪水困在屋里，情况十分危急。冯中成二话没说蹚过齐腰深的洪水，将老人背了出来。

一次在外办理一个交通肇事案，问完证人笔录后已过了饭点。冯中成自己掏钱让辅警给群众买面条吃，吃完后又安排人开车送他们回家。

平时在外工作，看到路上有老人小孩，他总是停车询问，如无紧急公务，他会尽可能送他们回家。行至学校附近，他会放慢车速。逢下雨天，他也减速行驶，以免雨水溅到群众身上。"这些虽是小事，但也不能大意，我们开着警车就要注意形象！"他总是这么说。

调到车管所后，冯中成的工作任务中很重要的一项，就是帮助群众学会使用交通管理"12123"App 系统。这是全市推行的一项便民措施，以前许多必须跑一趟甚至两三趟的业务，现在群众只要动动手指就能一键搞定。然而对于相对偏远地区、文化程度较低的群众来说，他们宁可多跑几趟也不愿上网"折腾"："这东西我学不会，不搞！"

冯中成也算老同志了，网络应用对于他这个年龄的人也是新课题。他边摸索边向年轻同事请教，很快就学会了熟练运用。本来所里在大厅给他安排了一个窗口，但他觉得隔着柜台不便与群众交流，干脆把办公桌搬到了服务大厅门口。群众来办事，一到门口，冯中成就会主动询问："老乡你来办啥业务？身份证、驾驶证这些带齐了吗？""哦，你应该到左边这个窗口办……"他一样一样给群众讲解清楚，绝不会让对方多跑冤枉路。群众不懂如何下载使用"12123"App，他就手把手地教；有老人完全不会操作，他就直接帮他们下载安装，再一步步教会他们使用。办证需要照相，群众夏季多穿浅色衣服，经常导致照片上传失败，冯中成就把自己的深色警用T恤放在前台让群众穿用，穿脏了他再洗干净放回原处。"石柱就我们一个车管所，大热天群众跑一趟辛苦呀，从黄水、马武过来就更远了，总不能让人家为拍照专门去买衣服吧？"他说。

因外表粗犷嗓门大而被辅警余建华戏称为"武人"的冯中成，对待窗口群众却格外耐心细致——"上班早一点、下班晚一点、手脚勤一点、耐心多一点、工作细一点"，这是他自己总结的"五点"便民工作法，他也一直是这样做的。

他是真的"铁"。他的"铁"，对于违法犯罪的人和事，那叫铁面无私；对于需要帮助的群众，那叫巴心巴肠，那叫铁血柔情。

四

冯中成并非"铁板一块"，他同样有血有肉讲感情。尽管执法严格坚持原则，但他的公道正直让许多被处罚过的群众渐渐理解了他，还和他成了朋友。

今年40岁的刘华从事摩托车销售十几年了。2015年的一天，刘华骑着摩托车外出跑业务，被正在路面执勤的冯中成拦下："你怎么骑车出行不戴头盔呢？"

机灵的刘华赶紧套近乎："出门急忘了戴，下次一定注意！哎警官，我常年跑车管所办业务，你们同事某某某都和我熟，请多多关照高抬贵手哈……"冯中成一皱眉:"对嘛,你做这个工作就更该知法守法啊,你都带头违反交规,那怎么正面引导你的客户呢?"任凭刘华磨破嘴皮,最终还是乖乖接受了处罚。

半年后的一个傍晚,刘华又骑摩托车外出,途中为避让行人,摩托车一头撞上了路边花坛。万幸!这次他戴了头盔。他从地上吃力地爬起,擦破的皮肤火辣辣地痛。看着头盔上碰掉的一大块漆,他一阵后怕:妈呃,要是没戴头盔,今天会不会就交待在这里了?那个冯警官处罚得对头,人家真是为我们的安全着想啊!

几年过去,一天,又来车管所办业务的刘华看见了冯中成。他正头挨头手把手给一位老人讲解如何网上办证。心里早没了芥蒂的刘华调侃:"冯警官,你把桌子搬门口来,是不是不让我们进去办业务哦?"冯中成抬头笑道:"嘿,就是为了方便你们来办事嘛!"

两人慢慢熟了。刘华也学会了使用"12123"App。"这个真方便!输入车牌就能查违章、交罚款,还适时提示车主年审、买保险……也是他教我的!每次我去大厅,他要么耐心帮群众办证,要么主动给群众解答疑问。可惜,再也不能看到他了……"

案发当时,刘华正在查验大厅办业务。他闻声跑到几十米外的服务大厅时,发现冯中成已经被刺倒下,凶手就瞪着一双血红的眼睛站在离刘华两米的地方。目睹民警崔嵬也被刺伤倒地,刘华又愤怒又害怕,大脑一片空白。直到民警合力控制了凶手,他才猛醒过来,颤声高喊:"救人啊!救人!"与众人合力抬起受伤的民警……

"当时那情景太可怕了!这种时候冯警官敢于挺身而出,我敬佩这样的民警!"在殡仪馆,刘华看到许多百姓从四面八方包括马武赶来，大家哭着念叨冯警官的好，诉说着他热心帮他们办的一桩桩事："唰个好人命不长嘛，老天爷你不开眼哪……"

如今，看到窗口民警忙不过来，刘华总会帮着招呼群众："爷爷你到几号窗口呀？""大姐你证件都带齐了吗？"最近，他还加入了交通安全宣传队，经常义务给群众宣传交通安全常识。

"人啊，还是不能只顾自己，要多做好事善事。"刘华说，是冯警官潜移默化影响了他。

"70后"周厚勇离异后独自带着小孩，也没找到固定工作。有一段时间，他情绪低落，感觉人生飘忽没有方向。

2020年春，周厚勇认识了冯中成。"冯警官一点架子都没有，对人很实诚。"冯中成听说周厚勇喜欢锻炼，就建议他练长跑。周厚勇担心跑不下来，冯中成便热情鼓励他："我带你跑！"

他说到就做到。次日清晨四点，两人开始结伴长跑。最初周厚勇不懂技巧，才跑几百米便气喘吁吁。远远跑在前面的冯中成立即返回带着他慢慢跑，还耐心给他讲解如何科学分配体力。

一个月、两个月……周厚勇以前练过冬泳，体力本就不错，这下练习得法自然进步神速，从五百米、五公里、十公里……他越跑越远，越跑越快。一起跑步时，冯中成从不谈具体工作，但经常提到自己的职业，总说当警察就该对老百姓好，还说为人要真诚，不能虚伪，这让周厚勇很感慨："这师父，耿直、正派，长跑又那么专业，我认定他了！"

2020年深秋，一个凌晨，酣睡的周厚勇突然被电话吵醒："来陪我跑步吧！"

"师父，现在才三点哟？"

"高兴得睡不着，快来哟！"

一见面，冯中成就兴奋地告诉周厚勇，他通过了高级执法资格考试！

周厚勇并不懂啥"高级考试"，反正师父高兴他就跟着开心。那天，他俩又跑了好几十公里，直到天光大亮。

"跑起来能忘掉所有烦心事！"冯中成常说。而今，周厚勇也养成了一天不跑就不自在的习惯，还参加了铁人三项赛："师父改变了我，让我也在长跑中找到了快乐与自信！"

那天，正在千野草场帮朋友照看生意的周厚勇得知噩耗后立即驱车往回赶，一个多小时路途，他开一路哭一路，一直哭到殡仪馆。他两眼红肿，臂戴青纱，沉默地守了两天两夜。出殡那天，场面之隆重，送行者之多，他说一辈子都没见过。他伤心难过，也为自己是冯中成的徒弟而自豪。"戴青纱的是亲人，师父就是我的亲人。他走了，我要继续跑下去。因为他说过，人生就要坚持，有困难也不放弃！"

人们以不同的方式缅怀这位普通警察。那天中午，正在饭店接待客户的马庆接到电话后当场泪奔。一周前，中成还带着妻子请同学们吃饭啊！本是五月过生日的他笑哈哈说："前一阵太忙了，这算补请大家的哈！"那餐饭，大家边吃边聊十分尽兴，谁知才几天就天人两隔！

深夜，在殡仪馆守夜的同学们流着泪为冯中成敬上一杯酒："中成啊，你一生默默无闻，想不到竟以这种方式成为万人敬仰的英雄！可是我们不要你当英雄，我们只想看到活生生的你！""你看，你的领导、你的战友，还有那么多群众都来送你了，你欣慰吗……"

回去后，一股冲动在马庆心中汹涌激荡。多才多艺的马庆会谱曲会填词还会歌唱。想起读书时，看着马庆弹吉他，冯中成满眼钦羡："嘿，有文艺细胞就是好！"想起工作后，冯中成经常与他一杯清茶分享快乐与忧愁；想起被跑友们誉为"耐力王"的冯中成一身短打跑成一股旋风的英姿……马庆泪流满面。很快，一首饱含缅怀之情的《我们的英雄兄弟》喷薄而出——

　　……
　　忠诚
　　是你对党徽警徽的承诺
　　中成
　　是你闪亮的名字
　　忠诚
　　是你对人民群众的守护
　　……
　　赛场上矫健身影
　　定格成相片的传奇
　　曾经是那么英俊的你
　　突然成为万众缅怀追忆
　　我不敢相信你已真正离去
　　我只想你永远做我们的兄弟
　　……

五

　　马建春无法走出悲伤。都说岁月如梭，但于她而言，时光过于漫长。

家人担心，时不时找她聚聚。若在往常，一大家人有说有笑，马建春会高高兴兴下厨房。如今，她变得少言寡语，老是坐着发呆。没了中成与她分享一粥一饭，吃不吃、吃什么还重要吗？

丈夫走了，思念、苦涩与孤寂，一股脑留给了她。独女心言 22 岁，刚刚大学毕业的她，现在重庆准备考研。马建春独自待在家里，闷极了也去街上、小区里走走。走着走着，她心里突然像被刀子狠狠剜一下，难受得眼泪哗哗：哦，那条路，是他俩买菜回家的必经之路；那个穿蓝色 T 恤跑步的，背影和他好像；那辆黑色摩托车，乍一看跟他生前骑了多年的旧摩托一样；眼前这碗绿豆面油辣子红艳艳，那是他以前喜欢吃的早餐……热烘烘的记忆那么多，一起生活的痕迹那么深，她如何避得开逃得掉呀？

马建春老爱翻照片，看着看着，一抹笑意挂上嘴角，眼里却是泪光盈盈。这张老照片上的丈夫好年轻，橄榄色冬季警服，风纪扣扣得规矩，就像他的性情，严肃得有点木讷，让他说句漂亮话比登天还难。

国字脸，浓眉大眼，照片上的他笑容腼腆，让马建春又忆起 26 年前那个圣诞节。在热心人的撮合下，清秀娇小的土家姑娘与一身警服的汉族小伙见了面，他就是那样腼腆地笑。后来她发现，他特别爱穿警服。一样淳朴内向的他们不懂啥叫 "一见钟情"，但她第一眼就认定 "他特别正直，让人觉得好安全"。不善言辞的冯中成工作忙，两人见面不多，但只要忙完了，多晚他都要跑去她家见见她，哪怕深更半夜刮风下雪。"笃笃笃"，一听小心翼翼的敲门声，马建春的爸妈便会心一笑："这莽子（方言：愣头愣脑，含亲昵之意）又来了！"

　　一天，冯中成扭扭捏捏地送给马建春一张六寸彩照，拍的是他下乡时路过的鹰嘴岩。这倒无甚特别，特别的是照片背后那排钢笔字——冯中成赠媳妇马建春。"嗯……还有这个也给你。以后工资都给你。"他红着脸把一本存折塞给她。折子上那串数字单薄得有点寒碜，但这是他的全部。

　　不会哄人的莽子，这就算是求婚了吗？马建春偷偷笑了。

　　一年后的圣诞节，他娶了她。

　　那时，他在马武。居家过日子，油盐柴米是绕不开的话题。心言出生后经常生病，抱着女儿跑医院的，总是马建春和母亲。好不容易他回来了，身心疲惫的马建春忍不住抱怨："人家当兵还有探亲假，你呢？一个月回不来两次……"他只是笑笑，抓起拖把把地板拖得锃亮。一次女儿又发烧，刚好他在家。医院护士一针扎偏又扎第二针。他守在旁边没说话，但心疼得直翻白眼。

　　心言的大姨爹刘代伟也是警察。那些年冯中成老忙工作不在家，细心的大姨爹不时帮忙照顾心言。心言慢慢长大了，有时冯中成回家关心她的学习，青春叛逆期的少女便拿大姨爹来说事："哦，你还晓得关心我学习呀？恁个多年你管过我好多嘛？你看看大姨爹嘟个关心自家娃儿的！"冯中成哑口无言，一脸失落。

　　他想弥补亏欠女儿的。只要心言喜欢吃的，他买来一堆恨不得喂她全吃掉；只要心言生活上有需要，他宁愿克扣自己也从不委屈她。他还时常送她礼物：陀螺、玩具枪、望远镜，还有《孙子兵法》……"爸爸哒，你嘟个尽送我男娃儿的东西哟？"心言哭笑不得。他认真地说："幺儿，爸爸不希望你娇生惯养，想你像男娃儿一样勇敢坚强。"

　　"哟，爸爸又给你'送礼'呀！"马建春佯装不满。他总是给她说:"工资卡都给你了嘛,喜欢啥自己买就好。"唯一一次"破例"是 2011 年春节,恰逢马建春生日,正在上班的他托花店的熟人送给她一束鲜花。马建春简直不敢相信,正上小学的心言说话更逗:"啊?爸爸居然还会送花?哎,花花好贵哟,不如给我买糖吃!"

再好的夫妻也难免拌嘴,他俩也不例外。她一向叫他"中成",他平常唤她猪(她属猪),也喊"建春",吵架时直呼"马建春"!但笨嘴拙舌的冯中成永远都是输家,于是气急败坏吼一句"不说了不说了!"兀自一边生闷气去了。

只一小会儿他便消了气,但绝不肯直接"下矮桩"。他求和的方式通常是溜出去,提回一袋她爱吃的水果,闷声放在茶几上,然后故作淡定地瞄她一眼。马建春暗笑,坐下自顾剥水果吃,算是给他一个台阶下。"他呀,就那犟脾气,我才不和他计较哦!"

冯中成还有个"癖好":出个门遇到街坊邻居,他老问人家:"你是哪里人啊?""你家住哪啊?"马建春尴尬得丢给他无数白眼:"你职业病吧?"说来也奇怪,人家不但愿意回答他,还一起聊得火热:"兄弟你马武人啊?村头王大伯,我在派出所那阵熟得很,治安积极分子呢!""哦,老哥你以前是马武派出所的啊?我老挑就是二组的何三嘛!哈哈哈,好久喊他过县城来找你喝酒!"

几年前,冯中成被调去车管所,一家人终于天天在一起了。除了不会做饭,他什么都做。每天下班回家,他一进门就大着嗓门嚷嚷:"我回来啦——我回来啦!"一定要嚷得有人应声了才作罢。马建春笑他:"就像仔仔回家给爸妈报到似的!"他中午在单位食堂吃饭,一定要打个电话给她:"你在做啥子哟?""今天做了啥子好吃的?"天天如此。有时正在厨房忙碌的她会嗔怪:"好啦好啦，一手油呢！天天都是这几句……"

让马建春特别难过的，是丈夫一生没享过啥福。他对自己吝啬，浑身找不到一件值钱的东西。刘代伟说他："抠门！我有个用了多年的帆布包，到处磨起毛边，想扔掉买新的，他马上拿去用了。"可是他报网课学法律，一交学费就是两万块，眼都不眨一下……

冯中成牺牲后，刘代伟上他家帮忙清理遗物。衣服没几件，简陋的书柜里满是他爱看的书：《2017 年国家司法考试辅导用书》《最新交通事故疑难案件裁判标准与实务解析》《公安机关执法细则释义》《民法典》《中华上下五千年》《鲁迅散文杂文精品鉴赏》……他们找出了他在石柱县图书馆办的读者卡、中国警官马拉松俱乐部印有"重庆·中国警察"的蓝白短袖 T 恤、2016 年石柱县马拉松协会颁发的"最勤奋奖"奖状、四五张义务献血证……他一直在默默献血，连马建春都不知道。

一双跑鞋静静躺在客厅，脚头裂口大张。"中成舍不得丢，说天晴还能穿……"刘代伟哭了，马建春哭了，"中成一辈子舍不得吃舍不得穿，就这样走了，一想起我就难受……"

听说县局要收集遗物，母女俩说啥都不干，心言更是哭得厉害："不要拿我爸爸的东西！我想他了还能看看……"刘代伟只好帮着做工作，告诉她俩县局要建他的事迹陈列馆，是为了让更多人记住他缅怀他学习他的精神。陈列馆就设在车管所，想他了随时都能去看……马建春含泪默许。好说歹说，心言也点头了。

心言是被大姨爹的一句话打动的："让更多人记住他、缅怀他。"她相信的确有很多人记住了他，也会有更多人记住他。那短短几天，泪眼模糊的她看到了很多，特别是出殡那天，许多人从四面八方涌来。爸爸的灵柩上覆盖着国旗。八名年轻警察缓缓抬起灵柩，送行队列足足从殡仪馆绵延到十几里外的墓地。人们高举黑白横幅，含泪高喊"英雄一路走好"，尽管多数人心言都不认识，但她年轻的心的确被深深震撼。"爸爸只是个普通民警，却有这么多人赶来送他，怀念他，爸爸啊，女儿终于知道了你是多么值得崇敬……"

那天，邓敏也在送别队伍中。她看到了县局全体班子成员与民警，他们神情肃穆凄怆，庄严地对着灵柩敬礼。她看到了专程赶来的市局警跑团成员，他们特意穿上了印着"重庆·中国警察"字样的 T 恤，与冯中成家中那件蓝白短袖 T 恤一模一样。她看到了他当年的四川省人民警察学校的同学们，她看到了父老乡亲从各乡各镇络绎赶来。她看到了马庆、刘华、周厚勇，看到了社区干部、小学生、拄着拐杖的老人……

"英雄，你一路走好！"人群悲呼，汽车鸣笛，声如洪流，震颤群山，响彻云霄。七月的炎炎烈日呀，人们任凭汗与泪交织成浓得化不开的思念与崇敬……

这片沃土，生他，养他，给他希望、欢乐、忧愁。这片土地，令他无比热爱并一生为之付出。而今，他以回归大地的方式，继续护卫着这里的一草一木，这里的万家灯火，这里的父老乡亲。就像《我们的英雄兄弟》唱的那样——

……

忠诚

无愧党徽警徽的培育

忠诚

无悔英勇的牺牲

忠诚

人民群众将永远铭记

中成

你是我们的兄弟

……

（程华，中国作家协会会员、全国公安文联会员、中国报告文学学会会员、重庆文学院第四届创作员、重庆公安作协副主席。出版报告文学集、散文集各两部，两百余万字作品刊于《啄木鸟》《天津文学》《四川文学》《边疆文学》《读者》《美文》《青海湖》《青年作家》《滇池》《散文百家》《人民日报》《解放军报》等。获国家级、省市级文学奖项40余项。）

附录

2023 年"新时代中国法治文学精选" 丛书入选作品名单

长篇小说

《另一半真相》（原名：《插翅难逃》）　　　作者：易卓奇

《阿波罗侦探社》　　　作者：蔚小健

《正义者》　　　作者：裘永进

《幸福里派出所》　　　作者：李　阳

《风口浪尖》　　　作者：楸　立

《女警姚伊娜》　　　作者：宋瑞让

中篇小说

《七天期限》　　　作者：楸　立

《该死的人性》　　　　　　　　　作者：洪顺利

《薪火相传》　　　　　　　　　　作者：贺建华

《蜂王》　　　　　　　　　　　　作者：疏　木

短篇小说

《千丝万缕》　　　　　　　　　　作者：少　一

《重塑》　　　　　　　　　　　　作者：骆丁光

《无处躲藏》　　　　　　　　　　作者：奚同发

《警徽闪烁》　　　　　　　　　　作者：魏世仪

《垃圾街》　　　　　　　　　　　作者：阿　皮

《麻辣师徒》　　　　　　　　　　作者：程　华

《新月》　　　　　　　　　　　　作者：王　伟

《雾霾》　　　　　　　　　　　　作者：任继兵

《夺命陷阱》　　　　　　　　　　作者：罗学知

报告文学

《"寻人总司令"隋永辉》　　　　　作者：艾　璞

《村里来了警察书记》　　　　　　作者：罗瑜权

《采访汪警官手记》　　　　　　　作者：张　明

《激流勇进铸忠诚》　　　　　　　作者：张建芳

《平凡英雄》　　　　　　　　　　作者：王改芳

《中成，你是我们的兄弟》　　　　作者：程　华

中国社会主义文艺学会法治文艺专业委员会

2023 年 12 月 31 日